# 전통지속론으로 본
# 한국 근대시의 운율 형성 과정

지은이

**윤덕진**(尹德鎭, Yoon, Dug-Jin)
연세대학교 문학박사(1989). 현재 연세대학교 인문예술대학 국문과 교수. 논문으로 「〈강촌별곡〉의 전승과정 연구」(1991), 「남원고사계춘향전의 시가수록과 시가사의 관련 모색」(2009)이 있고, 저서로는 『조선조 장가, 가사의 연원과 맥락』(2010)이 있다.

전통지속론으로 본

# 한국 근대시의 운율 형성 과정

**초판 인쇄** 2014년 1월 5일 **초판 발행** 2014년 1월 15일
**지은이** 윤덕진 **펴낸이** 박성모 **펴낸곳** 소명출판 **출판등록** 제13-522호
**주소** 서울시 서초구 서초동 1621-18 란빌딩 1층
**전화** 02-585-7840 **팩스** 02-585-7848 **전자우편** somyong@korea.com **홈페이지** www.somyong.co.kr

값 23,000원 

ISBN 978-89-5626-926-9 93810

# 전통지속론으로 본
# 한국 근대시의 운율 형성 과정

*The Process of Korean Modern Metrics' Formation on the respect of the Continuity in the Tradition*

윤덕진 지음

## 머리말

한국 현대시의 운율 보전에 대한 저의 의혹에 대하여 그간 여러 가지 방향으로 해소를 시도했습니다. 옛 노래를 배우며 그 가락이 시어로 옮겨가는 길을 기웃거리고, 관심을 나누는 분들을 개인으로, 모임으로 자문하기도 했습니다. 이 책은 그 노정의 종점 가까운 정류장에 해당한다고 하겠습니다. 전통시가 운율의 사례를 갈래 지어서 근대시에 이르는 맥락을 짓는 일은 여러 선배들께서 시도하신 바이지만, 현재적 관점이란 늘 새로운 자리를 차지한다는 믿음을 가지고 또 한 번의 시도를 감행하였습니다.

통칭 가사체인 4음보격이 한국시가 운율의 기간이 되리라는 생각은 오래 되었지만, 실제에 들어서 확인하는 일은 저 개인으로서도 미루어져 왔습니다. 사설시조의 파격이 근대시 출현의 동인이 된다는 기존의 논의에 기대면서 이 노정의 첫 발을 내딛을 수 있었습니다. 종교가사, 연행가사, 현실비판 가사, 애국계몽 가사로 이어지는 맥락을 더듬으면서 가사체의 실체가 근대시 출현을 야기하는 잠재력을 읽을 수 있었습니다. 정형과 비정형의 교차 가운데에 운문과 산문의 긴장이 내재해 있고, 이 긴장이야말로 운율을 산출하는 원천임을 알게 되었습니다.

그 원천이 전통에 자리 잡고 있다는 사실을 검증하는 장소는 마땅히 근대시 자체가 되어야만 했습니다. 근대시 형성기를 이끌어 온 몇 분 선구자를 다루면서, 그 분들이 새로운 시 양식을 만들어내는 고뇌에 찬 노정이 제가 가지는 작은 의혹에 맥락이 닿아 있다는 발견은 이 책의 가장 큰 보람이었습니다.

두려움에 찬 시도를 격려해준 지기들께 감사드립니다. 운율에 대한 귀찮은 자문에 응대해 주고, 함께 하는 작업까지 베풀어 준 동료 영문과 김명복 교수의 도움을 먼저 듭니다. 시작을 통한 운율 시험을 격려해주신 덕으로 시집을 내게 해 주신 선배 이영섭 교수님께 감사드립니다. 황석우에서 머뭇거리는 저를 한용운까지 내려가도록 권면해 준 외우 최유찬 교수께 입은 후의를 특기합니다. 저술을 지원한 연세대학교 원주 캠퍼스 당국에 감사드리고, 발간을 지원한 같은 캠퍼스 근대 한국학 연구소에도 사의를 표합니다.

이 책에 원용한 저자의 논문을 열거하면서, 논문의 게재와 인용을 허락해 준 해당 기관에 대한 신뢰와 발전 기원을 덧붙입니다.

「근대시 출현 계기로서의 개인 서정화」, 『국학연구론총』, 2012.

「애국계몽기 가사의 전통 양식 계승과 개신」, 『열상고전연구』, 2012.

「가사의 운율은 어떻게 형성 되었는가?」, 연세대근대한국학연구소편, 『번역시의 운율』, 소명출판, 2012.

「노래로서 가사의 본모습 찾기」, 『열상고전연구』, 2010.

「19세기 가사집을 통해 본 가사 향유의 실상」, 『한국시가연구』, 2003.

2013년 처서일
매지리에서 윤덕진 씀

## 차례

## 제4장 근대시로의 운율 전이 과정



## 요약 및 결론

서론
# 논의의 출발 계기

근대시란 주로 전통시가의 대위 개념으로 사용되는 창안된 이름이다. 전통시가의 중세 미학적 기반에 대하여 새로운 미학 체계를 따르는 근대 미학이 성립하고, 이에 따르는 형식의 변동을 전제할 때 이 새로운 이름이 유효하다. 근대 미학의 성립 조건에 있어서 근대 생활의 기반이 된 자본의 축적과 산업의 발달이 전제된다. 이 전제 조건은 우리나라에 있어서 두 가지 방식으로 규정되어왔는데, 이방 선교나 제국주의의 침탈과 같은 외래적 요인을 주요 계기로 보는 방식과 전통의 연속선상에서 일어난 내재적 요인에 의한 자생적 발전으로 보는 방식으로 나누어져 왔다. 이 방식을 문학사에 적용할 때에, 전자는 외래 영향에 의한 근대문학의 성립으로 정리되고, 후자는 전통문학 양식의 자생적 발전으로 요약된다.

시가사에 있어서도 그러한 두 가지 견해의 적용이 확인되는데, 전자는 전통 양식의 외래 영향에 의한 개신에 역점을 두고, 후자는 전통 양식의 지속에 관심을 쏟는다. 시가의 본령은 무엇보다도 형식의 중추인 운율에 놓여있으므로, 운율 문제와 관련하여 시가사의 개신과 지속에 관해 생각해 본다면, 거기서도 두 가지 상반된 방향의 견해로 나뉨을 볼 수 있다. 정형과 자유, 두 가지 형태의 운율을 기준으로 중세 미학이 반영된 형태가 정형이며, 근대 미학은 자유율로 드러난다는 이분법이 우리 시(가)의 운율 문제를 주도해 온 실정이었다. 이러한 실정 속에서 전통시가의 가치는 몰각되고, 외래 양식의 영향이 강조되면서 근대시와 전통시가 사이에는 단절이 자리 잡고, 운율상으로 상호 관련이 없는 이질적 형태로 규정되었다.

한국 현대시의 운율 실종은 시사 발전 과정의 자연스러운 현상이라기보다는 위에서 본 것과 같은 전통 단절의 인위적 사유에 의하여 일어난 사고로 볼 수 있다. 근대 이행기서부터 애국계몽기까지의 전통시가 양식을 작품 위주로 살펴보고자 하는 이 책의 의도는 전통 단절의 인위적 사유로부터 벗어나, 시사 발전 과정의 자연스러운 변화를 포착하여 그 가운데 담긴 지속과 개변의 동력을 읽어냄으로써 비연속적 사유의 비약을 지양하여 실질적이면서 구체적인 견해를 가지고자 함에 있다. 이 의도는 사유에 대항하는 사유로서 출발하지 않고, 현대시 운율의 실제에서 그 계기를 찾았다. 현대시조에서 볼 수 있는 운율의 엄존은 사장된 관습의 재생이라기보다는 현재적 정서에 수응하는 실제임을 보며, 현대시에 대한 자유시=비정형시=산문시라는 형식 재단의 논리 비약이 실제 작시 과정에서 오류로 확인됨을 보고 출발하였다. 자유시 속에 내재한 전통 운율의 율독 가능성[1]은 자유를 전통으로부터의 이탈로만

1 이상섭, 「시조의 리듬과 현대시의 리듬」(『동방학지』, 연세대국학연구원, 1978)에서 현대시에 이어지는 시조 운율을 실제 작품을 율독하면서 확인하였고, 성기옥, 『한국시가율격의이론』(새문사, 1986) 제4부 「현대시와 율격」에서도 전통시가의 운율 형식으로 현대시를 율독하였다.

읽는 독법을 회의하게 하며, 정형시라는 시조 형식 안의 불규칙적 자수 배열에 기초한 자수율 비판[2]은 정형을 고정 자수 배열로 이해하는 오랜 편견을 깨게 하였다. 그리고 산문의 정신을 운문에 담은 산문시에도 일정한 리듬이 실재하며, 다만 운율 단위[3]가 신장 확대되어 있을 따름이라는 근래의 자성[4]에 의하여 산문시 개념의 재정립이 필요하게 되었다.

요컨대, 이 책에서 근대시의 운율 형성 과정을 살피는 기본 전제는 운율의 본질이 추상적 체계에 있지 아니하고, 같은 운율 체계라도 실현되는 경우에 따라 편차를 보이기 때문에 운율의 실현은 미리 예정된 대로가 아니라, 당면하는 조건에 따라 같은 형식이라 하더라도 다르게 실현된다는 생각에 의거한다. 운율은 논리적 체계로 정리되기 이전의 자연의 상태로서 시대와 상관없이 항존해 왔으며, 어떤 민족어 중심의 시가

---

2 김흥규, 「한국 시가 율격의 이론 1」(『민족문화연구』 13, 고려대 민족문화연구소, 1978)에서 자수율의 비판 근거로 정형의 기준이 실현될 가능성이 희박함을 거론하였다. 조동일, 「시조의 율격과 변형 규칙」(『한국시가의 전통과 율격』, 한길사, 1982, 제3장)에서 통계 수치를 통하여 시조 자수율의 결함을 보이고, 대안으로서의 음보율 적용이 필요함을 역설하였다.

3 "대부분의 적절히 음률적인 산문은 그 음보의 계기를 '조절된 변화'로 꾸민다. (…중략…) 운문은 반복되는 음보를 제시하고(약간의 변화와 함께) 산문은 변화하는 음보를 제시한다(약간의 반복과 함께) (…중략…) 음보와 조절된 변화 외에, 산문 리듬의 분석에 있어서의 고전적 전통은 또한 높은 단계의 단위들을 알고 있다. 네 개의 단위를 인정하는데 — 단락(the period), 구문(the phrase), 절(the colon), 구(the comma)이다."(Richard D Cureton, *Rhythmic Phrasing in English Verse*, London and New York : Longman, 1992, p.15)

4 "시에서 율격이 시의 리듬을 통제한다면, 산문에서 리듬을 통제하는 것은 소리보다는 의미가 중요한 문법적 기능이다. (…중략…) '행 끝 이음(enjambement)'이란 구문론으로 볼 때 같은 줄에 있어야할 낱말이 시의 율격을 지키기 위하여 다음 줄로 미루어지며 산문의 리듬과 시의 리듬이 불협화음을 조성하는 경우이고, '행 안 쉼(caesura)' 은 시행 한 줄에 두 개의 문장이 공존하는 구문론적인 산문의 리듬이 율격만으로 리듬을 유지하려는 시의 리듬과 긴장 관계를 유지하는 경우이다. '행 끝 이음(enjambement)'은 시의 리듬이 산문의 리듬을 지배하는 경우이고, '행 안 쉼(caesura)' 은 산문의 리듬이 시의 리듬을 지배하는 경우이다. 두 경우 모두 산문의 리듬과 시의 리듬이 '대립리듬(counterpoint)'을 만들어 내고 있다"(김명복, 「영시의 리듬과 한글의 리듬」, 연세대 근대한국학연구소 편, 『번역시의 운율』, 소명출판, 2012, 191~193쪽)는 견해를 참조하면 정형시의 운율과 산문시의 운율은 대립리듬의 긴장에 의한다는 운율 본질을 함께 가진 상동의 층위에 있고, 운율의 자질에 있어 어떤 차이점도 갖지 않는다.

운율은 고유의 항수로서 다른 언어에 의한 시율과 구분되는 특징을 가지고 있다. 이 책의 1장서부터 3장까지는 항수적 요인으로서의 운율이 한국시가 발전의 근대적 변전을 겪는 과정을 작품 중심으로 살피면서 실제적 체계를 파악하는 데 나누어지고, 제4장에서 애국계몽기와 근대시 형성기의 작품 실상을 통하여 전통시가에서 파악된 운율 체계가 지속과 개신을 거듭하는 활발한 운동의 진면목을 드러내어 한국시(가) 운율의 발전 실태를 확인하고자 한다.

## 제1장

# 전통 운율의 형성 조건과 가사체의 역할

### 1. 전통시가 운율 형성의 배경

우리가 시(가)라고 부르며 흥겹게 받아들이는 대상은 일정한 율조를 지니기 마련이다. 오늘날의 시집 가운데에 나타나는 시행 단위의 표기는 이 율조에 대한 표상 방식이다. 현대인의 시행 인식은 극히 자의적인 데에 옮겨가 있기 때문에 예전의 시조 가사 따위를 표기하던 정연한 시행 배열과는 다른, 임의적 모습을 하고 있는 것이 현대시의 실상이다. 예전에는 독서의 방식이 소리[聲]를 통하는 것이기 때문에 소리를 통하여 시의 의미를 받아들이고 시의 형식을 이해하여 왔다. 소리는 결국 예전 노래와 시에 있어서 내용과 형식의 총화로서 작시와 감상의 절대적 통로였다. 소리를 통하여 세계를 인식하고 소리로써 그 인식의 결과를 표출하며, 소리에 의해 작시 과정 전체를 이해하여 수용하게 되는 경로는 전적으로 소리에 지배받기 때문이다.

한국시(가)의 연행 결과는 일정한 소리의 형상으로 드러난다. 묵독의 관습이 전파되기 시작하는 근대 이전에는 일정한 악곡의 제한을 받는 연행 방식이 지배적이었다. 이 악곡들은 시기에 따라 박절과 그에 따르는 선율이 변화하지만, 일반적 인상은 길게 이어지는 유장함으로 남기 마련이었다. 길게 이어지는 동안의 강약부동함 – 이를 다이내믹한 노래(시조)의 생명이요, 멋으로 파악할[1] 수도 있지만, 강약이 전환되는 마디에서는 일정한 시간적 계기에 의한 규칙성이 감지되기 마련이다. 이 규칙성은 일정한 길이의 단위로 분할되는 2~4마디의 분절로 귀결하는데, 이 분절들은 중간에 큰 쉼을 가지는 2단위로 묶이기 마련이다. 이 같은 우수적 속성의 대우 구조가 한국시가의 운율 기저라는 생각은 그동안 여러 차례 확인된 바 있다.

한국시가 연구의 가장 확증적 자료로서 이용된 바 있었던 『용비어천가』의 운율 구조에 대한 판정이 대개 우수적 속성의 대우 구조로 귀착하여 왔음을 본다. 국문시가의 리드미컬한 2음보 대응의 형식적 관심이 권점에 의한 4분 형식으로 나타났다고 보는[2] 관점이 그 대표적인 것인데, 이 관점은 한국시가 운율의 기본 유형을 2음보로 상정한 바탕 위에서 『용비어천가』의 한 시행이 2음보 대응의 4분 형식으로 나타남을 주목하면서, 두 시행이 한 절을 이루는 현상을 시조 시형의 초·중장 결합에 비의하여, 시조가 정형화되기 이전의 모습을 『용비어천가』에서 읽어낸 것이었다.

한국시가의 다양한 음보율 종류를 오로지 2음보 형식 한 가지로만 재단하기에는 지나친 단선화의 혐을 피할 수 없으며, 설령 민요의 음보 형

1 이혜구, 「시조감상법」, 『한국음악연구』, 국민음악연구회, 1957, 156쪽.
2 김대행, 「용비어천가의 권점에 대하여」, 『국어교육』 제49집, 국어교육연구회, 1984, 122쪽.

식이 모든 시행 형성 방식의 기반이 된다는 쪽으로 논리[3]를 발전시킨다고 하더라도, 오늘날에 자의적 형태로까지 진화해 와있는 시가 형식 발전의 경로를 밝히기에는 또 다른 한계를 지니게 된다. 2음보의 대응 구조는 자연스럽게 연첩되어 4음보로 확장된다고 볼 수 있다. 4음보의 내부 구조로서 반행 단위가 성립하며, 그 반행의 중첩이 곧 2음보의 대응 구조로 파악되기 때문이다. 실제로 어떤 4음보도 이 대응 구조에서 벗어나지 않으며, 여기에서 벗어나 네 개로 분리된 마디란 아무런 구조적 의미를 지니지 않는다.

2음보에 상대되는 대표적 음보 형식은 3음보이다. 2음보 또는 4음보의 우수적 속성에서 벗어나 있으면서, 흔히 '경쾌' '개방적'인 인상에 '뒤가 가벼운' 성격으로 규정되었듯이, 우수적 속성의 '안정' '견실'하며 '뒤가 무거운' 성격과는 대별된다. 성기옥은 3보격의 특징을 중간 휴지의 실현이 없이 긴 주기를 빠른 호흡으로 진행하는 데서 율동적 긴박감을 조성함과 중간 휴지의 실현이 없이 연속되는 음보의 수가 홀수인 데서 오는 구조적 안정성의 결여, 두 가지로 들고, 이런 특징 때문에 자연히 그 표상 형태가 차분하고 정리된 생각의 깊이를 드러내기보다 동적이고 자유로운 감정 표현이 앞서는 성향을 띤다고 하였다.[4] 또한, 3보격 형태를 취하는 작품들에서 대상에 대한 전 논리적 인식이나 의식, 혹은 어딘가 기울고 부족한 듯한 감정 상태를 직정적이고 호소적인 토운에 실어내려는 성향을 읽고, 여말의 고려가요나 한말의 아리랑계 신민요 등등 문화적 격변기나 전환기 시대의 정서와 직결된 것으로 파악하였다.[5]

---

3 조동일의 앞의 책, 제2장 「민요의 형식을 통해 본 시가사」에서 (가) 줄 수가 제한되어 있는 짧은 민요에서 향가나 시조가 나오고, (나) 여음이 삽입 되어 있는 긴 민요에서 고려가요가 나오고, (다) 여음이 삽입되어 있지 않은 긴 민요에서 가사가 나왔다는 민요 상승설을 주장하였다.

4 성기옥, 『한국시가율격의 이론』, 새문사, 1986, 187쪽.

2보격과 3보격을 한국시가 운율 모형의 대표적 형태로 보았을 때에, 이 둘이 한국시가의 실제에 관여하는 양태는 어떠한 것인가? 어느 한 편이 주류를 이루던 시기가 이어지다가, 일정한 시기가 경과하여 다른 편에 의해 교체된다는 논리는 운율 선택이 문화사적 맥락으로까지 확대 해석된 경우라고 할 수 있다. 예를 들어, 고려가요는 3보격 위주이며, 조선시가는 4보격 위주라는 사실에 두 시기 문화의 특징을 대입해보는 사례가 있었다. 이 경우에는 변동기에 대한 논리가 두 가지 형식의 혼재로 정리되기 마련인데, 고려-조선의 교체기에는 3보격과 4보격이 혼재하다가 4보격의 '승리'로 귀결한다는 대안이 반드시 뒤따른다.[6] 그러나 이 대안은 모든 시기의 운율 모형을 이분화하는 한계를 가지며, 민요의 2음보 운율 형식을 개재시켜 일원화한다고 하더라도 발전 변형의 범위가 다시 이분화되는 한계를 넘어설 수는 없었다.

여기서, 추상화된 이론 모형으로서가 아니라 작품 실제에 의한 구체적 운율 파악이 요청된다. 향유 관습이 정착되고 난 뒤에 이미 정형화된 단계보다는 어떤 갈래의 변혁기에서 운율 형식이 혼재되는 모습이 실상을 파악하기에는 더 적절하다고 볼 수 있다. 모든 변혁기는 시원에 대한 반성을 수반하기 때문에 운율의 본질을 선명하게 볼 수 있는 기회가 그때에 주어지기 때문이다. 실제로 시각을 조선 후기의 사설화·잡가화하는 시가계로 돌려 본다면, 음보 형식의 혼재가 어디로 귀결되는가를 명료히 내다볼 수 없는 한계에 봉착하게 된다. 사설화의 사례를 우선 들어보는데, 사설시조 율격의 미적 특질을 추출하기 위한 방안으로서 597수의 작품을 초·중·종장 별로 운율 유형을 분석한 연구를 원용한다.[7]

5 위의 책, 188쪽.

6 정병욱, 「고시가운율론」, 『한국고전시가론』, 신구문화사, 1982, 34쪽에서 3음보를 민족 고유의 전통 음보율로 보고 외래 음보율인 4음보와의 경쟁 관계에 있는 것으로 보았다.

7 고미숙, 「사설시조 율격의 미적 특질 1」, 『민족문화연구』 26집, 1993.

먼저, 분석의 최종적 종합을 인용하면, ① 4음보 및 4음보 규칙 확장(2음보의 간섭을 하나만 허용) 326수, ② 4음보가 기저에 있으면서 2음보(혹은 3음보) 변형을 적절히 활용한 것 233수, ③ 각 장이 음보 구분이 어려운 자유분방한 것 38수로 거의 모든 작품이 4음보를 기저 운율로 하여 약간의 변형을 허락하는 것으로 파악된다.[8] 종합에 이르기까지의 과정을 정리한 부분을 다시 인용하면, "초장은 4음보를 기본적으로 실현하되, 2음보 첨가의 변형과 과음보 사용을 통한 음보 구성의 변형 및 그에 기반한 3음보 중첩의 변형 등"[9]으로 정리하였다.

여기서, 과음보 사용의 예는 "간밤의 **자고간 그놈** 아마도 못이져라"나 "갓스믈 **션므슴 적의** ᄒᆞ던일이 우읍고야"에서의 강조된 부분처럼 실제로는 4음보의 제2음보인데 마치 종장 제2음보처럼 과음보화된 경우이다. "ᄀᆞ를 / 여라문이나 / 기르되 / 요 ᄀᆞ 갖치 / 얄믜오랴" "님다리고 / 山에도 / 못살거시 / 蜀魂聲에 / ᄋᆡ긋ᄂᆞᆫ듯" 같은 경우는 3+2음보로 된 5음보 구성을 하고 있지만 실질적으로는 4음보의 제2음보가 확장된 결과이다. 과음보의 극대화가 두 개 음보로 나누어지는 모습을 보여준다.

"各道 各船이 / 다 올나올 졔 / 商賈沙工이 / 다 올나왓ᄂᆡ"나 "洛陽城裏 / 方春和時에 / 草木群生이 / 皆自樂이라" 같은 경우는 과음보가 3~4군데나 되어 6~8음보로 확장될 가능성을 안고 있다. 또한, "눈섭은 / 슈나뷔 / 안즌듯 ᄒᆞ고 / 닛바디는 / 李花도 / 갓다"나 "ᄇᆞ룸은 / 지동치듯 / 불고 / 구즌 비는 / 담아 븟덧시 / 온다" 같은 경우는 3음보 중첩의 인상을 주지만 실제는 4음보의 제2, 4음보가 확대된 것이다.[10]

사설시조가 본격적으로 사설화되어 운율 형식이 다양성을 보이는 것

8 위의 글, 211쪽.
9 위의 글, 203쪽.
10 이상의 실례는 고미숙의 위의 글에서 정리 인용함.

은 중장에 있어서이다. 위의 인용 논문에서는 중장의 변형 양식이 초장과 유사하여 4음보 규칙 확장이나 2음보 첨가에 의한 변형이 지배적인 것으로 정리하였다. 사설시조 중장의 운율 형식 수치가 4음보 51수, 4음보 중첩 279수, 4음보(혹은 중첩)에 2음보의 간섭이 일어나는 것 219수, 3음보 혹은 6음보 10수, 기타 38수로 집계된 결과에 의한 것이다.[11] 이렇게 4음보 중심으로 운율이 진행되는 것이라면 변동의 진폭이 미약하게 보일 수도 있다. 사설화를 새로운 시대정신의 역동적 반향에 대입하는 일은 형식이 아니라 주제와 관련된 방향에서만 이루어진 것으로 보아야 하는 것일까? 그렇지 않은 것이 내용과 분리된 형식이나 형식과 분리된 내용이라면 지속적 향유의 자격을 얻을 수 없기 때문이다. 사설시조의 내용을 서민층의 새로운 자각과 관련시키는 논의는 계속 유효하며, 그 형식에 있어서도 상응하는 특징을 반드시 포착할 수 있을 것이다. 문제는 운율 형식의 외연에만 머물지 않고, 보다 더 긴밀하게 내용에 조응하는 형식 내부로의 접근을 필요로 한다.

다음과 같이 사설시조의 형식 내부를 탐조할 때에, 생동하는 내용의 실질이 포착된다.

님이 오마 ᄒᆞ거ᄂᆞᆯ 져녁 밥을 일지어먹고

中門 나서 大門 나가 地方우희 치ᄃᆞ라 안자 / 以手로 加額ᄒᆞ고 오ᄂᆞᆫ가 가ᄂᆞᆫ가 / 건넌 山 ᄇᆞ라보니 거머흿들 셔 잇거ᄂᆞᆯ / **져야 님이로다** / 보션 버서 품에 품고 신 버서 손에 쥐고 / 곰븨님븨 님븨곰븨 쳔방지방 지방쳔방 / 즌듸 ᄆᆞ른듸 ᄀᆞᆯ희지 말고 **워렁충창 건너가셔** / 情 엣말 ᄒᆞ려ᄒᆞ고 겻눈을 흘긧 보니

上年 七月 사흔날 ᄀᆞᆯ가 벅긴 주추리 삼대 / ᄉᆞᆯ**드리도 날 소겨거다** //

11 위의 글, 204쪽.

나무도 돌도 바히 업슨 뫼에 / 미게 쫏친 불가토리 안과

大川바다 ᄒᆞᆫ 가온ᄃᆡ 一千石 시른 大中舡이 / 노도 일코 닻도 일코 돗ᄃᆡ도 것고 농총도 끈코 **키도 ᄲᅢ지고** / ᄇᆞ람 부러 물결 치고 안ᄀᆡ 뒤셧거 ᄌᆞᄌᆞ진 날의 / 갈 길은 **千里萬里 남고** 四面이 거머어둑 / 天地寂寞 **가치노을** 쎠ᄂᆞᆫᄃᆡ 水賊 만난 都沙工의 안과 //

위 두 작품은 모두 4음보가 기준 음보임에도 매우 역동적으로 느껴지는데, 일차적으로는 음절 수가 자주 교체되는 데서 오는 변화감이지만, 음보의 첨가와 결합을 적절히 배합함으로써 거두는 효과가 더욱 높다. 첫 번째 작품의 강조된 "져야 님이로다"는 시적 주인공의 정서가 절정에 이른 때이고, "워렁충장 건너가셔"에서는 고양된 격정이 곤두박질치고 있다. 종장의 "술드리도 날 소겨다"는 굴곡져 온 호흡을 정리하는 역할을 한다.

두 번째 작품의 강조된 "키도 ᄲᅢ지고"는 의미를 강화하기 위하여 음보 수를 첨가하였다. 중장 마지막 2행은 그냥 4음보로도 읽히지만, 강조된 부분들을 2음보로 읽을 경우에 해당 시행을 6음보로 확대해 볼 수도 있다. 이 경우 앞뒤 3음보씩이 일종의 '엇붙임' 관계에 놓이면서 상황의 다급함과 정서적 긴박감에 어울리는 시적 효과를 거둘 수 있다.[12] 이처럼 사설시조 중장은 4음보의 규칙적 확장 속에서도 음량을 자유롭게 조절함으로써 가사나 서사민요 등과는 다른 미적 효과를 거두고 있다.[13]

이와 같이 4음보를 기준 음보로 하면서도 여러 가지 변형이 잠재하는 사설시조 시형의 발전 방향이 어디로 귀결하는가는, 곧 새로운 시가사의 국면이 어떻게 전개되는가를 검토함으로써 가능할 터이다. 기왕의

---

**12** 이상 작품 인용과 내용 정리는 위의 글, 206~207쪽에서 원용함.

**13** 위의 글, 205쪽.

잡가 연구의 축적이 이 문제를 어느 정도 해소해 왔다고는 하지만, 명확한 정리는 아직 이루어지지 않은 것으로 보인다. 잡가의 여러 유형 가운데 가사형 잡가를 중요한 부류로 잡을 수 있다던가,[14] 여러 가지 시형이 혼재해 있는 판소리 사설의 정수라고 할 수 있는 단가에서도 가사체가 기반이 된다는[15] 연구 결과들이 조선 후기 시가사의 전개 과정에서 가사체가 차지하는 역할을 중시하고 있지만, 정작 가사체가 시가사를 끌어나가는 구체적 모습에 대하여는 진전된 논의를 보여주지 못하고 있는 것이 실정이다. 이 책에서 본 내용의 도입부에 해당하는 제1장「전통 운율의 형성 조건과 가사체의 역할」을 가사체의 형성과 양식화 과정 등등에 할애하는 이유가 이 문제를 풀어나가기 위함에 있다.

## 2. 가사 양식의 본질과 가사체의 형성 조건

### 1) 교술성 반영 형식으로서의 4음보격

가사의 장르 성향을 교술성으로 규정할 때에 대상을 변용 없이 다루는 방식과 지시하거나 가르치는 의미를 주요 요인으로 한다. 일상의 사

---

14 권두환 · 김학성,『고전시가론』(3판)(방송통신대 출판부, 1989)에서 잡가의 유형을 가사계열 · 민요계열 · 장형시조계열 · 판소리계열로 나누고 4음보의 행들이 연첩되어 나간다는 가사의 기본형에 바탕을 둔 가사계열 잡가가 삼분 정도의 양적 비중을 가진다고 보았다.

15 송만재「관우희」의 靈山先聲 해당 곡목에 〈관동별곡〉이 확인됨으로써 가사와 단가의 관계가 드러나거나, 실제 단가의 모습이 가사체로 일관되다시피 하는 데에서 단가의 형성에 가사가 관여하였다는 논지가 대두되어 있으나 구체적 경로를 밝힌 단계에 이르지는 못하였다.

실들은 노래하거나 이야기될 때에는 주관을 통하여 내면으로 통합되거나 객관화된 사실들로 개별화됨으로써 외적으로 발현된다. 노래나 이야기를 듣는 청중은 그 속에 담긴 내용이 현실과는 다르다는 점을 인지한다. 이는 청중으로 참여할 때부터 이루어진 발화자와의 약속이기도 하다. 가사는 노래인 점에 있어서는 이 약속에 충실한 듯도 한데, 작중 화자와 실제 발화자가 대부분 일치하면서 현실과의 경계가 거의 없는 상태로 제시된다든가, 교훈을 담으려는 자세를 일반적으로 유지한다든가 하는 내용 면에 있어서는 다른 성향을 보인다. 이 성향에 대한 규정이 교술성인데, 교술성과 노래(서정성)와의 복합적 관련이 가사 장르를 성립시켰다는 논리는 한 가지로 설정되어야 할 장르 분류의 문제를 더욱 혼란스럽게 하였다. 더구나, 장르 혼(복)합이 곧 교술성으로 이어지는 통로인 듯 오해될 소지가 있었다. 여기에 노래는 연행 관습과 관련된 표출 방식이며, 교술은 의미 내용과 관련된 대상 파악의 방식이라는 구분이 필요해지는데, 장르를 고정된 분류 체계로만 보는 것이 아니라 향유 관습이나 유통 조건 등등의 역사적 실제 조건에 따라 파악하는 유연한 시각의 적용이 요청된다.

가사가 본질에 지니고 있는 교술성 — 곧 대상을 현실 문맥의 차원에서 받아들이면서 일상 발화와는 구분되는 목소리로 가르치는(가리키는) 자세는 그 기원을 몇 가지 측면에서 살필 필요가 있다. 우선, 4음보격 시행의 정체를 드러내어보자. 이 시행은 민요나 무가 가운데 장형화되는 경우에 서사성이 개입하면서 늘어나는 길이의 문제를 해소할 수 있는 역할을 부여받는다. 곧, 시행의 연첩 — 두 행 이상의 결합을 통하여 연 단위로 상승하는 과정은 기준 시행을 요청하는데 민요나 무가의 경우에는 으레 4음보격 시행이 이 역할을 맡는다. 4음보격 시행의 내부에는 2음보격 구 단위가 잠재해 있다. 이 잠재태의 원류일 2음보격 시행은 원래 민요에서 잘 드러나거니와 잦은 행갈이에 의한 경쾌한 율조는 단순화된 세계 파악과 그에 대한 동의를 표상한다.

(A) 달아 달아 밝은 달아
우주 강산에 비친 달아
하늘에는 잔별도 많다
시내 물가에 자갈도 많다(〈쾌지나칭칭나네〉 : 후렴구 제외)

(B) 성님 성님 사촌 성님
시집살이 어떻댑까
고초 당초 맵다더니
시집살이 더 맵더라 (〈시집살이 노래〉)

(A)의 화자가 부르는 달은 누구나 볼 수 있는 대상이다. "밝은"이라는 수식에도 특정한 조건은 달려있지 않다. 다만, 언제나 변함없기에 공동으로 인식할 수 있는 달의 속성을 확인하는 과정일 뿐이다. 문면에 감추어진 "쾌지나칭칭나네"라는 후렴구는 합창으로 연행되는 모습처럼 세계의 보편성 인식에 대한 음성적 모사이다. 후렴구를 경계로 이어지는 본사들은 영구히 반복되는 질서에 대한 표상물을 담고 있다. 이 질서 안에서는 하늘의 별과 시내의 자갈돌이 헤아리기(예측하기) 어렵다는 조건을 공유하면서 동질적으로 인식된다. 이처럼 2음보격 시행은 반복되는 단문 구조 가운데 평이하고 친근한 사실들을 나열하는 데에 소용된다.

(B)는 앞 두 행과 뒤의 두 행이 주고받는 대화 관계로 배설되어 있다. (A)의 본사-후렴구 형식의 선후창 모형이 이미 대화 방식을 모의한 것인데, (B)는 인물 배당까지 함으로써 대화의 정황을 구체화하였다. 가요

의 대화 상대는 서로의 처지를 공감하는 연대를 지니기 마련이다. (B)에서도 시집살이를 함께 하는 처지가 연대의 조건이 되고 있다. 형태는 대화이지만 실질은 독백의 분화일 따름이다. 화자가 분할되면서 토로하는 내용에 다양성을 부여하려는 것이 대화의 목표가 된다.

세계를 인식하는 가장 기본적 방식은 이분법이다. 음양, 천지, 남녀, 노소 등등의 이분법적 개념은 인간 조건의 기반이 되는 시간과 공간, 또는 생존의 기본 요건에 대한 인식을 특별한 조건 없이 가능하게 한다. 이분법적 인식의 표출은 속담이나 관용구처럼 일반화된 차원의 양식을 필요로 한다. 한자 사자성어에서 보이듯 대대 구조를 기반으로 하는 양식은 그 안에 이분법의 사유가 온존하여 있기 마련이다. 다음에 제시하는 임의의 속담 몇 구절에서 그런 관행을 확인하면서 교술 의도가 실현되는 통로로서의 대대 구조에 관하여 생각해 보자.

① 하늘이 무너져도 솟아날 구멍이 있다.

② 열 길 물속은 알아도 한 길 사람 속은 모른다

③ 낮말은 새가 듣고 밤말은 쥐가 듣는다.

①은 절체절명의 상황에서도 헤쳐 나갈 방도가 있음을 알려주는 교훈을 내용으로 한다. 앞 구는 절체절명의 상황 자체를 제시하고 뒤 구는 어렵게 찾을 수 있는 타개 방도를 구멍에 비유하여 제시하였다. 앞 구와 뒤 구는 원래 결합이 불가능한 상태인데, 반전하는 사고를 대입함으로써 결합 가능한 상태로 전환하였다. 이 속담의 중심 주제는 반전하는 사고에 담겨 있다. '쥐구멍에도 볕 들 날 있다' 식의 반전하는 사유는 수직적 위계질서가 지배적 단계의 사회에서 피지배 계층 사이에서 통용되었을 것이다. 위계의 전복과 같은 파격적 방안이 아니고는 고착적 질서 체

제를 벗어날 수 없는 중세 사회가 이와 같은 반전하는 사유를 담은 담화 양식의 산출에 적합한 조건을 가졌다고 할 수 있다. ①의 중간 연결어미를 경계로 하는 반전의 관계는 앞쪽에는 지배층에 해당하는 사항을, 뒤편에는 백성들의 원망에 해당하는 내용을 배설함으로써 맺어져 있다. '하늘 : 구멍 / 무너지다 : 솟아나다'의 도식으로 정리할 수 있는 이 대대적 관계 상황이야말로 만물의 연쇄적 이해를 가능하게 하는 기본 구도라고 할 수 있다. 하나의 문장으로 압축되어 있는 내용을 담지하는 화자의 존재는 이 연쇄적 이해를 기반으로 하여서만이 허락되기 때문이다. 이 화자는 백성의 한 사람으로서 일상적 삶을 누리고 있는 자이며, 그가 이해하는 세계는 일상적 구체성 안에서만 성립될 수 있다. 위로부터의 명령이 아니라 아래로부터의 깨침에 의한 가르침이 이런 화자들에 의해 쌓여오면서 경험 주체로는 한 사람이기도 하면서 자각을 공유하는 면에서는 다수이기도 한 복합적 성격의 화자가 형성되었다. ②는 내부에 두 가지 내용을 담고 있다. "열 길 물속은 모른다"와 "한 길 사람 속은 안다"의 두 문장이 결합되면서 '물속 : 사람 속 / 모른다 : 안다'의 관계 구도 후반이 도치되었다. 도치 이전의 관계는 경험적 사실에 기반을 두고 이후에는 이 사실들을 종합하여 내린 판단에 근거하였다. 상반되는 내용이 관계 맺어지기 위해서는 절충하는 중간자의 역할이 필요한데, 알고 모름의 두 가지 조건을 경험으로 체득한 화자가 그 역할을 충족할 수 있다. 예상할 수 없는 나날의 변화 속에 살아가야하는 그(들)는 때로 어떤 충격적 사실에 직면해야 했고 가지고 있던 판단을 재조정하여야 했다. 영속적 생존을 최대의 희망으로 삼는 그(들)는 충격에 의한 자각을 후대에 이어주어서 미연에 사고를 방지하고 싶었을 것이다. 가르침의 욕구가 거기서 일어났으며, 일상의 담화와 구분되는 가르침의 양식이 필요하였다. 실패한 경험과 방비를 위한 자각의 대비 구도를 통하여 가르침이 전달될 수 있었고, 언어의 대대적 의미 구조를 활용한 맺음과 끊음의 관계가 교차하는 네 마디 문장이 성립할 수 있었다. 두 마디가 단정, 의문, 청원, 명령 등등의 한정된 내용을 담을 수밖에 없다면, 네 마디는 상응하는 두 마디씩의 대위를 통하여 세계의 양면성을 담을 수 있는 구조적 역량을 가지게 된다. 그리고 이 상응하는 대위적 관계가 음성적 실체를 통하여 발현될 때에 자연스러운 우수적 속성을 지닌 리듬의 출현을 야기하게 된다.

③은 대등한 내용의 두 문장이 결합하였다. 4마디 결합의 균등 분할상을 가장 잘 보여주는 모습이라고 할 수 있다. '낮 : 밤 / 새 : 쥐'의 대응 구조도 이 분할상에 관여하지만, 그보다는 '낮 → 밤 / 새 → 쥐'의 진행상이 이 속담의 의미 형성에는 더 긴요한 요소이다. '낮이 밤이 되면서 새가 쥐로 바뀐다'는 심층 구조에 이끌리는 의미는 '언제나 말조심하면서 살아야 한다'는 교훈이다. 대칭적 언어 구조가 이끌어 내는 의미에 이르기까지 관여하는 규칙은 반복이다. 반복에 의한 의미의 강화라는 수사 법칙이 이 속담 문장에서 실현되고 있다. 뿐만 아니라 구조적 대응에 상응하는 어조의 배열도 앞 구(문장)의 어조가 뒤 구(문장)에 반복되는 양태를 보임으로써 의미 관련이 음성적 실현에 반영됨을 확인할 수 있다.

여기까지 4음보격 시행 내에 잠재해 있는 2음보격 시행이 선후창 형식이나 대화체를 통하여 4음보격으로 상승하는 모습과 그 대우적 구조 확대 과정에 담겨 있는 인식을 살펴보았다. 세계의 이분법적 파악이라는 기본적 사유가 속담에 반영되는 모습을 확인하면서 대개 4마디 의미 분절로 형성된 속담 문장 내에서 사유의 반전과 종합과 반복의 계기가 2마디 균등 분할에 의해 마련됨을 볼 수 있었다. 이 계기에서 전하여지는 내용이 경험과 자각의 축적에 의한 교훈이 됨으로써 4마디 문장이 교술 의도에 적합함을 확인할 수 있었다. 또한, 의미의 대위에 따르는 양적 균등 분할이 음성으로 실현되면서 일어나는 어조의 반복이라는 현상이 자연스러운 리듬으로 귀결하게 됨도 볼 수 있었다.

### 2) 일상의 재료와 문학적 전환

현존재의 생활 사실은 가사, 특히 주자학의 관념 세계를 탈피하여 현실 자체에 관심을 기울이는 조선 후기의 가사에서 주요한 재료가 된다. 〈농부가〉류는 천하지본으로서의 중농 이념을 주창하면서 이념의 내용을 쉽게 전파하려는 의도에서 출발하였다. 17세기 이후 재지 사족들에 의해 지어지는 〈농부가〉들을 보면, 김익(1746~1809)의 〈권농가〉처럼 제목에 권농 이념을 직접 표방한 경우도 있다. 이 작품에는 "炎帝의 如神功은 敎民耕田 ᄒᆞ여시고 / 陶唐의 如天仁은 粒我蒸民 아닐넌가" 투의 전고 사용이나 "農子ᄂᆞᆫ 大本이오 勤力은 農本이란 / 옛 사ᄅᆞᆷ 일온 말숨 開諭後世 깁고 깁다" 투의 성어 사용이 두드러져 있다. 작중 청자를 "少年"으로 설정한 데에서 보는 바와 같이 교훈 하달의 의도가 뚜렷하다. 최종 결사 "그러ᄒᆞ오면 熙皞淳風 다시 볼가 ᄒᆞ노라"에 담긴 것처럼 향촌의 정신적 지도자로서 풍속의 교화라는 목적을 가지고 지었음을 알 수 있다. 이와 같은 〈권농가〉의 언어 사용과 제작 의도는 유교 덕목의 제창을 위하여 지어진 교훈가사와 소재만 달리할 뿐 별다른 차이를 보이지 않는다. 말하자면, 교훈가사로서 〈농부가〉의 명목을 빌린 경우라고 할 수 있다. 김기홍(1635~1701)의 〈농부사〉도 농사일의 구체적 방식이 제시된 점에서 약간의 차이를 보이지만, 방식을 제시하는 어사가 "耒耜롤 손소 들고 黍稷을 ᄀᆞᆯ희 심거 / 火氣여 숨을 타셔 雨露에 줄아거든" 투의 한자 사용에서 벗어나지 못하여 생활 실상을 직접 반영하는 데에는 미치지 못하고 있다. 이 작품도 "아희"를 작중 청자로 하면서 하달하는 교훈의 의도에서 지어졌음을 알 수 있다. 교술(훈) 의도를 실현하기 위한 양식으로서의 4음보격 가사에 대하여는 앞에 언급하였거니와, 상위 개념으로서의 유교 이념을 하층 교화 대상인 백성들에게 하달하는 방편으로서 이분법적 사유가 반영된 모습이 4음보격의 균등 분할 양태라고 할 수 있다.

똑같이 교훈 의도의 4음보격 가사 양식을 사용하고 있지만, 18세기 이후 정학유(1786~1855)의 〈농가월령가〉는 순수 우리말로 된 농사 용어를 사용하는 데에서 볼 수 있는 것처럼 교훈과 이념 실현의 수단일 뿐만 아니라 생활을 위한 실제 방도로서의 농사일을 대상화하고 있다. "재거름 직와노코 일변으로 시러닉며 / 믹젼에 오좀치기 셰젼보다 힘셔ᄒᆞ쇼" 같은 데에서는 당시에 시행되던 농법에 대한 구체적 제시가 있고, "산치는 일너시니 들나물 캐여먹셰 / 고들박이 씀바괴며 쇼로장이 물쑥이라" 같은 데서처럼 고유의 식물명을 직접 사용하고 있다.[16] 이와 같은 실용 실사적 자세는 작자의 실학풍에서 우러나온 것이기도 하지만, 청자를 당대의 농민으로 삼는다는 점에서 볼 때에는 농민들에게 친근하게 다가갈 수 있는 방안으로서 택하여졌다고 할 수 있다. 가사 양식 자체가 이러한 친민 방안에 적합하며 특히 4음보격의 단순화된 율격 양식이 암송이나 구송에 어울리는 성격을 적극 활용하였다고 볼 수 있다.

19세기 후반에 들어선 윤우병(1853~1920)의 〈농부가〉는 향촌 현실의 구체적 정황과 화자가 향반 농부 자신이 되어서 토로하는 심회가 실려 있다는 점에서 앞의 다른 작품들과는 구별되는 모습을 보인다. 작중 화자는 경서 공부에 전념하여 과거에 응시하지만 낙방하고 고관에게 청탁하는 일도 여의치 못하자 귀향하여 굶주리는 가족을 위하여 양식을 꾸는

---

16 김형태, 「〈농가월령가〉 창작 배경 연구」, 『동양고전연구』 제25집에서 재인용.

처지가 되지만, 꾸어주는 사람도 없자 농부가 되기로 결심하는데, 동학 친구들로부터 비소를 받기도 하면서 전업을 생각하는 갈등을 일으키지만, 농사일에 전념하여 즐거움을 찾는다. 가을 수확에 실망하고 아내로부터 불평을 받기도 하지만, 설득하고 진정한 농사꾼이 된 처지에서 생활 지침과 도리를 제시한다. 작자는 자신의 실정이 반영된 화자를 내세워 농업과 經業 사이의 갈등이나 사회적 체면과 실질 생계 사이의 거리와 같은 당면한 문제를 다루려고 하였다. 곧, 이 작품의 제작 의도에는 변동하는 사회 속에서 자기 정체성을 찾으려는 생각이 주요하게 작용하였다. 교술 의도란 반드시 훈계하는 자세만을 가리키지 않고, 이처럼 당대의 중대한 사안을 문제화하려는 생각도 포함한다. 율곡의 〈동호문답〉과 같은 주객 문답체의 한문 교술이 있었듯이 고민하는 자신의 분신을 양단화하여 대화체를 활용하는 교술 방안은 가사에서도 찾을 수 있다.

일찍이 선조는 국가 경영형 농정을 시행하려는 의도가 신료들에 의해 좌절되자 하나의 우회적 돌파 방안으로서 가사를 활용한 사례가 있다. 국가로부터 사사 받은 대토지를 소작농 방식으로 경영하는 신료들은 자기들의 기득권을 포기하려 하지 않았고, 쪼들리는 국가 재정을 어떻게든 충당하려는 선조는 끝까지 신료들을 회유하려는 의지를 꺾지 않았다.[17] 〈고공가〉의 "요ᄉᆞ이 雇工들은 혬이 어이 아조 업서 / 밥사발 큰나 쟈그나 동옷시 죠쿄 즈나 / ᄆᆞ음을 ᄃᆞᆺ호ᄂᆞᆫ ᄃᆞᆺ 호슈을 ᄉᆡ오ᄂᆞᆫ 듯 / 무슴 일 걈드러 홀긧할긧 ᄒᆞᄂᆞᄉᆞᆫ다"와 같은 구절에서는 신료들을 은근히 지탄하는 선조의 목소리를 들을 수 있다. 또, 결사의 "너희ᄂᆡ 다리고 텹ᄂᆞᆫ가 주리ᄂᆞᆫ가 / 粥早飯 아참 져녁 더글 다 먹엿거든 / 은혜란 ᄉᆡᇰ각 아녀 제 일만 ᄒᆞ려 ᄒᆞ니 / 혬혜ᄂᆞᆫ 새 드이리 어ᄂᆡ 제 어더 이셔 / 집 일을 맛지

17 이 과정에 대하여는 김용섭, 「선조조 '고공가'의 농정사적 의의」(『학술원논문집』(인문 · 사회과학편) 제42집, 2003)에 자세하게 제시되어 있다.

고 시름을 니즈려뇨" 같은 부분에서는 조정 개편의 의지를 슬며시 내비추고도 있다. 이처럼 현실에서 극복하기 어려운 문제를 가사를 빌려서 토로한 의도는 신료들로 하여금 문제의 절박함을 깨우쳐서 재론의 기회를 얻고자 함이었을 것이다. 말하자면, 현실 발화에서는 첨예한 대립으로 인한 불통의 지경에 이르렀지만, 가사 양식을 빌려서 소통의 기회를 찾고자 한 것으로 볼 수 있다.

이처럼, 현실 문맥과는 다르게 문제에 접근 가능하게 하는 방안이 가사에서 찾아지는 요인은 무엇일까? 노래로서 대상과의 거리 확보를 가능하게 하는 가사 양식의 특징에 말미암는다고 한다면, 노래임을 가능하게 하는 가사 양식 내부의 요체를 찾는 일이 이 문제의 최종 귀결처가 될 것이다. 그곳은 아무래도 4음보격이 실현되는 운율 현장이라고 하겠다. 앞서 제시한 〈고공가〉의 부분들을 "요사이 신료들은 제 토지 확장만 생각하여 눈치를 보고 있으니 조정을 개편하여 각성케 하고자 한다"라고 직설로 제시하였다면, 또다시 벌떼 같은 신료들의 논란에 휩싸이게 되었을 것이다. 이 말을 띄엄띄엄 떼어 놓는 노래 투로 바꾸면서 거기에다 대상을 전부 비유 구조로 환치한 문맥으로서만이 첨예한 예각을 봉쇄할 수 있었을 것이다.

수많은 노래들이 삶과 죽음의 경계를 넘나드는 절체절명의 순간이나 가장 소중한 것을 잃어버린 비통의 극한에서 지어졌다. 노래의 본질에는 이 같은 절대 조건의 해소라는 문제 해결의 과정이 내포되어 있다. 가사의 교술성이 발현되는 계기는 노래의 본질로서 문제를 제기하고 해소해 나가는 과정 속에서 찾아진다. 문제를 다루는 사유가 개입하는 점에서는 교술성이 이끄는 역할을 하지만, 문제를 해소하는 방안이 논쟁에 있지 아니하고 문제로부터의 거리 확보라는 우회적인 데에 있다는 점에서는 노래의 서정성이 관여하고 있다고 할 수 있다. 노래는 문제의 해결이 아니라 마음에 담긴 '시름을 풀어 보는' 데에 본질이 놓여있기 때문이다.

〈농부가〉가 생성되는 배경에 사회의 중대 사안인 농업과 관련된 문제를 가사를 통해 해소하려는 의도가 작용하고 있음을 보았다. 조선조에서는 농업이 국가의 기간산업이기 때문에 농업과 관련된 문제는 제일 순위의 사회문제가 되었다. 한편, 국가에서는 일찍이 농업을 장려하는 정책을 시행하였는데, 역대의 농정서에는 시행 세목이 제시되어 있었다. 권농의 교술 의도를 담은 가사들은 이 시행 세목을 세부 재료로 하면서 성립하였다. 〈농가월령가〉는 제명에서 보는 것처럼 국가 정책으로서의 월별 권농 시책이 들어 있다. 농정서를 직접 대할 수 없는 농민들에게 가사의 일상어 문맥은 접근하기 용이한 대상으로서, 운율에 의지한 일상의 낭음은 권농 시책을 한문이 아닌 우리말을 통하는 우회 경로로 익히기 위한 방편이었다. 출발 시에는 교훈을 하달하는 지도자상의 화자에 의하였다가, 위의 윤우병, 〈농부가〉에서처럼 농부 자신이 화자가 되는 전환을 거치면서 관념적 권농 주제를 탈피하여 생활상의 실제 문제를 반영하는 쪽으로 주제도 변환하였다. 부농이 되려는 생활상의 목표를 확인하고 이에 대한 사회적 공감대를 형성하기 위한 의도로서 지어지는 후대의 〈치산가〉류에는 전대의 〈농부가〉류에서 보는 명분 중시의 교화 의도와는 구별되는 실제적 생활 현장과 관련된 구체적 주제가 담기게 된다.

지금까지 가사의 양식 본질과 관련된 가사체 성립의 문제를 다루었다면, 다음 절에서는 가사의 향유 관습에 의하여 운율이 형성되는 실제적 문제를 다루어 보고자 한다. 악곡에 의해 연행된 향유 사실에 의거하여 4음보격이 성립된 구체적 경과를 살펴보고, 의미 실현 단위로서 4음보가 요청된 방향을 확인하며, 나아가 실제 향유 사실의 자료를 점검하여 4음보격 시행이 가사 양식의 형식적 기반이 되는 과정을 점검해 보기로 한다.

## 3. 가사의 운율 형성 조건

### 1) 악곡을 통하여 실현되는 가사 운율의 사례와 그 유형화

가사는 노랫말로서 일정한 악곡에 의해 연행된다는 전제를 기반으로 하면서, 가사의 운율 본질을 밝히고자 한다. 악곡화되는 과정에 생성되는 시어의 모습을 직접 들여다보기 위하여는 그 제작서부터 연행까지의 전체 과정이 자료화되어 전하는 선초 악장, 특히 한글 창제 후의 시험적 한글 사용이라는 전제를 부대한 『용비어천가』가 우리의 필요에 수응하는 자료로 생각된다.

『용비어천가』는 제작 당시로부터 이를 악곡화하려는 의도가 개입하였기 때문에 시어의 배열이 악곡화의 의도에 맞추어져 있다는 추론을 가능하게 하였다.[18] 이 추론은 일정한 단위에 대응하는 모습을 보여주는 권점의 배열에 대한 해석으로 더욱 구체화되었는데, 예를 들면 하권점을 기준으로 일정한 악단이 종지하는 것으로 본다던가, 매장의 두 절이 각기 3분되는 악곡 구조에 대응하면서 시조 시형에 근접한다던가,[19] 또는 국문

18 김수업, 「〈용비어천가〉의 가락이 지닌 뜻」(김학성 · 권두환 편, 『고전시가론』, 새문사, 1984), 304쪽에서는 노랫말은 절대적으로 음악의 질서 아래 재조직된다고 보았다. 문학(노랫말)의 가락은 악곡의 가락을 따져 도움 받을 수 없다는 입장이다.

19 조흥욱, 「용비어천가와 시조 형식의 상관성에 대하여」(『한신논문집』 제2집)에서 〈취풍형〉

시가의 리드미컬한 2음보 대응의 형식적 관심이 권점에 의한 4분 형식으로 나타났다고 보는[20] 사례들이다. 조흥욱은 한 구에 배당되는 정간 수가 들쭉날쭉함을 지적하였으면서도, 대체적으로 고른 배분을 한다는 논지로 3분설을 이끌어나갔다. 이 견해는 시조 시형과의 연계를 모색한 점에서는 어느 정도 구체화된 가설로 인정할 수 있지만, 고른 배분의 원인이 되는 요인을 시 형식 자체에만 미루고, 시행이 형성되는 방식에는 관심을 돌리지 않았다는 점에서 운율 문제를 다루는 데에는 직접 관련이 되지 않는다. 김대행의 관점은 한국시가 운율의 기본 유형을 2음보로 상정한 바탕 위에서 『용비어천가』의 한 시행이 2음보 대응의 4분 형식으로 나타남을 주목하면서, 두 시행이 한 절을 이루는 현상을 시조 시형의 초・중장 결합에 비의하여, 시조가 정형화되기 이전의 모습을 『용비어천가』에서 읽어 내었다. 다른 곳[21]에서 2음보 대응 현상을 충분히 언급한 때문인지 『용비어천가』와 관련하여서는 두 시행 한 절 형성에만 집중하였다. 운율 문제와 관련하여서는 기본 단위나 유형을 도출하는 일이 우선하므로 여기서는 2음보 대응 현상에 대한 논지를 앞세워 검토하기로 한다.

김대행은 한국시가 율격의 대표적 특질을 2음보 대응 연첩의 규칙성에 두고, 그 사례를 보다 일반화하기 위하여 현대시를 예거하였다.[22]

(1) 산에는 / 꽃 피네 / 꽃이 / 피네 //
갈봄 / 여름 없이 / 꽃이 / 피네 //

---

과 〈치화평〉의 악보를 정리하여 한 절이 3분되는 현상에서 가곡창과의 연계를 추정하였다. 시조 시형과의 관련은 1장 주2) 김대행의 논문에서도 모색되었다.

20 김대행, 「용비어천가의 권점에 대하여」, 『국어교육』 제49집, 국어교육연구회, 1984, 122쪽.

21 김대행, 『한국시가구조연구』, 삼영사, 1976.

22 위의 책, 35・81・82쪽 등지에서 2음보 대응 연첩의 사례로 예거된 것들임.

(2) 松花가루 / 날리는 //

외딴 / 봉우리 //

윤사월 / 해 길다 //

꾀꼬리 / 울면 //

(3) 해야 / 솟아라 // 해야 / 솟아라 // 맑앟게 / 씻은 얼굴 // 고운 해야 / 솟아라 // 산 넘어 / 산 넘어서 // 어둠을 / 살라 먹고 // 산 넘어 / 밤새도록 // 어둠을 / 살라먹고 // 이글이글 / 애띤 얼굴 // 고운 해야 / 솟아라 //

위 사례들의 시행이 모두 가운데 휴지를 경계로 균등하게 양분되어 있는 구조로 율독되는 것은 의심의 여지가 없다. 양분된 그 둘은 이른바, '동일한 기식 단위'로서 이들을 악보화 했을 경우에 재확인되는 균등한 단위의 존재는 이 모형에 어떤 절대적 권위를 부여하게 한다. 문제는 각기 균정하다고 여기는 단위 내에 들어 있는 세부 내용이다. 위 사례의 해당 음보 내의 음수를 기호화하면,

| (1) | (2) | (3) |
|---|---|---|
| 3 / 3 / 2 / 2 // | 4 / 3 // | 2 / 3 // 2 / 3 // 3 / 4 // 4 / 3 // 3 / 4 // |
| 2 / 4 / 2 / 2 // | 2 / 3 // | 3 / 4 // 3 / 4 // 3 / 4 // |
| | 3 / 3 // | 4 / 4 // 4 / 3 // |
| | 3 / 2 // | |

와 같이 일반적으로 앞뒤가 불균정한 것으로 드러난다. 등장성을 기반으로 하는 음보율의 운율 체계로는 이 불균정을 근본적으로 해소할 수 없다. 음보 휴지를 경계로 기울어 있는 음량 비대대율의 원인은 변화의

추구이며 그 변화는 리듬을 야기한다. 리듬이 시간적 반복에 의한 것이라면 같은 음량이라 할지라도 앞뒤에 놓이는 순서에 따라 그 성격이 변화할 것이다. 더구나, 다른 음량의 선후 배분이라면 이 앞뒤 소리의 배열은 필연코 일정한 관계 속에 연쇄되기 마련이다. 음보율의 다음 단계를 모색하기 위하여서는 이 관계를 규명하는 일이 필요하며, 그 일의 귀결은 리듬을 추출하는 데에 이를 것이며, 이 일이 작시법과 관련된 최종항은 리듬이 관여하는 시행이 주는 전체적 인상일 것이다. 이 인상을 동양의 한시 시학에서는 '소리[聲]'라 했거니와, 운율론의 최종 목표는 이 소리를 밝히는 데에 두어져야 할 것이다.

악곡을 통하여 실현되는 운율에 대한 모색이 시행 율독의 전체적 인상이라고 할 수 있는 소리[聲]에 귀착되어야 한다는 전제를 가지고, 다른 악곡 – 특히, 동질적 시행의 반복을 수용하는 장가의 악곡과 관련된 검토가 필요한 단계이다. 이번 대상은 송강의 〈장진주사〉를 잡는 것이 적절할 듯하다. 〈장진주사〉의 갈래 규정이 사설시조와 가사 사이를 넘나들 수 있었던 연구사에서 보는 것처럼 이 노래는 단형 시가가 장형시가화하는 경로를 내포하고 있기 때문이다. 이 노래는 실제로 『삼죽금보』라는 19세기 후반의 거문고 악보에 기보되어 있는데, "ᄒᆞᆫ잔 먹셔 / 이다 // ᄯᅩ ᄒᆞᆫ잔 먹셔 / 이다"(초 · 이장)를 16정간 4대강( / : 대강 경계. // : 장 경계)에, "곳것거 산노코 / 무진무진 먹사이다 / 이 몸 주근 후에 / 지게 우희 거적 더퍼 / 주리혀 ᄆᆡ여가나 / 뉴소보댱에 / 백복시마 우러예나 / 어욱새 덕새 / 덥가나무 ᄇᆡᆨ양수페 / 가기곳 가면 / 누른 ᄒᆡ 흰 ᄃᆞᆯ / 굴근 눈 ᄀᆞᄂᆞᆫ 비예 / 쇼쇼리 ᄇᆞ람 불제 / 뉘 ᄒᆞᆫ잔 먹세 하리"를 삼장 14대강에, "ᄒᆞ믈며"를 사장에, "무덤 우희 / 진나비 ᄑᆞ람 불제 / 뉘우ᄎᆞᆫᄃᆞᆯ / 엇디리"를 오장 4대강에 배설해 놓고 있다. 여기서 삼장 14대강의 가사 배열 방식을 보면 2음보씩 나누어져 있는 모습이 균정한 단위의 반복상을 드러내고 있다. 이혜구는 이 부분을 가곡 5장 형식의 확대형으로 보면서, 사설시조형의 작품들에서 중장 확대 부분을 처리하는 刻의 방식으로 연행되었으리라고 추정하였다. 이혜구는 『용비어천가』의 3장~124장도 刻에 의하여 처리되었으리라고 결론지었거니와, 요컨대, 刻의 용법은 동질적 단위의 반복을 수용하면서 장형화를 가능하게 한다는 것이다.[23]

이혜구의 장형화에 대한 논의는 가사의 동일 시행 연첩 형식에 대한 근거를 제시한다고 볼 수 있다. 위의 〈장진주사〉의 경우에 시행 전반에서 4보격이 4악절에 대응할 수 있는 관계를 예거할 수 있으며, 삼장 14대강의 경우에서는 동일 악절 반복의 양태가 바로 동일 시행 연첩으로 연계됨을 볼 수 있다. 이러한 4보격 시행 연첩은 앞서도 본 바 있는 것처럼, 무가 · 민요 · 종교가사 등등 낭송을 주 연행 방식으로 하는 국문 장가의 기본적 전개 방식이며, 한시 낭송에서 볼 수 있는 것처럼 현토로써 양분되는 구들이 2음보 대응 단위로 기능하면서 자연스럽게 4음보 시행 연첩으로 이어짐도 확인된다. 가사의 최종적 발전 단계에 해당하는 가창가사의 노랫말들이 정연한 4음보격 시행의 연첩 양태를 보임에서 이 방식이 가사의 기본적 시행 및 시련 형성 방식임을 다시 확인하게 된다.

### 2) 의미 분절에 의한 가사 운율의 제양상

위의 항에서 살펴본 바는 주로 노랫말로서의 본의를 실현하는 악곡과 관련한 가사의 운율 문제였다. 이 경우는 시어의 음성적 실현이라는 조건이 반드시 전제되어야 하는데, 이렇게만 본다면 내면 의식 속에서

---

**23** 이혜구, 「용비어천가의 형식」, 『아세아연구』 1권 8집, 고려대 아세아문제연구소, 1965, 58~61쪽.

조탁되는 순간에 이루어지는 시어의 형성 과정은 부차적인 것으로만 다루어질 염려가 있다. 모든 시는 반드시 노래 불려야 한다는 조건이 근대시의 형성 과정에서 부인되었음을 잘 알고 있을 뿐만 아니라, 근본적으로 시는 언어를 재료로 한다는 사실이 시 장르를 규정하는 선재적 명제가 되기 때문에 의미와 관련되는 운율의 문제를 따지지 않을 수 없다. 언어가 음성적 측면과 아울러 의미적 자질에 의해 성립된다는 사실을 부인할 수 없다면, 시의 운율에 있어서도 의미가 관여하는 부분을 남겨두어야 한다. 여러 운율론에서 시의 기본 단위로 설정한 시행이란 결국 문장과 다른 것이 아니며, 문장이란 일정한 의미를 담고 있는 독립된 단위로서 그 안에는 단일한 의미를 성립하기 위한 규율이 엄존한다. 이 규율과 시인의 의식이 만나는 통로로서의 운율이라는 문제를 따로 다루어 볼 필요가 있다.

다음은 가사의 시원이라고 할 수 있는 시행 반복의 단순한 형태를 드러내고 있는 사례이다. 여기에서 일정한 의미가 통어하는 시행의 성립 과정을 잘 볼 수 있을 것이다.

> 먹디도 됴홀샤 승졍원 션반야
>
> 노디도 됴홀샤 대명뎐 기슬갸
>
> 가디도 됴홀샤 부모다힛 길히야[24]

농암 이현보의 모친 안동 권씨가 동부승지를 제수하고 근친 오는 아들을 기다리며 지은 노래이다. 아들의 승진에 대한 기쁨을, 그 끝나지 않는 지속에 대한 바람을 독립되어 있는 세 행으로써 排設하였다. 이 행

---

**24** 농암 이현보(1467~1555), 『聾巖集』 권3 「雜著」 「愛日堂戲歡錄」 〈宣飯歌〉.

들은 종지형이 '~이야'라는 감탄형으로 통일됨으로써 유장한 기쁨의 지속을 표시하고 있다. 그러나 행과 행 사이에는 어떤 관련이 있다기보다는 다만 되풀이를 통한 강세만이 행간에 존재한다. 가사의 원형적 모습을 보이는 이 작품을 통해 구와 구가 대응하여 행을 형성하고 그 행은 같은 구조를 가진 다른 행들에 의해 연계되면서 이루어지는 어세를 감지할 수 있다. 곧, 시행의 반복을 가능하게 하는 구조는 행간 경계나 구간 경계의 상동성에 의지하며, 이 상동성의 표징이 같은 시어로 드러나고 있다.

이 작품의 시어 성립에 대하여 실제 청자인 농암의 설명을 들어보면, "아마 어머니가 어려서 홀로 되어 외숙 문절공 집에서 길러졌기에 승지 벼슬이 귀하고 현달한 줄 알며, 또 당시 궁안의 상어로서 지금까지도 정원의 관원이 아침저녁으로 먹는 밥을 선반이라고 함을 기억하신 것이 바로 이 말이다"[25]와 같이 작자인 어머니의 의식에 투영된 대상을 핵심이 되는 시어를 통하여 역추적하고 있다. "션반(宣飯)"은 이 작품의 주제어라고 할 만한데, 어머니는 이 시어를 첫줄에 놓음으로써 아들의 현달에 대한 깊은 이해와 동감을 표명하는 것으로 말문을 터놓았다. 흔히 시의 발상이 하나의 단어(詩眼이라고 통칭된다)로부터 비롯됨을 알고 있는데, 이 시의 눈이 한 문장의 가지로 퍼져 나가는 과정에 운율이 작용한다고 할 수 있다. "승졍원 션반이 먹디도 됴다"라는 평서문의 주어부와 술어부를 도치함으로써, 비일상적 정서의 반영물이 되게 하면서 평서문 그대로의 반복이었더라면 사실의 나열에 그쳤을 세 문장에 정서의 증폭이라는 미감이 관여하도록 하였다. 이런 작품 내적 현상으로 말미암아 평범할 수도 있었던 진술이 특수한 담화로 변화하였으며, 이를 가능하게 한 것은

25 蓋慈氏早孤. 養于外叔文節公家. 知承旨貴顯. 且記其當時內間常語. 至今政院官員. 朝夕供餉. 稱爲宣飯是已(위의 책, 같은 곳).

"됴홀샤"라는 감탄 종결형 어미였다. 이 어미의 사용이 같은 자리에서 반복됨으로써 운율이 마련되는데, 일종의 압운이라고도 할 수 있는 현상이 반복이 운율의 기초가 된다는 원리를 환기하고 있다. 또한, 운율이 관여하여 생성되는 의미는 대상에 대한 지시적 사항이 아니라 정감이 작용하는 상태에 관한 것이라는 사실도 이 현상이 알려주는 바이다.

주어부와 술어부가 대응하는 구조 가운데, 이들 통사적 단위를 규정하면서 동시에 두 단위의 관련을 표지하는 어미에 의한 분할이 자연스러운 운율 단위를 형성하는 모습을 보았다. 이 운율 단위는 놓이는 차제에 따라 시간적 계기를 가지는데, 시작과 이음의 사이에 어떤 간헐이 개재하기 마련이다. 운율 단위는 음성에 의한 실현 부분과 그 부분들 사이의 묵음으로 표징되는 쉼으로 이루어진다. 가사의 운율 단위는 묵음으로 시작되어 묵음으로 마무리되는 흐름 사이에 네 부분으로 드러나는 유성 부분과 네 부분의 연계 부분인 세 부분의 묵음으로 이루어진 시행을 기준으로 한다. 이 시행은 일정한 의미를 담지하는 한 문장에 상응하고, 시행의 연첩은 이 문장들 사이의 관련에 의한 더 큰 의미 단위를 형성해 나간다.

앞서 악곡과 관련된 경우는 비교적 초기 작품들을 대상으로 하였지만, 의미와 관련된 문제를 다루는 이번 경우에는 악곡으로부터의 거리가 멀어진 단계의 낭음낭송에 적합한 단계의 작품을 끌어내어 의미 단위가 확대해 나가는 모습을 보기로 한다. 20세기를 지나서 이루어진 여성가사로서 가사발전사가 압축되어 있는 모습을 간직하고 있기도 한 작품이다.

01 무러보세 무러보세 울울함만(鬱鬱含晩) 져 창숑(蒼松)아
02 츈풍화류(春風花柳) 란만(爛熳)홀 졔 구든 마음 구지 직혀
03 셩식불변(聲色不變) 언건(偃蹇)ᄒᆞ니 쟝부웅심(丈夫雄心) 네 아니며

04 하일산즁(夏日山中) 말근 바람 락락뎡뎡(落落亭亭) 웃득 셔셔
05 지지엽엽(枝枝葉葉) 울창(鬱蒼)ᄒᆞ니 호걸긔샹(豪傑氣像) 네 아니며
06 황국단풍(黃菊丹楓) 구츄시(九秋時)에 릉상고졀(凌霜高節) 거오(倨傲)ᄒᆞ여
07 신긔(神氣) 가쟝 름렬(凜烈)ᄒᆞ니 렬ᄉᆞ졍조(烈士貞操) 네 아니며
08 엄동셜한(嚴冬雪寒) 찬 바람에 굿센 졍신(精神) 령락(冷落)ᄒᆞ여
09 젹갑창염(赤甲蒼髥) 특연(特然)ᄒᆞ니 신ᄌᆞ츙졀(臣子忠節) 네 아니냐
10 네 지조(志操)와 네 츙심(忠心)은 셰한 후(歲寒後)에 더욱 안다
11 우로은턱(雨露恩澤) 아니며는 네가 엇지 싱장(生長)ᄒᆞ며
12 풍상질고(風霜疾苦) 아니며는 네가 엇지 늘것스며
13 빅운명월(白雲明月) 아니며는 네가 엇지 한가(閑暇)ᄒᆞ리
14 우로텬은(雨露天恩) 갑흐랴고 죵남산 하(終南山下) 풍셜 즁(風雪中)에
15 인왕북악(仁旺北岳) 바라보고 국궁(鞠躬)ᄒᆞ고 셧는 모양(貌樣)
16 가지가지 츙졀(忠節)이오 닙시닙시 츙심(忠心)이라
17 류슈광음(流水光陰) 변쳔(變遷)ᄒᆞᆫ들 네 빗 네 ᄯᅳᆺ 곳칠손야
18 풍상질고(風霜疾苦) 늘근 몸이 본ᄉᆡᆨ본심(本色本心) 불변(不變)ᄒᆞ니
19 쳔죵만죵(千種萬種) 초목 즁(草木中)에 너 갓튼 류(類) ᄯᅩ 잇는냐
20 빅운명월(白雲明月) 됴커니와 빅셜즁(白雪中)에 빗이 난다
21 창숑빅셜(蒼松白雪) 두 글ᄌᆞ를 상합(相合)ᄒᆞ니 숑셜(松雪)이라(최송설당, 〈蒼松〉)

이 작품은 崔松雪堂(1855; 철종 6년~1939)의 자연 주제 작품 가운데 대표작으로서 특히, 작자의 당호와 관련되는 세계를 노래하고 있다. 익숙하게 접하는 소나무라는 자연물을 여성다운 섬세한 시각으로 관찰하여 자신의 의식과 조응하는 특질들을 잘 잡아내었다. 비록 암울한 시대이지만 높고 밝은 이상을 견지하려는 작자의 자세는 이전의 여성가사가

지녔던 순응적 세계를 벗어나 새로운 시대에 대응하는 능동적이고 진취적인 작품 세계를 개척하였다. 이 작품의 주조를 이루는 반문하는 어세는 바로 이 능동적 정신 자세의 반영이라고 할 수 있다. 이 작품은 흔히 가사의 단락 구성이 그러하듯 다음과 같은 3단으로 나누어진다.

01~10 : 감정이 이입되어 있는 대상 — 蒼松 — 에 대한 반문으로 높고 굳은 절조를 확인한다. 10행에 이 단락 주제가 집약되어 있다.

11~20 : 이 단락의 중심어는 16행에 모여 있다(忠節, 忠心). 앞 단락과 마찬가지로 반문을 통한 확인이 이루어지고 있다.

21 : 결사. 작자가 지향하는 세계를 백설 가운데의 蒼松(줄여서 松雪이란 당호가 됨)으로 표상함.

제1행에서 돈호한 제재 대상에의 접근이 마지막 제21행에 귀결하기까지의 전개가 이 작품의 전체 내용이다. 이 두 시행이 결국 이 작품의 주제를 담고 있으며 그들은 각기 시작과 마무리라는 기능으로 분담되어 있는 개별 시행이다. 나머지 19행은 그들이 놓인 위치에 따라 각각의 변태를 보이게 된다. 이들 시행을 이웃하는 시행들과의 관련으로 묶어본다면 다음과 같은 모습이 될 것이다.

1 — 2 · 3 — 4 · 5 — 6 · 7 — 8 · 9 — 10 / 11 · 12 · 13 — 14 · 15 · 16 — 17 — 18 · 19 — 20 / 21

본디 각기 단일한 의미를 지시하는 독립된 발화체였을 시행들의 성격은 그 놓인 상태에 따라 다르게 드러난다. 따로 놓인 시행들은 단락의 시작이나 종결에 관여한다. 혹은 제17행처럼 11~16행 단락의 종결 구실과 18~20행의 서두 구실을 병행하는 경우도 있다. 둘 이상 결합된 시행들은 결합 행수에 따라 성격이 변화하며, 또 그 놓인 차제에 따라 다른 성격을 부여받게 된다. 예를 들면 2~9행은 두 행씩 결합한 양태가 동일하지만 그 놓인 순차에 따라 어세를 달리하게 된다(대체적으로 높은 번호로 가면서 높고 강한 어세가 부여 된다). 11~17행은 세 행씩 결합한 다른 경우이지만 11~13행보다는 14~16행이 주제에 근접한 어사를 사용하는 것처럼 보다 집중된 의식을 드러내고 있다. 이처럼 시행이 놓인 조건이 다름에 따라 시행 내부의 운율 상태도 영향을 받을 것이기 때문에 위치에 상관없이 4음4보격의 고정된 운율을 적용하는 것은 실제 연행과 관련된 정황에서는 맞지 않을 수밖에 없는 추상적 이론 모형 산출에 그치게 된다. 요컨대, 의미의 전개, 곧 시상의 발전이라는 측면에서 운율 문제를 다룰 때에 작품에 참여하는 모든 시행들의 내용이 다름에 따라, 그 의미를 음성적으로 실현하는 장치인 운율도 제각기 다른 상태로 드러난다는 결론에 당도하게 된다. 이 결론은 개인적 발화 단계의 임의적 음성 실현을 인정하는 차원이 아니라 모든 예술 작품의 개성으로 드러나는 새로운 형식의 창안이라는 차원에 해당하는 것이다. 특히, 시언어는 일상 발화와도 다를 뿐만 아니라, 다른 작가의 작품과도 구별되는 목소리를 요청한다는 점에서, 작품의 색다른 목소리를 산출하는 형식으로서의 운율 문제를 고려할 필요가 있다.

의미 분절로서의 운율 문제를 운율 체계로까지 이끌어간 연구는 뚜렷하게 드러나지 않고 있는 가운데, 김홍규가 주창한 새로운 율격 모형으로서의 'segmental metric'에서 의미 분절로서의 'segment'가 율격의 기준 단위로서 제시된 것을 볼 수 있다. 그의 논의를 잠시 빌려오면,

Segmental meter can be defined as a metric which gets metric reguarality by ordered sequence of segments consisting of syllables within a certain range. Observing Korean verses, every segment as metric unit is separated from adjoining segment by syntactic breaks. Unlike 'foot' in English meter which is a conceptual hypothesis for metrical analysis, segments in Korean meter are substantial units clearly marked in syntax and real speech.[26]

운율 분석을 위한 개념적 가설로서의 영미 율격론 음보와 다르게 한국 율격론의 어절(segment)은 통사 구문이나 실제 발화에서 뚜렷하게 드러나는 실질적 단위라는 것이다. 여러 시기 동안의 율독 관습 안에서 쉽사리 확인되는 이 단위를 실착하고, 영미 율격론을 추수하는 추상적 이론 모형의 산출에 골몰하였던 기존의 율격 연구를 반성하는 그의 의견은 이미 다음과 같이 개진된 바 있다.

한국 시가에서는 음보의 경계가 반드시 통사적 경계와 일치한다. 모든 통사적 경계가 다 율격적으로 유효한 음보 경계가 되는 것은 아니지만, 모든 음보 경계는 다 통사적 경계이다. 우리 시가를 율독하는 이들이 예외 없이 통사적 경계를 바탕으로 율격 단위를 나누면서도 이 점을 지적하지 않았던 것은 그것이 너무나도 자명하여서 주의하지 못했거나 새삼스럽게 언급할 필요가 없다고 생각했기 때문인 듯하다. 그러나 이 자명한 사실이 분명하게 인식 · 고려되지 않음으로 해서 우리 시가의 율격에 관한 연구는 기본적 판단 근거에서부터 혼선을 빚었다.[27]

---

**26** 김흥규, 「A Perpective on Metric Typology and the Metric Type of Korean Verse」, 『욕망과 형식의 시학』, 태학사, 1999(논문 발표 실제 연도는 1986), 293~294쪽. 위 인용과 같은 내용을 1978년에 발표한 그의 「한국 시가 율격의 이론 1」(위의 책에 재수록)에서도 볼 수 있다. "한국시가의 율격 형성 자질은 통사적 분단이다. 영시의 경우에는 강세가, 희랍시의 경우는 장단이, 중국시의 경우는 성조가 율격 형성 자질이라고 하는데, 우리 시가의 경우는 통사적 분단이 그 역할을 담당한다."(위의 책, 33쪽)

**27** 위의 책, 34쪽.

김흥규가 환기한 바를 발전시키는 방향은 추상적 율격 이론 내에서보다는 구체적 율격 수행[28]의 범위에서 찾아지리라 본다. 이에, 장르 형성 초기부터의 발전사에 따라 변화하는 가사 향유상에 관련된 다양한 자료를 통한 검증이 요청된다. 이 자료는 가사 작품이 직접적 대상이 되겠지만, 한시 작법과 관련된 대우 구조나 산문 문장 배열에서 일반화되었던 방식인 호문 구조 같은 것들이 원용되어야 할 것이다. 2음보 대응의 시행 구성 방식 원리는 한시의 대우 구조와 동질적이며, 산문에서의 호문 구조는 운문에서의 방식을 확대 적용한 것으로 볼 수 있기 때문이다. 이처럼 산문과 운문의 구별을 넘어 맥락이 닿는 특성이 율문체라는 상위 단계로 올라서는 계기가 되며, 가사체가 가지는 중간적 성격이 이 계기의 실현에 적극적 동인이 된다고 볼 수 있다.

### 3) 장르 관습에 의한 가사 운율 형성 과정

의미의 문제를 확대해나가면 한 문장에서 실현되는 단일한 의미를 넘어선 국면으로 이어진다. 개인의 사상이나 집단의 이념과 같은 추상적 내용은 문장을 통하여 구체적으로 제시되기 시작한다. 이런 문장들의 집적이 더 큰 단위로 확대되면서 사상이나 이념의 전모가 드러난다. 하나의 문장으로 바꾸어 놓을 수 있는 가사의 시행이 시련으로부터 단락과 작품으로 발전해 나가는 과정에서, 관여하는 종교나 사상이 가사 향유의 특정한 관습에 의존하는 모습으로 드러난다. 가사 발전 초기 단

28 율격수행(metrical performance)은 일정한 율격 능력(즉 내면화된 율격 능력)이 구체적 언어 자료를 통해 실현되는 것으로서 어떤 작품의 낭독인 음성적 실현(oral performance)과는 다르다(위의 책, 36쪽의 각주 24번).

계의 불교가사 향유 사실에서 그러한 관습의 형성을 읽어 볼 수 있다. 불교의 포교를 위한 시가 장르의 활용은 일찍이 신라시대서부터 있어왔다. 김동욱이 진즉에 발굴한 신라 행자승의 염불 타령이라는 사항을 여말 나옹화상의 불교가사에 연계시켜보는 것이 무리가 아닌 것은 두 가지 관행이 모두 대중 포교를 위한 방편으로 사용되었다는 공통점을 지니기 때문이다. 신라 행자승의 염불 타령에 관한 『삼국유사』의 기사[29]는 단순히 대중 포교를 위한 방편이었다는 사실만 알려주고 있지만, 『懶翁集』 가운데 있는, 나옹화상의 시가 관련 기록에서는 보다 구체적 사항이 전해지고 있다.

나옹화상의 작품으로 알려진 〈西往歌〉를 비롯한 여러 편의 가사는 그 작자 고증 문제를 논하기 이전에 가사의 시원 작품으로서 지니는 몇 가지 특징을 지적할 필요가 있다. 우선, 이 작품들은 불교계에서 통용되던 사실에서 알 수 있는 것처럼 불교의 진리를 대중포교에 적합한 형태로 전달하고 있다. 포교라는 목적에 어울리게 작중 청자를 일반 부중으로 설정한 발화의 방향을 지니면서, 일상적인 친근한 비유를 통하여 회유하는 어조를 지니고 있으며, 드러나지 않는 주제 제시의 방법으로 넓은 사회적 동의를 꾀하고 있는 점 등등은 나옹의 여러 가사 작품에서 공통적으로 확인되는 사항이다. 나옹화상의 행적이 이런 특징들에 부합하는 면모는 일반적 논증의 경로에 서 있기 때문에 그의 가사 작품에 직접 연계되는 관문으로 설정하기에 적합한 대상이 아니다. 국문가사는 아니지만, 그의 불교가송에 관련된 자료를 통하여 오히려 적절한 통로를 모색해 볼 수 있다.

『懶翁集』에 실린 〈懶翁三歌〉는 그 향유 사실에 대한 정보가 명확히 제

29 김동욱, 「신라 행자염불 및 설화」, 『진단학보』 제23호, 1962.

시되어 있지는 않지만, 부기된 목은 이색의 발문(「懶翁三歌後」)을 보면, 불교계의 부중들에게 넓은 동감을 받을 만한 기반을 지니고 있었던 것으로 보인다. 뿐만 아니라, 중국 불교계의 『永嘉集』에 수록된 가송에 비견할 만한 작품성과 아울러 불교 송찬의 원류인 인도 범패의 본질에까지 이르는 당대적 보편성을 지닌 것으로 평가되고 있다.[30] 이러한 평가는 한국 불교계의 시가가 당도할 수 있는 최상의 경지에 해당하는 것인데, 균여의 〈보현시원가〉에 대한 당대의 해석에서도 읽을 수 있었던 내용이다. 한편, 『나옹집』의 행장과 〈나옹화상어록〉에는 수도 과정에서 지어진 여러 편의 게송류 한시가 실려 있는데 이들의 작품 성향은 대체적으로 문자에 집착하지 않는 禪覺의 해오 경지를 보여주고 있다. 즉, 형식적 규율을 초탈한 면모를 보이는데, 이러한 면모는 고려 불교계의 선시 가운데 일반화되어 있는 것으로서, 당대 불교계 정신 영역의 높은 수준을 보여줄 뿐 아니라, 새로운 형식 모색이라는 문학적 측면의 관심도 끌고 있다. 문학사적으로 고려선시가 지니는 의미를 밝힌 중요한 언급[31]에서 거론한 대로, 고려선시의 한시 규범에 대한 파탈이라는 문학적 추구는 결국 당대에 통용되던 국문시가의 영역에 들어서게 되어 있었다.

한문에 현토하는 독서 방식은 자연스럽게 의미 분절을 형성하게 되며, 한시의 경우에는 통사적 분절이 곧, 율격적 단위를 형성한다는 한국시가 율격의 일반화 성향에 참여하게 된다. 나옹화상의 또 다른 가사 작품으로 알려진, 이두 표기의 〈승원가〉는 한시에서 국문시가로 옮겨가는 현토식 율독 방식을 충분히 반영하고 있으며, 같은 시기에 이루어진

---

30 懶翁文字信手 未嘗立草 吐出實理 粲然寫出 韻語琅然 然於世俗文字 不甚解 亦可見焉 至於三歌 如出二人之手 必其研精覃思而作者也 不然何以倣永嘉句法哉 異日流傳西域 當有賞音者矣(이종욱 편, 『懶翁集』, 월정사, 1940, 제45장 前面).

31 조동일, 『한국문학통사』 제2권의 7.3. 「불교문학의 새로운 경지」에서 한시의 규범을 벗어나면서 국문시가에 근접하는 양상을 다양하게 제시하였다.

신득청의 〈역대전리가〉를 통하여 현토식 율독 방식이 가사체를 형성하는 데 기여한 사실을 다시 확인할 수 있다. 지금 남아 있는 여러 노랫말 가운데에서 현토식 율독 방식의 사례를 충분히 볼 수 있으므로, 이 율독 방식이 가사에 관여한 경로를 쉽게 추론해 볼 수 있다. 다만, 관심을 놓지 말아야 할 사항은 두 개의 언어 사이에서 정신이 관류하면서 이루어지는 번역의 문제가 이 경로에 관여하고 있다는 사실이다. 한시를 형성하는 정신과 한시를 해체하는 정신 사이에서 새롭게 요청되는 형식적 추구가 국문시가인 가사로 귀착하였다는 점이다. 앞서 〈나옹삼가〉 발문에서 이미 목은이 예리하게 지적하였듯이("至於三歌 如出二人之手") 당대의 보편 종교인 불교가 시가를 통하여 전파되는 길목에는 성속의 정신적 경지가 나누어져 있음에서 비롯하는 형식적 분화가 필연적으로 요청되었던 것이다.

다음에 다루어야 할 문제는 이러한 과정을 거쳐서 생성된 가사 형식이 반드시 4음보격으로 귀착되어야하는 이유이다. 4음보가 2음보의 단순 확대형이며, 2음보가 같은 운율 단위의 반복에 의지한다는 사실은 시가의 시원으로서의 민요와의 관련으로 이끌어질 수 있기에 가사 발생의 민요 기반설은 일반적 설득력을 지닌다. 실제로 민요 가운데 2음보 형식의 시행 출현이 빈번하며, 그 시행의 연속체로 이루어진 장형의 교술민요와 서사민요도 실재한다. 지금도 전승되고 있는 여성가사의 향유 현장에서 장형 민요의 틈입이 있다는 흥미로운 사실[32]은 가사와 민요와의 관련을 보증하는 자료가 될 수 있다. 같은 단위의 단순 반복이 음률(리듬) 형성의 기초가 되며, 이러한 기본적 음률이 사람을 고무 선동하는

**32** 조동일, 『서사민요연구』(계명대 출판부, 1970, 74쪽)에서 서사민요와 가사가 섞이는 모습을 제시하였다. 여성가사 현지 조사에서는 가사 가운데에 장형 민요가 섞이어 향유되는 모습이 확인되기도 한다.

데 적합하기 때문에 집단의식을 반영하는 노래들이 대체로 단순 운율에 의지함은 일반적으로 알려진 사실이다. 〈구지가〉나 〈황조가〉와 같은 한국시가의 시원에 해당하는 작품들에서 볼 수 있는 단순 운율의 반복 양상은 후대의 의식요나 노동요, 애정요에서 집단서정 표출이 이루어질 때, 흔히 확인되는 사항이다.

종교 포교 과정의 가사들은 아마도, 이러한 시원 가요의 한 갈래인 제의의 노래에 근원을 대고 있을 것이다. 불교가사는 보다 발전된 단계의 사유에 의한 산물이지만, 그 형식적 기반은 제의가와 공유하고 있다고 본다. 다만, 원시 제의보다는 보다 고등화된 단계의 종교 체제가 관여하면서 그 형식적 상승도 수반되었을 것이다. 단순 운율의 반복에 의해 이루어지는 시행을 들여다보면, 같은 단위의 대위에 의한 구조적 균형이 드러나고 있는데, 이 대대적 상황이 중세 종교의 보편적 성격을 반영하고 있다고 볼 수 있다. 천-신의 상위 모방대상과 지-인의 하위 모방 주체 사이의 관련이 운율의 기준 단위인 시행마다 재실현되는 과정에서 시행이 형성되는 것이라고 할 수 있다.

### 4) 가사 운율의 확대 적용 전망

가사의 장르적 실체가 복합적이거나 혼합적으로 다변화되어 있다고 밝혀진 것은, 그 주제의 실현 방안이 어느 한 갈래에 한정되어 있지 않음에서 말미암는다. 소설과 관련을 가지면서는 화자의 경험을 내면적으로 통합하는 장면에서 활용되며, 판소리에 관여하여서는 다성적 율조의 근간을 지탱하는 역할을 수행한다. 애정소설인 『추풍감별곡』의 서두나 결말부에서 화자의 심회를 토로하는 장면에 들어가는 가사의 곡명이 소설의 제명으로 채택된 데에서 가사의 소설에 대한 영향력을 읽을 수 있다. 또한, 판소리의 정화라고 할 수 있는 단가들에 가사체가 지배적 사실도 이 영향력의 결과라고 할 수 있다. 문제의 소재는 가사는 무슨 동기로 이러한 영향력을 행사하는가에 있다. 바꾸어 말한다면, 4음보격 시행이 다른 양식의 율문 유형의 기본 단위로 전환할 수 있는 잠재력의 정체란 무엇인가에 문제의 핵심이 놓여 있다. 전환이라고 했지만, 대체적 방향은 양적 확대라고 볼 때에, 우선 가사 작품에서 흔히 만나는, 2음보 추가 시행에 관심을 두게 된다. 4음보의 근본이 2음보에 있다는 점을 감안하면, 2음보의 추가는 자연스러운 양적 확대라고 할 수 있다. 결국 6음보로 귀착하는 이 특별한 시행이 4음보격 시행과 달리 하는 성격은 3단위 구조라는 기수적 속성에 있게 된다. 그렇다면, 6음보는 3음보의 배수적 확대형으로 그 구조적 요인을 3음보와 공유해야 할 터인데, 그렇지 않은 까닭은 3음보격 시행의 마지막 음보는 시행을 완결하는 역할을 지님에 반하여, 6음보격 시행의 마지막 2보격은 다음 시행에 대하여 열려 있는 관계를 가지는 미결의 상태에 있기 때문이다. 결국 가사 시행의 가장 단순한 확대 방식인 6음보격으로의 전환은 다음 4음보격 시행과의 연관 속에서 다시 4음보로 환원될 수 있는 유동적 상태에서 이루어짐을 알 수 있다.

안정적인 일원적 대대를 정신 구조의 중심에 놓는 가사의 양적 확대는 시행의 연속 반복에 의한 중첩에 크게 의지하지만, 때로 동요하는 정신이 반영되는 순간은 연속의 양상이 단순 반복을 벗어나 구조 바깥쪽으로 선회하기도 한다. 후기가사에서 많이 다루는 생활 정황의 사실 나열이나 억압받는 내면의 분출 상황에서 시행의 제어되지 않는 점층적 연계는 전기가사의 안정적 전개와는 분위기를 달리한다. 이러한 정향되지 않은 나열이나, 제어되지 않는 분출은, 사설시조의 중장 부분 확대 현상에서 나타나는 것과 같은 다종 음보의 혼효로 이어질 가능성을 가지고도 있지만, 가사 장르 내에서 이 가능성이 실현되지 않는 것은 장가로서 끝이 열려 있는 개방적 구조에 기인한다고 본다. 사설시조는 단형시조의 확대형으로서 다종 음보의 혼효를 견제하는 형식적 제한을 받지만, 가사는 행의 무한한 중첩이 허용되는 열려 있는 형식이기 때문에 작품 전개를 견인하는 구조적 중심을 시행의 정형성에 둘 수밖에 없기 때문이다.

애국계몽기의 분출하는 파토스가 지리해보일 정도의 반복 형식으로 실현되는 모습을 알고 있는 우리로서는, 이 단순하면서 견고한 형식적 제한이 깨지면서 유동하는 시행의 모습이 어디로 귀결하는가를 쉽게 가늠할 수가 없다. 그러나 겉으로는 단순한 반복 형식으로 보이는 시행 내부에 들어서면 이질적 음수의 마디들이 충돌하는 엄청난 리듬의 변화가 감지된다. 이 리듬의 근원은 산문 리듬과 운문 리듬의 긴장 가운데 형성된다고 볼 수 있다. 가사 양식에 내재한 산문의 정신에 운문의 형식이 가지는 긴장은 운율로서만이 지탱되는데, 4음4보격을 기준으로 두고 일어나는 운율 단위의 양적 확장과 축소는 이 긴장을 정신과 형식 사이의 내왕으로써 해소하려는 움직임이다. 따라서 4음4보격은 가장 고조된 운율 운동을 제어하는 마지막 보루이며, 아직은 운율 형식에 잔존한다는 최후의 표지이다. 조선 후기나 애국계몽기와 같은 변혁기의 분출하는 운율 파토스를 오로지 이 표지로써 확인할 수 있으며, 그다음 국면이 격렬한 운율 형식의 동요로 이어진 사실이 있기에 4음4보격을 운율 형식의 마지막 보루로 보게 된다. 그런 점에서, 자유시의 파격을 전통 운율로부터의 일탈로만 파악할 것이 아니라, 가사의 복종하는 형식 속에 잠재한 자유 가운데 있는, 파격을 허용하는 여유의 계승으로 보면서 전통 양식과의 단절을 해소하는 자세가 필요하다고 하겠다. 다음 장에서는 노래로서의 가사의 성격을 특히 근대이행기 속에서 확인하는 작업을 통하여 19세기 조선시가에서 가사체가 차지하는 비중을 재점검해보려고 한다.

제2장

# 근대 이행기에서의 가사체 실현 양상

## 1. 종교적 우의와 가사체

### 1) 불교가사의 구법 성립과 발전사적 변모

불교가사의 시발로 알려진 懶翁和尙의 〈西往歌〉는 18세기 초 숙종대에 이루어진 『念佛普勸文』(甲申; 1724) 에 실린 것이 가장 빠른 기록이다. 한편, 〈懶翁三歌〉(정식 명칭은 〈普濟尊者三種歌〉)를 당대의 명의로 하는 懶翁의 漢詩 歌頌 세 편은 『懶翁集』[1]에 序跋의 체제를 갖추어 실려 있다. 〈懶翁三歌後〉가 牧隱 李穡에 의해 이루어졌음은 그 노래가 당대의 너른 공인하에 유통되었다는 의미이다. 懶翁은 〈懶翁三歌〉 외에도 한시 偈頌

1 연기가 지정(至正) 23년(1363) 가을 7월 어느 날로 표기된 進賢館 大提學 白文寶의 서문과 李達衷의 발문을 갖춤.

과 佛讚 頌類들이 있어서, 『懶翁集』에 〈懶翁和尙頌歌〉라는 편명으로 묶여 있다. 400여 년을 구전되었다고 볼 수밖에 없는 〈西往歌〉와는 대조적 처지에 놓인 것이 〈懶翁和尙頌歌〉임을 알 수 있다. 그런데, 이 처지가 다른 두 종류의 노래들이 한 작가에게로 귀속한다는 사실은 그 작가가 두 처지에 거쳐있는 사유의 소유자임을 가리킨다. 〈懶翁和尙頌歌〉에 실린 漢詩 歌頌들은 세 종류의 독자를 대상으로 하는데, 왕족이나 고위 관료가 한 부류이고, 불승들이 또 한 부류이며, 마지막으로 일반 대중이 한 부류를 차지하고 있음을 본다. 마지막 일반 대중 상대의 歌頌들은 겉모습은 다른 부류에 대한 작품과 흡사하나, 속 내용이 전달에 평이한 데로 내려가 있음을 알 수 있다. 예를 들어, 〈示諸念佛人〉이라는 제하의 8편 7언시는 앞에 나열된 왕족을 대상으로 하는 〈示永昌大君〉으로부터 〈示廉侍中〉 이하 여러 관원을 거쳐 〈示卞禪人〉 등의 불승들에게 주는 戒示의 뒤에 놓여서 일반 부중을 대상으로 했음을 알 수 있다. 내용도 자연히 평이한 데로 기울어 있음을 볼 수 있는데. "深沈無語意彌長 妙理誰能敢度量 坐臥行來無別事 心中持念最堂堂"(〈示諸念佛人〉 제1수)처럼 묵언 중에 염불함을 강조하는 실천적 교시를 전하는 데에 주력하고 있다. 이렇게 평이하게 교리 전달하는 방편으로서 활용되는 한시 가송의 대표격이 〈懶翁三歌〉가 되겠는데, 이 경우에는 단순히 평이한 전달에만 힘쓴 것이 아니라, 계층을 아울러서 제도하는 의도를 실현하려 했음을 볼 수 있다. 牧隱 李穡이 後序에서 밝힌 대로,[2] 〈懶翁三歌〉에 대하여 중국

2 "나옹의 문자를 펼치는 수단은 일찍이 초안을 세우지 않고도 실질적인 이치를 토하여 내어 찬연히 써나가서 가락 있는 말이 낭랑한 것이나, 세속문자를 깊이 풀어낸 것은 아님이 또한 볼만한 것이다. 세 노래에 이르러서는 (한문 게송과) 두 사람의 손에서 나온 듯 다르니, 반드시 그 정심히 연찬하고 널리 생각하고 지은 터일 것이다. 그렇지 않다면 어찌 영가의 구법을 본떴겠는가? 다른 날에 서역에 유전되어 마땅히 소리를 완상하는 이가 있을 것이다[懶翁文字信手 未嘗立草 吐出實理 粲然寫出 韻語琅然 然於世俗文字 不甚解 亦可見焉 至於三歌 如出二人之手 必其研精覃思而作者也 不然何以倣永嘉句法哉 異日流傳西域 當有賞音者矣]."

불교계의 『永嘉集』에 수록된 가송에 비견할 만한 작품성과 아울러 불교 송찬의 원류인 인도 범패의 본질에까지 이르는 당대적 보편성을 지닌 것으로 평가하고 있다. 이러한 평가는 한국 불교계의 시가가 당도할 수 있는 최상의 경지에 해당하는 것인데, 均如의 〈普賢十願歌〉에 대한 당대의 해석에서도 읽을 수 있었던 내용이다.[3] 한편, 『나옹집』의 행장과 〈나옹화상어록〉에는 수도 과정에서 지어진 여러 편의 게송류 한시가 실려 있는데 이들의 작품 성향은 대체적으로 문자에 집착하지 않는 禪覺의 해오 경지를 보여주고 있다. 즉, 형식적 규율을 초탈한 면모를 보이는데, 이러한 면모는 고려 후기 불교계의 선시 가운데 일반화되어 있는 것으로서, 당대 불교계 정신 영역의 높은 수준을 보여줄 뿐 아니라, 새로운 형식 모색이라는 문학적 측면의 관심도 끌고 있다. 고려 후기 선시가 한시의 규범을 벗어나면서 국문시가에 근접하는 양상은 가사의 발생에 중요한 계기가 되었다.

불교계의 한시 頌歌류가 국문시가와 가지는 관련은 이처럼 내용의 일반화를 추구하는 가운데에 이루어진 형식의 파탈을 통하였음을 알 수 있다. 그런데 원래 선시의 본질로서 드러나는 형식의 파탈만이 국문시가로 진행하는 일방적 경로는 아니었다. 한시와 국문시가 양자 간에 공유하는 형식적 요인이 또 한편에서 작용하였다. 예컨대, 『懶翁集』에 부록으로 실린 〈願文〉을 잠깐 보면,

稽首歸依恒沙佛 頂禮圓滿契經海

---

(이종욱 편, 『懶翁集』, 월정사, 1940, 제45장 前面. 번역은 필자에 의함).

3 8·9행의 한문으로 쓴 서문은 뜻이 넓고 문체가 풍성하며 열한 마리의 향찰로 쓴 노래는 시구가 맑고도 곱다. 그 지어진 것을 詞腦라고 부르나니 가히 貞觀 때의 시를 능욕할 만하고, 정치함은 賦 중 가장 뛰어난 것과 같아서 惠帝·明帝 때의 賦에 비길 만하다(최철·안대회, 『역주 균여전』, 새문사, 1986, 63쪽).

歸依一切諸賢聖 願垂慈光爲證明
無始已來至今身 由貪瞋痴動三業
知不知作及自作 敎他人作見聞隨
所造十惡五無間 八萬四千恒沙罪
於三寶前盡懺悔 願令除滅諸業障
願我臨終無苦難 面見彌陀生極樂
成就普賢廣大行 盡未來際度衆生
普願法界諸衆生 永除煩惱所知障
勤修十佛普賢行 衆生界盡摠成佛[4]

와 같이 2구를 한 단으로 하면서 매구 7자를 4・3으로 끊어 읽으면 자연스럽게 4마디 시행을 형성하게 됨을 본다. 이와 같은 율독은『釋門儀範』같은 의례집에 실린 가송들이 일반적으로 4음 4구로 낭음되는 모습과 유사하다. 아마도, 이러한 낭음 율독의 관습은 고려 당대에도 실재했을 것이며, 여기에 한시 현토의 율독 관행이 함께 작용한 것이 불교가사의 율격으로 귀착되었으리라고 볼 수 있다. 한문에 현토하는 독서 방식은 자연스럽게 의미 분절을 형성하게 되는데, 한시의 경우에는 통사적 분절이 곧, 율격적 단위를 형성한다는 한국시가 율격의 일반화 성향에 참여하게 된다. 나옹화상의 또 다른 가사 작품으로 알려진, 이두 표기의 〈승원가〉는 한시에서 국문시가로 옮겨가는 현토식 율독 방식을 충분히 반영하고 있으며, 같은 시기에 이루어진 신득청의 〈역대전리가〉를 통하여 현토식 율독 방식이 가사체를 형성하는 데 기여한 사실을 다시 확인할 수 있다.

4 이종욱 편,『懶翁集』, 월정사, 1940, 제86장 後面.

위와 같이 4음4보격의 율격 형식을 기간으로 하는 불교가사의 외형 성립 과정은 오늘날에도 전송되는 불교가송의 관습 안에서 수월하게 설명될 수 있다. 좀 더 살펴보아야 할 점은 불교의 사상적 취향과 율격 형식의 계합 관계이다. 극락(정토)-속세(예토), 부처-중생, 자각-미혹 등등의 대대적 구조가 불교 사유의 근간을 이루고 있다. 4음4보격 내의 동량 분단은 이 구조를 표상한다고 볼 수 있다. 〈서왕가〉의 한 단락으로 예를 들어 본다.

> 이보시오 어로신네 권ᄒᆞ노니 죵졔션근(種諸善根) 시무시소
> 금싱(今生)애 ᄒᆞ온 공덕(功德) 후싱(後生)애 슈ᄒᆞᄂᆞ니
> ᄇᆡᆨ년 탐물(百年貪物)은 ᄒᆞᄅᆞ 아젹 듯글이오
> 삼일ᄒᆞ온 념불은 ᄇᆡᆨ쳔만겁(百年萬劫)에 다ᄒᆞᆷ업슨 보뵈로쇠
> 어와 이 보뵈
> 력쳔겁이불고(歷千劫而不古) ᄒᆞ고 극만셰이쟝금(極萬世而長今)이라
> 건곤(乾坤)이 넙다ᄒᆞᆫ들 이 ᄆᆞᄋᆞᆷ애 미출손가
> 일월이 ᄇᆞᆰ다ᄒᆞᆫᄃᆞᆯ 이 ᄆᆞᄋᆞᆷ애 미출손가
> 삼셰졔불(三世諸佛)은 이 ᄆᆞᄋᆞᆷ을 아ᄅᆞ시고
> 뉵도즁싱(六道衆生)은 이 ᄆᆞᄋᆞᆷ을 져ᄇᆞ릴시
> 삼계뉸회(三界輪廻)을 어ᄂᆡ 날애 긋칠손고

이 부분은 삼계 바다에 배 띄워 환해하며 육도 중생에게 극락왕생할 염불선에 탈 것을 설파하는 대목으로서 작자의 뜻과 흥이 고조되어 창의 효과가 가장 빛을 낼 수 있는 곳이다.[5] 의도적으로 간격을 설정하여

5 조태영, 「〈서왕가〉의 문학적 가치」, 『한국고전시가작품론』 2, 백영 정병욱선생 10주기 추모 논문집 간행 위원회, 1992, 588쪽.

표기한 대로 앞 구와 뒤 구가 대응하는 구조를 드러내고 있다. 그리고 앞 구와 뒤 구에는 대응 구조에 부합하는 의미가 각기 부여되어 있으며, 최소한의 단위로서의 낱말들에 이 의미가 집약되어 있다. 차례로 이 핵심이 되는 말들을 열거해 보면,

| | | |
|---|---|---|
| 어로신네 / (나-화자) | 금ᄉᆡᆼ(今生) / 후ᄉᆡᆼ(後生) | ᄇᆡᆨ년 / ᄒᆞᄅᆞ |
| 삼일 / ᄇᆡᆨ쳔만겁(百年萬劫) | 건곤(乾坤) / 이 ᄆᆞᄋᆞᆷ | 일월 / 이 ᄆᆞᄋᆞᆷ |

위의 경우들은 대위가 되는 핵심어를 중심으로 앞 뒤 구가 형성되면서 자연스럽게 대응 구조의 시행을 성립하는 예이다. 이 경우는 시행뿐만 아니라 속담 같은 데에서도 찾아지는 것으로서 세계에 대한 가장 기본적 사유를 담지하는 구조의 문장화인 것을 알 수 있다. 속담의 예문을 들어서 이 기본적 사유의 문장화가 어떻게 이루어지는가를 보기로 한다.

**하늘**이 무너져도 솟아날 **구멍**이 있다

"窮則通"으로 해석된 것처럼 하늘 : 구멍 = 窮 : 通 의 대위가 성립한다. "무너져도 솟아날"이라는 연결은 生 / 滅, 盛 / 衰, 離 / 合 등등의 양항적 계기를 전제로 한다. 반전을 거듭하는 인사의 경험에서 우러나온 담론으로서의 속담은 양항적 계기를 반영할 수 있는 대구 구조의 문장을 요구하기 마련이다. 속담이 실제 대화에서 활용될 때에 반드시 "~라고 하더니" 투의 어법에 의지하는 것은 권위를 가진 원전으로서의 위치를 속담에 부여할 수 있기 때문이다. 불변의 진리나 만고 유전의 법칙처럼 오랜 경험을 기반으로 하는 민속적 신뢰가 속담에 집적되어 있다.

속담이 인간의 경험이 집적된 원천적 사고를 반영하는 문장이라고

한다면, 민요나 무가와 같은 노래의 원류에 그런 문장이 사용되었을 가능성이 있고 실제로 민요나 무가에서 대구 구조에 의존하는 문장이 빈출하기 마련이다. 단문에 일정한 정황을 집약하는 속담의 경우와 다르게 노래에는 흥취를 싣는 장치로서의 리듬이 관여하기 때문에 대구 구조의 역할이 대위적 사고만을 담는 데에만 그치지 않는다. 리듬은 구조적 대위를 기반으로 하는 반복을 위주로 하지만 단위들의 연접을 가능하게 하는 계기로서의 쉼과 그 쉼의 경계에 의하여 차별되는 여러 가지 자질(강약 / 고저 / 장단)을 배려하는 가운데 형성된다.

> 명사십리가 아니라며는 해당화는 왜 피나
> 모춘삼월이 아니라며는 두견새는 왜 우나

〈정선 아라리〉의 단형에 보이는 이 노랫말은 공식구로도 설명되듯이 꼭 같은 문장 구조에 성분들만 다르게 배열하였다. 같은 단위가 되풀이된다는 점에서는 반복이라고도 할 수 있지만, 앞뒤에 놓이는 위치가 다름으로써 운율의 성격을 달리함은 이들이 시가의 행으로서 가담하고 있기 때문이다. "일정한 규칙과 반복 등에 의해 형성되는 소리의 율동은 일상언어에서 만들어지는 율동과 다를 수밖에 없고 (…중략…) 언어배열을 통해 일어나는 같은 형태를 지닌 것이 일정한 주기로 반복되면서 생기는 시간적 순환에서 만들어지는 율동은 시가에서만 가능하기 때문이다."[6]

반복 순환에 의해 이루어지는 율동의 사례는 무가에서 풍부하게 찾을 수 있다.

---

6 손종흠, 『속요형식론』, 박문사, 2010, 107쪽.

그림 치장 헌 연후에 사방부벽이 업슬소냐
동편에
(A) 진쳐사 도연명이 평패형을 마다하고
추강에 배를 띄어 심양으로 가는 형상 녁녁히 그렷구나
서편을 바라보니
(B) 삼국풍진 소란시에 한종실 유현덕이 젹토마를 빗겨타고
남양초당 설한즁에 와룡선생 기다리는 형상 녁녁히도 그렷구나
남벽을 바라보니
(C) 서산대사 성진이가 석교에 올나
팔선녀를 히롱하며 합장배례 하는 형상이요
북벽을 바라보니
(D) 위수에 강태공이 선팔십이 곤궁하야
고든 낙시를 물에 넛코 쥬문왕을 기다리는 형상 녁녁히도 그렷구나
부벽치장 이만할 졔 방치장이 업슬소냐
안방을 들어서서
(가) 치여다보니 소란반자 내려다보니 각장장판
통장 봉장 삼층장 의거리 자개함롱 반다지 각계수리 나뷔 장식 화류장이 더욱 좃타
그 위를 치여다보니
(나) 자개 경대며 왜경대며 피롱이며 목롱이 쌍을 채 언칫구나
(一) 방치장을 볼작시면 보료 담료 쌀엇구나
(二) 층함이며 사방탁자 진쥬 안석 노왓구나 화류문갑 노왓구나
(三) 대병풍 소병풍 곽분양이며 행락도의 소자 병풍 백자 동병 병풍을 둘넛구나
(四) 쌍봉 그린 빗졉고리 주홍 당사 별매듭에 맵씨 잇게 걸엇구나
(五) 색별 갓튼 요강 재터리 타구들을 여기저기 더저 놋코

(六) 젼대야며 합대야며 작은 대야 큰 대야를 죽을 채여 주실 황졔 대활례로 놀으소사[7]

〈성조가〉는 성조대신을 위한 노래이다. 모든 제도와 기구가 갖추어진 살림집을 바라는 원을 담아 부르는 무가이다. 인용 대목은 〈사면벽화사설〉과 〈춘향방치레〉로 「춘향가」에도 수용되어 있는 유명 구절로서 사설을 형성하는 주원리가 반복 순환에 있음을 알 수 있다. 〈사면벽화사설〉(A~D)과 〈춘향방치레〉(가·나 / 一~六)에서 각기 다른 방식의 반복이 이루어지고, 〈춘향방치레〉 부분에서도 공간 이동에 따라 다른 방식을 사용하고 있는 것을 볼 수 있다. 한결같은 청원을 표시하기 위한 종교적 수사에 반복이 주로 사용되는 것을 볼 수 있는데, 〈성조가〉의 변조하는 반복 수사는 정황에 따른 것이지만, 그 전체적 어조는 성조대신의 하감을 바라는 청원으로 통합되어 있다.

무가의 반복 수사가 본래 종교적 청원의 성격을 가졌기에, 이 수사법을 불교가사로 전용하는 것은 극히 자연스러워 보인다. 가장 대중적이라고 할 수 있는 불교가사 〈회심곡〉에서는 반복 수사의 양상뿐만 아니라 내용에 있어서도 무가와 공유하는 모습을 보인다.

비나니다 비나니다 하나님젼 비나니다
칠셩님젼 발원ᄒᆞ고 부쳐님젼 공양ᄒᆞᆫ들
어늬 부처님이 감동ᄒᆞ야 응홀손가
**졔일젼에 진광ᄃᆡ왕 제이젼에 초강ᄃᆡ왕**
**졔삼젼에 송졔ᄃᆡ왕 졔ᄉᆞ젼에 오관ᄃᆡ왕**

---

7 赤松智城·秋葉隆 편, 『朝鮮巫俗의 研究』 上卷, 동문선, 1991, 240~243쪽.

**제오젼에 렴나ᄃᆡ왕 제육젼에 번셩ᄃᆡ왕**

**제칠젼에 ᄐᆡ산ᄃᆡ왕 제팔젼에 평등ᄃᆡ왕**

**제구젼에 도시ᄃᆡ왕 제십젼에 보도젼륜ᄃᆡ왕**

열시왕젼 부린 ᄉᆞᄌᆞ 열시왕의 명을 밧아

일직ᄉᆞᄌᆞ 월직ᄉᆞᄌᆞ ᄒᆞᆫ 손에는 철봉 들고

ᄯᅩ ᄒᆞᆫ 손에 창검 들고 쇠ᄉᆞ슬을 빗겨 ᄎᆞ고

활등갓치 굽은 길노 살디 갓치 달아와셔

다든 문 박ᄎᆞ면셔 쳘통갓치 소릐ᄒᆞ야

셩명 삼ᄶᆞ 불너 닐제 어셔 나오 밧비 나오

뉘 분부라 거역ᄒᆞ며 뉘 영이라 머물손가

대부분의 시행 내에서 앞뒤 구가 호응하는 반복 구조가 이루어지는 가운데, 특히 시왕의 명호를 연호하는 중간 부분(진한 글자)에서는 반복이 바로 열거로 이어지는 수사적 특징을 드러내고 있다. 열거는 대상을 차등 없이 바라보는 시각의 반영이거니와, 위에서처럼 대등한 경배의 대상을 제시할 경우도 있지만, 하찮은 사물이라도 세계를 구성하는 불가결의 요소라는 생각에서 나열되는 경우도 있다. 이 경우는 세계에 대한 개방적 시각을 가지게 되는 조선 후기의 사설시조나 그 발전 태인 잡가에서 빈번히 보이거니와, 앞에서 인거한 불교가사나 무가에서도 대상을 단일 개념화하여 제시하는 것보다, 무차별적 나열을 통하여 실제를 반영하는 방식을 볼 수 있었다. 종교적 발화의 경우 초월 존재에 포섭되는 단일 개념화가 지배적일 것 같은데, 불교가사나 무가의 경우 오히려 현존재의 실상을 반영하는 개방적 나열이 주를 이루는 사실에서 중요한 시사를 받을 수 있다. 〈보현시원가〉의 서문에서 뚜렷이 밝힌 것처럼[8] 종교적 초월의 경지도 세상 사람의 부대끼는 삶을 기반으로 하여서만이 당도

할 수 있다는 생각이 세속적 수사법의 사용에서 드러나고 있다. 和光同塵의 화엄 요체를 실현하였다고 볼 수도 있지만, 대중의 차원으로 내려서는 용단을 가능하게 하는 것은 이념의 지남 외에 대중의 관습에 친숙해지는 과정을 필요로 한다는 점에서, 불교 시가가 생성되는 단계의 대중적 양식이 지녔을 파급력이 작용하였다고 볼 필요가 있다.

〈보현시원송〉의 곁에 〈보현시원가〉가 자리했던 위치가 고려 전기 시가계의 구도 속에서 허용되었던 것처럼, 조선 후기 불교가사가 놓이는 자리도, 둘레에 여러 가지 노래들을 배치함으로써 허용될 수 있었다. 이 때문에 조선 후기 시가사의 구도 가운데에서 불교가사의 위치를 살펴볼 필요가 있다. 조선 후기로 들어서며 양반 사대부들에 의존적이었던 가객들의 위상이 독자적으로 존립하면서, 우리말 노래에 대한 가치고양이 인식되고, 노래에 관련된 실질적 활동이 가능하게 되었다. 가집이나 가창 집단 같은 형태가 바로 그 활동이었다. 유명 가객의 인기에 편승하여 가창에 대한 애호도가 폭발적으로 상승하면서 사회 전반에 거친 가창 애호의 풍조가 이루어졌다. 향유 계층이나 향유 종류의 경계가 무너지고, 19세기 말에 도래했던 선교사들의 첫 귀에 들렸던 것처럼 어느 곳에서나 노래가 들려올 만치 노래는 사회 담론의 주요 통로로 역할하게 되었다. 불교계에서 불교가사를 판각해 내거나 대중적 취향의 몇몇 작품이 일반 노래와 교섭하면서 불교가사의 영역이 확대되는 현상은

8 대저 사뇌라고 하는 것은 세상 사람들이 놀고 즐기는 데 쓰는 도구요, 원왕이라 하는 것은 보살이 수행하는 데 줏대가 되는 것이라, 그리하여 얕은 데를 지나서야 깊은 곳으로 갈 수 있고, 가까운 데부터 시작해야 먼 곳에 다다를 수 있는 것이니, 세속의 이치에 기대지 않고는 저열한 바탕을 인도할 길이 없고, 비속한 언사에 의지하지 않고는 큰 인연을 드러낼 길이 없도다. 이제 쉬 알 수 있는 비근한 일을 바탕으로 생각키 어려운 심원한 宗旨를 깨우치게 하고자 열 가지 큰 서원의 글에 의지하여 열한 마리 거치른 노래의 구를 짓노니 뭇사람의 눈에 보이기는 몹시 부끄러운 일이나 모든 부처님의 마음에는 부합될 것을 바라노라(최철 · 안대회, 『역주 균여전』, 새문사, 1986, 45쪽).

모두 시대적 분위기와 무관하지 않다.

임진왜란에 승병을 일으킨 것을 계기로 불교 중흥의 기틀을 마련한 서산대사 휴정이 〈회심곡〉의 작자로 선정되는 사실에서 불교계의 사회 교류가 시가에 미친 영향을 볼 수 있거니와, 종교시가로서 지니는 대중 전교라는 사항은 불교가사를 규정하는 고정적 요인이어야 했다. 조선 후기 불교 중흥의 계기는 불교가사를 정비하고 전교의 범위에 비례하는 양적 확장을 꾀하는 쪽으로 작용하였다. 한편, 불교는 자각을 근본 요인으로 하기에 득도 과정을 노래하는 주제적 정비도 뒤따랐다. 이런 가운데, 불교계 내부의 모순을 비판하면서 자성을 촉구한 작품이 나타난 것은 주목을 요한다.

避後爲僧 鳥鼠僧아 誤着袈裟 專혜 마라
道伴禪朋 아니 븟고 割眼宗師 參禮ᄒᆞ야
法語六段 바히 몰나 一介無字 둘혜 내닉[1]
用心ᄒᆞᆯ 줄 ᄀᆞ라쳐도 일졀 아니 고지 듯고
黑山下의 조오다가 鬼窟裡예 춤 흘려 온깃 셔길 ᄲᅮᆫ이로다[2]
이윽고 ᄭᆡᄃᆞ랏면 ᄆᆞ음이 流蕩하야
散亂의 븟들려 飢虛을 못내 계워
도리곳갈 지벼연고 깃 업슨 누리 입고
조랑망태 두러 메고 괴톱낫 겻틔 바가
조막도치 ᄇᆞ릅 쥐고 비 ᄯᅡ쟈 밤 줏쟈 石茸 ᄯᅡ쟈 松茸 ᄯᅡ쟈
그러ᄒᆞᆫ 머로ᄃᆞ래 다 흘ᄯᅳ더 무더 두고 粥飯 도올 ᄲᅮᆫ이로다[3]
又有一般 늘근거슨 三十年 二十年을 山中의 드러이셔
活句參詳 ᄒᆞ노라ᄃᆡ 杜撰老長 依憑ᄒᆞ야
惡知惡覺 殘羹數般 雜知見을 주어 비화

禪門도 내 알고 敎門도 내 아노라
無知ᄒᆞᆫ 首座ᄃᆞ려 매도록 샤와리되
七識자리 이러ᄒᆞ고 八識 자리 져러 ᄒᆞ다
禪門의 活句를 다 註解ᄒᆞ노매라 [4]
無知ᄒᆞᆫ 首座와 有信ᄒᆞᆫ 居士舍堂 져런 줄을 바히 몰나
冬花 ᄀᆞ탄 물읍프로 기리 ᄭᅮ러 合掌ᄒᆞ야
쥐ᄯᅩᆼ이 니러ᄶᅦ 비븨ᄂᆞ니 손이로다[5]
어와 져것들히 무ᄉᆞᆫ 福德 심것관듸
高峯大惠 後에 나셔 末世眼을 머로ᄂᆞᆫ고
高峯大惠 겨시더면 머리 ᄭᆡ쳐 개 주리라[6][9]

종지형 어미를 경계로 6단으로 나뉘는 대목들은 외견상 드러나듯이 각기 다른 시행 배합을 하고 있다. 반복 열거를 위주로 하는 방식과는 차이가 나는데, 반복 열거의 수사는 이념의 확인 전파를 지향점으로 하는 데 반하여, 이 경우는 정향되지 않은 부분들의 자립성을 의도한 것으로 생각된다. 〈태평곡〉의 작자 침굉은 청허 휴정의 재전 제자로서 정토왕생을 희구하는 대중적 양식인 〈왕생가〉[10]의 작자로 알려져 있다시피 불교의 대중화에 깊은 관심을 가지고 있었다. 그의 가사 작품들은 이 관심이 반영된 소산으로 보이는데, 〈청학동가〉는 빼어난 강호가사의 세련된 수사를 활용하여, 수도 생활의 진미를 제시하였다. 윤선도와의 특별한 관계로 인한 영향으로 볼 수도 있고, 불교가사가 주변 시가 장르와 끊임없이 교섭을 가져온 결과로도 볼 수 있다.[11]

9 枕肱, 〈太平曲〉(임기중, 『불교가사 원전 연구』, 동국대 출판부, 2000).
10 阿彌陀佛 阿彌陀佛하야 一心이오 / 不亂이면 阿彌陀佛이 卽現目前하나니 / 臨終에 阿彌陀佛하면 往生極樂하리라(『한국불교전서』 제8책, 동국대 출판부, 1986, 371쪽).
11 김종진, 「침굉(枕肱)의 〈태평곡〉에 대한 현실주의적 독법」(『한국시가연구』 제19집, 2005)

〈태평곡〉은 기존 불교계에 대한 강한 비판을 담고 있다. 임란 승병 기의를 계기로 재흥한 불교계가 다시 빠진 부정적 면모에 대한 것이다. 앞서 지적한 시행의 다양한 배합은 부분들의 자립성을 드러나게 하여 대상에 대한 자세가 비타협적이며 유보적임을 보여준다. 정연한 시행 배합이 반복 열거 구조에 입각한 동조와 확인을 보이는 것과 상반된 모습이다. 특히, 과격한 언사를 서슴지 않고 비판 대상을 극단적으로 밀어붙이는 태도에서는 작자의 의도를 관철하려는 의지가 돋보인다. "高峯大惠 계시다면 머리 깨쳐 개 주리라"에 이르러서는 선풍의 적통이 일실되려는 위기감에 대한 불안을 승통의 원조를 모셔 해소하려는 의도를 드러내었다. 불교계의 참선 수행 과정에서 일어나는 폭력적 행위와 언사는 頓覺을 기도하기 위함인데, 침굉의 과격한 언사를 그 맥락에서 이해할 수 있다. 본디 불교란 자각을 목표로 하는 종교이며, 불교가사에도 이 목적을 실현하려는 의도가 담겨있기 마련이다. 한편, 안정된 형식을 일탈하면서까지 추구하는 내용의 전달이란 사항도 불교계의 偈頌類에서 익히 볼 수 있었다. 불교계에서는 백척간두의 活救方으로서 충격적 언동을 마다치 않았던 것인데, 이 관례에 해당하는 운동을 불교사의 중요한 계기 — 종단의 폐풍 타파나 선풍의 진작과 같은 개혁적 조치 — 에서 확인할 수 있다. 이런 운동 가운데 침굉과 같이 일탈적 면모를 보이는 불교가사의 작풍이 성립하였다. 이런 작풍을 다시 보이는 작자는 20세기에 들어서서 선풍 개혁을 일으킨 경허 대선사이다.

> 의심하고 의심하되 고양이가 쥐잡듯이
> 주린사람 밥찻듯이 목마른이 물찻듯이

---

에서 윤선도와의 각별한 관계를 제시하고, 당시 가사의 현실주의적 성향보다도 더 진취적 현실 인식 자세를 지닌 것으로 평가하였다.

육칠십 늘근과부 자식을 일흔후에 자식생각 간절틋이
생각생각 잊이말고 깊이궁구 하여가되
일념만년 되게하야 폐침망손 할지경에 대오하기 각갑도다(〈경허당참선곡〉)[12]

종교적 발화에서의 비유는 심오한 진리를 비근한 대상에 견주어 쉽게 전달하는 방법이다. 진리가 세계에 편재하다는 입장의 확인이며 근기 낮은 대중에게 다가설 수 있는 방편이다. 위 대목에서는 진리를 갈구하는 심정이 간절해야 함을 설파하였는데 생존에 긴요한 사실들을 예거하여 죽음을 무릅쓰는 각오가 서야 함을 강조하고 있다. 또한, 마음먹기 따라서 대오의 경지에 이를 수 있다고 권면하기도 한다. 종교적 발화는 궁극 목적이 신심을 확인하는 것이므로, 전반적으로 설득의 자세를 취하게 된다. 같은 작품의 다음과 같은 구절은 비유를 통한 접근의 다음 단계로서 실제 사실을 제시하여 설득을 꾀하는 대목이다.

아무쪼록 이세상에 눈코를 쥐여뜻고 부지런히 하여보세
오날내일 가는것이 죽을날이 당도하니
푸주간에 가는소가 자옥자옥 사지로세
이전사람 참선할제 마듸그늘 앳겻거늘 나는어이 방일하며
이전사람 참선할제 잠오난것 성화하야
송긋으로 찔넛거든 나는어이 방일하며
이전사람 참선할제 하루해가 가게되면
다리뻣고 울엇거늘 나는어이 방일한고
부모형제 지친으로 대신갈이 뉘있으며

12 임기중,『조선불교가요집성』: www.krpia.co.kr

금은옥백 재물로도 살려낼수 바이없네
력대왕후 만고호걸 부귀영화 쓸대없고
만고문장 천하변사 죽는대는 허사로다
동남동녀 오백인이 일거후에 무소식 불사약도 허사로다
참혹하다 이인생에 죽잖는이 뉘있는가
북망산 깊은곳에 월색은 침침하고
송풍은 슬슬한대 다만조객 가마귀라
인생 일장춘몽을 꿈깨는이 뉘있는가 가련하고 한심하다

죽음으로 무산되는 현세의 영화를 근거로 불도에 귀의할 필요성을 역설하고 있다. 죽음의 쓸쓸한 정경을 묘사함으로써 설득의 강도를 높이는 마무리도 보태었다. 이와 같은 자상한 설득 과정을 바로 앞 시기의 관념어로 넘치는 의례적 불교가사[13]와 대비하면 경허의 의도가 어디에 있는가를 명확히 알 수 있다. 관념어가 고정된 이념을 일반화하여 표현하는 것이라면, 경허가 사용한 일상의 구체어는 개별 사정을 포용하여 보편화를 유보하는 입장의 표명이다. 전자가 기지의 내용을 확인시키려는 의도에서 발화된 것이라면, 후자는 판단을 지연하면서 청자에게 미루는 의도에서 발화된 것이다. 후자가 설정한 미정의 세계가 아직 불도의 수행 중에 있는 대중에게 익숙하며, 더욱 설득력을 가진다. 한국 불교의 선

13 嗚呼라 슬프도다 / 凡夫 聖人 따로 없고 染界 淨界 따로 없어 / 同時 淸淨 法界 중에 平等 安住 무별컨만 / 어이하온 貪嗔癡로 華藏世界 마다하고 五濁惡世 自取하니 / 三界는 茫茫하고 四生은 遙遙하다 / 過去 諸佛 無量하사 說法度生 數 없건만 / 大海漂蕩 죽을 몸이 方舟龍船 싫다 하고 / 一劫二劫 無量劫을 地獄 餓鬼 畜生衆과 萬般苦楚 汨沒타가 / 支離할사 今生에는 幸得 人身 하였으나 佛前佛後 못 미치니 / 답답고도 설운지라 千里 險路 가는 盲者 그 뉘라서 引導할까 / 靑天白日 밝았건만 나만 혼자 밤이로세 / 佛前佛後 났거니와 金口所說 流轉하니 / 內衣道士 넉넉건만 淸淨信心 전혀없고 / 貪嗔癡가 主宰되어 大海水로 當敵하며 虛空을 比量할까 (南湖 永奇和尙(1820 ~ 1872), 〈廣大募緣歌〉). 永奇和尙은 寫經, 讀經, 刊經에 일생을 바친 스님이다. 불경을 중시하였음을 알 수 있다. 관념어가 불경 중시 자세에서 나왔을 것이다.

맥이 경허에 의해 중흥했다는 평가를 받는 것처럼, 경허는 피폐한 선풍의 진작을 근본 회귀의 자세로 꾀하였고, 이 자세에서는 무지한 대중도 불도를 성취할 수 있다는 전망이 제시되어야만 했다. 경허의 가사는 이런 발색근원의 자세에서 나왔다고 할 수 있다. 경허의 가사들은 대중 법회에서 불렸다고 한다. 보통 고승들의 법문 마무리에는 내용을 집약한 자작 게송이나 불경의 명구 같은 것이 낭음되는데, 대중 친화적 자세의 경허 법문에서는 가사가 그 마무리 역할을 한 것으로 보인다.[14]

## 2) 천주가사의 성립 과정

### (1) 천주가사의 본질과 생성 과정

현재까지 알려진 바로는, 이승훈의 문집으로 추정되는 『蔓川遺稿』에 실린 〈天主恭敬歌〉와 〈十誡命歌〉를 천주가사의 효시로 삼는다. 이 두 작품의 題下 附記에는 자생적 천주교 전교 초기에 교리를 선도적으로 이해하고 전도하는 데 가장 앞섰던 李檗과 순교로써 교리 수호를 보여준 丁若銓을 대표로 하는 작자군(權哲身 · 李寵億)이 이 두 작품의 제작에 관여한 것으로 기록되어 있다. 『蔓川遺稿』의 題下 附記에는 이 작품들의 제작 계기가 走魚寺에서 열린 講論인 것으로 밝혀져 있다. 거기서 己亥 臘月로 명기된 시점은 다산 정약용의 「先仲氏墓誌銘」이나 「鹿巖權哲身墓誌銘」에서 1779년 동짓달로 확인된다. 위의 다산 문건들에서는 講論의 내용이 유교 수양의 일반적인 것으로 은폐되어 있지만, 천주교 박

14 춘원의 『원효대사』에 나오는 법회 마무리에 낭음된 게송(〈원효대사법회송〉)이 가사체로 되어 있음은 실제 법문에서 가사가 마무리 게송의 역할을 한 사실을 반영한 것으로 보인다.

해의 제약을 피하려는 방도일 뿐, 달레의 『한국천주교회사』에서 밝힌 대로 성리학의 주요 문제에 대한 역대의 견해를 토론한 외에 천주교의 교리와 과학 문물의 이론을 검토한 것으로 보인다.[15] 다산이나 달레의 走魚寺 강론에 관한 언급에서 공통적으로 강조된 부분은 이벽이 폭설과 호환을 무릅쓰고 강회에 참석한 사실이다. 1779년 어름 이벽의 행적[16]으로 보았을 때, 그의 열정은 천주교를 향한 것으로 보아야 할 것이다.

〈天主恭敬歌〉와 〈十誡命歌〉가 1779년 走魚寺 강론을 계기로 지어진 사실은 확인되지 않지만, 순교로 극대화되는 종교적 열정을 표출할 수 있는 당대적 방안으로 가사가 적합하다는 점은 여러 가지 조건으로 보아 인정할 만하다. 우선, 18세기 말이라는 시기는 시가사의 발전 단계에서 여러 유형의 가사가 계층적 경계를 넘어서서 향유되던 때이었다. 이 시기의 사회 모순을 계기로 〈갑민가〉와 같은 현실 비판 가사가 형성되며, 〈상사별곡〉과 같은 애정주제 가창가사가 연군가사의 중의적 틀을 깨뜨리고 직설적 애정표출의 대상물로 기능하기 시작하였다. 한편, 〈봉선화가〉나 〈규원가〉류의 연연한 정서의 고리를 이어 가사가 여성 세계에까지 침투하기 시작하였다. 이런 대중 지향적 제작 성향에 수반하여, 앞서 불교가사에서도 본 것처럼 더 낮은 곳을 통하여 쉽게, 높고 심오한 세계에 당도하는 방편으로서 가사가 활용되기도 하였다. 천주교가 조선에서 배척받은 가장 큰 이유는 당시의 사회 질서에 위배되기 때문이

---

15 연구회는 10여일 걸렸다. 그 동안 하늘, 세상, 인생 등 가장 중요한 문제의 해결을 탐구하였다. 예전 학자들의 모든 의견을 끌어내어 한 점 한 점 토의하였다. 그 다음에는 성현들의 윤리서들을 연구하였다. 끝으로 서양선교사들이 한문으로 지은 철학, 수학, 종교에 관한 책들을 검토하고, 그 깊은 뜻을 해득하기 위하여 가능한 온 주의를 집중시켰다(샤를르 달레, 안응렬・최석우 역주, 『한국천주교회사』 상권, 한국교회사연구소, 1979, 300~302쪽).

16 정약용과 이가환 등등이 이벽에 의해 입교하게 되는 것을 보면, 오래전부터 천주교 교리를 연구하여 자가를 이룬 것으로 보인다. 1783년 북경 사신에 수행하는 이승훈에게 세례를 받고 오도록 密託하였으며, 이승훈이 세례를 받고 오자 '세례자 요한'이라는 세례명을 받고 전교하여 1784년에 조선에 천주교회를 창설하였다.

었다. 신 앞에 만인이 평등하다는 논리는 전제 군주하에서는 용납될 수 없었다. 의식의 전복을 가져오는 새로운 사상을 담을 그릇으로서 가사가 선택되었다는 사실은 가사의 장르 본질과 관련된 여러 사항을 환기한다.

가사는 절대적 동경에서 우러나오는 찬송으로부터 해소될 수 없는 문제에 대한 유예를 거쳐 미천한 처지에 대한 비탄까지 그 노래하는 자세가 다양함을 본질로 한다. 그러나 조선 전기까지 가사의 주담당층인 사대부에게 있어 지존의 군주를 향한 애끓는 하소연이나 절대 명제로서의 도에 대한 준순 표명이나 그 자세는 동일하였다. 왕의 존재가 곧 절대 명제의 논거와 동일하게 유일무이한 것이기 때문이었다. 천주교는 찬송의 대상을 왕보다 더 높은 곳에 둠으로써 현실 질서를 초월하려고 하였다. 천주가사의 화자는 절대자를 향하는 상향 귀의는 동일하지만, 찬양 대상에의 지속적 예속이 아니라, 성인의 반열에 상승할 수 있는 변화를 기대하는 점에서 연군가사의 고착적 화자와는 성격을 달리한다. 천주가사의 화자가 "어와 세상 벗님ᄂᆡ야"(〈天主恭敬歌〉) 혹은 "세ᄉᆞᆼᄉᆞᄅᆞᆷ 션비님네"(〈十誡命歌〉)라고 돈호할 때에 그 대상이 되는 청자는 아직 입교 이전의, 주자학에 입각하거나, 주자학 이념에 예속되어 있는 존재들이다. 이들을 교화하여 입교토록 하는 설득의 과정이 천주가사의 주요 전개 내용이다. 주자학적 담화의 청자가 시종 변동 없는 자리에 위치하는 것과 다르게, 천주가사의 청자는 이방에서 천주의 세계로 그 위치를 옮겨가야만 한다. 감화에 의한 자각에 이르는 이 변화상은 불교가사의 전개 과정에 유사하다. 다만, 불교가사의 담화는 그 생성기서부터 이미 불교가 국교로서 역할을 하던 기존의 체제 안에서 담화의 목표가 미리 정하여져 있었다면, 천주가사는 전교 과정에 생성된 관계로 미지의 목표를 향한다는 점이 다르다고 하겠다.

천주가사의 담화가 지향하는 미지의 세계는 동방 권역 밖의 외방에 속하므로 담화의 미정적 성격이 더욱 두드러진다고 할 수 있다. 천주가사의 담화는 발화 자체서부터 신생적이기 때문에 그 틀을 기존의 가사 형식에서 빌려 왔다고 하더라도 전혀 새로운 장르의 출현을 가져올 수 있었다. 기존의 연군가사나 애정가사를 부르듯이 노래하더라도, 발화의 처음 순간서부터 천주가사는 미지의 세계를 향하는 의식을 이끌 수밖에 없었다. 이와 같은 장르의 개신은 전혀 새로운 정신에 입각한 것이다. 불교가사가 사대부가사로 이어지는 관계는 이념의 내용을 달리하더라도 대상에 대한 절대적 지향에 있어서는 변동이 없다고 할 수 있다. 말하자면, 부처가 놓인 자리에 임금을 대치하였다는 간편한 논리를 적용할 수도 있다. 그러나 천주가사는 이 논리를 훨씬 벗어나 종속적 위치에 있었던 화자를 새로운 정신을 자구하는 자존적 위치에 전환시켰다. 외방의 체제에 의한 기존 체제의 전복은 필연적으로 문학 장르의 영역을 재편하는 것이니, 가사는 새로운 유형을 산출하면서 그동안 이어져 온 맥락을 굴절하여 다른 방향의 전개를 예비하였다. 동학가사와 여성가사, 그리고 마침내 애국계몽 가사로 이어지는 새로운 가사 발전사가 천주가사로부터 개진되었다는 점에서 천주가사의 본질을 재탐할 필요가 있다. 여기에는 작품에 대한 구체적 검토가 요청된다.

### (2) 작품을 통한 천주가사 발전 과정 재검토

① 〈천주공경가〉 · 〈십계명가〉

이 두 작품은 천주교 도입 과정에 생성되었다는 점에서 중요한 의미를 지닌다. 자료상의 확증에 있어 여러 가지 문제점이 있으면서도, 가사 작품의 내용이나 형태에 있어 천주교 도입 초기의 면모를 지니고 있기 때문이다. 두 작품이 같이, 확정된 단계의 이념 전달이 아니라 미지의 외래 종교를 이해시키는 방안으로서 가사 양식을 활용하고 있다. 내용 전개의 주요한 방식이 논리적 설득이라는 점이 도입 단계의 이념을 대상으로 했음을 말해주고 있다. 실제로 천주교 도입 초기에 당시 사상의 주류를 점하고 있던 주자학에 대한 논리적 대응이 상당한 단계로 전개되었음을 볼 수 있다. 정약용이나 이가환 같은, 뒤에는 천주교에 입교하게 되는 당대 최고의 유학자가 천주교에 미리 입교한 이벽이나 권철신 등등과 벌였을 논쟁은 자료상으로는 남아 있지 않지만, 천주교 쪽의 승리로 끝났다는 사실에서 그 치열함을 짐작할 수 있다. 또한, 천주교 배척의 이론적 근거를 찾으려는 노력이 가사로서 표출된 모습이 논쟁적 성격을 띠고 있음에서 천주교 가사의 논리적 설득 방식이 선행하였음을 추측할 수도 있다.

주자학이 지배하는 사회에 천주교를 도입하는 과정에서 우선은 이념의 타당성을 입증하는 일이 급선무이었겠지만, 문학적 표출에 있어서는 신앙의 희열을 찬미하는 일이 더 긴요하였을 터이다. 이벽의 『聖教要旨』는 4언 4구의 한시 형태로 총 49절에 거쳐 노래한 頌讚詩인데 앞의 30절은 천주교 교리를 요약하였고, 나머지 19절은 창조주의 업적과 공로[緬迹溯勳]를 찬양하였다. 책의 서두에 밝힌 대로 『天學初函』을 참조하여 짓고 주해하였다[讀天學初函李曠菴作註記之]고 한다.[17] 頌詩의 형식을 택한 대로 이 작품의 의도는 천주교 교리의 우월함과 천주교 세계의 심원함을 찬미하는 데에 있다. 한문 문체 가운데 가장 세련된 양식을 채택하기도 했지만, 장중한 논조와 숭엄한 정서에 어울리는 청자는 극히 제한된 범위에 머물렀을 것이다. 논쟁 과정까지 극복하여 교우가 된 동류 사대부들이

---

**17** 이벽, 하성래 역, 『聖教要旨』, 성 · 황석두루가서원, 1986.

주 대상이었을 것으로 생각된다. 천진암 강론에는 『聖教要旨』의 청자로나 적합한 인사들만 참여한 것으로 보이는데, 그렇다고 한다면, 천진암 강론 시에 지어졌다는 가사는 누구를 대상으로 하였을까? 앞서 읽은 것처럼 가사 속에서 "어와 세상 벗님ᄂᆡ야"(〈天主恭敬歌〉) 혹은 "세ᄉᆞᆼ ᄉᆞ롬 션비님네"(〈十誡命歌〉)라고 돈호할 때에 그 대상이 되는 청자는 아직 입교 이전의, 주자학에 입각하거나, 주자학 이념에 예속되어 있는 존재들이다. 여기서, 가사 속의 청자가 실제 현장의 청중만은 아니며, 작중 정황에 어울리게 설정된 가상적 존재라는 사실을 참조하면, 조선 천주교의 발전 과정에 맞춘 문학적 표출 양상에 따라 각기 다른 청자가 설정되었다고 알아차리게 된다. 이에 이 발견 결과를 다음 단계의 천주가사에 대입하는 일이 남게 되었다.

② 가사로써 벌인 교리 논쟁 – 벽위가사와의 관련

〈천주공경가〉와 〈십계명가〉에는 청자로 설정된 주자학 신봉의 선비들에 대한 교리 논증이 포함되어 있다. 〈천주공경가〉[18]에서는 천주의 존재 부정에 대한 대항 논리를 다음과 같이 제시하였다.

> 아비업ᄂᆞᆫ ᄌᆞ식밧ᄂᆞ 양듸업ᄂᆞᆫ 음듸잇ᄂᆞ
> 임군용안 못ᄇᆡ앗다 ᄂᆞᄅᆞᄇᆡᆨ성 아니런가

천주의 존재를 당대 사회의 절대 조건인 군부의 존재에 비의하여 그 당위성을 강조하였다. 또한, 천당의 유무를 "잇ᄂᆞᆫ텬당 모른션비 텬당업다 어찌아노"라고 변증하였다. 〈십계명가〉에서는 십계의 당위성을 하

18 천주가사의 작품 인용은 모두 김영수 편, 『천주가사자료집』 상(가톨릭대 출판부, 2000)에서 함.

나씩 논증하였는데, 천주 신봉의 당위성은 다음과 같이 변증하였다.

> 죄짓고셔 우ᄂᆞᆫᄌᆞ요 텬지신명 외ᄎᆞᆺᄂᆞᆫ뇨
> 가ᄂᆞᆫᄒᆞ야 굼쥬리쟈 죠물쥬란 외ᄎᆞᆺᄂᆞᆫ냐
> 음양틔극 션비님네 ᄉᆞᆼ재ᄉᆞᆼ신 의론ᄒᆞ쇼
> 마리닐러 돌라시ᄃᆡ 이모두ᄀᆡ 텬쥬시네
> 텬쥬니러 거루ᄒᆞ샤 ᄃᆡ고말고 론치ᄆᆞ쇼
> 금슈ᄀᆞᆯ길 뎌인고로 ᄉᆞ롬ᄀᆞᆯ길 ᄶᅡ로잇네
> 곤경ᄒᆞ쟈 비지물고 ᄀᆞᄅᆞ침을 ᄭᅵ처보세

곤경에 처하면 누구나 찾는 천지신명과 조물주가 다름 아닌 천주이며, 유교 경전의 上帝, 上神의 개념은 결국 천주와 일치한다는 논지이다. 이 같은 확고한 절대 긍정의 논조에 대응한 것이 벽위가사의 절대 부정 논조이다. 이가환과 김원성이 지은 것으로 되어 있는 〈경세가〉에서는 천주의 존재와 천주 신봉의 당위성 강조에 대한 천주교 논지를 다음과 같이 부정하고 있다.

> 음양틔극 죠물쥬를 텬쥬라고 니름짓ᄂᆡ
> 텬쥬를 ᄆᆞᆫ든것슨 뉘라머라 이르느뇨
> 텬쥬공경 아니ᄒᆞ면 죄도ᄆᆞᆫ코 듸옥간다
> 텬ᄆᆞᆫ년 동방ᄶᅡ에 주근ᄉᆞ롬 억됴충싱
> 모도다 디옥 간ᄂᆞ 텬쥬는 웨몰ᄅᆞᆫᄂᆞ
> 텬쥬잇다 누가밧ᄂᆞ 옛적에ᄂᆞᆫ 웨못밧ᄂᆞ

천주교의 선행 논조에 대한 대응 논조임을 어투에서 알 수 있다. 주로 반문을 사용한 것이 대응 논조의 징표이다. 후에, 이가환은 입교하고 김원성은 배교하는 행로를 참조한다면, 초기 전교 과정에서 일어난 교리 논쟁이 직접 반영된 작품으로서, 아직 진행 중인 논쟁이 상대 논조에 기반을 둔 두 방향의 천주가사로 귀결하였다고 볼 수 있다. 본격적 배척을 위한 벽위가사의 논조와 대비해보면, 초기 전교 과정에 지어진 교리 부정 가사의 성향이 더 잘 드러난다.

이기경의 〈심진곡〉과 〈낭유사〉는 신해(1791) 珍山 사건에 信西派를 맹공하다가 도리어 서학서를 보았다는 의혹을 사게 되어, 이를 해명하는 「辨明疏」를 올렸다가 정조의 노여움을 사 함경도 경흥으로 3년간 유배를 가서 지었다[19]는 독특한 배경을 가지고 있다. 〈심진곡〉은 이기경이 서문에서 스스로 밝힌 대로 "천리"의 진실을 밝히고자 하는 의도에서 지어졌다. 신서파들이 주장하는 대로 유교의 천리가 곧 천주교의 교리라는 긍정 논리를 배격하여, 천리는 오직 유교에만 있는 천연자재의 원리이고 천주교의 교리는 유교와는 구별되는 사악한 논리라는 절대 부정의 논조를 보이고 있다. 기다란 앞부분에서는 유교 천리의 천연자재함을 예증하였는데, 청자를 "길가는 아희"로 설정한 것처럼 자상한 하교의 자세를 유지하는 화자의 모습을 볼 수 있다. 이런 자세는 교훈가사에서 흔히 볼 수 있었던 것으로 작자가 유교 존숭 주제의 교훈가사 향유 체험을 충분히 지니고 있음을 알려준다. 그러나 "여텬지 무궁ᄒᆞ여 상졔가 주장ᄒᆞ니 / 상졔는 지공ᄒᆞᄉᆞ 일분도 ᄉᆞ졍업셔 / 졔도리 졔ᄒᆞ오면 복록을 ᄂᆞ리오고 / 졔도리 졔못ᄒᆞ면 앙화를 주시나니 / 우리상졔 늙으신지 시텬쥬 ᄂᆞᆽ단말가"로 시작되는 후반부에서는 천주교 부정의 논조로 전환한다. 부정의 도구로 사용된 어휘는 "영뎡" "걸주" "괴물" "즘싱" "귀신"

19 하성래, 『천주가사연구』, 성 · 황석두루가서원, 1985, 177쪽.

등등으로서 "졔륜긔 다ᄇᆞ리고 ᄂᆡ몸만 위ᄒᆞ라면"이나 "음긔로 쥰등ᄒᆞ여 졔리도 업산거시" "인형가진 즘싱이요 글자아는 귀신이라" 등등 구절에서 어휘 사용의 근거를 제시하고 있다. 절대 부정의 논조를 강화하기 위해서 초기 전교 과정 가사에서 사용했던 논증도 사용하고 있는데, "자ᄂᆡ도 잠을 자셔 쑴을ᄊᆡ여 볼작시면 / ᄊᆡ야셔 앗가ᄒᆞᆫ일 아득히 모르거든 / 하물며 죽은후에 아름이 이실소냐"에서는 유명 분리의 유교주의 입장을 천명하고, 다시 "텬당지옥 잇다ᄒᆞᆫ들 예부터 몃쳔년에 / 그누구 보앗스며 그누구 들엇난가"처럼 단순 논리에 입각한 확증을 첨가하고 있다.

가사 양식 내에서 전개되는 교리 논박은 초기 전교 과정과 박해 기간에 논조의 강도에 차이를 보이며 작품화되지만, 기본적으로 가사를 논쟁의 도구로 삼았다는 점에서 가사 양식의 특성을 재고할 기회를 주기도 한다. 가사가 이처럼 논쟁의 도구로 사용된 선례는 문답 설의의 수사를 사용한 〈목동문답가〉에서 찾을 수 있겠는데, 이 경우는 청자 화자를 교체하여 문제를 예각화하였다는 특징은 확인되지만, 이미 주어진 결론을 향한 모의의 문답 구조로서 실질적 논쟁의 진행 과정을 담고 있지는 못하다. 직접적 논쟁의 도구로서 가사가 활용된 경우는 〈고공문답가〉에서 찾을 수 있다. 〈고공가〉, 〈고공답주인가〉의 별개의 양편으로 이루어진 구조 자체가 〈목동문답가〉의 한 편으로 귀속되는 구조와는 다르다. 〈고공가〉의 작자는 御製 — 곧 선조 자신이 지은 것을 기휘하기 위한 위장 전술로 許㙂이라는 작가를 설정하리만큼, 사회적 파장이 큰 토지제도 문제를 다루고 있다. 곧, 왕권 강화에 필요한 국가 경영 토지제도로의 개편 의지와 훈신들 중심의 기존 대지주제 옹호의 논조가 맞부딪힌 사태가 각기 주장하는 논조를 실은 문답 가사로 귀결하였다. 전란 후의 사회를 재건하는 실제적 방안은 토지 제도의 정비에 있는 것이 당시의 실상이며, 당쟁을 지양해야 함은 합심하여 충성해야 한다는 윤리와 관련된 부차적 사항이었다고 할 수 있다.[20] 노련한 가사 향유자로서 우회적 논조를 문답으로 실현하고 있어서 자칫 오독의 우려가 있고, 실제로 오독에 의한 문제가 숙종대에 야기되기도 했다.[21] 조선조의 토지제도는 이후에도 정돈되지 못하는 중대한 사안이었으며, 이 문제를 다루는 데 가사가 활용되었다는 사실은 종교 논쟁의 도구로 사용되는 후대의 가사 향유와 맥락이 닿는, 가사발전사에서 중요한 의미를 지니는 일이라고 할 수 있다.

이기경의 벽위가사가 유배 중에 지어진 사실과 관련하여 유배가사로서 바라볼 여지가 생긴다. 유배가사는 유배라는 조건을 전제로 하면서, 주제의 성향이 억울함을 하소연하여서 방면 조치와 같은 현실적 해결책을 기대한다는 쪽으로 기울게 된다. 이기경의 벽위 논조도 자신이 철저히 천주교 배격의 입장에 서 있음을 표명하는 데 목적이 있다. 과격한 표현의 강도는 이 목적을 심각하게 의식하지 않을 수 없는 유배라는 조건에서 비롯된 것으로 보인다. 한편, 이 시기의 많은 유배가사가 당시 실세에 처한 남인 학자들에 의해 지어졌다는 사실에서 초기 천주교 신자의 대부분이 남인 계열 학자들이라는 사항을 특기하게 된다. 이 두 가지 사항의 연계는 당시의 주요 가사 작자가 남인 위주였다는 결과로 귀착될 수는 없지만, 적어도 남인 학자들이 가사를 즐겨 향유했다는 사실에 대한 증좌는 될 수 있다. 필사본 가사집 『歌詞』에는 李眞儒-李匡師-李肯翊의 친족 계통에서 지어진 유배가사가 실려 있는데, 아마도 가전본으로 여겨지는 이 가사집의 존재에서 남인 학자들의 가사 향유상을 엿볼 수 있다.

---

20 김용섭, 「선조조 '고공가'의 농정사적 의의」, 『학술원논문집』(인문 · 사회과학편) 제42집, 2003.
21 윤덕진, 「가사집 '잡가'의 시가사상 위치」, 『열상고전연구』 제21집, 178~183쪽. 선조 어제 문제로 야기된 일련의 사건을 가사 향유 방식의 변화라는 측면에서 다루었다.

### 3) 가사발전사 위의 동학가사 자리

#### (1) 동학가사만의 독자적 발화 방식

같은 종교가사이면서도 불교나 천주교 가사와 구별되는 동학가사만의 특이한 발화 방식을 지니고 있다. 불교나 천주교의 경우는 오래전부터 불전과 성경을 중심으로 하는 시가 장르 운용이 있어왔던 데 비해 신흥종교로서의 성격 때문에 중심 경전과의 관련이 특별하기 때문에 일어난 일이다. 다른 종교는 성전의 발화자와 주변 시가의 발화자가 구별되지만, 동학의 경우는 두 발화자가 모두 교주로 통합되는 데에서 비롯된 일이다. 『東經大全』 내의 수운 경전 편에는 수운의 설교 논설과 「龍潭遺事」가 나란히 자리하고 있다. '遺事'라는 편명을 부여함으로써 본전과의 거리를 두려고 하였으나, 教祖의 언설이라는 차원에서의 권위는 역대 교주들의 논설과 대등한 자격을 가지고 있다. 가사 양식의 위상이 최대로 격상된 경우로 볼 수 있다. 이 격상은 교조의 발화라는 위치 때문이기도 하지만, 한편 동학의 민중 중심 사유가 영향을 주었다고 할 수 있다.

수운의 설교 논설과 「龍潭遺事」는 모두 교조의 언행 기술이라는 차원에서 기록된 것이기에 같은 맥락으로 파악되는 내용이 중첩되는데, 이 사실에서 설교 논설과 가창가사가 같은 위상에 놓이는 변화도 읽을 수 있다. 감흥을 위주로 하는 가사의 가창은 통합적 정서의 순간적 발로에 의지하는데, 수운의 득도 과정에 보이는 몰아의 환각이 그에 부응한다고 할 수 있다. 득도 과정이 논리적 변설이 아니라 통합적 감흥에 해당한다는 점에서 가사 가창이 최초의 담화가 된다고 볼 수 있다. 이 점은 불교의 선각이 우선 게송으로 발현되는 것과도 유사하다고 할 수 있다. 같은 내용을 각기 논설과 가사로 표출한 사례를 들어서 앞의 논지를 확인해 보기로 한다.

(1) 不意四月 心寒身戰 疾不得執症 言不得難狀之際 有何仙語 忽入耳中 驚起探問 (2) 則曰勿懼勿恐 世人謂我上帝 汝不知上帝耶 問其所然 曰余亦無功 故生汝世間 敎人此法 勿疑勿疑 曰然則西道以敎人乎 (3) 曰不然 吾有靈符 其名仙藥 其形太極 又形弓弓 受我此符 濟人疾病 受我呪文 敎人爲我 則余亦長生 布德天下矣 吾亦感其言受其符 書以呑服則潤身差病 方乃知仙藥矣 (4) 到此用病則或有差不差 故莫知其端 察其所然 則誠之又誠 至爲天主者 每每有中 不順道德者 一一無驗 此非受人之誠敬耶 (「布德文」)

(1) ᄉᆞ월이라 초오일에 ᄭᅮᆷ일넌가 잠일넌가
텬디가 아득ᄒᆡ셔 정신 슈습 못 할네라
공즁에셔 외ᄂᆞᆫ 소ᄅᆡ 텬디가 진동할 ᄯᅢ
A (집안 사ᄅᆞᆷ 거동 보쇼 경황실식 하ᄂᆞᆫ 말이
ᄋᆡ고ᄋᆡ고 사람덜아 약도 ᄉᆞ 못 ᄒᆡ볼ᄭᅵ
침침칠야 점은 밤에 눌노 ᄃᆡᄒᆡ 이 말 할고
경황실식 우ᄂᆞᆫ ᄌᆞ식 구석마다 ᄭᅵ어잇고
대긔(宅의) 거동 볼ᄌᆞᆨ시면 ᄌᆞ방머리 힝ᄌᆞ치마
업더지며 잡바지며 종종거름 한창할 ᄯᅢ)
(2) 공즁에서 외ᄂᆞᆫ 소ᄅᆡ 물구물공(勿懼勿恐) 하여셔라
호텬금궐(昊天金闕) 상뎨(上帝)님을 네가 ᄋᆞᆺ지 알ᄭᅡ부냐
초야에 뭇친 인ᄉᆡᆼ 이리 될 쥴 아랏든가
ᄀᆡ벽시(開闢時) 국초(國初)일을 만지장셔(滿紙長書) 나리시고
십이졔국(十二諸國) 다 바리고 아국운수(我國運數) 몬저하네
그럭뎌럭 창황실식(愴惶失色) 정신 슈습 되얏더라

(3) 그럭더럭 장등달야(長燈達夜) 빅지 펴라 분부하니
창황실식 할 길 업셔 빅지 펴고 붓슬 드니
싱전 못 본 물형부(物形符)가 조희 우에 완연터라
B (내 역시 정신 업셔 쳐ᄌ 불너 뭇는 말이
이 웬 일고 이 웬 일고 뎌런부 더러 본가
ᄌ식의 하는 말이 아바님 이 웬 일고 졍신 슈습 하옵소셔
빅지 펴고 붓슬 드니 물형부 잇단 말솜 그도 쏘ᄒᆞᆫ 혼미로다
ᄋᆡ고ᄋᆡ고 어마님아 우리 신명(身命) 이 웬 일고
아바님 거동 보쇼 뎌런 말솜 어ᄃᆡ 잇쇼)
모ᄌ가 마조 안ᄌ 슈파통곡(手把痛哭) 한창할 ᄶᅢ
하놀님 하신 말솜 지각 업는 인싱들아
삼신산 불ᄉ약을 사룸마다 볼ᄶᅡ분야
미련ᄒᆞᆫ 이 인싱아 네가 다시 그려니여
그릇 안에 살아두고 렁슈 일비 ᄯᅥ다가셔 일장탄복(一張呑服) 하여셔라
이 말솜 드른 후에 밧비 ᄒᆞᆫ 장 그려니여 물에 타셔 먹어보니
무셩무취(無聲無臭) 다시 업고 무ᄌ미지특심(無滋味之特甚)이라
그럭더럭 먹은 부가 수빅 장이 되엿더라
칠팔 삭 지니나니 가는 몸이 굴거지고 검던 낫치 희여지니
어화 세상 사룸덜아 션풍도골(仙風道骨) 내 안인가
C (됴을시구 됴을시구 이 내 신명 됴을시구 불로불ᄉ 하단말가
만승텬ᄌ(萬乘天子)진시황도 려산(礪山)에 누어잇고
한무뎨(漢武帝) 승로반(承露盤)도 우슴 바탕 되엿더라
됴을시구 됴을시구 이 내 신명 됴을시구 영셰무궁(永世無窮) 하단말가
됴을시구 됴을시구 금을 준들 밧굴손야 은을 준들 밧굴손야
진시황 한무뎨가 무엇 업셔 죽엇는고

내가 그때 잇셔드면 불ᄉᆞ약을 손에 들고

죠롱만상(嘲弄萬狀) 하올거슬 늣게나니 한이로다

됴을시구 됴을시구 이 내 신명 됴을시구)

(4) 그 모르는 셰샹 사름 ᄒᆞᆫ쟝 다고 두쟝 다고

비틀비틀 하는 말이 뎌리 되면 신션인가

칙칙ᄒᆞᆫ 셰샹 사룸 승긔자(勝己者) 슬허할 줄

웃지 그리 알아썬고 답답히도 할 길 업다

나도 쏘ᄒᆞᆫ 하늘님게 분부 밧아 그린 부를

금슈 갓흔 너의 몸에 불ᄉᆞ약이 밋츨손야

가쇼로다 가쇼로다 너의 음히(陰害) 익달하다

우리야 뎌럴진뎐 머존은 셰월에도

괴질(怪疾)바럴 졍이 업다 쒸고보고 죽고보세(〈안심가〉)

이 부분은 수운의 득도 과정을 내용으로 하는데 논설과 가사에서 각기 네 단락으로 나누어진 부분들이 같은 과정을 담고 있다. 대조에서 볼 수 있듯이 논설은 축약된 내용을 전하며, (4)에서처럼 현상적 사실보다는 논리화된 개념 전달에 치중하고 있다. 반면, 가사는 정황이나 감흥의 전달에 주력하여 세세한 묘사와 분위기 조성을 일삼고 있다. 가사 첫 단락의 A부분은 공중에서 소리가 들리는 사실에 대한 집안 식구들의 반응을 그렸는데, 인용된 대사나 묘사된 행위가 모두 사실적으로 생생하게 제시되어있다. 이 부분에 대응하여 논설에서는 "驚起探問"만을 할애하고 있을 따름이다. 생생한 사실적 제시는 가사 셋째 단락의 B부분에서도 볼 수 있는데, 이 부분은 수운이 몰각 중에 그린 물형부를 보며 가족들과 나누는 대화로 되어 있다. 이 부분은 논설에서는 다루어지지 않았는데, 논설에서는 上帝와 교조와의 대화까지만 다룸으로써 종교 창건의 명분을 강조하고 있다면, 가사는 가족들과의 대화를 더 비중 있게 다룸으로써 현실에 기반을 두고 있는 친근한 교리 내용임을 알려주고 있다. 득도의 감흥을 노래하고 있는 C부분은 민요형 시행으로 이끌어지면서 친근한 교리 전파를 의도하고 있다. 교주의 득도 체험이 누구에게나 일어날 수 있는 일상적 차원에서 이루어진 것임을 강조하여 입교의 계층적 제한을 없애고 특히 하층 민중에게 동화할 수 있는 자세를 보여주고 있다.

### (2) 가사발전사 위에서의 동학가사 위치

위와 같이 「龍潭遺事」의 친민중적이고 탈권위적인 발화 자세의 기반에 동학의 교리 내용이 자리하고 있음을 보았거니와, 이런 자세에서 가사 양식이 요청되었던 것이며, 19세기 후반에는 가사가 대중화되었다는 발전사의 맥락이 이 요청에 부응한 것으로 보인다. 19세기 후반에 대중들이 즐기던 가사 유형은 현실비판 · 교훈 · 여성 · 애정 등등으로 현실문제를 담지하는 가사를 통해 계층적 공감대를 형성하고, 이념 수립과 전파에 대한 손쉬운 대안으로 활용되며, 여성들이 한글을 적극적으로 사용하는 계기로 작용하며, 보다 세속화된 주제까지 과감히 수용하는 방향으로 발전사가 진전되어 있었다. 한편, 가사 향유의 발전된 방안으로서 가사집 편찬이 활발히 이루어지는 사항도 덧붙일 수 있다.

가사발전사의 시기적 면모가 「龍潭遺事」에 어떻게 비추어져 있는가를 살피는 일은 「龍潭遺事」의 제작 동기를 더 확실하게 알게 하여 줄 것이다. 「龍潭遺事」 내의 가사는 제각기 다른 방향의 발화로 이루어져서 전부 다른 유형 가사로 분류할 만하다. 발화의 성격을 명확히 하기 위하여 각 작품의 작품 내 청자를 정리해 본다.

〈교훈가〉 아희들　〈안심가〉 ᄂᆡ집 부녀　〈용담가〉 셰상 ᄉᆞ롬　〈도수사〉 모든벗
〈권학가〉 세상 ᄉᆞ롬 〈도덕가〉 제군/ 우리 〈흥비가〉 나

〈교훈가〉는 일반적 교훈가사의 외형을 하고 있다. 유교 이념을 내용으로 하는 교훈가사들에서 "아희들"이 정진 공부하는 선비 일반이거나 또는 자기에게 가르침을 받는 문도를 구체적으로 지칭하는 것에 대비해 본다면 여기서는 동학에 입교하여 수도하는 이들을 대상으로 하였음을 알 수 있다. 유교 이념의 전도는 상명하복의 수직 관계를 기반으로 한다면, 동학에서는 개개인이 최상의 존재이므로 대등한 관계 속의 이해를 필요로 한다. 화자인 교주 자신의 수도 과정을 세세히 늘어놓는 의도는 교주나 입도인이나 일단 동학 세계에 들어서기만 하면 대등하게 득도할 수 있다는 전제를 확인하려는 데 있다. 유교 이념은 기존의 체계를 학습하는 확인 과정만 필요하지만, 신흥 종교인 동학에 있어서는 깨우침의 과정, 그 자체에 이념의 전내용이 포괄되어 있기 때문에 교훈의 내용이 교주의 종교 창설 과정과 일치하게 되었다. 〈교훈가〉에서도 드러나는 수운 부부의 체험 토로는 바로 종교 창설 과정에서 일어난 일이기에 사소한 대목까지 빠트리지 않는 일상 대화로 제시되어 있다. 그리고 이 일상 대화란 청자인 입도자들이 생활 속에서 늘 겪는 것이기에 종교적 차원이 곧 일상에 내려오는 혁명적 전도가 가능하게 되었다.

여기에서 〈안심가〉의 청자가 자기 부인이 될 수밖에 없는가를 이해할 수 있는데, 자기 부인에게 건네는 일상의 발화가 종교적 차원으로 상승한다는 동학의 전도적 발상을 실현한 예가 〈안심가〉의 부인 청자 설정이 된다. 한편, 가사발전사에서 청자로서 여성이 대두되는 경우는 처음이기도 한데, 자신에게 회귀하는 발화의 권역에 머물던 여성가사의 화자를 남성과 대등한 단계로 올려놓았다는 사실 자체가 혁명적 발상에

의거하였다고 볼 수 있다. 그리고 이 발상의 근원이 동학사상의 탈계층적 평등주의에 놓여 있다고 하는 점에서 동학사상의 전파에 가장 유용한 언어 양식으로서 가사의 성격을 재고해 볼 수 있게 된다. 임금이든 백성이든 관계치 않고 상대로 설정한 청자에게 말 건넴을 가능하게 하는 가사 양식은 중간에 복잡한 매개자를 두어야 하는 전제적 현실 발화의 통로를 깨트리고 일대일의 직접적 대화를 허용한다는 점에서 본질에 평등주의를 내포하고 있다. 동학가사는 가사의 이런 본질을 가장 극대화하여 실현한 사례로 볼 수도 있다.

〈용담가〉는 동학에 대한 오해를 씻으려는 대외적 발언의 성격을 지녔다. 동학 발상지인 용담 주변의 풍광을 당대 지배 사조인 주자학의 시각으로 재배치하면서 '근본 있는 집안' 출신으로서 교주 자신의 위상을 강조하고, 이에 따른 동학의 정당성을 옹호하고 있다. 청자인 "셰상 ᄉ롬"은 동학에 대척적 위치에 놓여 있다는 점에서 강호가사에서의 "홍진에 뭇친 분ᄂᆡ"나 불교가사에서의 "염불 마는 중싱"들과 동일한 성격을 지녔다. 가사의 본질에 있는 설득을 위한 담화라는 성격을 활용한 예로 볼 수 있다. 종교가사의 담화는 기본적으로 비교인에 대한 설득을 전제로 하기 때문에, 〈용담가〉에서도 이를 활용했다고 할 수 있지만, 「龍潭遺事」의 다른 작품들이 동학 내의 발화인 데 비하면 이 작품의 동학 밖을 향한 발화의 방향은 특별하다고 할 수 있다. 이 작품이 다분히 강호가사의 양반 품격을 풍기고 있음은 이런 발화 방향의 특별함에 기인한다고 할 수 있다. 강호가사의 주향유층인 양반 사대부들을 향한 발화로서 전반부에는 용담 주변의 풍광을 주로 다루었지만, 후반부에서는 종교 발상지로서의 용담에 관한 담화로 돌아감으로써 이 작품도 구극에는 종교 포교의 목적을 실현하기 위한 것임을 보여 주고 있다. 〈도수사〉와 〈권학가〉는 『道源記書』의 기록으로 보아 1861년(辛酉)부터 1862년(壬戌)

사이에 남원의 은적암에 머물던 동안에 지어서 家書와 함께 봉하여 신자들에게 보내 읽도록 하였음을 알 수 있다.[22] 『道源記書』에서는 〈도수사〉 제작 동기를 "은적암에 이르렀을 적에 때는 마침 섣달로서 한 해가 이미 저무는데, 절의 종소리는 때때로 울리고 여러 중이 함께 모여 새벽 공양을 올리는데 불법과 불경에 따른다는 서원 합창이 들림에 送舊迎新의 감회를 금치 못하는 차에 한 밤중에 차가운 등불 아래 외로운 잠을 못 이루어 뒤척이면서 모든 어진 벗들을 함께 떠올리고 매양 처자를 그리는 마음을 품게 되었다"[23]고 설명하고 있다. "광디ᄒᆞᆫ 이 텬디에 졍쳐 업시 발졍ᄒᆞ니 / 울울ᄒᆞᆫ 이 ᄂᆡ 회포 븟칠 곳 바이 업셔 / 쳥녀를 벗즐 삼아 여창의 몸을 비겨 / 뎐젼반측 ᄒᆞ다가셔 홀연이 ᄉᆡᆼ각ᄒᆞ니"로 시작되는 〈道修詞〉의 서두는 위의 제작 동기를 잘 반영하고 있다. 청자로 설정된 "모든 벗", 곧 "모든 어진 벗들[一切賢友]"은 입교 수도 중인 신자들로서 아직 공고히 자리 잡을 여유를 가지지 못한 단계에서 동학의 교리를 지켜나갈 중추이기에 수운의 염려의 대상이 되었다.

〈도수사〉에서 입교 수도의 차제를 자세히 알림으로써 문도들에게 정심으로 교리를 수호할 것을 당부하였다면, 〈권학가〉에서는 교리 수호의 명분을 보다 구체화하여 제시하고 있다. 즉 교리 존속의 당위성을 제시하면서 당대의 광범위한 동의를 얻을 방략이 무엇인가를 가르치고 있다. 주자학의 윤리에 기대면서 서학을 배척하는 당대 추수 의론의 대강 가운데에는 同歸一體와 같은 동학사상의 요체가 숨겨 있으며, 이 사상을 실천하는 일상적 방식에 대한 지남이 드러나 있기도 하다. 同歸一體란 이기적 개체만을 내세우는 各自爲心의 반대가 되는 개념으로, 하느

---

22 强作〈道修詞〉 又作「東學論」〈勸學歌〉 今年 壬戌 春三月還來 於縣西白士吉家 使崔仲羲修送家書 又封送學與詞二件(『동학사상자료집』 1(영인본), 아세아문화사, 1979, 172~173쪽).

23 到隱跡菴 時惟臘月 歲律旣暮 寺鍾時擊 衆僧咸集 佛供晨奠 咸有法經之願 送舊迎新之懷難禁 一夜之半 寒燈孤枕 輾轉反側 而一切賢友之共懷 每憶妻子之相思(위의 책, 172쪽).

님의 뜻을 제 뜻으로 삼아 하느님과 한 마음으로 돌아간다는 의미가 되며,[24] "일일시시 먹ᄂᆞᆫ 음식 셩경이ᄶᆞ 디켜ᄂᆡ야 ᄒᆞᄂᆞᆯ님을 공경ᄒᆞ면 ᄌᆞ아시 잇던 신병 물약ᄌᆞ효"된다는 믿음은 일상에서 터득하는 손쉬운 실천 방식이 된다. 〈권학가〉는 이처럼 교리의 대강과 요체를 제시함으로써 그 광포를 의도하기 때문에 청자의 범위가 "세상 ᄉᆞ룸"으로 확대되어 있지만, 실질적 청자는 "이글 보고 웃디 말고 흠ᄌᆡ훈ᄉᆞ ᄒᆞ엿스라"는 권유의 대상인 수도중의 문도가 된다.

"귀귀ᄌᆞᄌᆞ 살펴ᄂᆡ야 졍심수도 ᄒᆞ여두면 / 춘ᄉᆞᆷ월 호시졀의 ᄯᅩ 다시 만ᄂᆞ볼가"(〈도수사〉)나 "귀귀ᄌᆞᄌᆞ 살펴ᄂᆡ야 력력히 외와ᄂᆡ셔 / 춘삼월 호시졀의 놀고 보고 먹고 보세"(〈권학가〉) "이 가ᄉᆞ 외와ᄂᆡ셔 춘ᄉᆞᆷ월 호시졀의 ᄐᆡ평ᄀᆞ 불너보세"(〈안심가〉) 등등의 구절에서 보듯이 교주의 직접적 언사인 가사는 일상의 경전으로서 늘상 암송해야 할 대상으로 높여져 있다. 구전 전승을 위주로 하는 가사 유통 방식의 본질을 활용한 전교는 같은 시기에 불교, 천주교, 동학이 경쟁적으로 실현하였지만 경전의 반열에까지 올려놓은 동학이 가장 성공적으로 가사 전승을 전교 방안으로 전환시켰다고 할 수 있다. 이념의 직접적 교시는 경전에 있고, 가사는 부차적 반향의 역할에 머물던 다른 종교가사에 비하면 이념의 직접적 전달 역할을 수행한 동학가사는 보다 전진적으로 가사를 활용하였다고 할 수 있다. 이 전진적 자세가 뒤에 애국계몽기 가사에까지 이어진다는 견해는 동학가사를 종교가사의 범주를 넘어서 조망한 것인데, 이런 조망을 가능하게 하는 요인이 동학가사 자체에 내재되어 있었다. 민중을 향한 발화로서 일상적 언어의 차원에 내려서 있으며, 그 가사의 암송이라는 손쉬운 행위가 이념 전달의 수단이 된다는 성격은 근대적 대중 전

---

24 윤석산, 『수운 최제우』, 모시는사람들, 2004, 94쪽.

달의 매체에서 재현될 가능성이 충분하였다.

〈도덕가〉는 유가의 대학자를 작자로 선정하는 전승 전략을 지닌 유교 이념 宣暢의〈도덕가〉와 유사한 양식을 표방하였다. "제군"으로 지칭되는 청자는 수운에게 직접 지도받는 입도자들일 터인데 이 호칭이 여기서만 보이는 것으로 보아 제자들에게 각별히 관심을 기울여 지어진 작품으로 보인다. 그 내용이 수행 과정의 조심해야 할 점을 중심으로 되어 있음은 이런 관심의 반영일 터이다. "요순지세의도 도쳑이 잇셔거든 / ᄒᆞ물며 이 세상의 악인 음히 업단말가 / 공ᄌᆞ지세의도 환퇴가 잇셔스니 / 우리 역시 이 세상의 악인지셜 피홀쇼냐"에서는 당대의 비판을 수용하는 자세를 당부하고 있거니와, 여기서 사용한 "우리"라는 호칭에서 자기 집단에 대한 두호와 배려를 읽을 수 있다. 동학은 출발서부터 대타적 이념 변호의 문제를 안고 있었던바, 〈용담가〉에서처럼 이념의 정당성을 주장하거나 이 〈도덕가〉처럼 아마도 위기에 처할 수도 있는 자기 집단 존립의 문제를 해명하려는 의도들이 모두 종교 창립 초창기의 대타적 이념 변호의 테두리에 들어가게 된다.

이런 점에서 〈흥비가〉는 시적 흥취와 비의라는 방식을 빌려서 세상에 대한 수운 자신의 소회를 배설한 것이 나머지 가사 작품들에서 펼쳐온 논설적 내용들을 서정적으로 통합하는 위치에 놓을 만하다. 〈흥비가〉는 그런 위치에 걸맞게 제작 연대나 「龍潭遺事」 내의 배열 순서가 뒤편에 해당하는 작품으로서 다른 작품들이 공적 담화의 차원에 머무는 것과 달리 개인적 심회의 표출을 중심으로 하였다. 이 술회는 "명명ᄒᆞᆫ 이 운수는 다가치 발지마는 / 엇던 ᄉᆞ룸 져러ᄒᆞ고 엇던 ᄉᆞ람 이러ᄒᆞᆫ지 / 이리 촌탁 져리 촌탁 각각 명운 분명ᄒᆞ다"에서 보는 것처럼, 밝혀져 있는 운수와 명운이 왜곡되는 현실에 대한 개탄이 주조를 이루고 있다. 수운의 혁명적 사상의 핵심이 분출하는 열정으로 표백된 경우를 〈검가〉

에서 볼 수 있지만, 가사 양식 내에서는 〈홍비가〉가 「龍潭遺事」 전체를 포괄하는 정서적 통합을 이루고 있다. 그렇게 본다면, 「龍潭遺事」가 동학 전쟁에서 활용된 것처럼 직접 현실에 활용되는 노선에 〈검가〉를 함께 놓을 수 있고, 이념의 체제 안에서 통용되는 가사 향유는 여러 가지 유형을 적용해 본 뒤에 최종적으로 교주 자신의 심회를 표출하는 유형을 선택하였다고 할 수 있다. 〈홍비가〉의 화자가 개탄을 주조로 하는 정서적 토로를 방기함은 이 작품의 성향에 맞추어진 자세이며, 결국은 교조 자신의 술회로서 동학 전체의 운명을 예감하는 마지막 동학가사 작품의 위치를 점하였다.

## 2. 양식 교섭과 가사체의 역할

### 1) 가사의 소설화와 소설 속의 가사체

#### (1) 가사와 소설의 양식 교섭

가사와 소설의 직접적 관련을 보여주는 자료는 소설집 『삼설기』 가운데 실린 〈노처녀가〉를 우선 들 수 있다. 『삼설기』는 1848년(戊申)의 간기를 가진 방각본으로 남아있어 여기에 전편이 온전히 실린 〈노처녀가〉를 통하여 비교적 이른 시기의 가사 소설화 성향을 읽을 수 있다. 『삼설기』 〈노처녀가〉는 앞뒤에 붙인 서술이 극히 적은 분량일 뿐만 아니라 소설화하기 위한 후속 장치로서의 성격을 역력히 드러내고 있어서 가사인

〈노처녀가〉를 그대로 옮겨 왔음을 알게 한다. 1823년(癸未)에 필사 편찬된 것으로 추정되는 가사집 『奇詞總錄』에 실린 〈노처녀가〉가 『삼설기』본과 동종 이본으로 파악되는 데에서[25] 가사 〈노처녀가〉의 전승 영향력이 컸던 단계에서 소설화가 이루어진 것을 알 수 있다.

『삼설기』는 9편 단형 서사의 총합으로 이루어진 일종의 연작 소설집이다. 9편을 연결하는 주제는 인간사의 이면 폭로와 그를 통한 자각이다. 염라대왕도 이룰 수 없는 욕망을 가지는 인간의 미망(「삼사횡입황천기」), 주변의 부추김에 허명을 무릅쓰는 오만(「오호대장기」·「서초패왕기」), 선계에 투영된 세속 공명의 헛됨(「삼자원종기」), 사회적 관습에 얽매여 진정한 인간성을 상실함(「황주목사계자기」)을 폭로하여 이를 벗어난 참된 삶의 가치가 무엇인가를 제시하고 있다. 나머지 3편의 우화들은 세속의 다툼에서 일어날 수 있는 비합리적 대응을 예시함으로써 인간 처세의 다단한 어려움을 제시하였다. 『삼설기』의 모든 작품들이 주제를 실현하는 과정은 문제를 제기하고 등장인물 상호 간의 논쟁을 통하여 이를 풀어나가는 방식을 택하고 있다. 가히 "토의체 소설"[26]의 연원으로 거론될 만하다.

〈노처녀가〉도 다른 작품들과 마찬가지로 생성 당대의 사회적 문제인 '노처녀 담론'을 작품화하여 이 문제에 대한 일정한 해소책을 제시하고 있다. 이 작품의 서사 얼개는 시집을 가지 못한 노처녀가 이를 꿈에서까지도 번민하다가 지성감천 격으로 혼인을 성사한다는 것이다. 이 얼개

25 윤덕진, 「가사집 '기사총록'의 성격 규명」(『열상고전연구』 제12집, 1999)에서 자료 해제와 이본 대조를 하면서 『기사총록』에 실린 가사들이 대체적으로 선행본의 징후를 지님을 근거로 필사 편찬 시기를 1823년으로 올려 잡았다.

26 이강엽, 『토의문학의 전통과 우리 소설』(태학사, 1997)에서 『삼설기』에 나타난 여러 형태의 토의 구조가 소설적 흥미를 주는 요인을 점검하여서 토의 문학의 전통에서 차지하는 위상을 밝혀 보였다.

에는 당대의 사회사적 문맥이 관여하고 있는데, 실제로 국가 시책으로 미혼자들을 구제한 사례가 발견되기도 하였다. 이 사례 당대인인 이덕무의 「김신부부전」은 이 문제를 은전감읍이라는 보편화한 주제로 수용하였다.[27] 〈노처녀가〉의 사적 맥락은 그러한 공적 자세에서 탈피하여 미혼 때의 고뇌에 역점을 두어 이어지고 있다. 「김신부부전」의 서술자 중심의 기술 방향과는 다르게, 노처녀 일인 독백체로 설정된 점이 사적 주제 배설의 맥락과 닿는다고 할 수 있다. 미약한 분량의 혼인 성사 대목은 결사부의 위치 때문만은 아닌, 역점을 둔 주제가 아닌 데에 기인한다.

〈노처녀가〉의 실질적 주제는 사회 구조 때문에 왜곡된 인간 삶의 기본적 조건에 대한 것이다. 이 문제를 직접 다루고자 할 적에는 반체제 담론으로 이어질 위험성이 있기 때문에 희화화 전략을 아우른 노래로써 표출하였다고 할 수 있다. 그러나 근본적 의도는 사회 구조의 불충족함에 대한 불만에서 출발하였기 때문에, 인간 삶의 여러 모순된 조건을 제시하는 『삼설기』의 연작 가운데에 포용될 수 있었다. 노래이기 때문에 스스로 문제를 제기하고, 천지신명의 도움으로 문제를 해소하는 방안을 택하였지만, 문제 제기 과정에서 화자 자신의 처지를 극대화하여 비창한 정서 유발에까지 당도할 수 있게 함으로써 문제의 심각성을 제기하고, 그 해결이 불충분한 사회 구조 안에서 이루어질 수 없음을 밝혔다. 서정적 독백이란 본디 해소될 수 없는 근원적 문제에서 야기되는 것처럼 노래로서 제시된 〈노처녀가〉의 주제는 애당초 문제 해결을 체념한 상태에서 이루어진 것으로 보아야 하기 때문이다.

『삼설기』 〈노처녀가〉를 통하여 가사가 직접 소설화된 경로를 더듬어 보았거니와, 이번에는 우회적 경로로 소설화되는 사례를 살펴보고자 한

---

27 노처녀 담론이 문학으로 옮아가는 경로에 대하여는 성무경의 「노처녀 담론의 형성과 문학 양식들의 반향」(『한국시가연구』 제15집)에서 상세히 다루어 이를 원용하였다.

다. 가사 〈상사별곡〉은 애정 주제 가사의 대표 곡목으로서 일찍이 가창가사의 주곡목으로서 자리 잡아 왔다. 이 작품의 애상적 정조는 당대인들에게 깊이 침윤되었고, 이 공감대 위에서 해당 곡목의 명가자까지 산생하였던 것으로 기록되어 있다.[28] 그러한 애호도의 증폭에는 기본적으로 불만족한 사회상이라는 조건이 관여되어 있었겠지만, 작품 내부에 들어가서 볼 때에는 화자가 곧, 당대인 개개로 쉽게 전이될 수 있는 구조를 가지고 있다는 점이 작용하였다고도 할 수 있다. 〈상사별곡〉의 화자는 끝내 상봉을 이룰 수 없는 정황에서 이별의 원인이 어디에 있는가를 조목조목 따져 묻는 집요한 애착을 보여주고 있다. 계절의 변화에 민감하게 반응하게 되는 상태 가운데에서도 이별을 야기한 여러 가지 조건을 제시하여 그 조건의 적부를 청중들에게 심문하고 있다. 가명이 '오동동 타령'으로도 전문되었던 것처럼 '오동추야 밝은 달'을 배경으로 고조되는 이한을 공유하게 되는 청중은 자연스럽게 그 심문에 응하는 자세를 취하게 된다. 간단히 말하여 '사랑하는 사람들은 왜 헤어져야 하는가?'라는 보편적 문제로 청중의 의식을 응집하면서 歌人은 거의 극적 상태로 분위기를 이끌어 나갈 수 있게 된다.

「부용의 상사곡」이라는 소설은 〈상사별곡〉이 지닌 서사 내지 극적 특성을 확장하여 소설화한 것으로 보인다. 감염력 높은 이한 정조의 소유자였던 가사의 일인칭 화자를 그 정조 자체의 사회적 형상화라고 할 수 있는 비운의 기생으로 인물 설정하여 그의 이별과 재결합을 서사화한 것으로 드러나기 때문이다. 소설 속에서 〈상사별곡〉의 연행(실질적으로는 작품 인용)은 상봉의 계기를 마련하는 중요한 요소로 설정되어 있다.

---

28 이에 대하여는 18세기의 아전 출신 문인인 兪漢緝의 『翠茗遺稿』 가운데 〈상사별곡〉과 관련된 기록을 소개한 심경호의 「아전 출신 문인 兪漢緝의『翠茗遺稿』에 대하여」(『어문논집』 37)를 참고하였다. 『翠茗遺稿』에 〈贈歌童孔得〉이란 시도 있다는바, 孔得은 바로 〈상사별곡〉을 특장 곡목으로 하는 가인이었다.

이 사실도 소설이 가사를 중심으로 재구성된 서사임을 알 수 있게 한다. 「부용의 상사곡」처럼 가사를 중심으로 재구성된 소설에서는 가사의 중심 정조가 소설화된 경로를 쉽게 파악할 수 있지만, 가사 〈추풍감별곡〉과 관련을 가지는 소설 『추풍감별곡』(일명, 『채봉감별곡』)의 경우에는 그 경로가 쉽게 드러나지는 않는다. 〈추풍감별곡〉도 『기사총록』(가명이 〈음창가〉로 됨)에 실린 이래 『장편가집』(19세기 후반 추정)을 거쳐 1930년대의 『악부』에 실려 있듯이 독립된 가사작품으로 통용되기도 하였다. 소설 속에서는 에필로그로서 작품 말미에 위치하면서 작품 전체의 내용을 축약하여 음미하게 하는 역할을 수행하기 때문에, 고소설의 서두나 말미에 있는 노래들과 같은 종류인 것으로 생각할 수도 있다. 예컨대, 『남원고사』의 서두에 있는 기다란 시조와 가사의 배합물이나 『소현성록』과 같은 장편 소설의 말미에 첨록된 〈자운가〉처럼 소설 본체와 긴밀한 관계를 가지는 부분으로서 작품 전체에 대한 예견이나 회상을 가능하게 하는 역할을 한 것으로 소설 말미의 〈추풍감별곡〉을 볼 수도 있다.

이처럼 소설이 앞서고 그를 바탕으로 가사가 지어지는 경우에다 〈추풍감별곡〉을 놓고 볼 때에 몇 가지 석연치 못한 문제가 남는다. 우선, 독립 유통되는 가사로서 이본 변화가 일어나는 모습을 보면, 『장편가집』본은 『기사총록』본 보다 20행 이상 줄어든 데에 반하여 『악부』본은 34행이 늘어나 있다. 『장편가집』이 전체적으로 체제가 허술한 특징을 가진다는 점을 고려하면, 행 누락이 일어난 것으로 볼 수 있지만, 『악부』본이 소설본과 동일본이라는 사실에서는 그 부연 현상을 소설과 관련하여서 설명할 수밖에 없다. 곧, 소설에서 일어난 행 부연이 새로운 가사의 이본 산출을 야기했다고 정리 할 수 있다. 문제는 『기사총록』 본의 존재인데 『기사총록』이 아무래도 소설보다는 앞선 시기의 산물로서 거기 실린 〈음창가〉의 생성 경로 전 단계를 추상할 수가 없다는 점이다.

다만, 『장편가집』본에서는 누락된 〈음창가〉의 일부분이 〈춘면곡〉이나 〈상사별곡〉과 어구를 공유한다는 사실에서 어떤 추론을 이끌어 낼 수는 있을 듯하다. 애정가사들과 같은 향유 공간에서 통용되면서 어구를 공유하는 가운데 이루어진 작품이라는 추론이 가능하다.

애정가사의 어구 공유는 애정가사 작품들의 향유 공간 동질성에 기인한다고 볼 수 있다. 곧, 기방 주변에서 생성되고 전파된다는 조건을 공유하기 때문에 일어날 수 있는 현상이라고 볼 수 있다. 이렇게 볼 때에 앞선 가사 이본 산출로서의 소설 선행 원인론은 희석화될 수밖에 없다. 가사 양식 자체 내에서의 이본 변화가 장르 교섭 간의 이본 변화보다는 더 큰 영향력을 가지기 때문이다. 결국, 〈추풍감별곡〉의 이본 성립은 가사 양식 자체 내에서 일어난 것으로서, 소설 속의 이본은 『악부』 본과 동일본이라는 데에서 알 수 있는 것처럼 소설 성립 당시의 이본을 전제로 하였다는 결론에 당도하게 된다. 이에, 소설 『추풍감별곡』도 「부용의 상사곡」처럼 가사를 앞세우고 그를 기반으로 이루어진 것으로 최종 판정을 내린다.

가사가 극히 적은 소설 장치를 부대하는 식으로 직접 소설화하거나, 혹은 가사의 주제(주정조)를 바탕으로 한 서사 재구성의 방안을 통하여 소설화하는 두 가지 경로는 가사가 선행하고 소설화가 그에 뒤따르는 순차를 가진다. 이와 반대로 소설이 선행하면서 소설 가운데 주요한 내용을 서정적으로 압축하여 가사를 산생하는 다른 경로를 가사와 소설 사이에 놓을 수 있다. 『기사총록』에 실려 있는 〈계유사〉(183행)는 실전 판소리 「무숙이타령」의 사설 정착본으로 파악되는 소설 『게우사』의 주인공 무숙이를 일인칭 화자로 전화하여, 시점을 패가망신한 뒤에 후회하는 때에 맞추어 개탄형의 독백으로 서정화한 가사이다. 『게우사』는 "성죵ᄃᆡ왕 즉위 원연니라 시화셰풍하야 츙신효ᄌᆞ는 죠정의 가득하고 방방곡곡 ᄇᆡᆨ셩더른 격양가 풍유쇼리 쳐쳐의 낭ᄌᆞᄒᆞ니 국셰가 이러커든 오입탕ᄀᆡᆨ 읍실손냐" 투의 서두부터 판소리계 소설의 일반적 문체를 보여주면서, 인물과 사건의 구성이 생동하는 구체성을 실현하는 서사적 총체성을 지니고 있다. 무숙이의 방탕에 따른 패가망신의 과정과 당대에 일반화된 '기방 출입 패가망신'이라는 담론을 자세한 세부와 사실적 인물 형상을 통하여 결합한 발전된 단계의 서사물화하는 방안을 구사하고 있다. 이에 반하여 〈계유사〉는 "어와 벗님네야 남아ᄉᆞ을 들어보소" 식의 전형적 가사의 서사를 사용하면서, 이미 지나간 사건에 대한 회상의 정조를 기반으로 하는 서정적 토로에 집중하고 있다. 〈계유사〉는 『장편가집』에도 똑같은 183행으로 실려 있고, 『악부』(1934년 이용기 편찬)에도 16행이 탈락한 동종 이본이 유지되고 있는 것으로 보아, 소설로부터 파생된 뒤에 별개의 가사 유통 과정을 가져온 것으로 파악된다. 별다른 이본의 변화가 없는 것은 이 작품이 소설로서 가지는 자장이 확고하기 때문일 것이다.

### (2) 소설과 가사의 교섭 요인으로서의 운율

위와 같이 소설과 가사의 양식 관련을 실제 작품을 사례로 하여 살펴보면서, 그러한 쌍방향의 교섭을 가능케 하는 요인이 무엇인가 생각하지 않을 수 없다. 이 문제는 소설과 가사의 향유 관습 공유라는 관점에서 출발함이 해결의 적실한 단서를 찾는데 도움이 된다. 인쇄에 의한 유통이 활발해지기 이전 단계에서 소설의 향유 방식은 일인 낭송·다수 청취에 의존하였다. 소설 문체의 운문성이 이 향유 조건에 크게 영향받았다. 또한, 널리 알려진 소설 작품의 특별한 대목을 가창화하는 송서 양식이 존립할 수 있었던 여건도 이 향유 방식을 기반으로 하여 마련되었다. 소설책, 특히 개인 향유의 흔적을 남기고 있는 필사본 소설책 가운데에는 가사를 말미에 첨록하고 있는 경우가 종종 있다. 그 가사가 소설의 내용과 관련 있느냐 여부를 떠나서, 가사와 소설의 인접상은 그 자체로 가사와 소설이 향유 관습을 공유하는 사실을 시사한다. 한 편의 소설을 낭송 독서 방식으로 청취하고 난 뒤의 여운은 소리의 인상으로 남았을 것이며, 그 인상의 정체는 율문 – 곧 일정하게 마디지며, 그 마디들 사이의 굴곡진 연접에 의한 리듬으로 심상에 기억된다. 소설책 말미에 첨록된 가사는 이 리듬을 표상하는 역할만으로 족하기 때문에 때로는 소설과는 별다른 관련이 없는 작품이 오기도 한다.

앞서 살핀 『추풍감별곡』의 경우, 에필로그로 덧붙은 〈추풍감별곡〉에는 주인공 채봉의 다단한 삶의 굴곡이 소리의 형상으로 표시되었다고 할 수 있다. "어졔밤 바람소릐 금셩이 완연ᄒᆞ다"로 시작되는 가사의 발화 맥락이 과거(어졔밤) 기억에서 출발되어 있으면서도 이후에 전개되는 실제 발화 정황은 현재적임에서 볼 수 있듯이 주인공 채봉의 지나간 과거사를 회상하여 현재의 상태로 압축해 놓은 서정적 경계가 실현되고 있다. 이 노래를 들은 평양감사가 사연을 듣고 결연을 성취시켜준다는 결말은 서사적 완결성이 결여된 채로 이 노래의 여운에 작품 전체의 인상을 담게 하는 구실을 행한다. 그 여운은 소설을 낭송하던 흐름의 전체적 기억이라고 할 수 있으며, 율문체로 이야기를 이끌어오던 작자는 그 그침이 급격한 침묵이 되지 않도록 가사를 끼워 넣어서 완만한 결구를 설정하였다고 할 수 있다. 『남원고사』의 서두에 있는 기다란 시조와 가사의 배합물이 작품의 전체적 흐름을 미리 예견한 압축된 소리 형상이었던 것처럼, 소설 뒤에 덧붙인 가사는 이미 흘러내려 온 기다란 소리 굴곡의 압축된 재현이라고 할 수 있다.

여기까지의 소설과 가사 관련 방식이 서로 독립된 두 양식 간의 문제였다고 한다면, 소설 내부에 가사체가 실현되는 사항은 또 다른 시각을 적용해야할 듯하다. 격정의 표출이나, 사건에 대한 정서적 인식, 또는 극적 정황의 표출이나 그 표징인 대화와 같은 조건 가운데에 가사체가 실현된 모습을 보면서, 이 틈입을 가능하게끔 하는 요인이 무엇인가 살펴볼 차례이다. 소설의 서두는 일반적으로 시공간 배경 설정을 통한 작품 세계로의 도입을 의도하기 마련이다. 현실적 판단을 중지하고 별개의 상상 공간에 참여하라는 신호로서 주어지는 것이 바로 율문 가사체일 수 있다. 이 예는 다른 작품들보다도 전체 작품이 노래판처럼 짜인 구조를 하고 있는 『남원고사』의 서두부를 들어보는 것이 효과적이다. "텬하 명산 오악지즁에 형산이 놉고 놉다"로 시작되는 『구운몽』 소재 사설시조 뒤에 잇따르는 다음과 같은 가사체 서술을 살펴보자.

> 청ᄋᆡ 죠ᄒᆞᆫ 남니상의 니화방초 고든 길의 쳥녀완보 드러가니 / 산여옥셕층층닙의 만학군봉 쇼ᄉᆞ 잇고 / 쳥ᄉᆞ쥬분졈졈비의 ᄇᆡᆨ도뉴쳔 기러 잇다 / 층암졍슈졀벽간의 져 골 ᄭᅬᄭᅩ리 종달ᄉᆡᄂᆞᆫ 셕양청풍 풀풀 날고 / 만학젹요 깁흔 골의 귀쵹도 불여귀라 두견ᄉᆡ 슬피 울고 / 무심ᄒᆞᆫ 져 구룸은 봉봉이 걸녀ᄂᆞᆫᄃᆡ / ᄇᆡᆨ당뉴ᄉᆞ징요쉬라 나무마다 얼의엿고 / ᄉᆡᆨᄉᆡᆨ이 붉은 ᄭᅩᆺ촌 골골마다 영롱ᄒᆞ니 / 일군교됴공졔홰라 가지가지 낭ᄌᆞᄒᆞ다 / 힝진쳥계불견인은 무릉도원이 어ᄃᆡ메뇨 / 만학쳥암쇄모연을 낙이산즁 니러ᄒᆞᆫ가 / 벽도화 쳔년봄은 풍결ᄌᆞ의 프르럿고 / 한가ᄒᆞ다 츈산계화졈졈홍의 붉어시니 / 방장 봉ᄂᆡ 어ᄃᆡ메오 영쥬 삼산이 여긔로다 / 요간부상삼ᄇᆡᆨ쳑의 금계졔파일륜홍은 지쳑일시 분명ᄒᆞ다 / 오초ᄂᆞᆫ 어이ᄒᆞ여 동남으로 터져 잇고 / 건곤은 무삼 일노 일야의 ᄯᅥ 잇ᄂᆞ니 / 강안의 츈롱ᄒᆞ니 황금이 쳔편이오 / 누하의 풍긔ᄒᆞ니 ᄇᆡᆨ셜이 일장이라 / 창오모운월쳔츈의 잠연낙무 경도 죠타 / 무산십이 놉흔 봉은 구룸 밧긔 쇼ᄉᆞ 잇고 / 동졍칠ᄇᆡᆨ 너른 물은 하늘과 ᄒᆞᆫ빗치라 / 망망평호 가ᄂᆞᆫ ᄇᆡᄂᆞᆫ 범녀의 오호쥬오 / 평ᄉᆞ십니 나ᄂᆞᆫ

ᄉᆡᄂᆞᆫ 셔왕모의 쳥됴로다 / 강안비회초월오ᄂᆞᆫ 옥누쳥풍 물가마다 한가로히 안ᄌᆞ 잇고 / 산토황금진졉잉은 쳥포셰류 두던 우희 비거비러 왕니ᄒᆞ니 / 원상한산셕경ᄉᆞᄂᆞᆫ 니젹션의 일흥이오 / 쇼쇼낙목귀마슈ᄂᆞᆫ 빅낙텬의 유취로다 / ᄌᆞ미동남션아유ᄂᆞᆫ 날과 몬져 노랏노라 / 이런 경ᄀᆡ 다 본 후에 어ᄃᆡ메로 가ᄌᆞᆺ 말고

4음보 시행과 6음보 시행을 교차 배열하여서 저절로 장단 리듬을 산출하는 유장한 가락이 느껴진다. 앞으로 전개될 『남원고사』노래판의 흥취를 예상하게 하는 분위기이다. 이와 같은 형식의 서두부를 판소리에서 흔히 볼 수 있다. 신재효 창본 〈춘향가〉 남창은 "졀ᄃᆡ가인 ᄉᆡᆼ길 젹의 강ᄉᆞᆫ졍긔 타셔난다 / 져라ᄉᆞᆫ 약야계에 셔시ᄀᆞ 죵츌ᄒᆞ고 / 군ᄉᆞᆫ만학부형문에 왕쇼군이 ᄉᆡᆼ장ᄒᆞ고 / 쌍각ᄉᆞᆫ□ 슈려ᄒᆞ야 녹쥬가 ᄉᆡᆼ겨시며 / 금강활이아미수에 셜도환츌ᄒᆞ여더니 / 호남좌도 남원부ᄂᆞᆫ 동으로 지리ᄉᆞᆫ 셔으로 젹셩강 / ᄉᆞᆫ슈졍긔 어리여서 츈향이가 ᄉᆡᆼ겨구나"[29]와 같은 가사(단가) 형식의 허두가가 등장하고, 백성환 창본도 이와 같은 형식과 내용을 택하고 있다. 장자백 창본 〈춘향가〉나 박기홍 창본 〈춘향가〉 등은 "슉종ᄃᆡ왕 직위 초의 셩덕이 너부시사"[30]로 시작되는 완판 84장본의 서두형식과 같은 내용의 서두부가 등장한다. 현전하는 판소리 단가들이 주로 4음보 시행으로 구성되어 있다는 사실까지 보태어, 다양한 율조의 배합이라고 할 수 있는 판소리 사설의 서두부 단가들이 가사체라는 데에서 가사와 판소리의 중요한 관련 사항이 추출될 듯하다. 이 문제는 뒤에 판소리와 가사의 관계를 다루는 경우에 미루기로 하고, 여기서는 일단 소설 서두부의 가사체 서술은 판소리계 소설의 잔영이라는 점만 지적하기로 한다.

---

29 강한영 교주, 『신재효 판소리 사설집』, 민중서관, 1972, 2쪽.

30 김동욱 편, 『고소설판각본전집』 3, 1973, 315쪽.

소설에 가사체가 적용되는 두 번째 사항은 서사 전개의 극적 전환부에서 일어나는 격정의 표출을 들 수 있다. 『남원고사』에서 신혼 초야 수작 장면에 이도령과 춘향이 각기 특장의 노래를 주고받는 모습도 이 경우에 들어가고, 『부용의 상사곡』이나 『추풍감별곡』에서 〈상사별곡〉과 〈추풍감별곡〉이 주인공에 의해 불리는 장면도 재상봉이라는 극적 전환 계기에 해당한다. 서술부와 가창부의 교차 배열은 판소리의 아니리-창 배합 구조나, 한시를 삽입하는 애정소설, 나아가 창극 같은 데에서도 확인되는 것이지만, 소설에서도 가창 부분을 대입할 때에는 귀글체로 구별한다든가, 발화자 표지를 단다든가 하는 식의 장치를 부대하기 마련이다. 『약산동대』라는 1913년 광동서국 간행 소설은 배경만 평양으로 바뀐 『춘향전』 이본이라고 할 수 있는데, 인물 상호 간의 심회 토로에 주로 노래를 사용하고 있다. 전문에 구두 띄어쓰기를 하고 있는데, 노래 부분은 귀글체를 준수하여 때로는 정연한 가사체 표기의 인쇄가 되어 있기도 하다. 신소설에서 흔히 볼 수 있는 율문체의 기원이 고소설에 있다는 일반론은 신파극이나 창극, 또는 판소리계 소설 간의 문체 영향을 살펴보았을 때만이 구체적 논의에 들어설 수 있을 것이다. 이 문제 역시 뒤로 미루고 이번에는 고소설 가운데 등장인물의 정서가 고양되었을 때의 발화나, 작품 분위기가 극대화되었을 때의 묘사가 가사체로 전환하는 모습을 우선 살펴보기로 하자.

『춘향전』의 연사 성립 전제 조건에는 춘향의 미색이 놓인다. 춘향의 미색을 묘사하는 대목에는 이상적 여인상에 대한 동경이 담긴 정서적 고양이 있다.

> 아리ᄯᅡ온 고은 양ᄌᆞ 팔ᄌᆞ청산을 츈식으로 반분ᄡᅥᆨ 다ᄉᆞ리고 / 호치단순은 숨식도화미기봉이 ᄒᆞ로밤 찬 니슬의 반만 퓐 형상이요 / 흑운갓튼 허튼머리 반달

갓튼 화룡쇼로 쏼 흘니 빗겨 / 젼반갓치 너래게 ᄯᅡᄒᆞᆫ ᄌᆞ지 황ᄂᆞ 너른 당긔 ᄆᆡᆸ시 잇게 드렷쑤ᄂᆞ / 빅져포 ᄶᅡᆨ기젹삼 보라ᄃᆡ단 속젹우리 / 물면쥬 고쟝ᄇᆞ지 빅방슈화쥬 너른 ᄇᆞ지 / 광월ᄉᆞ 겻막이 놈봉황ᄂᆞ ᄃᆡ단치마 잔살 잡아 ᄯᅥᆯ쳐 닙고 / ᄃᆡ단낭ᄌᆞ 숨승버션 ᄌᆞ지장직 슈당혀를 놀출ᄌᆞ로 졔법 신고 / 압히ᄂᆞᆫ 민죽졀 뒤히 금봉ᄎᆞ / 손의 옥지환 귀에 월긔탄이요 노리ᄀᆡ 더옥 조타[31]

4음보와 6음보 시행의 교체로서 춘향의 미색에 대한 경탄감을 리듬으로 형상화하고 있다. 이 경쾌한 리듬감 가운데에는 이도령이 앞으로 대면하게 될 춘향에 대한 기대감이 팽만해 있기도 하다. 독자(청중)는 아름다움의 표상인 춘향에 대한 동경과 이 동경을 대리 실현시켜줄 이도령에 대한 신뢰를 가지고 이 리듬에 몸을 실린다.

『춘향전』은 이별과 결합의 모티프를 교차하면서 서사 전개를 실현한다. 이별 장면에서 대두하는, 결합의 파정에 대한 절망과 재결합의 기대에 대한 희망으로 충일한 정서의 혼돈이 춘향의 입을 통하여 발화되는 정경은 가히 최고도의 긴장을 가져오는 절정의 분위기를 이룬다.

춘향이 밧비 ᄂᆞ와 도령의 손을 잡고 / 목이 메여 울며 두 손으로 가슴을 치며 ᄒᆞᄂᆞᆫ 말이 / 일이 어인 일고 이 셔름을 엇지 홀고 / 이졔ᄂᆞᆫ 이별이 졀노 될지라 / 이별이야 평싱의 쳐음이요 다시 못 볼 님이로다 / 이별마다 셜다 ᄒᆞ되 ᄉᆞ라 싱니별은 싱쵸목의 불이로다 / ᄎᆞ싱 니별이야 이별이 원쉬로다 / 남북의 군신니별 역노의 형졔이별 / 만리에 쳐ᄌᆞ이별 이 다 쉽건만 / 우리갓치 셜운 니별 ᄯᅩ 어듸 잇슬손가 / 답답ᄒᆞᆫ 이 셔름을 어이ᄒᆞ리 / 도령이 두 ᄉᆞ믜로 낫츨 쓰고 훌젹 울며 ᄒᆞᄂᆞᆫ 말이 / 우지 마라 네 우름 소릐의 구곡간쟝 다 녹는다 / 우지 마라 우

31 경판 16장, 서강대본.

지 될ᄂᆞ / 평싱의 원ᄒᆞ기를 너는 죽어 ᄭᅩᆺ치 되고 ᄂᆞ는 죽어 ᄂᆞ뷔 되어 / ᄉᆞᆷ춘이 다 진토록 ᄶᅥᄂᆞ ᄉᆞ지 마잣더니 / 인간의 일이 만코 됴물이 싀긔ᄒᆞ여 / 금일 니별을 당ᄒᆞᄂᆞ 셜마 장니별 될쇼냐[32]

작중 대사가 일상의 발화와 구별되는 장치로서 가사체가 적용되는 모습을 본다. 대화체 가사에서 이미 극적 정황을 실현한 사례를 보아왔지만, 소설 속에서 구현되는 극적 정황에 가사체가 적용되는 모습을 보면서 극적으로 이야기하는 관습이 가사체를 통하여 이루어진다는 사실을 확인하고, 인물 설정에 의한 극적 대사화는 가사체를 통하여 실현된다는 가설을 세울 수 있게 되었다. 일방적 대사가 아니라 상호 교환의 대화 가운데 가사체가 적용된 경우도 확인해 보기로 한다.

싱이 ᄌᆞ웅쥬를 가지고 외당의 나아가 셔싱을 향ᄒᆞ여 왈 / 일션이 만일 ᄌᆞᄶᆞ 쓴 구슬이 잇스면 그곳의 졍혼ᄒᆞ랴 ᄒᆞ는냐 / 싱이 엇지ᄒᆞᆫ 곡졀을 모로고 쇼 왈 / 형은 과이 죠롱 말나 / 쇼졔도 허탄ᄒᆞᆫ 일인 쥴 아되 / 부뫼 쥬신 비라 바리지 못ᄒᆞᆯ 거신 고로 몸의 지녀 두엇더니 / 너흔 금낭이 ᄒᆡ야졋기로 셕파ᄃᆞ려 곳쳐 달나 ᄒᆞ엿더니 / 실업슨 셕ᄑᆡ 젼파ᄒᆞ여 형의게 죠롱을 바드미로다 / 왕싱이 구슬 ᄌᆞ웅을 ᄂᆡ여노코 왈 / 다름아니라 쇼졔의게 일ᄆᆡ 잇스ᄆᆡ 나히 십오 셰라 / 싱시의 몽ᄉᆡ 이샹ᄒᆞ여 ᄌᆞᄶᆞ 쓴 구슬을 어덧기로 / 지금ᄭᅡ지 웅ᄶᆞ 구슬 잇는 곳을 구ᄒᆞ기로 졍혼치 못ᄒᆞ엿더니 / 뉘 능히 형의게 이 구슬 이실 쥴 뜻ᄒᆞ여시리오 / 쇼ᄆᆡ 비록 ᄇᆡᄒᆞᆫ 거시 업스나 / 위인이 영혜ᄒᆞ여 군ᄌᆞ의 건즐을 감당ᄒᆞᆯ 거시니 형은 쾌히 허락ᄒᆞ라 / 셔싱이 ᄯᅩᄒᆞᆫ 신긔히 너겨 ᄉᆞ례 왈 / 형의 은혜를 여러 ᄒᆡ 입엇고 / ᄯᅩ 아름다온 슉녀로 용우ᄒᆞᆫ 사ᄅᆞᆷ의 비우를 졍ᄒᆞ여 / 진〃 의를 밋고져 ᄒᆞ

32 경판 16장, 서강대본.

시니 엇지 ᄉᆞ양ᄒᆞ리오마ᄂᆞᆫ / 쇼졔ᄂᆞᆫ 텬지간 죄인이라 / 부모의 존망을 모로고 다만 실가지심을 ᄉᆡᆼ각ᄒᆞ리오 / 구슬은 쇼졔 ᄯᅩᄒᆞᆫ 부모게 슈명ᄒᆞᆫ ᄇᆡ라 신긔ᄒᆞ오나 / 부모 쇼식 듯기 젼의ᄂᆞᆫ 실가를 아니 두리니 형은 다시 말을 말으쇼셔 / 왕ᄉᆡᆼ 왈 형의 말이 그르다 / 녕존당 쇼식을 모로니 실노 인ᄌᆞ의 극통ᄒᆞᆫ 일이나 / 형이 취실을 아니ᄒᆞ면 누ᄃᆡ 죵ᄉᆞ를 엇지ᄒᆞ리오 / 맛당이 밧비 셩취ᄒᆞᆫ 후라도 부모 쇼식을 듯보미 올코 / ᄯᅩ 조션 죄인 되믈 면ᄒᆞᆯ지니 ᄌᆡ삼 ᄉᆡᆼ각ᄒᆞ라 / 셔ᄉᆡᆼ 왈 / 형의 당〃ᄒᆞᆫ 말ᄉᆞᆷ이 올흐니 명ᄃᆡ로 ᄒᆞ려니와 / 아직 녕미의 년긔 고인의 가취ᄒᆞᆯ ᄯᅢ 머러시니 / 쇼졔의 입신ᄒᆞ기를 기다려 셩혼ᄒᆞ미 죠흘가 ᄒᆞ노라[33]

혼사 문제를 대상으로 논쟁 관계에 들어서는 두 인물이 정황에 몰입된 상태를 가사체 발화로 표시하였다. 특히 이 대목에서는 결연의 징표가 되는 구슬을 매개로 한 복선이 풀리어 나가는 긴장감이 지배하면서 고조되는 분위기를 가사체를 통하여 제시하였다고 볼 수 있다. 고소설의 주인공과 관련되는 중심 사건이 전개되는 대목에서는 사건에 대한 독자의 감응을 유도하는 분위기 설정이 뒤따르는데, 이 경우에도 가사체가 관여하는 것을 볼 수 있다.

쳐자를 이별ᄒᆞ고 ᄒᆡᆼ장을 밧비 찰려 / 문박기 나오니 졍신이 아득ᄒᆞ고 / ᄒᆞᆫ 번 걸ᄭᅩ 두 번 걸러 열 거름 ᄇᆡᆨ 거름의 / 구곡간장 다 녹으며 일편단심 다 녹것다 / 셩중의 보는 사ᄅᆞᆷ 뉘 안이 낙누ᄒᆞ며 강산초목이 다 실허ᄒᆞᆫ다 / 동성문 나셔면셔 연경을 바라보며 영거사를 ᄯᆞ라갈 제 / 삼 일을 ᄒᆡᆼᄒᆞᆫ 후의 청송영을 지ᄂᆡ여 옥희관을 당도ᄒᆞ니 / 잇ᄯᆡ는 추팔월 망간이라 / ᄒᆞᆫ풍은 소실ᄒᆞ고 낙목은 소〃ᄒᆞᆫᄃᆡ / 정전의 국화ᄭᅩᆺ슨 추구수심 ᄯᅴ여 잇고 / 벽공의 걸인 달은 삼경이회를 도〃

33 『쌍주기연』, 경판 32장본(www. krpia.co.kr).

난듸 / 긱창훈등 집픈 밤의 촉불노 벗슬 삼아 긱침 베고 누어스니 / 타힝의 가을 소릭 손의 수심 다 녹인다 / 공산의 우난 두견성은 귀촉도 불어귀를 일삼고 / 청쳔의 뜬 기럭이는 훈창 박기 실피 울 제 / 힝역의 곤훈들 잠잘 가망이 전이 업셔 / 그 밤을 지닉 후의 잇튼날 질을 떠나 / 소상강을 밧비 건너여 멱나수를 다〃르니 / 이 따흔 초회황제 만고충신 굴삼여 / 간신의 픽를 보고 턱반의 장사훈니 / 후인 비감훈여 회수졍을 놉피 짓고 조문 지어스되 / 일월갓치 빗난 충은 만고의 빗나 잇고 / 금셕갓치 구든 절기 천추의 발가스니 / 잇써의 지닉난 수롬 뉘 안이 감심훈리[34]

4음보와 6음보 시행의 교차에 의한 리듬은 실제 낭송의 경우에 길고 짧은 호흡에 의한 유장한 굴곡을 마련하면서 청중으로 하여금 깊은 동화에 빠져 들게 하였을 것이다. 그리고, 이 단락의 결구에 해당하는 弔文, "일월갓치 빗난 충은 만고의 빗나 잇고 / 금셕갓치 구든 절기 천추의 발가스니 / 잇써의 지닉난 수롬 뉘 안이 감심훈리"가 시조 시형을 택하면서 마무리 지어지는 호흡은 독자의 가슴에 오랜 여운으로 남게 되었을 것이다.

소설 속의 가사체에 대한 관심은 율문체라는 일반화된 개념에 가려져 있다가, 가사체 소설로서의 특징을 뚜렷하게 보이는 『심청전』의 일부 이본에 주목하면서 구체적 전개를 보였다. 박일용은 판소리계 소설로 파악되는 완판이나 경판 송동본과 같은 이본들과는 현저한 문체상의 거리를 보이는 이본 계열의 작품들을 단락마다의 대비를 통하여 가사체로 파악하고, 이 이본들이 판소리 발생 초기의 '고전'에까지 연계될 수 있는 가능성까지 모색하였다. 이 가운데 가사체가 소설 형식에 수용되

---

34 『유충열전』, 완판 86장본(www. krpia.co.kr).

는 요건을 "서술자가 서사 세계의 내용을 자신의 주관적 정조를 매개로 하여 청중에게 서술적 형태로 제시하려 하기 때문에 가사와 같은 규칙적 율조가 나타난다"고 풀이하였다. 또, "4·4조 연첩 2음보적 율조를 빌려 대상에 대한 서술자의 정서를 보다 강하게 드러내는" 기능을 가사체가 담당한다고 되풀이하였다.[35] 이어 예를 든 박순호 소장 19장본에서의 남경 선인과 심청의 대화 대목을 다음과 같이 율독하였다.

빈지 삼일만에 / 남경장사 선인들이 / 마침 그리 지내다가 / 높이 외어 하는 말이 / 아무집 처자라도 / 열다섯 열여섯 먹고 / 얼골도 아름답고 / 행실도 조촐하고 / 부모의 효성인 ○○ 잇쌉거든 / 중갑슬 줄거시니 / 몸팔리 뉘있난가 / 이러타시 외고가니 / 심청이 반겨듣고 / 문안에 비껴 안자 / **애연히** 하는 말이 / ○○○○ 몸이라도 행여나 사오릿가 / 선인들이 이말 듣고 대답하되 / 낭자말씀 마땅하니 / 갑을 의논 하옵소서 / 심청이 하는 말이 / 더주어도 쓸 곳 없고 / 덜주어도 쓸 수 없소 / 백미 삼백석에 / 몸팔리기 원이오니 / 날가튼 추미한 몸을 / 사다가 엇다 쓰려하오 / 선인들이 대답하되 / 우리도 남경장사 선인으로 / 수만냥 밑천 들여 / 각색비단 배에 싣고 / 인당수를 건너올제 / 낭자같은 젊은 몸을 / 제물로 쓰려하오[36]

주정적 토로의 예로 든 이 대목 화자의 자세는 강조된 "애연히"에 요약되어 있다. 대화의 정황이 슬프게 가라앉은 터이기에 평상적 발화를 벗어나 규칙적 율조가 적용되었다고 할 수 있다. 연극의 극적 정황에서의 대사가 높은 성조나 리드미컬한 굴곡을 가지는 조건과 유사하다고 할 수 있는데, 가사체 대화를 통하여 인물들이 극적 정황에 몰입되고 관

35 박일용, 「〈심청전〉의 가사적 향유 양상과 그 판소리사적 의미」, 『판소리연구』 제5집, 60쪽.
36 위의 글, 같은 곳.

중들도 쉽게 동화될 수 있었을 것이다. 비극적 정황에 처한 심청이의 발화는 완판본 같은 데에서도 가사체를 띠는 것을 볼 수 있다.

> 심소제 일어 ᄌᆡᄇᆡᄒᆞ고 엿자오ᄃᆡ / 명도 기구ᄒᆞ여 나ᄒᆞᆫ 제 초칠일 안의 / 모친이 불힝ᄒᆞ야 세상 바리시ᄆᆡ / 눈어둔 ᄂᆡ의 부친 동영젓 어더먹여 게우 살어쓰니 / 모야 쳔지 얼골도 모르ᄆᆡ 궁쳔지통 ᄭᅳᆫ칠 날리 업삽기로 / ᄂᆡ의 부모 ᄉᆡᆼ각ᄒᆞ야 남의 부모도 공경터니 / 오날 승상부인게옵셔 권ᄒᆞ신 ᄯᅳ시 / 미천ᄒᆞᆫ 줄 헤지 안코 ᄯᆞᆯ을 삼으려 ᄒᆞ시니/모친을 다시 뵈온 듯 황송감격ᄒᆞ와 / ᄆᆞ음을 둘 고지 젼이 업셔 / 부인의 말삼을 좃자 ᄒᆞ면 몸은 영귀ᄒᆞ오나 / 안혼ᄒᆞ신 우리 부친 조석공양과 사절 의복 뉘라셔 이우릿가 / 구휼ᄒᆞ신 은덕은 사ᄅᆞᆷ마닥 잇거니와 / 지여날ᄒᆞ여난 당이별논이라 / 부친 모시ᄋᆞᆸ기를 모친 겸 모시ᄋᆞᆸ고 / 우리 부친 날 밋기를 아달 겸 밋사오니 / ᄂᆡ가 부친 곳 안이시면 이제ᄭᆞ지 자러쓰며 / ᄂᆡ가 만일 업거되면 우리 부친 나문 ᄒᆡ를 맛칠 기리 업사오며 / 요조의 사정 셔로 의지ᄒᆞ여 ᄂᆡ 몸이 맛도록 기리 모시려 ᄒᆞᄋᆞᆸ난이다

장승상 부인에게 하직 인사를 고하는 대목인데, 이 뒤에 부인의 애절한 답변이 이어지면서 눈물이 뒤따르는 정서적으로 고조된 부분이다. 서정적 극대화가 극적 정황에 이어진다는 논리를 따르면, 소설의 주요한 대목에서 보이는 가사체는 곧 극적 대사로 전환될 수 있는 자질을 가졌다고 할 수 있으며, 박일용 교수가 가사체 『심청전』을 고전 판소리 대본으로 볼 수도 있었듯이 판소리 극적 전개의 기반이 가사체로 규정될 수도 있을 것이다. 이 문제는 창극이나 신극으로까지 범위를 넓혀 연극 대사 가사체 사용의 일반화를 논리화할 수도 있을 것이다.

### 2) 시가사의 변전과 가사체의 역할

18세기 이후 가사의 변화 방향은 크게 세 가지로 요약되고 있다. 서사적 이야깃거리를 담아내든가 장편화함으로써 시정담론화하는 방향과, 잡가 스타일로 근접해 가는 방향, 규방문화권으로 들어가는 방향, 이 세 가지이다.[37] 각기 장편가사, 잡가, 규방가사로 귀결되는 이 방향은 상호 영향을 주고받으며 복잡한 경로를 만들어 나간다. 18세기 중반 이후 종교가사를 통한 작품 세계의 확장이나 판소리 허두가를 통한 양식의 재확인 절차 같은 과정은 가사 장르가 여러 가지 방식으로 지속할 수 있는 자질을 다시 보여준다. 본디 교술적 성향을 지닌 가사의 본질은 급격한 시대의 변화에 대응하는 시대정신의 모색에 유용하게 쓰일 수 있었고, 모든 율문의 기반이 되는 가사체의 본령은 다양한 율조가 뒤섞이는 마당에서 운율의 기본 형식으로서 그 역할을 잘 발휘할 수 있었다.

19세기의 가사 향유는 사대부에서 규방・서민으로 향유층의 중심이 넘어가면서 향유 방식에서도 변화가 오는데, 사대부의 가사 향유에서 중시되었던 악곡의 제한이라든가 주제의 취택 같은 특징이 완화되면서 여성과 서민의 세계관이 반영된 내용이 다루어지고, 음영이나 민속악에 의존하는 손쉬운 연행방식을 택하게 된다. 19세기는 창곡의 흥왕기로서 사대부 중심의 가사가 그 외부로 권역을 넓혀가면서 새로운 방향을 모색한 시기임을 확인할 수 있다. 이 방향은 보다 유흥적이고 세속성(대중성)이 강화되는 쪽이다. 이 방향은 이미 17세기서부터 예견되었던 것으로 가창가사 가운데 〈어부사〉나 〈춘면곡〉 같은 앞선 시기의 작품들은 사대부 담론에 의지하고 있으면서도 그 연행 공간은 유흥성에 적합

37 김학성, 「18~19세기 예술사의 구도와 시가의 미학적 전환」, 『시가사와 예술사의 관련 양상』 2, 보고사, 2002, 153쪽.

한 곳이었다.

19세기의 활발한 가사 향유상을 직접 보여주는 자료는 가사집이다. 가사집이란 가사를 모아 놓은 책이나 또는 가사 향유와는 다른 의도로 묶인 책의 가사만이 모여 있는 부분을 가리킨다. 가사집이 처음 나타나는 것은 17세기의 『東國樂譜』(홍만종 편찬 추정)나 『송강가사』 성주본(1698), 『莎堤曲帖』(1690년, 李德馨의 증손 李允文 편찬) 등으로 볼 수 있다. 이 단계에서는 "후대에 민몰될까 걱정[恐其泯沒於後]"하거나 "원본의 일탈이 많은 것[舛誤之多]"을 바로 잡는 데[校正] 편찬의 주목적이 있다. 곧, 기록문학의 속성을 중시하는 전승 방식과 관련된 것이 이 단계의 가사집들이다. 가사집이 집중적으로 나타나는 것은 19세기 이후라 할 수 있는데 이 단계에서는 기록 보존보다는 향유의 정황을 확인하는 쪽으로 편찬 방향이 기울어 있음을 감지할 수 있다. 어구의 변개가 심하고 문리를 벗어난 시상의 일탈적 전개를 허락하고 있는 것은 이 단계의 가사 향유가 전대의 것과 많이 달라져 있음을 잘 가리키고 있다.

이 무렵의 가사집에 나타나는 노래들은 다음 여섯 가지 종류로 대별할 수 있다.

① 사대부가사
② 가창가사
③ 판소리단가
④ 서민가사
⑤ 유흥가사[38]

38 이 부류 가사에 대하여는 종래 ㉠ 잡가로 다루는 방안, ㉡ 규방가사로 다루는 방안 ㉢ 서민가사로 다루는 방안 등이 시도되었으나, ㉠은 18세기서부터 20세기 초까지 일관된 성격으로 규정할 수 없다는 한계를 가진다. 20세기 초에 성행하던 잡가의 양태는 분명히 19세기에 유통되던 이들 가사와 다르다. 그 사실은 이들 가사가 20세기 초의 잡가집에 일부를 제외하

⑥ 규방가사

① 사대부가사는 16세기 이래 사대부 계층을 중심으로 하여 전승되어 오던 것으로 19세기에 들어 가사집에 기록으로 정착한 것들이다. 이 부류는 가사의 기록문학적 속성을 가장 잘 실현하고 있는 부분으로 기록 정착(필사 또는 판각)이 가사 향유의 주요한 방식으로 자리 잡는 데 중심 역할을 하였다. 여러 가사집에 실려 있는 〈강촌별곡〉과 〈낙빈가〉를 중심으로 전승 실태에 따르는 운율의 변화를 짚어본다.

| 〈강촌별곡〉(『고금가곡』) | 〈강촌별곡〉(『청구영언』 육당본) |
| --- | --- |
| 此身이 無用ᄒᆞ야 聖上이 ᄇᆞ리시니 | 平生我才 쓸데업셔 世上功名 下直ᄒᆞ고 |
| 富貴를 離別ᄒᆞ고 貧賤을 樂을삼아 | 商山風景 바라보며 四晧遺跡 ᄯᆞ로리라 |
| 一間 茅屋을 山水間에 지어두고 | 人間富貴 절노두고 物外煙霞 興을겨워 |
| 三旬 九食을 먹으나 못먹으나 | 萬壑松林 슈플속의 草屋數間 지어두고 |
| 十年 一冠을 쓰거나 못쓰거나 | 靑蘿煙月 ᄃᆡᄉᆞ립의 白雲深處 다다두니 |
| 分別이 업서지니 닐음인들 이실소냐 | 寂寂松林 ᄀᆡ즈즌들 寥寥雲壑 제뉘알니 |

각기 18세기 후반과 19세기 중반의 산물인 『고금가곡』과 『청구영언』(육당본)에 실린 같은 가명의 작품이 서두에서부터 이질적 운율 양태를

고는 남아있지 않다는 데에서 확인할 수 있다. ㉡은 현재적 양태를 위주로 본 것이기 때문에 규방가사 자체라기보다는 규방가사에 침투한 유흥가사(또는 잡가)의 흔적으로 봄이 합당하겠다. ㉢은 이미 18세기부터 유흥가사와 함께 유통되던 공존 장르이기 때문에 차별을 둠이 합당하다. 유흥가사는 기방을 중심으로 생성되어 유흥을 강조하는 성격이라면 서민가사는 현실 비판, 또는 풍자를 위주로 하여서 현실에 대한 관심이 반영된 부류로 나눔이 합당하다고 생각한다. 이렇게 볼 때에 이 부류 가사는 사대부가사 중심의 가사 향유 권역이 서민, 규방으로 확대되기 직전 단계에 해당하는 것으로 유흥의 성격이 강화되어 급속한 전파에 기여하면서 가사가 세속화되는 데 중심 역할을 한 특별한 종류로 보아야 할 것 같다.

드러내고 있다. 『청구영언』(육당본)에는 〈낙빈가〉라는 작품이 실려 있는데, 위의 『고금가곡』본 〈강촌별곡〉의 동종 이본이다. 「강촌별곡」이라는 가명이 「낙빈가」로 옮겨가는 것은 『잡가』(1821) 이후로 볼 수 있다. 『잡가』의 〈隱士歌〉는 『청구영언』(육당본)의 〈강촌별곡〉과 동일 작품인데 이 작품의 이명이 이후 「漁夫詞」(『장편가집』) 「樂民歌」(가람본 『청구영언』) 등으로 나타나는 것을 보면 이 작품이 존재하는 향유 공간도 유동적 상태임을 알 수 있다. 이런 내막을 『잡가』 속의 〈隱士歌〉·〈처사가〉 합평에서 읽을 수 있다. 『잡가』에서는 〈隱士歌〉를 "누가 지은 것인지 모르겠다[不知何人之所製]"라고 하면서 〈처사가〉와 "같은 사람의 솜씨에 의한 것이리라[疑是一人之手段]"라고 합평하고 있는데 작자 비정을 유예한 것은 전승 방식에서 작자의 존재가 중요한 의미를 갖지 못하는 단계를 반영한 것이고, 이 단계가 사대부 담론의 속성을 지닌 가창가사인 〈처사가〉가 생성 유통되던 단계임을 가리키고 있다. 〈강촌별곡〉에 대한 〈낙빈가〉라는 새로운 가명은 가창가사가 성창되기 시작하는 단계에서 사대부 품격을 공유하였던 비슷한 성격의 작품들 사이에서 가명을 이동 조정시킨 결과라고 하겠다.

위의 〈강촌별곡〉 두 작품은 서로 이질적 운율 형태인 것을 바로 알 수 있는데, 『청구영언』(육당본)본은 4·4·4·4의 정연한 형태인 데 반하여, 『고금가곡』본은 2~4음을 자유롭게 배합한 2·3, 3·4, 4·4 등등의 구가 유동적으로 자리하고 있음을 본다. 전자가 규칙적 율동감을 통하여 전달하는 경쾌한 인상은 후자의 유장한 가락과 대조적이다. 가창가사의 주요 곡목으로서 유흥적 분위기가 강화된 단계의 산물인 〈처사가〉가 전자의 운율 형식을 따르고 있는 점[39]은 가사 발전 단계에 따른 운율

39 〈쳐사가〉(『남훈태평가』): 평싱이지 쓸데업셔 세상공명을 하직하고 / 냥간슈명ᄒᆞ야 운림쳐사 되오리라 / 구승갈포를 몸에 걸고 삼졀쥭장 손에 쥐고 / 낙됴강호 경조흔듸 망혀완보

의 변모상을 파악하는 지침을 던져 준다. 후자의 유장한 가락은 〈서호별곡〉과 같이 대엽조 악곡의 영향 아래 있던 단계의 가사들에서 흔히 보이는 가락이라는 점을 보태어서 살펴본다면, 전자에서 보인 4·4·4·4 식의 규칙적 율동은 보다 박절이 빨라진 악곡과 유흥적 분위기가 강해진 주제 성향이 관여하는 단계의 산물이라는 판단에 이르게 된다.[40] 규칙적 운율과 불규칙적 운율 사이에 악곡과 가사가 가지는 관련에 대하여는, 백대웅 교수의 언급이 참조할 만하다. 불규칙 장단에서 규칙 장단으로 이행해 온 것이 근세 가악의 흐름[41]이라고 한다면, 〈운림처사가〉는 〈처사가〉보다 전대적 특징을 지니고 있다고 해야 할 것이다.

② 가창가사는 〈漁父詞〉로부터 비롯했다고 할 수 있다. 集句한 어부 관련 7언 한시에 현토한 균등한 음량의 가사는 반복되는 일정한 악절에

---

로 나려가니 / 적적송관 다다는듸 요요힝원 긔짓는다 / 경긔무궁 됴흘시고 산림초목 푸르엇다 / 창암병풍 둘너는듸 빅운심처 되어셰라

〈處士歌〉(『잡가』) : 天地玄黃 삼긴후에 日月盈昃 되어셰라 / 兩間受命 이내몸이 雲林處士 되오리라 / 三升葛布 몸어입고 九節竹杖 손의쥐고 / 落照江路 경죠흔딕 芒鞋緩步 드러가니 / 寂寂松關 다닷는딕 寥寥杏園 개즛는다 / 景槩武陵 죠흘시고 山林草木 프르럿다 / 蒼岩翠屛 둘너는다 白雲藩籬 삼아셰라

와 같이 4음4보격을 준수하는 쪽에 대하여,

〈운림처사가〉(『남원고사』, 『해동유요』) : 인간이 소쇄커늘 세ᄉᆞ롤 쓰리치고 / 홍진망 쒸여나셔 경쳐업손 이닉 몸이 / 산이야 구름이야 쳔니만니 드러가니 / 쳔회벽계와 만쳡운산은 가지록 싀롭고나 / 층암절벽의 구분 늙은 당숑 / 청풍에 흥을 겨워 날 보고 우즑우즑 / 구룡소 늙은 룡이 여의쥬롤 엇노라고 / 구뷔롤 반만 닉여 벽파슈롤 뒤치는 듯 / 현의표도는 구름의 연ᄒᆞ엿고 / 녹림홍화는 츈풍의 분별 잇고 조화의 교틱 겨워 / 간딕마다 구십소광 ᄌᆞ랑ᄒᆞ니 운림만경 즐거오미 긔지업다

처럼 비정형의 유장한 가락을 지닌 쪽이 있는데, 후자인 〈운림처사가〉를 앞서 이루어진 것으로 볼 수 있다.

40 종교가사의 4음4보격은 악곡의 세속화나 유흥 주제와는 관련이 없고, 전교 당대의 대중적 동의를 위한 손쉬운 운율 형식으로서 이해해야 할 것이다. 뒤에 애국계몽기 가사에서 보이는 4음4보격도 종교가사와 같은 맥락에서 보아야할 터인데, 같은 운율 형식이 이처럼 다르게 적용되는 사항에 관한 해명은 좀 더 긴밀한 논의를 필요로 할 것이나, 운율 형식만으로써 작품의 성격 전체를 포괄할 수는 없다는 전제와 같은 운율 형식이라도 연행 방식에 따라 다른 미감을 가질 수 있다는 사실을 참고하고 들어서야 할 것이다.

41 백대웅, 『다시 보는 판소리』, 어울림, 1996, 110~119쪽 참조.

배분됨으로써 노랫말로서의 자질을 확정 지었다. 가창가사는 사대부적 담론에 익숙한 관용어구로 이루어지고, 사대부의 유연(遊宴) 관습에 어울리는 〈어부사〉, 〈처사가〉, 〈권주가〉, 〈춘면곡〉 같은 곡목으로부터 출발하여 점진적으로 민요적 속성이 강한 작품들이 가세하면서 유흥을 위한 곡목 편성으로 진행해 나간 것으로 보인다.

李裕元(1814~1888) 『嘉梧藁略』(1871)의 俗樂 「十六歌詞」 조에는 〈楚漢歌〉, 〈春杵歌〉, 〈漁父詞〉, 〈將進酒〉, 〈處士歌〉, 〈彈琴詞〉(〈琴譜歌〉), 〈春眠曲〉, 〈關東別曲〉, 〈梅花詞〉, 〈白鷗詞〉, 〈黃鷄詞〉, 〈道鼓樂〉(〈길군악〉), 〈名山詞〉 (〈鎭國名山〉), 〈相思別曲〉, 〈勸酒歌〉, 〈十二月歌〉가 차례로 실려 있다. 이 중 〈초한가〉, 〈용저가〉, 〈장진주〉, 〈탄금사〉, 〈관동별곡〉, 〈명산사〉, 〈십이월가〉의 일곱 곡을 제외한 나머지는 현행 「십이가사」에 들어있는 곡목이다. 이들 일곱 곡은 서도잡가(〈초한가〉), 사대부가사(〈관동별곡〉, 〈용저가〉, 〈탄금사〉), 판소리 단가(〈명산사〉), 민요(〈십이월가〉), 가곡(〈장진주〉, 〈명산사〉) 등과 관련되어 있는 것으로 가사의 중심이 가창가사로 옮겨왔으나 아직 그 곡목은 정리되지 않은 정황을 반영하고 있다고 볼 수 있다. 19세기 중반 산물인 『청구영언』(육당본)의 가창가사 해당 곡목이 나머지 아홉 곡에 〈양양가〉가 덧붙은 것으로 나타나는 것을 보면 『가오고략』의 「십육가사」는 『청구영언』(육당본) 단계에서 더 진전하여 여러 종류의 노래를 포섭하는 단계에 해당하는 것으로 볼 수 있다. 한편, 『가곡원류』의 후행본으로 보이는 『협률대성』의 가사 부분에는 〈어부사〉, 〈처사가〉, 〈상사별곡〉, 〈춘면곡〉, 〈명기가〉, 〈관동별곡〉, 〈백구사〉, 〈권주가〉가 실려 있는데 이 중 〈명기가〉는 기방문화와 관련된 유흥가사 계열의 작품이고 〈관동별곡〉은 결사가 유흥적 분위기 쪽으로 변개되어 있는 것[42]

42 "기러ᄂᆡ다 기러ᄂᆡ다 기러ᄂᆡ며 펴ᄂᆡ다 펴ᄂᆡ다 펴ᄂᆡ랴
兒嬉야 盞을 씨셔 이 술 한 盞 어다가

을 보아 가사의 유흥적 면모가 강화되던 단계가 반영되었음을 알 수 있다.

이처럼 단계별로 당대의 가창문화가 반영되어 있는 가창가사의 곡목 편성에 참여하는 작품들은 각기 다른 악조를 가지는 해당 곡목의 대표작으로서 그 편성 자격을 결정하는 것은 대중들의 애호도와 그에 따른 전문 가자의 명성도였다. 이들 작품은 악조의 차별에 따른 각기 다른 운율 형식을 지니지만, 일정한 악절에 규칙적으로 수응하는 반복 형식을 공유하면서 4음보격 시행을 기준 단위로 공유하게 되었다. 뒤에 애국계몽기 가사의 반복 형식이 가창가사의 관습적 운율 형식으로부터 비롯했다고 할 수 있다. 애국계몽기의 향유 대중이 언론 매체에 활자화된 가사를 '노래'로서 인식한 실체는 주로 4음보격 시행으로서 4음보격 시행을 기준 시행으로 공유하였던 가창가사의 향유 관습이 남긴 결과로 볼 수 있다.

③ 판소리 단가는 「호남곡」이나 「쇼츈향가」처럼 판소리와 관련이 있으며 생성된 작품을 말한다. 이들은 현 단계까지의 연구로는 원래 판소리의 부분(삽입가요)이었다가 떨어져 나온 것으로 논의되지만, 〈호남곡〉(『잡가』 소재)[43] 같은 경우를 보면 판소리의 서민적 세계보다는 사대부 강호가사의 품격에 근접하는 모습을 보이고 있어 원래부터 독립적 성격의 노래였다가 판소리에 가담할 수도 있지 않겠느냐는 의구심을 불러일으킨다. 『기사총록』과 『장편가집』에 실려 있는 「계유사」는 실전 판소리의 하나인 「왈자타령(무숙이타령)」의 사설 정착본으로 판단되는 국문소설

---

九重으로 도라가셔 모다 취케 ᄒᆞ오리라"

43 예를 들면, "父母ㅣ 和順이요 家國이 昌平이로다 / 灌漑南原ᄒᆞ야 禾穀이 茂長이로다 / 沃溝流波를 金堤로 儲水ᄒᆞ야 / 助奠靈光ᄒᆞ야 自求同福ᄒᆞ니 / 遵彼珍原ᄒᆞ야 剝此玉果호라 / 羅州錦城과 靈巖月出이 / 兩岳高敞ᄒᆞ야 瑞動潭陽ᄒᆞ니 / 國步鎭安이샷다"와 같은 구절에서 〈서호별곡〉의 "春日이 載陽ᄒᆞ야 有鳴倉庚이어든 / 女執懿筐ᄒᆞ야 爰求柔桑이로다 / 瞻彼江漢ᄒᆞ야 聖化乙 알리로다 / 漢之廣矣여 不可泳思며 / 江之永矣여 不可方思로다 / 묻노라 / 洞赤이 丹砂千斛乙 뉘라셔 머믈우랴"와 비슷한 율조의 인상을 받는다.

『게우사』와 관련 있는 작품이다. 宋晩載 「觀優戱五十首」(1843)의 第六首가 판소리 시작하기 전 先聲으로서의 「관동별곡」에 대한 것임을 보면 가사와 판소리의 연관이 밀접함을 알 수 있다. 「계유사」가 4음보격의 가사체를 견지하고 있음을 보면 같은 주제라도 소설이나 판소리로 향유하는 것과는 구별되는 방식을 지키고 있음을 알 수 있다. 그러나 『남훈태평가』에 실린 〈쇼춘향가〉[44]는 가사체를 벗어나 있어 판소리에서 넘어온 것임을 알 수 있다.

④ 서민가사는 서민들이 가사 향유층으로 가담하면서 서민적 세계관을 반영한 작품을 생성한 사실을 가리킨다. 이 부류는 주로 현실 비판적 성향을 띠면서 가사를 통한 서민 담론의 확대에 크게 기여하는 것이 그 역할이라고 할 수 있는데, 19세기에 들어서는 유흥가사의 영향권에 들어가 대상에 대한 풍자·골계적 접근 방식을 개발하여서 새로운 양식으로서의 독자성을 확보해 나간다.

「合江亭歌」는 1792년 9월 23일 안평대군 致墓祭의 享祀를 소홀히 한 죄로 전라감사 鄭民始가 삭직된 사실을 소재로 했지만, 합강정의 위치에 대한 다른 해석을 보이는 여러 이본이 있는 것으로 보아 지역적으로 편차를 가지고 전승된 흔적을 지닌, 널리 유통된 현실비판 가사로 볼 수 있다. 소재 사건의 성립 시기보다 훨씬 뒤인 1930년대의 『악부』나 『가집』에도 잔존하는 것을 보면 생성 당시 구체적 현실 부조리 고발의 분위기를 지나 현실 비판에 대한 보편성을 획득하는 단계까지 상승되어 왔

---

44 〈쇼춘향가〉는 『남훈태평가』에서는 〈미화가〉 〈빅구사〉와 함께 '잡가'로 분류되어 있다. "춘향의 거동 보아라 / 오른숀으로 일광을 가리고 / 왼숀 놉히 들어 져 건너 죽림 뵌다 / 딕시머울하고 숄 시머 정자라 / 동편에 연당이요 셔편에 우물이라 / 노방 시머 오후과요 문젼학동 션싱류 / 긴 버들 휘느러진 늙근 장숑 / 광풍에 홍을 계워 우쥴우쥴 츔을 츄니 / 져 건너 살입문안에 삽살이 안져 / 먼 산 발아보며 쏠이 치는 져 집이오니"와 같이 판소리 가락이 완연하다. 실제로 이 노래는 「십이잡가」의 곡목으로 유지되어 전창되고 있다.

음을 알 수 있다. 이 작품은 4음4보격의 정형률 외형에 "求景가셰 求景가셰 合江亭에 求景가셰 / 時維九月 念三日에 吉日인가 佳節인가 / 觀風察俗 우리 巡相 이 날에 船遊하니 / 千秋聖節 질거운들 蒼梧暮雲 悲感할사" 식의 한문 투식구를 사용하여 사회 모순을 공동담론화하고 있다. 이런 투의 가사를 애국계몽기에 다시 볼 수 있음은 사대부 지식인이 가사를 통하여 사회 담론을 형성하는 방식이 애국계몽기의 언론 지식인들에게 이어져 내려온 것으로 볼 수 있다.

사대부들이 서민가사를 취택하여 사회 담론을 형성하는 또 하나의 사례를 든다면 「甲民歌」[45]가 그에 해당한다. 이 작품은 유리방황하는 갑산민과 북청민 사이의 대화체로 전개되는데, 대화체를 통하여 사회의 주요 담론을 가사화하는 방식은 〈고공문·답가〉 같은 데에서 이미 보인 것으로 이 또한 애국계몽기 가사에 이어지고 있다. 일상 발화의 모방이기 때문에 정형화된 형식은 갖지 못하지만, 대개 4음보격 가사체를 견지함으로써 일상에서 격절된 극적 공간을 형성하는 효과를 가져올 수 있었다.

⑤ 유흥가사는 기방을 중심으로 생성된 작품을 말한다. 19세기의 도시 형성과 관련하여 기방을 중심으로 한 놀이 문화가 확산되는 사이에 대중적 성향을 가지고 급속히 전파된 유형으로 생각된다. 이들은 사대부가사나 가창가사를 기반으로 삼아 생성되다가 점차 민요의 영역으로 범주를 넓혀나가는 사이에 이루어진 작품들이기 때문에 이 두 가지 속성 ─ 사대부적 전아한 품격과 서민의 유흥적 품격 ─ 의 공존 상태를 유지하면서 반상 구별이 흔들리는 향유층에 광범위하게 침투할 수 있었다고 본다.

가창가사의 최종 정착형인 「십이가사」의 형성에 유흥가사가 관여하

45 『해동유요』의 「갑민가」 제하 부기에 成大中이 언급된 사실을 말함.

는 과정을 가장 잘 드러내는 가사집이 있다. 『奇詞總錄』(1823년)이 바로 그것인데 거기 실려 있는 가창가사 해당 곡목들을 『남훈태평가』(1863년)의 해당 작품과 대조해 보면 선행본의 인상을 주기 때문에 이 가사집을 19세기 전반의 산물로 보게 된다. 『奇詞總錄』에는 〈상ᄉᆞ별곡〉, 〈춘면가〉, 〈어부ᄉᆞ〉, 〈권쥬가〉, 〈빅구ᄉᆞ〉 등등의 가창가사 해당 곡목 외에 〈계유ᄉᆞ〉, 〈음창가〉, 〈십틔가〉, 〈청누가〉, 〈음창가〉, 〈노쳐녀가〉, 〈노인가〉, 〈일비쥬가〉, 〈원우가〉, 〈남초가〉, 〈명당가〉, 〈장긔가〉, 〈환별가〉, 〈농아가〉 등의 유흥가사들이 실려 있어 가창가사의 권역이 유흥가사로 넓혀져 가는 모습을 보이고 있다. 19세기 전반에 유흥가사가 이렇게 광범위하게 전승되고 있는가는 다른 자료를 찾지 못하여 확언하지 못하겠으나, 『가사육종』(18세기 후반~1820)에 나오는 〈노인가〉의 노래 부르는 정황[46]을 묘사한 대목에서 가창가사와 어우러지는 〈老姑歌〉(〈노처녀가〉로 보임)와 〈花譜타령〉(〈화조가〉류로 보임)이 등장하는 것으로 보아 가창가사가 성창되는 사이에 유흥가사도 생성 발전하고 있음을 간접으로 확인할 수 있다.

유흥가사는 그 생성과 관련된 몇 가지의 경로를 가지고 있는데, 첫째는 사대부가사이다. 19세기 가사집에 빈출하는 〈강촌별곡〉, 〈환산별곡〉, 〈금보가〉 등은 차오산, 이퇴계 등의 원서술자와는 무관한 변화된 새로운 음악 환경 속에서 생성된 것으로 보인다.[47] 이들이 공통적으로 지니고 있

46 閑暇한 處士歌는 樂民歌로 和答하고
多情한 相思歌는 春眠曲 和答하고
虛蕩하다 漁父詞는 梅花曲 和答하고
듣기좋은 길고락은 勸酒歌로 和答하고
凄涼하다 老姑歌는 花譜타령 和答하고 (『가사육종』)

47 성무경, 「18~19세기 음악환경의 변화와 가사의 가창 전승」(『시가사와 예술사의 관련 양상』 Ⅱ, 보고사, 2002)에서는 「금보가」를 풍류방 가창문화권에서 형성된 가사로 보아 사대부가사에서 이행한 작품과는 다른 성향을 지닌 것으로 파악했다. 이 책의 분류 방안대로라면 유흥가사에 속하는 작품이 되겠다. 그러나 이 시기의 사대부가사는 사대부 담론의 흔적을 간

는 율격적 단순함(4음4보격을 견지한다든가 시행의 전환이 촉급한 것들)은 아마도 이 새로운 음악 환경에 적응하기 위한 것으로 생각된다. 정악의 제한을 받던 데에서 민속악의 자유분방함 속으로 틈입했을 때, 새로운 장르 전략이 필요했을 것이고 이렇게 변화된 외형 가운데 원서술자나 원가명은 다름 아닌 그 장르의 생성 기반 — 곧 사대부가사와의 관련을 가리키는 것으로 볼 수 있다.

또 한 부류는 〈추풍감별곡〉처럼 소설과의 관련이 있는 것들이다. 이들과 소설의 선후 관계는 차치하더라도 소설과 관련이 있다는 사실은 이들의 향유 환경이 세속적인 것임을 말해준다. 사대부가사가 한시문의 세계에 근접되어 있던 것과는 달리, 세속적 상사연정을 주제로 다루는 것은 별개의 장르 종류가 만들어질 소지를 가지고 있다고 할 수 있다. 가사의 작품세계가 이처럼 세속화되는 데에 관하여는 인접 장르인 민요의 영향을 빼놓고 이야기할 수 없을 것이다. 비교적 형식적 제약이 덜하며 일상적 소재를 일상적 시어로 다루는 민요는 전아한 표현에 의지하던 사대부가사가 세속적 분위기의 유흥가사로 옮겨가는 데 큰 역할을 한 것으로 보인다. 이 사실은 현행 규방가사가 민요와 빈번한 교섭을 가지며 전승되는 모습에서도 추상될 수 있다. 또, 율격적 단순함(4음4보격을 견지한다든가 시행의 전환이 촉급한 것들)도 민요의 단순 형식과 관련 있을 것이다.

⑥ 규방가사는 사대부 가문의 여성들이 가사 향유층으로 가담하면서 여성의 취향에 맞는 가사 향유를 이끌어나간 것을 말한다. 19세기 이후

---

직하고 있음에도 불구하고, 전반적으로 가창가사로 가사의 중심권이 전환되는 분위기 속에서 전승되기 때문에 유흥가사와의 분계가 애매한 것이 사실이다. 〈처사가〉와 〈강촌별곡〉(〈은사가〉), 〈낙빈가〉의 관련에서 나타났던 것처럼 이들은 각기 자신의 권역을 고집하기보다는 공존하는 다른 종류를 배려하면서 서서히 한 가지 방향으로 통합되는 변화 속에 있었던 것으로 파악된다.

의 가사 발전사는 규방가사가 주류로 자리 잡는 것을 가장 주요한 사실로 다룰 수 있다. 특히, 사대부가사의 권역에서 출발하여 서민가사나 유흥가사 같은 동시대의 공존 유형을 흡인하여 규방가사 유형 확립의 자료로 삼은 점을 주의할 만하다.

『가사』(규방, 1840년)나 『규중보감』(1895년)을 보면 여성을 위한 가사집의 주종을 유흥가사가 차지하고 있음을 알 수 있다. 이 사실은 명백히 유흥가사의 향유 권역이 규방에까지 침투한 것으로 볼 수 있다. 그 침투 경로를 소상히 알려주는 근거는 찾기 힘들지만, 유흥가사의 주담당층인 기녀들이 여성이기 때문에 유흥가사의 주종이 여성 취향으로 되고, 또 여성이 가사 향유에 적극 가담하는 달라진 향유 분위기 속에서 유흥가사가 가사의 주류를 이루며 규방으로까지 침투하는 경로는 대강 그려볼 수 있다. 오늘날 조사되는 규방가사에도 〈춘유가〉, 〈농춘가〉, 〈백발가〉, 〈산수가〉, 〈화시풍경가〉, 〈우미인가〉, 〈산유가〉, 〈화조가〉, 〈취몽가〉, 〈선유가〉, 〈화류가〉 따위의 작품이 다수 발견되는 것을 보면 유흥가사가 규방가사의 권역에 침투한 흔적이 역력함을 알 수 있다. 이들 유흥가사의 영향으로 이루어진 작품들은 운율 형식에 있어서도 유흥가사의 손쉬운 단순 형식 —4음4보격 위주의 —을 따르고 있음을 볼 수 있다.

『가사』(규방)의 경우를 볼 것 같으면 전체적으로 전아한 표현을 유지하고 있는데 이것은 사대부가사에서 물려받은 품격으로 생각된다. 예를 들면, 「화전별곡」 같은 경우에는 후대의 「화전가」류와는 다르게 놀이의 구체적 과정을 재현하기보다는 그 과정을 관념화해서 제시하는 데 치중하고 있다. 자연히 한문 전고에 바탕을 둔 표현 양태를 지니는데 이런 방식은 사대부 강호가사에서 사용하던 것으로 규방가사 생성에 사대부가사가 관여한 경로를 간접으로 확인케 한다. 한편, 같은 가사집에 실린 「화죠연가」나 「악양누가」는 유흥가사이면서도 한문 전고에 바탕을 둔 전아한 표현 양태를 지니는 점에서는 「화전별곡」[48]과 같은데 여기에서도 역시 사대부가사(넓게는 사대부 시가)의 관여도를 짐작할 수 있다.

19세기 가사 향유상 반영의 직접적 자료인 가사집 수록 작품들을 주요 유형별로 운율 형식에 관심을 두고 살펴본 결과, 가사 발전이 사대부가사 중심 → 가창가사 중심 → 유흥가사 중심 → 규방가사 중심의 순차적 전개를 펼치는 동안, 불규칙 장단에 의존하는 비정형의 유장한 가락 중심의 사대부 품격 운율이 규칙 장단에 의한 악조의 변화에 따라 4음4보격으로 정형화된 경쾌한 가락으로 바뀌어 나가는 것을 볼 수 있었다. 그 사이에 일상 발화의 모방인 대화체라든가, 새로 성립된 판소리 양식에 맞는 혼합적 다종 운율 등등이 개재하지만, 애국계몽기에 이르기까지 4음4보격의 정형화가 가사 운율의 중심을 유지하는 것을 볼 수 있었다. 이와 같은 전통시가의 운율 보존 맥락이 애국계몽기에 이르는 동안, '잡가'라는 항목하에 벌어지는 일탈 운율의 실존을 살펴볼 필요가 있다. 이 일탈의 동력이 애국계몽기 운율 개신의 주원인이 된다고 보기 때문이다.

판소리와 관련 있는 소설 『남원고사』에는 실제 연행의 모방이라고 할 수 있는 여러 가지 노래들이 시연되고 있다. 이 '커다란 노래판'을 통해서 전달받는 사실은 19세기 시가계의 판도가 다단한 변화 속에 있으며, 전 국토가 노래로 흥청거리는 사회적 분위기는 곧 다가올 역사 격변을 예감케 하는 불안에 싸여 있다는 것이다. 이런 분위기 속에서 시가계의

---

48 "시유ᄉᆞᆷ월이오 셔쇽모츈이라 / 동풍작야 홀긔ᄒᆞ니 구십츈광 도라온가 / 삼츈이 깁픈 고ᄃᆡ 일시 풍경 그지 업다 / 녹슈계변 누른 양유 만편황금 ᄲᅮ리난 듯 / 청손곡즁 불근 도화 일변홍우 젹시난 듯 / 편시츈몽 ᄭᅵ다르니 구십쇼광 느져간다 / 어와 번님ᄂᆡ야 ᄭᅩᆺ구경 가ᄌᆞ셔라 / 요지연의 셔왕모는 쳔년도로 잔치ᄒᆞ고 / 쳔티ᄉᆞᆫ 마고션녀 운모병풍 둘너쳣다 / 진루상 발근 달은 농옥의 옥통쇼오 / 쵸협의 져문 비는 신년의 힝장이라"와 같이 화전놀이를 대상으로 하였으면서도 후대의 〈화전가〉류가 놀이의 실제 전개를 내용으로 하면서 4음4보격의 경쾌한 가락을 지니는 것과는 다르게 한문 투식구를 위주로 하는 전아한 표현에 관념적 대상 접근의 방식을 사용하는 유장한 가락을 지니고 있다.

앞길은 혼잡한 양식 교섭의 와중에 가늠하기가 어려운 실정이었다. '잡가'라는 항목은 이런 사정을 잘 가리키는 유보된 명명이었다. 1910년대 이후 쏟아져 나온 활자본 잡가집의 전신이었을 노래판은 혼암의 정처 없음에 매여 있었고, 이 땅에 처음 발을 딛은 이방인의 귀에는 나라가 온통 노래로 휩싸인 낯설음으로 전하여졌다. 애국계몽의 정연한 율조로 귀환하기까지 혼돈의 흥취가 이어지는 동안 가사체가 그 중심을 어떻게 지탱하였는가가 다음 항부터의 과제가 되겠다.

### 3) 잡가의 운율 이탈과 그 파장

지금까지 가사체를 중심으로 조선 후기 시가의 운율 조건이 형성되는 과정을 살펴보았다. 4음보격이 중심에 놓이면서 2음보의 추가를 4음보로의 환원을 전제로 허용하는 가사 양식 내에서의 진동이 작은 변화로부터, 2·3·4·5·6음보의 혼종 배합에 의하여 파장이 큰 변화를 일으키는 사설시조의 중장 확대 방안까지는 여전히 4음보가 주도하는 일정한 틀이 견지되는 편이다. 이 틀이 흔들리면서 보다 역동적 가락을 노리는 움직임이 일어나는 것이 잡가로의 양식 이동간에 보인다.

① 바독바독·뒤얽근놈아∨제발비ᄌᆞ·네게∨니가의란·셔지마라//

눈큰·준치∨허리긴·칼치/ᄎᆞᆫᄎᆞᆫ·가물치∨두루쳐·메오기/넙젹ᄒᆞᆫ·가ᄌᆞ미∨부러긴·공지/등곱은·ᄉᆡ오∨겨레만ᄒᆞᆫ·권졍이/그물만·너겨∨풀풀쒸여·다다라ᄂᆞᆫ듸/여럽시싱긴·烏賊魚·둥ᄀᆡᄂᆞᆫ고나//

아ᄆᆞ도/너곳와·셔잇시면∨고기못즙아·大事ㅣ로다 ///(육당본 『청구영언』 814번)

② 바독걸쇠갓치・얽은놈아∨졔발비즈・네게∨물가의란・오지말라//

눈큰・쥰치∨헐이긴・갈치/두룻쳐・메육이∨츤츤・감을치/文魚의아들・落蹄∨넙치의쏠・가잠이/비부른・올창이공지∨결레만흔・권장이/孤獨흔・빅암장魚∨집치갓튼・고릭와/바늘갓흔・숑수리∨눈긴・농게∨입쟉은・甁魚가/금을만・넉여∨풀풀쐬여・달아나는듸/열업시상긴・烏賊魚・둥기는듸/그놈의・孫子骨獨이・익쓰는듸/바소갓튼・말검어리와∨귀瓔子갓튼・杖鼓아비는/암으란줄도・모르고∨즛들만・흔다//

암아도/너곳・겻틔셧시면∨곡이못잡아・大事ㅣ로다///(교주『해동가요』549번)

③ 곰보타령(휘모리잡가)[49]

七八月淸明日에・얽은중이∨시냇가로・내려들온다//

그중이・얽어매고∨푸르고・찡기기난/바둑판・장기판・고누판같고/멍석・덕석・방석같고/어레미・시루밑・분틀밑같고/청동・적철・고석매같고/때암쟁이・발등감투∨대장쟁이・손등고이같고// 진사전・산기둥같고/신전마루・상하 미전의・방석같고/구타정장・소지 같고/근정전・철망같고/우박맞은・잿더미・쇠똥같고/경무청차관・콩엿깨엿・진고개왜떡/조개・멍구럭같고/여의사・길상사・별문관사같고/직홍・준오∨준륙・사오같고/한량의・사포관역∨낡에앉은・매아미・잔등같고/경상도진상・대굿바리∨꿀병촉궤・격자바탕/싸전가게・내림틀・같고// 변굼보・태굼보∨성주패두・염만홍같고/감영・뒷골의・암괭이같고/냉동의・박수범같고/새절중의・낙도같고/염불암중의・포운이같고/삼막중의・덕은이같고/시위・일대하사・마대삼등∨포대・일등병같고/삼개・무동의・박태부같이/아주・무

49 이창배,『가요집성』(재판), 홍인문화사, 1981, 98쪽.

척얽고∨검고푸른·중놈아// 네무삼·얼굴이·어여쁘고/ 똑똑하고·맵자하고∨얌전한·연석이라고/ 시냇가로·나리지마라// 뛴다·뛴다/ 어룡소룡은·다뛰어넘어·자빠동그라지고/ 영의정·고래∨좌의정·숭어민어/ 승지·전복∨한림·병어/ 옥당·은어∨대사간에·자가사리/ 떼많은·송사리∨수많은·곤쟁이/ 눈큰·준치∨키큰·장대머리/ 살찐·도미∨살많은·방어/ 머리큰·대구∨입큰·메기∨입작은·병어/ 누른·조기∨푸른·고등어/ 뼈없는·문어∨등곱은·새우∨대접같은·금붕어는/ 너를·그물벼리만·여기/ 아주·펄펄뛰어넘쳐·다다라나난고나// 그중에∨음옹하고·내숭하고·숭물하고∨숭칙스러운·오징어란놈은/ 눈깔을·빼서∨꽁무니에·차고∨벼리밖으로·돌고/ 농어란놈은·초친고추장·냄새를맡고∨가라앉아·슬슬///

점으로 음보 경계를 삼고 '∨'으로 구의 경계를 삼으며 사선으로 시행 종결을 표시하였다. 겹사선(//)은 시조 초·중·종장이나 잡가의 단락 경계임. 음보 안의 음량(음절 수)을 기준 단위 1로 숫자화하고, 서로 다른 음보 형식이 어울리는 모습을 보기 위해 도식화해본다.

①4·5∨4·2∨4·4//
2·2∨3·2/2·3∨3·3/3·3∨3·2/3·2∨4·3/3·2∨4·6/
5·3·5//
3/3·4∨5·4///

②6·4∨4·2∨4·4//
2·2∨3·2/3·3∨2·3/5·2∨4·3/3·5∨4·3/3·4∨4·3/
4·3∨2·2∨3·3/3·2∨4·5/5·3·4/3·5·4/4·5∨5·5/
5·3∨3·2//
3/2·5∨5·4///

③7 · 5∨4 · 5//

3 · 4∨3 · 4 / 3 · 4 · 5 / 2 · 2 · 4 / 3 · 3 · 5 / 2 · 2 · 5 / 4 · 4∨4 · 6//
3 · 5 / 4 · 5 · 4 / 4 · 4 / 3 · 4 / 4 · 3 · 4 / 5 · 4 · 5 / 2 · 5 / 3 · 3 · 6 /
2 · 2∨2 · 4 / 3 · 4∨4 · 3 · 4 / 5 · 4∨4 · 4 / 4 · 3 · 2// 3 · 3∨4 · 5 /
2 · 3 · 5 / 3 · 5 / 4 · 4 / 5 · 5 / 4 · 5 / 2 · 4 · 4∨2 · 5 / 2 · 3 · 5 / 2 · 4
∨4 · 3// 3 · 3 · 4 / 4 · 4∨3 · 5 / 4 · 5// 2 · 2 / 5 · 5 · 7 / 3 · 2∨3 · 4
/ 2 · 2∨2 · 2 / 2 · 2∨4 · 4 / 3 · 3∨3 · 3 / 2 · 2∨2 · 4 / 2 · 2∨3 · 2 /
3 · 2∨2 · 2∨3 · 2 / 2 · 2∨2 · 3 / 3 · 2∨3 · 2∨4 · 4 / 2 · 5 · 2 / 2 ·
6 · 7// 3∨4 · 4 · 4∨5 · 6 / 3 · 2∨4 · 2∨5 · 2 / 5 · 5 · 5∨4 · 2///

① 과 ②는 중장 부분에서 꼭 같이 4음보 위주로 편성되어 있지만, 3음보의 개입이 ② 쪽이 더하고, 음절 수의 진폭도 ② 쪽이 크다(5 · 6음의 빈도수가 많다). ③에 이르러서는 음보 형식의 혼종이 걷잡을 수 없고, 7음까지 음절 수가 확장되어 있다. ③의 음보 형식을 1음보당 1로 숫자화한 도식은 다음과 같다.

4 //
① 4 / 3 / 3 / 3 / 3 / 4 // ② 2 / 3 / 2 / 2 / 3 / 3 / 2 / 3 / 4 / 5(2∨3) / 4 / 3 // ③ 4 / 3 / 2 /
2 / 2 / 2 / 5(3∨2) / 3 / 4 // ④ 3 / 4 / 2 // ⑤ 2 / 3 / 4 / 4 / 4 / 4 / 4 / 4 / 3(2∨2∨2) /
4 / 3(2∨2∨2) / 3 / 3 // ⑥ 3(1∨3∨2) / 3(2∨2∨2) / 5(3∨2) ///

머리의 4음보 부분을 뗀 나머지 부분은 6개의 큰 호흡 단위로 나누어 볼 수 있는데, 각기 그 배합 음보 형식의 종류를 달리하여, 이웃한 단위들과 어우러지는 가락을 조성한다. 예를 들어, 첫 번째 단위 ①은 4음보를 양 편에 놓고 4개의 3음보가 끼어 있어서, 가운데 부분이 경쾌한 인상을 주게 되어 있다. 양 편의 4음보를 붙여보면, "그중이 · 얽어매고∨푸르고 · 찡기기난 / 때암쟁이 · 발등감투∨대장쟁이 · 손등고이같고"로서 평이한 단정이 되는데, 가운데 3음보의 4 시행이 이 단정을 방해하면서 유희의 분위기에 들뜬 분방한 관심을 이끌어 들이고 있다.

두 번째 단위 ②는 2음보 3음보가 교체되면서 빠르고 가벼운 호흡을 일으키는데, 이 부분은 앞 단위에서 이어온 비유의 보조물을 시정의 왼갖 사물로 옮겨가면서 새로운 시대의 풍물에 대한 호기심에 찬 관심에 가락이 편승하고 있다. 마무리의 "4 / 5(2∨3) / 4 / 3"(직홍 · 준오∨준륙 · 사오같고 / 한량의 · 사포관역∨낡에앉은 · 매아미 · 잔등같고 / 경상도진상 · 대궂바리∨꿀병촉궤 · 격자바탕 / 싸전가게 · 내림틀 · 같고) 음보 형식들은 각기 그 안에 2+2=4, 2+3=5 등의 배합 방식을 내포하고 있으면서, 짧은 호흡에서 긴 호흡으로 상승하는 모습을 보인다. 5음보가 2 · 3음보의 합성으로서 대개 우수적 속성을 지니던 기존의 음보 형식을 벗어난 이질적 음보 형식이 되면서, 평(4) / 과(5) / 평(4) / 소(3)음보의 양적 배합은 그 번복되는 배합에 의하여 또 다른 큰 호흡 단위를 만든다.

셋째 단위 ③은 실제 얼굴이 얽은 사람들을 예시하였는데, 가운데에 2음보 네 쌍이 옴으로써 역시 가볍고 분방한 정서를 일으키고 있다. 마무리를 5(3∨2) / 3 / 4(시위 · 일대하사 · 마대삼등∨포대 · 일등병같고 / 삼개 · 무동의 · 박태부같이 / 아주 · 무척얽고∨검고푸른 · 중놈아)로 함으로써, 둘째 단위의 마무리와 유사하게, 크다(3) 작고(2), 작다(3) 큰(4), 번복되는 음보 배합이 긴 호흡을 가라앉히는 역할을 한다.

넷째 단위 ④는 비유 구조를 충족하기 위한 인거의 틀을 벗어나 평상적 발화로 복귀하였는데, 앞에 전개되어 온 내용과는 다른, 이 직접적 당부의 언사는 호흡을 가라앉히면서, 다음 단락에서 이어질 의인체 열거 수사의 활발한 리듬으로의 전환을 예비하는 역할을 하고 있다. ⑤는

2음보의 가쁜 가락으로 환기하였다가 곧 5・5・7의 늘어진 3음보로 사이를 두었다가는 잇따른 6개의 4음보로 가락을 탄다. 이 부분은 "영의정・고래∨좌의정・숭어민어 / 승지・전복∨한림・병어 / 옥당・은어∨대사간에・자가사리 / 떼많은・송사리∨수많은・곤쟁이 / 눈큰・준치∨키큰・장대머리 / 살찐・도미∨살많은・방어 / 머리큰・대구∨입큰・메기∨입작은・병어 / 누른・조기∨푸른・고등어"로서 2음보 대응의 4음보로써 의인체의 이원구조적 본령을 대비 제시하고 있다. 본디 2음보의 빠른 박절이었을 것이 단순 반복 구조의 무제약을 조절하려는 의도로 짝을 맞춘 것이 4음보로 귀결되었다.

이 부분의 수사적 성격은 열거로 규정할 수 있는데, 이 열거 수사는 중세 문장에서 가장 흔히 쓰였다. 세계의 부분들이 하나로 통합되는 구조적 통일성이 열거의 이념이며, 그러나 중세인의 공통 관심은 거대한 이념의 그늘이 낱낱의 대상에 드리우는 다채로운 변모상이다. 나아가, 보이지 않는 이념과 움직이는 개별 현상과의 관계상이다. 신은 현재하지 않으면서 만물에 작용하고 있다는 기독교의 신학이라든가, 세계 일체가 마음에 따라 변조한다는 명제를 근간으로 하는 화엄불교 사상 같은 중세 보편 이념은 그러한 변모와 관계의 역동적 모습을 내함하고 있다. 이념의 고착화된 체계가 아니라 움직이는 실제의 구현태를 보여주고 들려주는 것이야말로 지상에서 이념을 실현해야하는 책무를 안은 중세문학이 수행해야할 제일 과제였다. 열거는 이 과제를 수행하기에 가장 적절한 수사 방식으로 파악되었다.

이 부분의 마무리는 3(2∨2∨2) / 4 / 3(2∨2∨2) / 3 / 3(머리큰・대구∨입큰・메기∨입작은・병어 / 누른・조기∨푸른・고등어 / 뼈없는・문어∨등곱은・새우∨대접같은・금붕어는 / 너를・그물벼리만・여기 / 아주・펄펄뛰어넘쳐・다다라나난고나)으로서 2음보를 3번 되풀이한 큰 호흡의 3음보를 개입시켜 기다란 열거의 책무가 벗겨지는 이완을 노렸다. 이런 큰 3음보처럼 한 음보의 단위가 어절 위 단위로 상승하는 현상은 5음보의 2+3(3+2)음보 배합에서 보았었다. 이런 식의 규칙적 확장 방향이 운율 구조의 성립 요건이 될 수 있는가? — 곧, 하위 단위의 구조가 상위 단위에 확대 실현된다는 논리의 일반화가 가능한가는 따로 검증을 필요로 하겠지만, 우선 내부에 2음보 3개를 결합한 큰 단위 3음보는 같은 음량 단위의 단순 3차 반복인 작은 단위의 3음보보다 유장한 인상을 주면서, 촉급한 가락을 완화하는 역할을 하는 것은 확인할 수 있다.

⑥의 음보 형식은 '3 (1∨3∨2) / 3(2∨2∨2) / 5(3∨2)'로서 감탄사 1음보를 독립시킨 결구가 2·3음보의 다양한 배합 방식이 서로 다른 큰 마디 셋으로 정리됨으로써 안정적 끝맺음을 가져왔다.

위와 같이 잡가 〈곰보타령〉을 6단위의 커다란 호흡 단위로 나누어서, 각기 다른 인상을 주는 소리의 굴곡을 가지면서 그 인상에 어울리는 독립된 의미와 문맥 연계의 기능을 아우르는 모습을 볼 수 있었다. 이런 모습이 확대되는 방향이 보다 더 큰 서술 단위인 판소리와 같은 양식으로 발전하겠는가는 또 다른 검증을 필요로 한다. 일단, '잡가'라는 명칭을 공유하는 조건에 기반을 두어 똑같은 방식으로 판소리 문체를 분석해 보겠다.

판소리 대본은 『춘향가』 가운데, 소설과 연접되어 있는 성격의 『남원고사』와 실제 판소리 연창 대본으로서 비교적 앞선 시기의 이선유 창본의 동일 대목을 택하여 대조해 나가기로 한다. 먼저 창에 해당되는 부분을 살펴보면,

〈나귀 · 이도령치레〉

남[50] : 건ᄂᆞᆫ노ᄉᆡ · **슈안장의**∨**은입ᄉᆞ** · **셔후거리**∨**당ᄆᆡ양이** · 지어 **노코**/ 도련님 ·

호ᄉᆞ보소∨의복단장 · ᄆᆡᆸ시 잇다 / 삼단ᄀᆞᆺ튼 · 허튼 머리∨반달ᄀᆞᆺ튼 · 화룡소로 / 아조 솰솰 · 흘니빗겨∨젼반ᄀᆞᆺ치 · 넓게 ᄯᆞ하 / 슈갑ᄉᆞ · 토막당긔∨셕우황이 · 더욱조타 / 싱면쥬 · 겹바지의∨당뵈즁의 · 밧쳐 입고 / 옥식항나 · 겹젹고리∨ᄃᆡ방젼의 · 약낭이오 / 당갑ᄉᆞ · 슈향비자∨가화본의 · 옥단츄며 / 당모시 · 즁치막의∨싱초긴옷 · 밧쳐 입고 / **삼승보션 · 통ᄒᆡᆼ젼의∨회ᄉᆡᆨ운혀 · ᄆᆡᆸ시잇게 · 지어 신고** / 한포단 · 허리ᄯᅴ의∨모초단 · 두리줌치 / 쥬황당ᄉᆞ · 벌ᄆᆡ듭을∨보기 조케 · ᄭᅦ여ᄎᆞ고 / ᄌᆞ지갑ᄉᆞ · 너분ᄯᅴ롤∨셰류츈풍 · 빗기ᄯᅴ고 / 분홍당지 · 승두션의∨탐화봉졉 · 그려줘고 / 김ᄒᆡ간쥭 · 빅통ᄃᆡ의∨삼등초 · 픠여 믈고 / (51~52면)

이 : 나귀솔질 · 솰솰∨가진안장 · 짓는다 / 홍연자각 · 산호편∨오강금척 · 황금륵 / **청홍사 · 고흔 굴네∨상모물여 · 덤벅박어∨압뒤걸처 · 자버매고** / 층층다래 · 은입등자∨호피도듬 · 세가 난다 / 리도령 · 호사보아라 / 신수조흔 · 얼골∨분세수 · 정이하고 / **감태가튼 · 채진머리∨동백기름 · 광을올여** / 궁초단기 · 석왕다라∨ᄉᆞᆺ만물여 · 자바매고 / **보리수주 · 잔누비돌지∨삼승버선 · 통행건**∨ᄆᆡᆸ시**잇시 · 지여신고** / 한산세포 · 가는모수∨물색으로 · 도복지여 / 자주갑사 · ᄯᅴ를 저버∨보기조케 · 느리우고 / 백만석 · 오코신을∨자찐을 · 거러신고 / (12면)

강조된 구절들이 확대형 3음보(2음보 3회 중첩)나 5음보(2음보+3음보)로 가락이 달라진 외의 나머지 구절들은 4음보격을 유지하고 있다. 이선유본 쪽이 다른 가락을 좀 더 가지면서, 2음보가 개입하여 가벼운 분위기를 띠는 점이 차이인데, 이는 실제 가창 대본이라는 조건에 기인할 것이다(『남원고사』가 독서물로서의 성격이 강한 것과 대조됨). 이번에는 좀 더 사설

50 앞으로 인용문에서 〈남원고사〉는 '남'으로 이선유본은 '이'로 약칭하여 사용한다. 〈남원고사〉의 인용은 김동욱 · 김태준 · 설성경, 『춘향전비교연구』(삼영사, 1979)로 하고, 판소리 〈춘향가〉의 인용은 김진영 · 김현주 · 김희찬, 『춘향전전집』 2(박이정, 1997)로 하고, 해당 쪽수만 밝힌다.

화되어 있는 대화 부분을 보면서 4음보격 위주의 흐름이 유지되는가를 본다.

〈금옥사설〉

남 : 션녀가 · 하강ᄒᆞ엿ᄂᆞ보다 / 무산 · 십이봉이 · 아니여든∨션녀가 · 어이 · 이시리잇가 / 그리면∨옥이냐 · 금이냐 / **영창녀슈 · 아니여든**∨**금이어이 · 예이시며** / 형산곤강 · 아니여든∨옥이어이 · 이곳의 · 이시리잇가 / 그리면 · ᄒᆡ당홰냐 / **명ᄉᆞ십니 · 아니여든**∨**ᄒᆡ당홰라 · ᄒᆞ오릿가** / 네어미냐 · 네할미냐 / ***모도 · 휘모라**∨**아니라 · ᄒᆞ니** / 눈망울이 · 소ᄉᆞᄂᆞ냐∨동ᄌᆞ가 · 갖고로 · 셧ᄂᆞ냐 / 왼통 · 뵈ᄂᆞᆫ거시 · 업다ᄒᆞ니∨허로증을 · 들녀ᄂᆞ냐 / ***나보기의ᄂᆞᆫ · 아마도**∨**ᄉᆞ람은 · 아니로다** / **쳔년묵은 · 불여호가**∨**날호리랴고 · 왓ᄂᆞ보다**(68~69쪽)

이 : 금이란말이 · 당치안소 / 금은 · 녯날 · 초한시예∨육출긔게 · 진평이가 / **범아부를 · 소기랴고**∨**황금사만을 · 흐터스니** / 금이란말이 · 당치 안소 / 그러면 · 그게 · 옥이로다 / 옥이란말이 · 당치 안소 / 범증에 · 생긴옥돌∨백설이 · 머러스니∨옥이엇지 · 되오릿가 / 그러면 · 해당화냐 / 명사십리에 · 여지토하니∨서전에 · 수주음 · 게관이라∨해당화가 · 게오릿가 / 그러면 · 네누의냐 · 네고모냐 / **갑갑하여 · 못살겟다**∨**잔말말고 · 일너라**(14면)

이번에는 4음보에 해당하는 구절을 강조하였는데, 창 부분과 반대 현상이 일어난 것을 볼 수 있다. 『남원고사』 쪽이 4음보격 행이 더 많지만 * 표 구절은 2음절이나 5음절이 가담하여 4음절 위주인 다른 행과 구별되는 가락을 지니게 된다. 이선유본 쪽은 음보 형식을 숫자로 도식화하면, 2-5(3+2)-4-2 / 3 / 2-3(2+2+2) / 2 / 3(2+3+2) / 3-4(음보)로 빗금 친 곳을 경계로 방자 / 이도령 / 방자 / 이도령 / 방자 / 이도령의 3회 응대가 이루어졌는데,

방자의 응답 부분은 2음보를 기반으로 하면서도 5(3+2), 3(2+2+2), 3(2+3+2) 등의 변화 많은 가락이 가담하여 들뜬 요설의 분위기를 자아낸다.

다음에는 묘사 대목으로 서술자 개입이 확대되어 있는 곳을 살펴보기로 한다.

〈옥중몽 대목〉

남 : **이**씨 · 츈향이ᄂᆞᆫ ∨ 옥듕에 · 올노 안ᄌᆞ / 이삼경의 · 못든 잠을 ∨ ᄉᆞ오경의 · 겨유 드러 ∨ ᄉᆞ몽비몽 · 쑴을 ᄭᅮ니 / 상히보던 · 몸거울이 ∨ 한복판이 · 씌여지고 / 뒤동산의 · 잉도쏫치 ∨ 빅셜갓치 · ᄯᅥ러지고 / ᄌᆞ던방 · 문셜쥬우희 ∨ 허슈아비 · 달라뵈고 / 틱산이 · 문허지고 ∨ 바다히 · 말나뵈니 / **쑴을 · 씌여나셔** · ᄒᆞᄂᆞᆫ**말이** / 이쑴 · 아니 · 슈상ᄒᆞᆫ가 ∨ 남가의 · 일몽인가 / 화셔몽 · 구운몽 ∨ 남양초당 · 츈슈몽 / 이쑴 져쑴 · 무삼 쑴인고 / 님반기랴 · 길몽인가 ∨ 나 죽으랴 · 흉몽인가 / 일조낭군 · 니별후의 ∨ 소식조차 · 돈졀ᄒᆞ니 / 급쥬셔간도 · 회보 업고 ∨ 슈삼츈츄 · 되여가되 ∨ 편지일장 · 아니ᄒᆞ노 / 봄은 · 유신ᄒᆞ여 ∨ 오ᄂᆞᆫᄯᅢ에 · 도라오되 / 님은어이 · 무신ᄒᆞ여 ∨ 도라올 쥴 · 모로ᄂᆞᆫ고 / 이쑴 · 아마 · 슈상ᄒᆞ다 / 님이 · 죽으랴나 ∨ ᄂᆡ가 · 죽으랴나 / 이몸은 · 죽을지라도 ∨ 님을낭은 · 죽지 말고 ∨ ᄂᆡ 셜치ᄅᆞᆯ · ᄒᆞ여 쥬쇼 / 혼빅이라도 · 님을아니 · 니즈리라)(394~395면)

이 : 잇ᄯᅢ에 · 춘향이는 ∨ 비몽간에 · 잠이 드러 / 호졉이 · 장주되고 ∨ 장주 · 호졉이되야 / 실가치 · 남은혼백 ∨ 바람인듯 · 구름인듯 ∨ 한곳을 · 당도하니 / 천공 · 지활하고 ∨ 산명 · 수려한대 / 은은한 · 죽림속에 ∨ 일층화각이 · 밤비에 · 잠겨서라 / (…중략…) **안에서** · 단장소복한 · 채환이 / 쌍등을 · 놉히들고 ∨ 압길을 · 인도커날 ∨ **중게에** · **다다르니** / 백옥선판에 · 황금대자로 ∨ 두려시 · 색여쓰되 ∨ 만고정절 · 황능지묘라 / 심신이 · 황활하야 ∨ 좌우로 · 살펴보

니 / 당상의 · 백의한 · 두부인이 ∨ 손길 · 형제 · 마조잡고 / 옥패를 · 느짓차고 ∨ 좌석을 · 청하거날 / 춘향이 · 비록 · 기집아희로대 / (…중략…) 짬작놀나 · 쌔다르니 ∨ 남가 · 일몽이라 / 황능묘는 · 간곳 업고 ∨ 이것남원 · 옥중이라 / 허허 · 허망하다 / (55~56면)

두 곳에서 모두 확대형 3음보나 5음보의 간헐적 개입 외엔 전체적으로 4음보격을 유지하는 평탄한 율문 구조를 하고 있다. 다만, 강조된 곳들은 시공간 배경을 설정하거나 인물의 행위를 지시하는 대목으로서, 서술자의 위치가 다른 묘사 부분과는 독립된 성격을 가지기 때문에, 뒤따르는 율문 형식에서 따로 떼어져서 비율문화되는데, 이렇게 비율문화되는 부분들이 확장되어 산문화한다는 가설을 실제 소설에서 확인해 보아야겠다. 곧, 서술자가 작중 정황에 개입되는 자세가 서정 양식에 해당한다면, 정황에서 분리되어 객관적 자세를 지키는 것이 서사 양식에 해당하며, 서사의 경우에 분리되는 거리를 운율 형식이 적용되지 않음으로 표징하는 곳이 산문의 영역이라는 일반론을 확인해 보려는 것이다. 이번에는 서정 양식에서의 거리를 두기 위하여 판소리계 소설에서 벗어나는 예를 든다.

**ᄃᆡ명 셩화년간의** / 소쥐 화계촌의 ∨ 일위 명환이 잇스니 / 셩은 셔오 명은 경이요 ᄌᆞᄂᆞᆫ 경옥이니 ∨ ᄃᆡ〃 명문거족이라 / 위국공 셔달의 휘오 ∨ 문연각 ᄐᆡ학ᄉᆞ 문형의 ᄌᆡ라 / 위인이 공검인후ᄒᆞ고 ∨ 문장이 당세에 독보ᄒᆞ며 / 쇼년의 등과ᄒᆞ여 ∨ 벼술이 니부샹셔 참지정ᄉᆞ의 니르니 / 부귀영춍이 ∨ 일셰에 혁〃ᄒᆞ더라 / 부인 니시ᄂᆞᆫ ∨ 간의ᄐᆡ우 니츈의 녀오 한국 공션장의 휘라 / 화용월ᄐᆡ와 뇨죠슉덕이 ∨ 겸비ᄒᆞ나 / 슬하의 남녀간 일졈혈육이 업셔 ∨ ᄆᆡ양 슬허ᄒᆞ더니 / **일〃은 한 녀승이** / 손의 뉵환쟝 집고 ∨ 목의 ᄇᆡᆨ팔념쥬를 걸고 / ᄂᆡ당을 드러와 ∨ 계하의 합

> 쟝ᄇᆡ례 / **왈** / 빈승은∨티원 망월ᄉᆞ의 잇ᄂᆞᆫ∨혜영이라 ᄒᆞᄂᆞᆫ 즁이옵더니 / 절이 가난ᄒᆞ여∨불당이 퇴락ᄒᆞᄆᆡ / 부체∨풍우를 피치 못ᄒᆞᄂᆞᆫ 고로 / 불원쳔니ᄒᆞ고 ∨공문귀턱의 시쥬ᄒᆞ여∨절을 즁슈코져 왓나이다 / ᄒᆞ**거ᄂᆞᆯ 공과 부인이 보**ᄆᆡ / 나히 반ᄇᆡᆨ은 ᄒᆞ고∨얼굴이 빙셜 갓고 동지 안상ᄒᆞ여∨범상ᄒᆞᆫ 니고와 다른지라[51]

강조된 곳이 서술자 개입이 적극화된 독립된 부분이며, 나머지 문장들은 중간 휴지를 가지는 대위 구조를 하지만 운율적 균형에 맞지 않고 통사적 주요도에 따른 비대칭적 배합을 지닌다. 곧, 화자의 주의(attention)에 동조하기 위한 운율 장치가 아니라, 작자의 의도에 맞추는 의미론적 성분 배합을 주로 하는 산문 구조이다. 다만, 낭송독서 관습에 따르는 호흡의 굴곡이 중간 휴지(∨)로 나누어져 있지만, 이를 본격적 율문이라고 하기에는 운율 형식을 충족하지 못한다. 또한, 시행 단위가 균정하게 연계되어 있지 않고 길고 짧은 기준이 모호하여, 위에서 나누어 놓은 어떤 문장은 붙여서 훨씬 길어질 수도 있다(대화 부분 문장들이 특히 그러함).

이렇게 율문과 비율문의 경계를 넘나들어 보면서 운율 형식이 일정하게 견지되는 선까지가 율문의 영역이 되며, 비록 중간 휴지로 나누어질 수 있다 하더라도 의미 중심의 비대칭 배합이 되어 있다고 한다면 곧 산문의 영역으로 넘어서게 됨을 볼 수 있었다. 그렇다고 한다면, 사설시조에서 잡가를 거쳐 판소리에 이르는 사이에 공통으로 파악되는 운율 형식은 이들 양식이 운문의 영역에 있다는 증좌이며, 소설은 극적 몰입 부분에서 가사체를 일부 사용한다고 하더라도 그 밖의 문장들은 엄연한 산문에 해당한다고 할 수 있다. 다만, 독서 관습이 변화하면서 율문에 가까운 대위 구조를 하던 데에서 이마저 지워지는 흩어진 주의의 문장

---

51 『쌍쥬긔연』(출처 : www.krpia.co.kr).

으로 진전하는 것이라고 할 수 있는데, 우리 소설의 경우에는 이 과정이 매우 지진하여 신소설에서뿐만이 아니라, 근대소설이 성립된 이후에도 예전의 대위 구조형 문장을 사용하는 것을 보게 된다.

겨울치위 저녁긔운에∨푸른하ᄂᆞᆯ이 ᄉᆡ로히취색ᄒᆞᆫ드시 더욱푸르럿ᄂᆞᆫᄃᆡ / ᄒᆡ가 쑥 ᄯᅥ러지며 북ᄉᆡ풍이슬슬부더니∨먼-산뒤에셔 검은구름ᄒᆞᆫ장이 올러온다 / 구름뒤에 구름이 이러나고∨구름엽헤 구름이 이러나고∨구름밋헤셔 구름이 치밧쳐올러오더니 / 삽시ᄀᆞᆫ에 그구름이 하ᄂᆞᆯ을뒤덥허서∨푸른하ᄂᆞᆯ은볼수업고 ᄉᆡ검은구름텬지라 / 희ᄭᅳᆺ희ᄭᅳᆺᄒᆞᆫ 눈발이 공중으로회도라 ᄂᆡ려오ᄂᆞᆫᄃᆡ∨ᄯᅥ러지ᄂᆞᆫ비ᄭᅩᆺ갓고 날라오ᄂᆞᆫ 버들ᄀᆡ지갓치 심업시ᄯᅥ러지며 ᄀᆞᆫ곳업시스러진다 / 잘든눈발이 굴거지고∨드무던눈발이 아조ᄯᅥ러지기시작ᄒᆞ며 / 공중에갓득차게 ᄂᆡ려오ᄂᆞᆫ거시 눈-ᄲᅮᆫ이오∨ᄯᅡᆼ에싸히ᄂᆞᆫ거시 하얀눈-ᄲᅮᆫ이라 쉴ᄉᆡ없시ᄂᆡ리ᄂᆞᆫᄃᆡ / 굴근체구넉으로 하얀ᄯᅥᆨ가루처셔 ᄂᆡ려오듯 솔 ᄂᆡ리더니∨하날밋헤 ᄯᅡᆼ덩어리ᄂᆞᆫ 하얀 흰무리ᄯᅥᆨ 덩어리 갓치되얏더라 /

사ᄅᆞᆷ이 발드듸고사ᄂᆞᆫ ᄯᅡᆼ덩어리가 참 ᄯᅥᆨ덩어리가 되얏슬지경이면∨사ᄅᆞᆷ들이 먹을것 닷툼업시 평ᄉᆡᆼ에ᄯᅥᆨ만먹고 죵용히사ᄅᆞᆺ슬런지도 모를일이나 / 눈-구녁어름덩어리속에셔 ᄭᅮᆷ젹어리ᄂᆞᆫ사ᄅᆞᆷ은∨다 구복에계관ᄒᆞᆫ일이라 / ᄃᆡ톄 이셰샹에 허유(許由)갓치 표조복만 거러놋코 욕심업시사ᄂᆞᆫ사ᄅᆞᆷ은∨보두리잇다더라 / 강원도강릉 ᄃᆡ관령은∨바ᄅᆞᆷ도유명ᄒᆞ고 눈-도유명ᄒᆞᆫ곳이라 / 겨울ᄒᆞᆫ철에 바ᄅᆞᆷ이심ᄒᆞᆯᄯᅢᄂᆞᆫ 기와ᄶᆞᆼ이 훌 ᄂᆞᆯ린다ᄂᆞᆫ 바ᄅᆞᆷ이오∨눈-이만히올ᄯᅢᄂᆞᆫ 집웅쳠ᄒᆞ가 파무친다ᄂᆞᆫ 눈-이라 / ᄃᆡ톄바ᄅᆞᆷ도 굉장ᄒᆞ고 눈도 굉장ᄒᆞᆫ곳이나∨그거슨 ᄃᆡ관령셔편의 셔강릉이라ᄂᆞᆫ 곳을이른말이오 / ᄃᆡ관령동편의 동강릉은∨잔풍향양ᄒᆞ고 겨울에눈도좀덜 ᄊᆞ히ᄂᆞᆫ곳이라 / 그러ᄂᆞ 일긔도 망녕을 부리던지 / 그 ᄂᆞᆯ 눈-과바람은 셔강릉도 이보다 더ᄒᆞᆯ수ᄂᆞᆫ업지 십흘만ᄒᆞ게ᄃᆡ단ᄒᆞ얏ᄂᆞᆫᄃᆡ∨갈모봉(帽峰)이ᄶᅡ그러지게되고 경금동ᄂᆡ가 폭 파무치개되얏더라 / (『은세계』)[52]

대안동네거리에셔∨남산을바ᄅᆞ보고한참ᄂᆡ려가면∨베젼병문큰길이라 / 좌우에져ᄌᆞᄒᆞᄂᆞᆫ사ᄅᆞᆷ들이죠석으로 물을ᄲᅮ리고비질을ᄒᆞ야∨인졀미를굴녀도검불하나안이뭇을것갓흐나 / 그만ᄒᆞᆫ사ᄅᆞᆷ그만ᄒᆞᆫ소가붋고오고붋고가면∨몃시안이되여길바닥이도로지져분ᄒᆞ여셔 / 바ᄅᆞᆷ이긔척만잇셔도∨힝인이눈을ᄯᅳᆯ슈가 업ᄂᆞᆫᄃᆡ / 바ᄅᆞᆷ도여러가지라 / 삼ᄉᆞ월길고긴날ᄭᆞᆺ지촉ᄒᆞᄂᆞᆫ동풍도잇고∨오륙월삼복즁에비작만ᄒᆞᄂᆞᆫ남풍도잇고∨팔월싱량ᄒᆞᆯᄯᅢ셔리오랴ᄂᆞᆫ동북풍과십월동지달에눈모라오ᄂᆞᆫ북ᄉᆡ도잇스니 / 이여러가지바람은절긔를ᄯᅡ라의례히불고의례히그치ᄂᆞᆫ고로∨사ᄅᆞᆷ들이부ᄂᆞᆫ것을보아도놀나지안이ᄒᆞ고그치ᄂᆞᆫ것을 보아도희한히녁일것이업지마ᄂᆞᆫ / 이날베젼병문에셔불든바람은 / 동풍도안이오∨남풍도안이오∨셔풍북풍이모다안이오 / 어ᄃᆡ로조차오ᄂᆞᆫ방면이업시∨길바닥한가온ᄃᆡ에셔몬지가솔 니러나더니 / 빙 도라가며졈 엔져리가커져∨도리멍셕만ᄒᆞ야졍신차려볼슈업시핑 돌며 / 자리를ᄯᅮᆨᄯᅥ러지며엇더ᄒᆞᆫ 사ᄅᆞᆷ하나를겹겹이싸고도라가니∨갓귀영ᄌᆞ가쑥빠지며머리에썻던졔모립이정월대보름날구머리장군연ᄯᅥ나가듯삼마장은가셔ᄯᅥ러진다 / 그사ᄅᆞᆷ이두손으로눈을썩부뷔고∨입속에드러간몬지를테 빗앗흐며 / 에 바ᄅᆞᆷ도 몹시분다 / 졍신을 차릴슈가 업지 / ᄂᆡ갓은 어ᄃᆡ로 날녀갓슬ᄭᆞ / 어 뎌긔 가잇네 ᄒᆞ더니 / 한손으로탕건을상투쏘아울너ᄡᅧ붓들고분쥬히조차가갓을집어들더니∨좁기에셔져ᄉᆞ슈건을 ᄂᆡ야툭툭털어쓰고가ᄂᆞᆫᄃᆡ / 그ᄯᅢ맛춤장옷쓴계집하나히그광경을목도ᄒᆞ고∨그사ᄅᆞᆷ의얼골을넌짓보더니 / 장옷압자락으로졔얼골을얼픗가리고∨힝랑뒤꼴로드러가더라 / 즁부다방골은장안한복판에잇셔∨ᄌᆞ릐로부쟈만히살기로유명ᄒᆞᆫ곳이라 / 집집마다밧갓대문은궤구멍만ᄒᆞ야∨남산골ᄯᆞᆯᄯᅡᆨ신님의집갓하야도 / 즁대문안을썩드러셔면분벽사창이죠요ᄒᆞ니∨이ᄂᆞᆫ북촌셰력잇ᄂᆞᆫ토호직상에게지물을ᄲᅦ앗길ᄭᆞ엄살겸흉부리ᄂᆞᆫ계교러라(『구마검』)[53]

---

52 『한국신소설대계』 1편(www.krpia.co.kr).

53 위와 같음.

전통 소설의 형식적 자장에서 벗어나지 못하였던 단계의 소설 양식인 신소설 작품 가운데에서 각기 작품의 서두 부분을 뽑아, ∨으로 대위 구조의 경계를 삼고 / 으로 대위 구조를 포함하는 상위 단위(문장 혹은 문장 단위의 대위 구조를 포함하는 단락)를 나누었다. 산문은 상위 단위와 하위 단위의 포섭 관계가 일정하지 않아서 글이 펼쳐지는 정황에 따라 문장과 단락 구조 배합의 장단이 빈번하게 교체하게 되는데, 이처럼 구조적 정합에 대한 예상이 허락되지 않는 의미의 전개 과정이, 규칙적 구조의 반복이 예상되거나, 변칙이라고 하더라도 허용되는 범위가 미리 정하여져 있는 운문의 시상 전개 방식과 구별되는 산문의 특징이라고 할 수 있다. 신소설이 전통 소설의 자장권 내에 위치하는 모습은 내용이나 형식과 관련된 여러 가지 사항을 들 수 있지만, 특히 향유 관습과 관련된 지속태를 주의할 수 있다. 낭송 독서 관습이 유지되면서, 청각 수용을 효과적이게 하는 장치로서 문장과 단락 내의 구조적 대위가 요청되었다. 앞에 표시해 놓은 대위 구조 경계와 문장 또는 단락 나눔이 그런 장치에 해당한다고 할 수 있으며, 작품에 따라 인쇄 표기에서 때때로 보이는, 끊어지는 기식 단위를 시각화한 띄어쓰기는 이 장치를 보다 세부적이고 실질적인 단위에 까지 적용한 것으로 볼 수 있다. 위의 예에서는 『은세계』의 경우가 띄어쓰기 표기를 하고 있는데, 이 작품이 창극 또는 판소리와 같은 연행물과 관련을 한다는 사실을 참조하면, 그 표기의 실질적 효과를 잘 이해할 수 있게 된다. 오래전부터 관습화되어온 낭송 독서의 구두 표시 자체가 문자의 청각적 실현을 위한 장치로 사용된 것을 알고 있는 바탕에서, 정서적 고양 상태에서 발하여지는 발화로서 연행물 안의 문장들이 해당 정서에 부응하는 일정한 리듬을 지니게 됨은 어렵지 않게 이해할 수 있다.

신소설의 띄어쓰기 표기는 새로운 시대의 문법 규범이 의식된 면이 없지는 않겠지만, 보다 낭송 독서의 관습이 반영된 면이 크게 작용하였을 것이다. 왜냐하면 그 띄어쓰기에는 통사적 분할 이전의 성분 합철의 모습을 주로 보이고 있기 때문이다. 1930년대의 소설가인 김유정이 이런 식의 띄어쓰기를 고집하다가 당시 규범 문법을 준수하려는 교정 기자들과 충돌을 일으켰다는 일화는 이 문제와 관련한 큰 시사를 던져 준다. 원본 『김유정전집』에서 발췌한 대목을 보면서 논의를 계속해 나가 보자.

> 밤이기퍼도 술ㅅ군은 역시들지안는다. 메주쓰는냄새와가티쾨쾨한냄새로 방안은 괴괴하다. 웃간에서는 쥐들이찍찍어린다. 홀어머니쪽쩌러진화로를 씨고안저서 쓸쓸한대로곰곰생각에젓는다. 갓득이나 침침한 반짝등ㅅ불이 북쪽지게문에 뚤린구멍으로 새드는바람에 반득이며 빗을일는다. 흔버선짝으로 구멍을틀어막는다. 그러고등잔미트로 반짓그릇을 닐어댕기며 슬음업시 바눌을 집어든다.[54]

김유정이 고집하고자 했던 것은 무엇이었을까? 그의 띄어쓰기를 따라 읽으며 조성되는 운율을 보면, 이미 묵독 시대에 들어섰지만, 실레 마을이라는 제한된 공간인 작품의 무대에서 펼쳐지는 극적 역동성을 보이는 인물상의 제시에 적합한 문체로서는 서정적 고양이 허용되는 율문체가 필요하다는 인식이 아니었을까 생각된다. 채만식의 판소리 문체 활용이라든가 하는 문제로까지의 비약은 유보하고, 여기서는 율문체의 본령을 제한하는 요인이 무엇일까만 생각해 보기로 한다. 이미 앞선 신소설 문체 논의에서 암시된 바이지만, 대위 구조에 수응하는 요소 배합

---

54 「산ㅅ골나그내」 서두, 전신재 편, 『원본 김유정전집』(개정판), 강, 2008, 17쪽.

과 그 배합 방식의 변화인 장단 교체가 그 본령이 아닐까 한다. 한문학의 전통적 수사 가운데에는 대구가 중심에 놓여있다. 대구가 성립하기 위해서는 통사론·의미론·음운론적 요인을 충족해야 한다. 대구 성립을 위한 제반 요인의 정화를 한시에서 볼 수 있다. 한시는 주어진 형식에 따라 음절 수를 대등하게 배합해야함은 물론 평측·압운 등등 음성적 배분을 고르게 해야 하며, 최종적으로 의미상으로 짝이 맞추어져야 하는 삼엄한 규칙이 적용된다. 앞서 가사체에서 확인한 4음절 4음보와 같은 모형이 한시의 규칙적 운율에 상당하는 우리말 문학의 정형률이라고 할 수 있다. 그러나 이 규칙이 산문 영역으로 확장 적용될 경우에는 여러 형태의 변이가 일어나면서, 율문으로서의 최종적 귀결처는 오로지 짝을 이루는 호흡 단위로만 남게 되는데, 여기까지도 대구에 해당한다고 할 수는 없다. 이에 대하여는 호문(互文)이라는 개념이 따로 있어왔는데, 주로 한문 문장에 적용한 수사법으로서, 통사론·의미론·음운론적 요인과 같은 까다로운 조건을 고려함 없이 단순히 짝이 지어지는 두 구절(문장)이기만 하면 호문(互文)으로서의 자격을 가지게 된다.

이미 규칙성의 범위 밖에 놓였기 때문인지 호문(互文)에 대하여는 개념상의 정의와 같은 논구가 되어있지는 않다. 낭속 독서 관습에서 호흡을 조절하는 기능을 가지거나 작문에서 문장의 흐름을 조절하는 역할을 하는 등의 실제적 적용이 개념에 앞서기 때문이었을 것이다. 또한, 반드시 구조적 대응만을 조건으로 하는 것이 아니라, 양쪽이 불균정하더라도 한쪽을 임의로 늘이거나 줄이어서 맞추어나가는 신축적 적용이 가능하기에 선재하는 규칙이 불필요하였을 것이다. 그렇다고 하더라도, 호문(互文)으로서의 요건인 짝을 맞추는 방식은 실재해야 하며, 아무리 긴 호흡의 경우라고 하더라도 그에 대응하는 맞짝을 명확히 인식하는 것이 요청된다. 작품의 전개 상황에 따라 호흡의 장단이 차별화되기 때문에 그에 따른 변화에 의한 리듬이 만들어진다. 이 리듬의 실체가 규칙화된 개념으로 파악되는 것이 아니라, 다만 청각의 감응에 따라서 존재 여부가 결정되는 과정이 호문(互文)을 규정하는 주요한 요건이 된다. 이제 호문(互文)의 실질적 요건을 고려하면서 판소리의 기록 정착이라고 할 수 있는 이해조의 판소리 산정 대본을 읽어보기로 한다.

[1] 느진봄 피ᄂᆞᆫᄭᅩᆺ은∨곳곳이 만발인ᄃᆡ / 정업시 부ᄂᆞᆫ바ᄅᆞᆷ∨ᄭᅩᆺ가지를 후리치ᄆᆡ / 락화ᄂᆞᆫ 유졉갓고 유졉은 락화갓치∨펄펄날니다가 / 림당슈 흐르ᄂᆞᆫ물에∨힘업시 ᄯᅥ러지ᄆᆡ / 아ᄅᆞᆷ다온 봄소식∨물소ᄅᆡ를 ᄯᅡ라∨흔젹업시 ᄂᆡ려간다 //

[2] ① 이ᄯᅢ에 황쥬 도화동에∨쇼경 하나히 잇스되 / 셩은 심이오∨일홈은 학규라 / ② 세ᄃᆡ 잠영지족으로∨셩명이 ᄌᆞᄌᆞ터니 / 가운이 영톄ᄒᆞ야∨이십에 안ᄆᆡᆼᄒᆞ니 / ㉠ **락슈청운에 발ᄌᆞ최 ᄭᅳᆫ어지고**∨**금장자슈에 공명이 뷔엿스니** / 향곡에 곤ᄒᆞᆫ신세∨강근ᄒᆞᆫ 친척업고 / 겸ᄒᆞ야 안ᄆᆡᆼᄒᆞ니∨누가 ᄃᆡ졉ᄒᆞᆯ가마는 / ㉡**량반의 후예로셔 ᄒᆡᆼ실이청염ᄒᆞ고 지ᄀᆡ가 고샹ᄒᆞ야**∨**일동일졍을 경솔히 아니ᄒᆞ니**∨**ᄉᆞᄅᆞᆷ이 다 군자로 칭찬ᄒᆞ더라** / ③ 그 안ᄒᆡ 곽씨부인∨ᄯᅩᄒᆞᆫ 현쳘ᄒᆞ야 / ㉢**임샤의 덕과 쟝강의 ᄉᆡᆨ과 목란의 졀ᄀᆡ와**∨**례긔 가례 ᄂᆡ측편과 쥬남 쇼남 관져시를**∨**모를것이 바이업고** / 봉제ᄉᆞ졉빈ᄀᆡᆨ과∨린리에 화목ᄒᆞ고 / 가장공경 치산범절∨ᄇᆡᆨ집ᄉᆞ가감이오 / 이제의 쳥렴이오∨안ᄌᆞ의간난이라 / ㉣**긔구지업바이업셔**∨**한간집 단표ᄌᆞ에 반쇼음슈ᄒᆞᄂᆞᆫ고나** / ④ 곽외에 편토업고∨랑하에 로비업셔 / 가련ᄒᆞᆫ 곽씨부인∨몸을바려 픔을팔제 //

[3] 삭바느질 관ᄃᆡ도복 잔누비질∨상침질박음질과 외올ᄯᅳ기∨ᄡᅵᆺ담누비 고두누비 솔을기며 / 세답ᄲᆞᆯᄂᆡ 푸ᄉᆡᆨ마젼 하절의복 젹삼고의∨망건ᄭᅮ여 갓ᄭᅳᆫ졉기 ᄇᆡᄌᆞ 토슈 보션짓기 / 힝젼 ᄃᆡ님 허리ᄯᅴ와∨쥼치 약낭 쌈지 필낭 휘양 풍차 복건ᄒᆞ기 / 가진금침 벼ᄀᆡᆺ모에∨쌍원앙 슈놋키며 / 문무ᄇᆡᆨ관 관ᄃᆡ흉ᄇᆡ∨외학 쌍학 범거리기 / 길쌈도 궁초공단∨토쥬 갑주 분쥬 져쥬 / 싱반져 ᄇᆡᆨ마포 츈

포 무명 극상셰목∨삭밧고 맛허쓰고 / 청황 적빅침향∨오식각식으로 염식ᄒᆞ기 / 초상ᄂᆞᆫ집 원숨졔복∨혼상ᄃᆡ사 음식셜비 / 가진편 중계 약과∨빅산 과줄 다식 경과 / 랭면 화치 신션로∨가진찬슈 약쥬빗기 / 슈팔연 봉오림∨상비보와 괴임질 / 일년숨빅륙십일을∨잠시라도 놀지안코 / 품을팔라 모을젹에∨푼을 모와 돈이되면 / 돈을모와 량만들고∨량을모와 관이되면 / 린근동 ᄉᆞ룸즁에 착실ᄒᆞᆫ데 빗을주어∨실슈업시 바다드려 / 츈츄시향 봉졔ᄉᆞ와 압못보ᄂᆞᆫ 가쟝공경∨시죵이 여일ᄒᆞ니 //

[4] 샹ᄒᆞ일면 ᄉᆞ람들이∨뉘아니 칭찬ᄒᆞ랴 //[55]

// 을 경계로 모두 4단락으로 나누어지는데, 첫 단락은 가사체의 서두로서 아직 서사 전개에 도입하기 이전의 분위기 마련을 위한 허두가쯤으로 생각할 수 있다. 전부 5시행으로 이루어졌는데, 세 번째와 마지막 시행에 편구 첨가된 6음보를 사용하여 전체 흐름에 변화를 주고 있다. 같은 6음보라 하더라도 세 번째 시행은 뒤에 2음보 편구가 추가되는 방식이고, 마지막 시행은 앞에 편구를 놓고 4음보가 뒤따르는 방식으로 차이를 보이고 있다. 이 차이는 시행이 놓이는 위치에 따른 것으로 판정된다. 본격적 서사 전개가 이루어지는 두 번째 단락서부터는 좀 더 빈번한 변화의 굴곡을 가지는 리듬으로 분위기를 전환한다. ①과 ②부분은 심봉사에 관한 서술인데 서술자의 개입 정도가 강화되는 강조된 대목에서 일반적 4음보격을 이탈하여 다른 음보 형식을 보이고 있다. ㉠에서는 3음보 구의 대응을 , ㉡에서는 6・4・4음보격이 복합된 확장된 문장으로 드러나 있다. ㉠은 심봉사의 일반적 형편을 평탄한 4음보격 문장으로 제시하는 단락에서 서술자의 정서가 개입되는 전환부의 경계에 놓여 앞

55 이해조 편, 『강샹련(江上蓮)』, 광동서국 발행, 1~3쪽(『신소설전집』 영인 5, 계명문화사, 1987, 3~5쪽).

부분과 차별화된 3음보격 문장으로 바뀌면서 뒤에 이어지는, 서술자의 개입 정도가 강화되는 단락을 예고하는 역할을 하고 있다. ㉡은 심봉사 관련 부분의 결구로서 일반적 제시와 서술자의 판단이 혼합된 양상을 보여주고 있는바, 복합적 음보 형식은 그 양상에 대한 반영이라고 할 수 있다.

③은 곽씨부인 관련 대목으로서 ㉢은 인접한 ㉡에 대응하는 문장으로 ㉡처럼 복합적 운율 구조에 의지하고 있다. ㉢에 잇따르는 문장들은 평탄한 4음보격을 유지하다가 ③부분의 결구인 ㉣에 이르러서 6음보로 변화를 주며 맺었는데, ② 단락의 ㉠에 대응하면서 ②와 ③이 4음보격-6음보격-4음보격-복합음보형식(②)과 4음보격-복합음보형식-4음보격-6음보격(③)의 형세로 짝이 맞는 구조가 되게 하였다. 이처럼 대응하는 의미의 구현 구조는 맞짝이 되는 쪽에 상응하는 방식으로 드러나는데, 이런 방식에 대한 범칭으로서 호문(互文)이라는 개념이 유효하다고 할 수 있다.

세 번째 단락은 곽씨부인의 성격을 행실을 통해 제시하는 곳인데, 시작 부분이 3음보격으로 변화를 주고 난 뒤에는 여러 가지 행실을 열거하기 위한 평탄한 4음보격의 연접으로 이루어져 있다. 이 단락이 판소리의 창에 해당되는 부분이라는 조건도 이러한 단순 운율을 가져오는데 작용하였을 것이다. 마지막 단락은 가장 빈도수가 높은 4음보격으로 정리되면서, 평탄한 결구가 되도록 하였다.

위와 같이 보면서, 판소리 문체에 관여하는 시행들의 성격이 다양하지만, 2~6음보격을 기본 운율 방식으로 삼으면서, 대체로 4음보격을 가장 빈도수와 주요도가 높은 자리에 놓고, 4음보격의 변형이라고 할 수 있는 6음보격을 그 주변에 배치하면서, 변화를 주고자 하는 자리에는 3음보격이나, 간혹 5음보격을 놓는 방식을 사용하고 있음을 확인할 수 있었다. 이 방식은 이미 앞서 사설시조에서 잡가로 이동하면서 운율 조건을 확장할 때에 사용하였던 것을 확인한 바 있다. 다만, 판소리 문체처럼 산문 영역으로 이동이 이루어진 뒤의 율문체는 시가 영역 내에서 운율 형식에 따른 정연한 음량을 유지하는 것과는 다르게, 같은 음보 단위라고 하더라도 내부적으로 음량이 확장되거나 또는, 아예 운율 층위를 상승시켜, 구나 시행 단위에서 일반 음보에 대응되게 하는 변동이 일어남을 보았다. 이런 때에 율문으로서의 견인을 가능하게 하는 유일한 조건이 호문 관계임을 판소리 문체에서도 재확인한바, 운율 층위와 상관없는 같은 단위의 대응이야말로 율문을 규정하는 본래적 제한이라고 할 수 있겠다.

제3장
# 가사체의 근대적 대응

## 1. 연행가사의 출현과 가사에 대한 재인식

가사가 같은 내용의 여타 담화와 구별되는 요인이 무엇일까를 모색할 때에 먼저 닥치는 문제는 과연 가사 담화의 목표가 무엇일까 하는 점이다. 여타 담화의 공통되는 목표가 어떤 의미(내용)의 전달이라고 한다면, 가사는 언술 행위의 한 가지로서 전달이라는 공통의 목표를 함께할 터인데, 굳이 가사만의 독자적 언술 경로를 찾은 이유가 무엇일까로 이 문제는 바뀌어 질 수 있다. 이 문제에 대한 해답은 그간 우리 학계의 가사 장르론에 대한 논의에서 찾을 수 있다. 우리 학계 가사 장르론의 요체는 '가사는 어떤 장르에 귀속되는가'라는 장르 규정에 놓여 있었다. 서정-교술-혼합(복합)-전술 등등, 장르 규정에 대한 그간의 논의를 짚어 보면서 노래로서의 가사라는 문제를 구체화하기로 한다.

가사가 실제로 노래 불렸으며 향유자들의 가사에 대한 명명이 '노래'였다는 사실에서 가사의 서정성을 부인할 수 없다. 대상의 본질이 그 명호에 자리 잡고 있다는 언어관에 기대 본다면 가사 — 곧 노랫말이라는 명의 자체가 노래로서의 성격을 더 이상 잘 드러낼 수 없게 한다. 서정성 논의의 핵심은 가사가 노래이냐 여부에 달리지 않고, 왜 노래 불렸느냐는 계기를 찾아내는 데에 있다. 한시 사부의 중압 가운데 국문시가의 가치를 옹호했던 조선 후기 한 지식인의 사유와 실천에서 그 계기를 찾아낼 수 있다.

> 노래[歌]란 그 정(情)을 말하는 것이다. 정(情)이 말에 움직이고 말이 글에 이루어지는 것을 노래라 한다. 교졸(巧拙)을 버리고 선악(善惡)을 잊으며 자연을 따르고 천기(天機)를 발하는 것은 노래의 우수한 것이다. 그런 까닭에 시경(詩經)의 국풍(國風)은 허다히 이항(里巷)의 가요(歌謠)를 따랐으므로 혹은 덕성(德性)을 함양하는 교화가 있고 또 아름답지 못함을 풍자하는 뜻도 있다. 그러니 진선진미한 강구요(康衢謠)에 비하면 비록 손색은 있으나 진실로 모두가 그 당시의 정당한 성정(性情)에서 나온 것이다. (…중략…) 돌이켜 보건대, 이항(里巷)에서 지은 가요는 자연의 소리 그대로 나온 것이므로 곡조와 박자(拍子)는 비록 화・이(華夷)가 간격이 있을지라도 간사하고 정직함은 그 풍속을 많이 따르는 것이었다. **장(章)으로 나누어 운(韻)에 맞게 하고 사물(事物)에 감동되어 말로 형용한 것은 진실로 곡조는 다르나 재주는 한 가지로서 이른바, '오늘날의 음악이 옛날의 음악과 같다'**는 것이다. 이에 그 글이 옛것을 본받지 않고 문장으로 만들은 것이 조잡하고 속되다 하여, 방국에서 아뢰지 않고 태사(太師)도 채취하지 아니하여, 그 당시에 있어서도 음률에 맞추어서 천자(天子)에게 드릴 수 없게 하고, 후세의 사람도 치란(治亂)과 득실(得失)의 자취를 상고할 수 없도록 하였으니, 대개 시교(詩敎)의 멸망함이 여기에서 극도로 된 것이었다.
>
> 조선(朝鮮)은 본디 동방(東方)의 오랑캐[夷]이다. 풍기(風氣)가 좁고 얕으며

방음(方音)도 분명치 못해서 알아듣기가 어렵다. 그러므로 시율(詩律)의 공교함이 중화(中華)에 비교하면 동떨어지게 미치지 못했으니, 사조(詞藻)로 된 체재(體裁)는 더욱 들을 것이 없다. 그 소위 노래란 것은 모두 항간에 퍼져 있는 상말로 엮었는데, 간혹 문자가 섞여 있다. 옛것을 좋아하는 사대부(士大夫)로서는 가끔 짓기를 좋아하지 않았고 어리석은 사람의 손에서 많이 이루어졌던 것이다. 이러므로 그 말이 얕고 속되다 하여 군자(君子)는 모두 취하지 않는다. 그러나 시경(詩經)에 이른 풍(風)이란 것도 본디 풍속을 노래한 보통 말이었다. 그렇다면 그 당시에 듣던 자도 지금 사람이 지금 사람의 노래를 듣는 것처럼 아니하였으리라는 것을 어찌 알겠는가.

오직 그 입에서 나오는 대로 노래가 이뤄진다 하더라도 말이 마음에서 우러나오고, 혹 곡조에 알맞게 되지 못했다 하더라도 천진(天眞)이 드러나면 초동(樵童)과 농부(農夫)의 노래라 할지라도 또한 자연에서 나온 것이니, 말은 비록 옛것이나 그 천기(天機)를 깎아 없앤 사대부로서 이것저것 주어 모아 애써 지은 것보다는 도리어 나을 것이다. 진실로 잘 관찰하는 자가 자취에 구애되지 않고 드러난 뜻으로써 가리키는 바를 미루어 안다면, 그 사람으로 하여금 기뻐하고 감발(感發)하여 결국 백성답게 되고 풍속을 이루는 옳음에 돌아가도록 하는 의의는 애당초 고금이 다르지 않은 것이다.

또 그 비유함을 취하고 흥(興)을 일으키는 뜻과 시대를 슬퍼하고 예전을 생각하는 말이 혹 현인·군자의 입에서 나온다면 임금에게 충성하고 어른을 사랑하는 뜻이 또한 아름답고 알맞게 되어서 말은 끝난다 해도 뜻은 남음이 있는 것이다. 이것은 대개 풍아(風雅)의 남긴 뜻을 깊이 얻는 것이니, 그 말이 얕으면서도 밝고 그 뜻이 순하면서도 나타나서 부인과 어린애가 들어도 모두 알 수 있게 되었다. 그런즉 이른바, '시교(詩教)가 위아래에 통한다'는 것은 이를 버리고 무엇으로써 하겠는가?

(홍대용, 「대동풍요서(大東風謠序)」, 『담헌서』, 내집 3권(內集 卷三) 서(序))[1]

위 가론(歌論)의 요지는 서두의 "노래[歌]란 그 정(情)을 말하는 것이다. 정(情)이 말에 움직이고 말이 글에 이루어지는 것을 노래라 한다. 교졸(巧拙)을 버리고 선악(善惡)을 잊으며 자연을 따르고 천기(天機)를 발하는 것은 노래의 우수한 것이다"에 놓여 있다. "자연의 소리 그대로 나온 것[出於自然之音響節簇者]"을 이상으로 삼고 "성률(聲律)만 교묘하고 격운(格韻)만 높았으니, 생각함은 비록 세밀하나 그 자연스러움은 더욱 없어지고, 소리는 비록 올바르나 그 천기(天機)의 참다움은 더욱 잃어버린" 현상을 인위(人僞)의 타락상으로 여기는 자세로, 노래의 본질을 강구하여 원래의 조화로운 상태로 돌아가고자 하는 뜻을 읽을 수 있다. 이 뜻에는 자신이 수집한 여항 노래들의 가치를 옹호하려는 현실적 요구도 들어있지만, "자취에 구애되지 않고 드러난 뜻으로써 가리키는 바를 미루어 아는[不泥於迹而以意逆志]" "진실로 잘 관찰하는 자[善觀者]"의 책무를 다 하려는 의도도 담겨 있다. 복고를 통한 새로운 시대정신의 창출에 골몰하였던 담헌이 지님직한 자세로서 신분의 고하에 상관없이 노래의 본질을 구현할 수 있다는 판정에 새 시대정신의 기미가 담겨 있다. 노래가 나온

1 歌者言其情也. 情動於言. 言成於文. 謂之歌. 舍巧拙忘善惡. 依乎自然. 發乎天機. 歌之善也. 故詩之國風. 多從里歌巷謠. 或有涵泳之化. 亦有諷刺之意. 雖有遜於康衢謠之盡善盡美. 固皆出於當世性情之正也. (…중략…) 顧里巷歌謠之作. 出於自然之音響節簇者. 腔拍雖間於華夷. 邪正多從其風俗. **分章叶韻而感物形言者. 固異曲同工而所謂今之樂猶古之樂也.** 乃以其文不師古. 詞理鄙俗也. 邦國不陳. 太師不採. 使當時無有比音律獻天子. 則後世無以考治亂得失之迹. 盖詩敎之亡. 於是乎極矣. 朝鮮固東方之夷也. 風氣褊淺. 方音侏. 詩律之工. 固已遠不及中華而詞操之體. 益無聞焉. 其所謂歌者. 皆綴以俚諺而間雜文字. 士大夫好古者. 往往不屑爲之. 而多成於愚夫愚婦之手. 則乃以其言之淺俗而君子皆無取焉. 雖然. 詩之所謂風者. 固是謠俗之恒談. 則當時之聽之者. 安知不如以今人而聽今人之歌耶. 惟其信口成腔而言出衷曲. 不容安排. 而天眞呈露. 則樵歌農謳. 亦出於自然者. 反復勝於士大夫之點竄敲推言則古昔而適足以斲喪其天機也. 苟善觀者不泥於迹而以意逆志. 則其使人歡欣感發而要歸於作民成俗之義者. 初無古今之殊焉. 且其取比起興之意. 傷時懷古之辭. 或出於賢人君子之口. 則其忠君愛上之意. 又渢渢乎言有盡而意有餘. 盖已深得乎風雅遺意. 而其辭淺而明. 其意順而著. 使婦人孺子皆足以聞而知之. 則所謂詩敎之達于上下者. 舍此奚以哉(洪大容, 「大東風謠序」, 『湛軒書』內集卷三, 序(한국고전번역원 DB 인용. 번역은 일부 고쳐서 인용함)).

곳이 어디이냐를 따지지 말고 다만 노래에 드러난 뜻을 통하여 그 진실함을 확인하면 그것이 곧 노래를 듣는 올바른 길이라는 취지는 당대의 조선 가악 옹호론자들에게 일반화된 사항으로서 타락한 가악 향유상 속에서 노래의 본질을 강구함으로써 시가일도(詩歌一道)의 이상에 회귀하려는 당대적 동의를 읽을 수 있다.

이러한 노래에 대한 진취적 생각이 실제 노래의 향유를 통하여 구체화되는 것은 각기 노래들이 지닌 형식에 의할 터인데 이에 대하여 "**장(章)으로 나누어 운(韻)에 맞게 하고 사물(事物)에 감동되어 말로 형용한 것은 진실로 곡조는 다르나 재주는 한 가지로서 이른바, '오늘날의 음악이 옛날의 음악과 같다'는 것이다[分章叶韻而感物形言者. 固異曲同工而所謂今之樂猶古之樂也]**"라는 구절에 언명하였으니, 곧 우리 노래가 가진 고유의 형식은 노래의 본질인, 성정의 바름[性情之正]을 표출하는 수단으로서 중국의 옛 노래들과 대등한 가치를 인정받을 수 있다는 생각이다. 특히 '分章叶韻'의 체제를 지닌 우리 노래라고 한다면 뒤에 예거되는 대로 가사를 주로 가리킨 것으로 볼 수 있다.

담헌(湛軒) 홍대용(洪大容 : 1731 영조 7~1783 정조 7) 의 가론을 통하여 노래의 본질에 회귀하려는 조선 후기 가악계의 동향까지 엿보았거니와, '노래란 무엇인가?'라는 의문으로부터 가악 '법고창신(法古刱新)'의 동향이 출발하고 있음을 알 수 있다. 이 물음에 답하는 과정은 담헌이나 다른 가악 개신론자의 가론에서 확인되지만, 보다 구체적 해답은 가악 그 자체의 향유 과정 속에서 찾아질 것이다. 어떤 정황에서 어떻게 노래 불렀는가를 파악함으로써 노래의 본 모습이 가장 잘 드러날 수 있기 때문이다. 이 문제의 단서를 또한 담헌의 실제 향유 사실에서 찾을 수 있다. 노래의 가치를 인정하는 담헌의 태도는 몰락한 양반의 후예로서 담헌집의 식객 노릇을 한 裵爾度의 〈訓家俚談〉에 대한 제사인 「題裵僉正訓家辭」[2]를 통하여 확인할 수 있다. 우리의 논의와 직접 관련되는 대목을

추려보면,

> 그런데 지금 그가 지은 훈가사(訓家詞) 15편을 보니 곡조와 음률이 격(格)에 맞아서 악부(樂府)에 실어 노래하고 읊조리는 자료로 삼더라도 넉넉하겠다. 또 그 취지가 순박·솔직하고 문장 구사가 정성스럽다. 대개 떳떳한 윤리와 진실한 공부와 인재를 양성하는 방법이 대략 갖추어져 있어 읽는 자로 하여금 충효·자애의 마음이 절로 우러나게끔 되었다. 실지로 향간의 부녀자·어린이로 하여금 싫증 안 나게 전해 외도록 할 경우 흥미를 일으키고 감동을 주는 점에 있어서 저 뜻이 깊은 시율(詩律)보다 나을는지 모른다고 생각한다.

"곡조와 음률이 격(格)에 맞아서 악부(樂府)에 실어 노래하고 읊조리는 자료로 삼더라도 넉넉하겠다[操律中格 足以被管絃資吟誦]"라는 대목에서 담헌의 가사에 대한 감식안을 엿볼 수 있을 뿐만 아니라, 이 시기에 와서는 우리 가사 자체의 향유 방식을 존중하는 쪽으로 가악관에 변화가 생겼음을 알 수 있다. 〈訓家俚談〉의 서두부를 직접 보게 되면, "天地 開闢後의 陰陽이 肇判ᄒᆞ니 / 天氣ᄂᆞᆫ 下降ᄒᆞ고 地氣ᄂᆞᆫ 上陞ᄒᆞ여 / 人物이 品生ᄒᆞ니 三才가 되어세라 / 天地에 五行이오 사ᄅᆞᆷ의 五倫이라 / 祖子孫 되옴이 根本이 다 잇도다 / 山岳은 氣脈논하 丘陵을 내여시니 / 丘陵은 子孫이요 山岳은 祖先이라"(〈祖孫〉)처럼 정연한 4음보격을 준수하고 전아한 한문투의 표현에 의지하였다. 담헌의 평어는 품격과 성률이 잘 어울린 상태를 가리킨 것으로 보인다. 특히 "악부(樂府)에 실어 노래하고 읊조리는 자료로 삼더라도 넉넉하겠다"는 평가는 4음보격 시행들이 2~3행씩 정돈된 가락의 시연으로 결합되어 있는 방식에 대한 것으로 보인다. 또

2 『湛軒集』 內集 卷4 「題裵僉正訓家辭」. 역문은 한국고전번역원의 고전국역총서 DB 인용.

한, 노랫말의 내용이 실현되는 담론의 층위가 일상에 있으며 노래의 향유자가 속한 계층이 하층에 있음은 전대의 〈勸善指路歌〉와 같은 교훈가사의 담론 층위가 이념에 놓여 있으며 향유자가 양반 사대부였던 데에서 탈피한 것으로 보인다.

담헌의 세련된 감식안과 진전된 가악관이 구체적으로 드러나는 것은 그가 직접 지은 가사 작품을 통하여서이다. 1765년 수행 군관의 신분으로 사행에 동행한 체험을 『담헌연기(湛軒燕記)』라는 관례적 사행록으로 남기면서, 국문본 『을병연행록』을 따로 기술하였다. 『담헌연기(湛軒燕記)』가 공적 기록으로서의 권위에 의지하고 있다면 『을병연행록』은 사적 층위에서의 접근을 기반으로 하여 사소한 일상사까지 대상으로 끌어들였다.[3] 『을병연행록』에 실려 있는 〈연행장도가〉는 압록강을 건너는 순간의 감흥이 집약된 '미친 노래'로서 연행 체험의 전체 과정을 예견하는 시점에서 작자의 전 생애가 투여됨으로써 강렬한 서정성을 획득할 수 있었다, 이 '미친 노래'의 감흥이 『을병연행록』의 부피를 관류하는 진동의 실상을 파악하기 위하여 작품을 우선 인거해 본다.

> 하늘이 사ᄅᆞᆷ을 내매 쁠 곳이 다 잇도다
> 날ᄀᆞ튼 궁싱은 무ᄉᆞᆷ 일을 일웟던고
> 등하의 글을 닑어 쟝문부ᄅᆞᆯ 못 나오고
> ᄆᆞᆯ 우희 활을 닉여 오랑캐ᄅᆞᆯ 못 ᄲᅩ도다
> 반싱을 녹녹ᄒᆞ야 젼사의 ᄌᆞᆷ겨시니
> 비슈ᄅᆞᆯ 녑히 씨고 역수ᄅᆞᆯ 못 건넌들

3 김윤희는 『을병연행록』의 기술 태도를 '심문(審問)'으로 판정하고 그 결과가 '장편화 · 세밀화'로 귀결한 것으로 보았다 또한, "순간적으로 촉발된 감흥을 형상화"한 특질을 〈연행장도가〉에 부여한 시각도 참조하였다(김윤희, 「조선 후기 사행가사의 세계 인식과 문학적 특질」, 고려대 박사논문, 2010, 102쪽).

금등이 압ᄒᆡ 셔니 이거시 므슴 일고
간밤의 ᄭᅮᆷ을 ᄭᅮ니 뇨야ᄅᆞᆯ ᄂᆞ라 건너
산ᄒᆡ관 좀은 문을 ᄒᆞᆫ 손으로 밀치도다
망ᄒᆡ뎡 졔 일층의 ᄎᆔ후의 놉히 안자
갈셕을 발노 박차 불ᄒᆡᄅᆞᆯ 마신 후의
진시황 미친 ᄯᅳᆺ을 칼 집고 우섯더니
오ᄂᆞᆯ날 초초 ᄒᆡᆼᄉᆡᆨ이 뉘 타시라 ᄒᆞ리오

이 작품의 생성 배경은 『을병연행록』에 상세하다. “삼강을 디나ᄆᆡ 좁은 길히 겨오 술위ᄅᆞᆯ 통ᄒᆞ고 좌우의 ᄀᆞᆯ수풀이 길흘 ᄭᅵ시니 ᄒᆡᆼᄉᆡᆨ이 극히 수졀ᄒᆞ고 ᄒᆞ믈며 깁흔 겨울의 셕양이 뫼히 ᄂᆞ리ᄂᆞᆫ ᄯᅢᄅᆞᆯ 당ᄒᆞ야 친뎡을 ᄯᅥ나며 고국을 ᄇᆞ리고 먼니 만니 연ᄉᆡᄅᆞᆯ 향ᄒᆞᄂᆞᆫ ᄆᆞ음이 엇디 ᄀᆞᆺ브디 아니리오마ᄂᆞᆫ 수십년 평ᄉᆡᆼ지원이 일됴의 ᄭᅮᆷᄀᆞᆺ치 일워 ᄒᆞᆫ낫 셔ᄉᆡᆼ으로 융복의 ᄆᆞᆯ을 돌녀 이 ᄯᅡ히 니ᄅᆞ니 / 상쾌ᄒᆞᆫ 의ᄉᆞ와 강개ᄒᆞᆫ 기운이 ᄆᆞᆯ 우희셔 ᄑᆞᆯ이 ᄲᅢ내이믈 ᄭᆡ닷디 못ᄒᆞ니 드ᄃᆡ여 마샹의셔 ᄒᆞᆫ 곡죠 미친 노래ᄅᆞᆯ 지어 읇허 ᄀᆞᆯ오ᄃᆡ”라는 노래 앞 부분 기술에 제작 동기와 정황이 뚜렷이 드러나 있다. 특히 사선 뒷부분은 감흥이 시화되는 과정을 보여주고 있으니, 『시전(詩傳)』 대서(大序)에서 그 과정을 “정이 움직여 말로 드러나니 말하여 부족한 까닭으로 차탄하고 차탄하여 부족한 까닭으로 길게 노래하고 길게 노래하여 부족하기에 모르는 새에 손으로 사래치고 발로 구르는 것이다(情動而形於言 言之不足故嗟歎之 嗟歎之不足故永歌之 永歌之不足不知手之舞之足之蹈之也)”라고 설명한 것과 흡사하다.[4]

---

4 13행의 〈연행장도가〉는 1・2－3・4－5・6・7－8・9－10・11∨12・13 식의 연 형성을 통해 2행연을 중심으로 3행연과 4행연이 가담하여 굴곡을 주면서 감격적 정서가 심화되는 상태를 표출하였다.

〈연행장도가〉는 사행 또는 더 구체적으로 국경 통행이라는 같은 정황에서 지어진 여타 작자의 한시와 유사한 성격을 지니고 있기도 하다. 다른 작품보다도 담헌이 연행일기 작성에 전범으로 삼았다는 『노가재연행일기』의 작자 농암 김창협(1651~1708)의 사행 배송시를 먼저 볼 필요가 있다. 담헌은 이 작품을 『을병연행록』의 모두에 놓음으로써 연행 과정의 기치로 삼으려 했다. 곧, 이 짧은 한시에 농축되어 있는 정신을 긴 여정 기록의 일관하는 주제로 삼으려 하였다. 연행 과정의 수많은 곡절들이 이 배송시에 담겨 있는 뜻의 실현이며, 이 뜻에는 장도의 안녕을 비는 기원과 아울러 장도의 전개에 대한 예견이 담겨 있기도 하다. 시가 뜻을 말한다는[5] 의미를 여기에서 확인할 수 있으니 기원과 예견 같은 정서적 내용을 통하여 대상의 본질을 지시하는 역할을 가리킨 것이다. 김창협의 시를 『을병연행록』에 있는 대로 인용해 보면,

| | |
|---|---|
| 미견딘황만리셩 | 진시황의 만리댱셩을 보디 못ᄒᆞ니 |
| 남ᄋᆞ의긔부징양 | 남ᄋᆞ의 의긔 즁영ᄒᆞ믈 져ᄇᆞ렷도다 |
| 미호일곡어듀쇼 | 미호 ᄒᆞᆫ 구븨에 고기 낙ᄂᆞᆫ ᄇᆡ 져거시니 |
| 독속사의쇼ᄎᆞ싱 | 홀노 사의롤 닙고 이 인싱을 웃노라[6] |

위의 시는 연행길에 오르는 홍세태에게 준 것으로 모두 6편으로 이루어진 가운데 이 다섯 번째의 시와 네 번째의 시[7]는 특히 진시황을 격살하려다 미수에 그친 자객 형가의 고사를 전고로 삼고 있다. 이 시의 수

5 詩者志之所之也 在心爲志 發言爲詩(『시전(詩傳)』「대서(大序)」) 詩言志 歌永言(서전(書傳), 순전(舜典)).

6 不見秦皇萬里城. 男兒意氣負崢嶸. 渼湖一曲漁舟小、 獨速蓑衣笑此生(「贈洪生世泰赴燕」, 『농암집』 권4(결구의 '속(速)'은 사의로 보아 '속(束)'이 옳음)).

7 燕市千秋說慶卿. 古今豪傑幾需纓. 知君詩律增悲壯. 便作高家擊筑聲.

증자인 홍세태(1653~1725)는 중인 출신으로서 문재가 뛰어나 접반(接伴) 수응이나 사행 제술 등 국가를 대표하는 문장가로 활동하였다. 어려서부터 이웃에 살던 농암 형제와 교유하였고 당대 사회의 중심 담론이었던 '尊周大義'를 문장을 통해 적극 실현하였다. 그의 시 「古劍篇」[8]을 보면 '尊周大義'를 실현하려는 의지를 검에 비유하면서 자객으로서의 자신이 척결해야 할 대상이 무엇인가를 천명하고 있다. 이러한 방식의 발화는 당대의 중심 담론에 대한 보다 큰 공명을 유도함에 목적이 있다. 실제로 이 시기의 많은 한시, 특히 사행과 관련된 작품 가운데에 자객 형가의 고사가 즐겨 인용되는 것을 볼 수 있다.

〈연행장도가〉의 분위기는 이러한 당대의 사회적 동의 가운데 이루어진 것이며, 특히 담헌의 학통이 '尊周大義'의 기치를 내건 노론의 정통에서 있다는 사실과 관련되어 있다. 담헌은 국경 통과의 순간에 예측하지 못한 노래의 발출을 경험한 것인데, 이 "아지 못하는 새"에 이루어진 결과를 '미친 노래'라고 해명하였다. 기존의 산문이나 한시는 일정한 관례에 의한 작문(작시)이 이루어지는 것이었다면, '미친 노래'는 운율 형식은 선재한다고 하더라도 거기 담기는 정서가 뜻밖인 듯 낯선 것이기에 '미친'이라는 비일상적 상태에 비의하였다. 실로 작시 관례에 의지하여 사전 혹은 사후의 의도된 표출을 위주로 하는 한시의 경우와는 구별되는 작품 형성 경로라고 할 수 있겠다. 여기서 이 시기의 하층 지향적 가악관의 목표가 단순한 계층 간 융화에 두어진 것이 아니라 정(情) — 곧 가장 소박한 정신 영역에서 출발하는 노래의 본질을 향하고 있음을 알 수

---

8 我有古劍長尺餘. 其身雖短氣赫如. 直疑出自酆獄 底. 龍光猶射斗牛墟. 邇來閉匣三十霜. 苔蝕塵埋久晦藏. 家人小兒視鉛刀. 委擲不復心在亡. 我謂神物天所惜. 濯磨雪鍔金爲裝. 秋濤掛素壁. 隙月流精光. 携提不離身. 呼爾作死友. 嚴霜裂石天氣勁. 隱隱臥聽龍夜吼. 龍夜吼. 聲正悲. 平生恨荊軻. 擿柱徒虛施. 坐令嬴兒帝天下. 不及當時屠狗爲. 嗟爾得我那得重. 猶幸不爲割雞用. 且須深藏待千金. 會有天子爲大勇(『柳下集』 卷之六 詩).

있다. 우리가 애초에 제기했던, 왜 말하지 않고 노래 부르는가에 대한 해답도 여기에 있는 것이니 정신을 가장 순연한 상태로 복귀하려는 것이 노래의 중심 의도라고 할 수 있다.

서정에 대한 논의를 18세기의 뛰어난 사행가사 한 편을 중심으로 이끌어 오면서 자연스럽게 떠오르는 의문은 17세기의 〈장유가〉(남유용)를 비롯한 장편 사행가사와 13줄로 압축된 〈연행장도가〉의 관계에 대한 것이다. 흔히 주어지는 서사성 내지 기록성의 강화에 의한 장편화라는 설명만으로는 두 양식의 차이를 명확히 할 수 없다. 문제를 보다 대조적 국면으로 이끌어가기 위하여 장편 사행가사에 내포된 서정적 성향을 짚어 보기로 한다. 우선, 노래로 향유될 수 있는 자질로서 이 성향을 가늠해 본다면, 사행가사 관련 기록인 상촌 신흠의 「書芝峯朝天錄歌詞後」[9]가 참조할 만하다. 이 글은 일실된 지봉 이수광의 〈조천사(朝天詞)〉[10]에 관한 제발인데 어릴 적 같이 공부할 때부터 두 사람이 가곡에 대하여 관심을 두고 있다가 동지사 연행을 계기로 사행가사가 지어지는 과정이 소상히 기술되어 있다. 특히, 가사 향유 방식의 기간이 소리(음률)임을 명시하고 있다. 상촌이 〈조천사〉의 음률에 대하여 평한 대목을 보면, "그 울림이 맑아 곱되 바름을 잃지 않고 예쁘되 훌륭함을 지나치지 않아서

---

9 嘗記壬午年間. 欽年十七. 芝峯公年二十. 同榻於終南山下. 誦讀之暇. 時戲爲歌曲. 欽於歌. 固所不能. 而芝峯云亦泥而未暢. 歌罷未嘗不以此相嘲謔也. 今歲公自燕回. 示欽朝天詞. 其響瀏瀏. 艶而不失於正. 麗而不爽於雅. 淸而不病於萎. 婉而不落於靡. 雖近世以歌曲名者. 皆莫及也. 昔之泥而未暢者. 果安在哉. 欽於是始知公之才之得於天者全. 由詩而歌. 而歌亦臻於妙也. 中國之所謂歌詞. 卽古樂府暨新聲. 被之管絃者俱是也. 我國則發之藩音. 協以文語. 此雖與中國異. 而若其情境咸載. 宮商諧和. 使人詠嘆淫佚. 手舞足蹈. 則其歸一也. 公凡三赴京師. 而欽且再焉. 觀覽之富. 行役之艱. 怳在眼中. 而成我臥游矣. 欽因此而有所感焉. 世道推遷. 人事變更. 蒼狗白衣. 倏忽於俯仰之間. 炎涼榮落. 能保其歲寒者幾人也. 獨吾與公傾蓋之歡. 白首毋替. 有唱斯和. 三十年如一日. 豈非幸歟. 抑不知從今以往. 燕遊過從. 又幾何歲月. 而造物者果能享之以優逸. 聚而不散歟. 異日謝事同歸. 擧觴相屬. 而度此一曲. 以爲暮年之懽. 豈非尤幸歟(『象村稿』 卷 36 題跋).

10 1611년(광해 3) 지봉이 奏請副使로 연경에 다녀와 지은 사행가사.

높은 것은 졸아듬이 없고 느린 것은 지리함에 떨어지지 않았으니 비록 근세에 가곡으로 이름난 것이라도 모두 미치지 못할 것이다[其響瀏瀏 艶而不失於正 麗而不爽於雅 淸而不病於萎 婉而不落於靡 雖近世以歌曲名者 皆莫不及也]"로서, 정확한 의미나 심중한 교훈을 전달한다는 것보다도 연행을 예상한 곡조 배합을 가장 중시하고 있음을 볼 수 있다. 이 평사는 연행의 실제나 상상적 재현을 통한 체험을 기술한 것이기에 악조를 예상한 개념으로 바꾸어 읽는 것이 필요하다. 여기서, 雅正을 품격의 기준으로 삼았다면, 정격 가악의 상태이겠으나, 실체를 艶麗로 인식하였으니 속악화된 상태를 인정한 것이다. 가사가 속악화된 상태라면 가창가사와 같이 규칙 박절화된 단순함이 아니라면, 악곡이 정해짐이 없는 낭영의 손쉬움을 가리킨 것이 되겠다. 이런 상태에 해당하는 운율로는 (4음)4보격을 예상할 수 있다. 여기에다가, 가사 향유의 흥취를 한시 악부에 비교하여 "그 情과 景을 모두 실어서 악조가 어울려 화합하여 사람으로 하여금 읊조리고 탄식하여 넘치어 신나서 사래 치고 발 구르게 하는 것은 곧 그 돌아감이 하나이라[若其情景咸載 宮商諧和 使人詠歎淫佚 手舞足蹈 則其歸一也]" 한 것을 보면 서정의 발현이 악률의 조화로 귀결하는 경로를 명확히 인식하고 있음을 알 수 있다.

〈조천사〉가 일실되었기 때문에 그 분량을 헤아려 볼 수가 없지만 두 차례 사행에 연달아 지어진 전후편의 체제까지 갖추었던 것을 보면[11] 장편화의 가능성은 충분하다고 할 수 있다. 장편임에도 불구하고 그 본질은 청각에 의한 순간의 감각적 통합에 놓고 있다는 점이 주의할 점이다. 줄거리를 가진 서사적 내용은 부차적이며 시간의 통합 과정인 회상과 사건의 축약 과정인 내면화의 조절 내용인 통합된 인상의 제시와 그

---

11 나도 또한 「朝天前後二曲」이 있으니 장난일 따름이다[余亦有 「朝天前後二曲」 亦戱耳](李睟光, 『芝峯類說』 권14 문장부 7, 歌詞 條).

악률에 의한 실현을 향유의 주요 방식으로 삼고 있다는 점에서 가사는 전달을 목표로 하는 산문 기술과는 출발점부터 달리하고 있다. 가사 창작을 "장난[戱]"이라느니 "놀이[弄]"[12]라느니 하는 자폄이 실은 공적 객관성으로부터 벗어난 자유로운 사적 정서의 유로를 본질로 하는 가사의 특성을 지적한 것이다.

## 2. 가악 환경의 변화와 가사의 대응

조선조의 성악곡은 집단 연행의 歌舞樂 종합 연행의 상태에서 일인 가창으로 변모해 나온 궤적을 보이고 있다. 유명 歌者에 딸린 인기 곡목이 선정되어서 청중들이 자기 기호를 연행에 반영할 수 있는 적극적 수용 단계에 이르면서 극적 연행물로 발전할 수 있는 계기가 마련된 것으로 보인다. 短歌를 우리나라 성악곡의 역사가 서정노래에서 劇歌(판소리)로 바뀌는 길목에 등장한 노래로 보는 견해[13]는 이 계기를 지적한 것이어니와, 이런 양식상의 변전을 보다 체계적으로 규명하기 위해서 '서정노래가 극가로 바뀌는' 구체적 경로를 따로 살펴볼 필요가 있다. 여기서, '서정노래'란 주로 애정 주제를 위주로 한 〈춘면곡〉, 〈상사별곡〉 등등의 가창가사 계열의 노래들을 가리킨 것으로 볼 수 있는데, 그 앞 시기의 강호・연군・교훈 등등의 사대부 성향 주제의 정풍 가악에서 세속적 애

---

12 余釋褐近五十年. 備經榮辱. 東西遊走. 迹遍湖海關嶺. 以至再使異域. 對鵩遐塞. 今年滿七十. 老病無氣力. 四方之志已倦. 追思舊遊. 茫如隔世事. 不勝感慨之懷. 輒以長歌紓其思. 詩語無可觀. 不過無聊中弄翰而已(陶谷集卷4 詩「感舊遊篇」序).

13 백대웅, 『다시 보는 판소리』, 어울림, 1996, 109쪽.

정 주제의 민속 가악으로 선회하는 데에는 단순히 취향이나 품격의 차원에서만 논할 수 없는 복잡한 요인이 개재하고 있다. 향유 계층의 확대, 향유의 사회적 조건 변화와 같은 문제 외에 작자(연행자)나 청중의 자발적 참여로 이끌어지는 작품 생산 경로의 진전이라는 문제가 중요하게 다루어져야 하는 것은 변화의 계기가 주로 이들 향유자들이 작품을 대하는 태도에서 마련되었기 때문이다.

그동안 조선 후기 시가 향유층의 달라진 수용 태도에 대한 논의가 여러 군데에서 이루어졌거니와, 그 내용을 간추리자면, 감상적 이해와 표출 정서의 극대화라는 항목으로 요약해 볼 수 있다. 이전 시기에 향유되던 같은 노래라고 하더라도 이 시기에 들어서면서 특별히 경사된 정서로 수용하는 실례를 곧잘 볼 수 있다. 송강의 〈장진주사〉를 소재로 한 石洲 權韠의 〈過松江墓有感〉[14]에서는 비오는 낙목 숲으로 잡힌 작품 배경을 사후의 세계를 그린 〈장진주사〉 중장 부분에 맞추어 침체된 분위기를 강화시키는 것을 볼 수 있다. 이런 자세는 東岳 李安訥이 〈龍山月夜. 聞歌姬唱故寅城鄭相公思美人曲. 率爾口占. 示趙持世昆季〉에서 "강머리에 뉘 부르는 〈미인사〉인고? 바로 외로운 배에 달이 지려는 때에. 애닯다 님 그리는 끝없는 마음, 세상에 오직 저 아씨만이 아느니[江頭誰唱美人詞. 正是孤舟月落時. 惆悵戀君無限意. 世間惟有女郎知]"[15]라고 했을 때에, "외로운 배에 달이 지려는 때"를 시간 배경으로 삼으면서 비애감을 고조시킨 것과 같은 조건에서 나왔다고 할 수 있다. 석주나 동악에게는 송강 문인으로서의 특수한 입장이 관여하였다고도 볼 수 있지만, 송강가사가 비애를 주조로 하는 정서에 의해 재해석되면서 수용되는 모습은 당대의 가악

14 "빈 산 낡에 잎 진데 비마저 스산히 / 상국의 풍류가 예서 쓸쓸하군요 / 슬프다, 한 잔 술 다시 올릴 수 없다니 / 옛 적 부른 노래가 바로 오늘 말함이군요[空山落木雨蕭蕭 / 相國風流此寂寥 / 惆悵一杯難更進 / 昔年歌曲卽今朝]."

15 『東岳先生續集』詩.

향유의 전반적 분위기에 부합하는 것이라고 볼 수 있다. 이 분위기는 조선 후기에 사대부들이 가악, 특히 시정의 가악을 대하는 모습으로 이어진다. 사대부들이 이전에 즐기던 정악의 규제가 풀린 상태에서 대면하는 시정 가악의 새로운 자극을 거침없이 받아들이는 모습을 보게 된다. 이 모습은 서정성의 극대화라는 작품 세계의 변화와 연계되며, 또한 그 변화는 새로운 양식 출현의 전조로 이해할 수 있다.

> (가) 때마침 병영의 진무 가운데에 춘면곡을 잘 부르는 자가 와서, 자리를 내주고 노래하게 하였다. 이 노래는 강진의 진사 이희징이 지은 것인데, 그 소리의 슬프기가 극진하여서 듣는 자가 눈물을 흘리기 까지 하였다. 남쪽 사람들은 또 부르기를 시조별곡이라기도 하였다.[16]

> (나) 입성이며 먹새가 지내기에 편하니, 자제의 훌륭함을 마음 깊이 알겠구나
> 자단삼을 늘상 먹으니, 살부피가 눈처럼 희구나
> 자리엔 고수 열매를 뿌리고, 문방엔 마조 놀이를 벌였구나
> 누가 꽃 핀 달밤을 아쉬워하는가, 시조 소리 딱히 마음을 파고든다[17]

(가)는 노론계의 명망 있는 문인이었던 李夏坤(1677~1724)이 1722년 스승이며 장인인 宋相琦의 강진 유배지를 찾아간 길에 조우한 〈춘면곡〉 관련 기사이다. 이하곤은 시서예에 통달하였던 학자로서 가악에 대하여도 높은 견식을 지녔던바, 처음 대하는 지방의 민속 가악에 대하여 깊은

16 時兵營鎭撫有善歌春眠曲者適來此. 賜坐歌之. 此乃康津進士李喜徵所作也. 其聲哀甚. 聞者至於涕下. 南人又稱爲時調別曲(『頭陀草』冊十八, 雜著「南遊錄」二).

17 服食便居養. 心知子弟佳. 紫團茶飯共. 白皙雪冰皆. 丈席胡荽撒. 文房馬弔排. 馬弔. 亦名葉子戱 誰憐花月夜. 時調正悽懷. 時調. 亦名時節歌. 皆閭巷俚語. 曼聲歌之(『洛下生集』 冊十八, 〈洛下生藁〉 上 〈觚不觚詩集〉〈感事三十四章〉).

관심을 가지고 이후 몇 차례 더 〈춘면곡〉을 찾아 듣는다. 위의 기사에서도 〈춘면곡〉의 특징을 "그 소리의 슬프기가 극진하여서 듣는 자가 눈물을 흘리기까지 하였다[其聲哀甚. 聞者至於涕下]"라고 지적한 만큼 당시의 가악 향유 풍조는 애상적 분위기에 지배되고 있었음을 살필 수 있다.

(나)는 (가)보다 한 세기쯤 뒤인 1824년에 실학자 계통의 문인인, 『洛下生藁』의 저자 李學逵(1770~1835)가 한가로이 지내는 여가에 기술한 〈感事〉라는 34 시편 가운데 한 편이다. 〈感事〉에는 매 편마다 청대 문물의 영향 아래 있었던 당대의 문화적 분위기 속에서 한거양생하는 실생활 제재들을 구체적으로 제시하고 있다. (나)에서는 노경에 든 사람이 여유롭게 지내는 생활 가운데에 즐기는 시조창에 관한 기사가 들어 있다. 꽃 핀 달밤[花月夜]의 분위기에 어울리는 시조창의 성조 역시 애조[凄懷]에 관련된 것으로 파악되고 있다.

이와 같이 가악의 수용 태도가 애조와 같은 편향적 정서로 기우는 사실은 이 사실이 사조나 양식상의 변화까지 유발한다는 점에서 유의해서 살필 부분이라고 하겠다. 우리 가악 가운데 정악 악조 편성의 주조는 羽調, 혹은 平調이다. 우조의 특징은 "淸莊激勵" 평조의 특징은 "雄深和平"으로 요약되듯이 정대하며 조화로운 분위기에 맞는 악조이다. 반면, 일부 특수한 정서 표출에 사용되는 계면조의 특징은 "哀怨凄悵"으로 표시되는 바와 같이 편향과 부조화를 주조로 한다.[18] 계면조의 기울어진 기운은 우조의 외적 정대함에 대한 내면화를 택한다고 할 수 있다. 우조가 이념의 표상에 적절하다면, 계면조는 私情의 토로에 어울린다. 정악 가곡 자체의 변조 생성이 이루어지는 방향에 대한 논의도 있어왔고, 대체적으로 17세기 이후에 파생 악조가 다양하게 형성되었다는 논지로 귀결

18 이상 악조의 특징을 지적한 용어는 『歌曲源流』(국립국악원본) 머리 부분 곡태 설명 인용.

한 듯하나, 거기에서 개인화된 극적 표출과 관련된 사항을 짚어내기에는 필자의 역량에 한계가 있다. 다만, 앞서 예시되었던 가창가사나 시조창 등등에 대한 기사에서 본 것처럼 가악을 향유하는 분위기가 전반적으로 애조에 지배되고, 주정적 자세가 심화되는 가운데에 악조의 재편성이 불가피했으리라는 점만은 밝혀둘 수 있으리라고 본다.

위에 예시한 송강가사나 가창가사, 시조창 등등의 수용과 관련된 태도 변화는 주로 사대부 계층 내에서 일어난 것으로 새로운 양식인 '서정노래'의 출현에 우회적으로 영향을 주었을 수는 있으나, 직접적 계기는 향유 계층 확대의 현상 속에서 찾아보아야 할 것이다. 세속적 주제의 새로운 노래는 새로운 계층의 기호에 의하여 이끌어진 새로운 관습으로 이루어졌을 것이기 때문이다. 이런 노래는 대체로 市井 공간에서 이런 저런 신분의 손님들이 섞이어 있는 청중을 대상으로 하는 것이다. 그만큼 이 노래의 품격이 맞추어서 세속화되어 있어야 하고 혹은 그 품격에 맞추어진 인기도를 유지하고 있어야 했을 터이다. 18세기 들어서서 일어난 가악 연행의 달라진 조건들은 양반 문인의 會宴이나 파적을 위한 아정한 품격의 폐쇄적 공간보다는 유흥적 성격이 강화된 개방적 공간을 필요로 하였다.

이 시기 이전에도 연행자에 관한 기록이 없었던 것은 아니지만, 주로 사대부들을 청중으로 하였기 때문에 연행자와의 관계가 청중에 의하여 주도되는 일방적이었던 데에 반하여, 이 시기에는 연행자의 개성(특장 곡목이라든가 예술적 기량)이 가장 중요한 요소이며, 청중은 그 개성의 첨예화에 편승(더욱 세련된 기량을 요청하는 등)하는 방식의 참여하는 것을 볼 수 있다. 이 시기에 名歌者[19]로 거론되었던 이들은 청중의 요구에 부응할 수

19 노ᄅᆡ 명충 황ᄉᆞ진니 가ᄉᆞ 명충 ᄇᆡᆨ운학니 니야기 일슈 외무릅吳物音니 거진말 일슈 허직슌니 거문고의 어진충니 일금 일슈 중게랑니 퉁쇼 일슈 셔게슈며 장고 일슈 김충옥니 젓ᄃᆡ 일

있어야 했고, 적응하지 못하는 경우에는 도태되기도 하였다. 전대의 사대부 주도 연행 조건이 규범적 성격을 지녔기 때문에, 연행자가 지닌 개성이 허용되는 범위가 극히 제한되어 있었던 데에 반하여, 이 시기부터는 연행자의 존립은 개성의 강약 여부에 달려 있게 된다.

이처럼 연행자의 개성이 살아나는 바탕 위에서 청중들의 기호에 맞출 수 있는 새로운 양식이 출현하게 된 것으로 보인다. 연행 장소도 이전 시기의 규식적 틀(양반들의 주거 공간이나 정자와 같은 유상 공간이기 마련인 점)을 벗어나 시정의 특정 공간(시장이나 주막과 같은 상업과 유흥의 장소)으로 옮겨가는데, 그 장소에는 오로지 유흥을 목적으로 하는 향유 집단이 형성되기 때문에 전대의 규범적 완상과는 다른 형태의 수용이 이루어지게 된다. 시정의 생활공간 가운데에 자리 잡은 연행 장소에서 새로운 청중이 원하는 보다 강렬한 정서적 자극에 호응하기 위해서는 연행 장소의 무대적 성격을 강화하는 가운데 극적 효과가 두드러진 내용의 연행물로 전환할 필요가 있었을 것이다.

2장의 2절 2항 '시가사의 변전과 가사체의 역할' 이후 가사의 양식 변화에 따르는 운율 조정에 초점을 두고 살펴본 결과 (4음)4보격 시행의 존재가 가악 환경이 세속화 · 대중화되는 추세에 맞추어 조정된 최종의 잔류 형식을 받쳐주는 기본 운율 형식에 해당함을 확인할 수 있었다. 발전사의 실제에 있어서 가창가사나 유흥가사가 (4음)4보격에 의지함을 볼 수 있었다. 반복 형식으로서 잦은 행갈이를 쉽게 허용하는 조건은 (4음)4보격으로 하여금 경쾌하며 주정적인 분위기에 어울리는 형식으로서의 자격을 가지게 하였다.

---

슈 박보안니 피레 일[슈 ㅡ]오랑니 히금 일슈 홍일등니 션쇼리의 숑홍녹宋興祿니 모홍갑牟興甲 니가 다 가 익고ᄂᆞ(김종철 주석, 「게우사」, 『판소리연구』 제5집, 421쪽). 몰락한 왈자인 무숙이의 왕년 풍류를 재현하기 위한 서사적 의도하에 거나한 노래판이 제시되어 있다. 여기 제시된 해당 분야의 인명들이 당대의 명가자 · 명인들이다.

## 3. 역사사실과 가사 양식의 결합

역사 기술은 흘러간 과거사를 대상으로 하기 때문에 현재 시제형 기술이 불가능하다. 시가는 본질에 노래(서정)를 두고 있기 때문에 정서의 통합 순간을 대상으로 하는 현재형 기술이 필요하다. 역사가사는 이러한 두 양식 간의 모순을 해소하는 방안을 가지고 있어야 하는데, 장형화라는 서사 방안의 일반론 외에는 4음보격만이 문제 해소의 단서를 지니고 있을 듯하다. 이하의 논의는 4음보격의 양식 통합 역량에 대한 데에로 귀결하여 갈 것이다.

역사 기술을 시가와 결합한 선례는 악부시의 영사악부에서 찾을 수 있다. 이규보의 「동명왕편」을 비롯한 역대의 수많은 영사악부는 흘러간 역사에 대한 감회를 공동 주조로 하고 있다. 이 감회 속에는 "思古慕遠"의 한시 일반 성향이 관여하기도 하지만, 특수한 역사 사실에 대하여는 극대화된 정서 표출을 드러내기도 한다. 이규보는 동명왕 사적에 대한 판단을 "환(幻)이 아니고 성(聖)이며, 귀(鬼)가 아니고 신(神)이었다"고 내리면서 詩作에 임하였다. 幻鬼로 판단할 때가 현실에 입각한 이지에 의하였다면, 聖神으로 판단할 때에는 현실을 넘어서는 어떤 의도에 의한 것이다. 이규보는 이 의도를 백낙천의 「장한가」에 서술된 양귀비 관련 方術에 비의하였다. 역사에 기록되지 않았지만 「장한가」의 주제로는 그 虛誕한 일이 필요하다는 논지이다.[20] 이규보는 또, 「동명왕편」 제작 의도를 우리나라가 성인의 나라임을 알리는 데에 있다고 표명하였다.

---

20 按唐玄宗本紀. 楊貴妃傳. 並無方士升天入地之事. 唯詩人白樂天恐其事淪沒. 作歌以志之. 彼實荒淫奇誕之事. 猶且詠之. 以示于後. 矧東明之事. 非以變化神異眩惑衆目. 乃實創國之神迹. 則此而不述. 後將何觀(李奎報,『東國李相國全集』 卷第三, 古律詩「東明王篇」).

이런 판단과 의도에 입각한 「동명왕편」은 125구 전편이 동명왕의 신이한 사적에 대한 감개로 넘쳐나 있다. 주석으로 인용된 『구삼국사』 본문의 문맥에 어울리는 감개는 고려 왕조의 통서에 대한 자부심을 내용으로 삼고 있다. 이 넘치는 감개의 내용을 담는 그릇으로서의 125구 영사악부는 우선 그 장대한 분량이 전하는 외적 규모로써 일반 서사를 뛰어넘지만, 감개의 실질적 용적을 포용하는 것은 5언이라는 내부 양식이다. 커다란 내용을 짧은 호흡에 담음으로써 벅찬 감동을 드러나게 하였다. 이런 내용에 7언을 적용한다면 길어지는 호흡 때문에 이지적 판단이 개재할 여유가 생겼을 것이다.

「동명왕편」의 예를 들면서 다소 장황해진 설명의 요지는 4음보격 장형 시가인 가사에의 적용을 위한 것이다. 왕조 후반기에 500년의 역사 정보가 보편화된 조선 왕조이지만 이를 가사 『한양가』로 노래할 때에는 역사 지식 너머의 감개를 내용으로 한다는 점을 드러나게 하려는 의도이다. 아직 지속되는 유구한 통서에 대한 자부심과 그 왕조의 백성으로 살아가는 충만한 조건을 노래를 통하여 널리 알리고자 하였음을 밝히려는 것이다. 결사 부분에서 "우리나라 임금님이 도합하니 삼십이라 / 옥새 놓고 등극한 이 스물 여섯 임금이요 / 추숭하신 그 임금이 누구 누구 추숭인가 / 덕종 원종 추숭이요 진종 익종 추숭이라 / 왕비를 합해보면 삼십이왕 왕비로다"라 하여 500년사를 정리하는 의미로 왕통의 계보를 분류하여 놓았을 때에도 새로 발견된 역사 지식에 대한 확인이 아니라, 그 확인을 통한 자긍심의 공유가 목표가 된다. 정서의 표출과 동화, 그에 대한 집단적 공감 등등의 사항이 가사에 관련되며, 지식의 탐구와 확인은 역사 기술과 같은 과학적 사항에 해당된다. 이 차이의 일차적 표징이 현실 문법을 벗어난 句讀에 있으며, 일정한 간격으로 야기되는 리듬을 통하여 가사 향유자들은 같은 방식의 구두를 공유하며, 곧 같은 사유를 나눈다는 사실을 체감하게 된다.

위와 같이 가사 4음보격이 역사 사실의 정서적 변용에 대응하는 원리를 규명하였을 때에 때로 역사가사에서도 특별한 정황에서 나타나는 4음보격 파괴 현상은 어떻게 설명하겠는가 하는 문제가 남는다. 이 문제에 접근하기 위하여 전쟁 체험을 가사로 지었으며 그 안에 전투 과정이 소상히 다루어지고 있는 〈남정가〉를 인거해 보기로 한다. 〈남정가〉는 작자인 양사준이 1555년(명종10년) 영암 지역에서 일어난 을묘왜변에 참전한 체험을 바탕으로 하였는데, 승전의 환희를 구가함이 목적이지만 승전의 계기가 된 중요한 전투 국면은 자세히 묘사되어있다.

① 노프나 노픈 재 鄕校 뒤해 잇단말가

② 賊徒 㒀突ᄒᆞ야 烏鵲戱 倡優戱 萬具 齊發ᄒᆞ니 聲振一城이로다

③ 軍士야 두려마라 裨將아 니거스라

④ 賊謀不測이라 一陣은 徘徊ᄒᆞ고 一陣은 行軍ᄒᆞᆫ다

⑤ 錦城 橫截ᄒᆞ야 茅山으로 도라드니 元帥府애 갓갑도다

⑥ 凌轢轅門이 이대도록 ᄒᆞ단말가

⑦ 鷹揚隊 風馬隊 左花列 右花列 一時 躍入ᄒᆞ니

⑧ 砲火ㅣ 雹散이오 怒濤飛雪이오 射矢如雨로다

⑨ 莫我敢當이어ᄂᆞᆯ 어ᄃᆡ라 드러온다

⑩ 長槍을 네 브린다 大劒을 네 �다

⑪ 칼마자 사더냐 살마자 사더냐

⑫ 天兵四羅ᄒᆞᆫᄃᆡ 내ᄃᆞ라 어ᄃᆡ 갈다

⑬ 春蒐夏苗와 秋獮冬狩ᄅᆞᆯ 龍眠妙手로 山行圖를 그려 내다 이 ᄀᆞᄐᆞ미 쉬오랴

시행 단위로 배열하였을 때에 뒤쪽이 늘어지는 모습에 따라 세 가지

종류의 시행으로 나누어짐을 알 수 있다. 첫째, 평탄한 4음보격 : ① ③ ⑥ ⑨ ⑩ ⑪ ⑫ 둘째, 6음보로 확대된 경우 : ② ④ ⑤ ⑦ ⑧ 셋째, 4음보와 6음보의 결합 : ⑬

같은 4음보격의 평탄한 구조라고 하더라도 작품 안에서의 위치에 따라 다른 구실을 하게 된다. ⑨부터 시작되는 단락은 ⑩ ⑪ ⑫ 를 병치하여 왜적에게 위하하는 내용으로 되어 있다. ⑩ ⑪ 은 대등한 구조의 두 행이 겹쳐서 촉급한 리듬을 산출하여 급박한 전황을 반영하고 있다. 6음보로 증대된 분량은 시행 내에 정서의 팽만을 가져오는데, 이 작품 안에서의 정서의 주조는 승전의 득의연한 호기이다. 6음보 시행을 통하여 반복 제시된 승전의 호기는 단락 최종행인 ⑬ 행에 이르러 한껏 늘어난 음보량으로 극대화된다. 이처럼, 여러 가지 음보의 시행을 결합하여 전달되는 것은 전황 보고와 같은 실질적 정보가 아니라 작품 전개의 국면에 따르는 정황, 곧 정서적 상황의 제시이다. 이 대목에 대응하는 동일한 내용이 『寄齋雜記』에는 다음과 같이 그려져 있다.

> 潤慶先伏弩 且設菱鐵於道 使才人盡着綵服 出入於弩鐵之間 踊躍爲呈才之狀 賊張翼追之 或死於弩 或傷於鐵 不敢復追 盡入鄕校 爭觀優戱 致勤等 分軍爲左右翼 掩其不意 賊不能支遂潰 乃盡殲之[21]

훨씬 더 생생한 전황의 보고가 이루어짐으로써 상대적으로 가사 담화의 목표가 기록 전달이 될 수 없음을 밝혀주고 있다. 같은 내용이라고 하더라도 기록류에는 때와 장소 그리고 관계 인명이 구체적으로 제시되는 반면, 가사에 있어서는 일인칭 화자의 진술로 일관되어서 화자 자신,

---

**21** 이상보, 「양사준의 '남정가' 신고」, 『국어국문학』 62~63호, 1973, 251쪽에서 재인용.

더 정확하게 말하면 화자의 주관에 개입하는 부분만이 채택되어 제시됨을 볼 수 있다. 가사 담화의 목표가 작자가 느낀 정황의 재현에 있기 때문이다. 〈남정가〉는 참전 체험에 바탕을 두고 있기 때문에 구체적 전황의 정보를 지닌 작자가 승전의 호기 발현이라는 주제에 맞추어 경험사를 재배열하였다. 배열의 양식적 제한은 4음보격으로 전제되어 있었지만, 작자의 격전에 대한 생생한 기억은 때로 이 제한을 넘어서 양적 팽대를 통한 정서 분출을 야기하기도 했다. 6음보 내지, 아주 드문 경우이지만 10음보의 출현이 양식 제한 탈피의 일반적 모습이지만, 이 방식으로도 부족한 부분은 시행 결합의 다양한 방식을 활용하여 충족하였다. 시행이 중첩되면서 촉급하게 되거나 따로 떼어 놓으면서 완만한 이완을 가져온다든가 하는 정서 변환은 작자가 대상에 대하여 가진 전체적 인상을 수축과 신장의 리듬 형상으로 제시하게 된다. 이러한 리듬 형상의 미의식은 객관적 역사 기술로는 실현하기 어려운 사항이다.

이미, 연행가사의 출현 단계에서 확인된 사항이지만, 객관적 기술로서의 연행기로는 충족되지 못하는 정서의 표출을 가사 양식을 빌려서 노래할 수 있었다. 이런 때의 가사는 새로운 세계의 발견에 따르는 벅찬 감동을 서정 양식화하는 역할을 수행하였다고 볼 수 있다. 한시로도 서정 양식화가 가능하지만, 단편적 인상 제시에 그치게 되는 반면, 가사는 장편화의 전략을 통하여 서사적 내용도 서정 양식화 할 수 있었다. 그러나 길이만이 전적으로 서사성을 담보한다고 본다면, 사건의 전개나 세부의 나열과 같은 산문적 질서에 가사가 편입되는 것이 된다. 여기서, 노래 부른다는 사실이 부각될 필요가 생기는데, 어조의 굴곡으로써 이야기함이 아니라 흥취를 따라 노래함으로써 객관적 사실은 주관화되고 산문적 질서를 벗어나게 된다.

4음보격이란 다름 아닌 서정 양식화의 표지이다. 4마디로 율독되는 순간 독자는 서정적 경계에 들어섬을 자각하게 된다. 이 자각은 가사 양식의 관습에 대한 인지에서 비롯되는 것인데, 사회화된 담론이 가사 양식으로써 자각되는 단계마다 연행·역사 등등의 개별 유형이 성립하게 된다. 서정적 체험화된 사실들은 객관적 제시의 경우와는 다르게 사실의 실상 파악이 아니라 사실에 대한 정서적 반응의 추이에 관심을 집중시킨다. 말하자면 가사의 발화는 서정적 주제화의 성향으로 집약되어 있다고 할 수 있다.

가사 운율의 변모에 관해 짚어본다면, 사대부들이 가악을 전유하던 단계에서는 규범적 악곡에 제한되는 모습이 불규칙적 운율로서 나타났다면, 가악 향유가 대중화되면서 개인적 취향이 가악 향유에 반영되면서부터는 정해진 악곡의 틀보다는 순간의 주정적 대응에 맞추어진 변조가 지배하게 된다. 이때에는 노래로서의 기본 요건을 충족하는 운율적 대응이 규칙화된 모습으로 나타난다고 볼 수 있다. 4음보격이 바로 규칙적 운율 형식을 대표하는 존재이다. 4음4보격으로까지 규식화되는 단계는 악곡의 제한을 받던 단계로부터 가장 멀어진 상태라고 할 수 있다. 다음 절에서는 전통시가의 발전 과정 마지막 단계에서 어떠한 제한도 없이 외래적 영향에 노정된 상태에서 가사체가 번역 시가의 중심 문체로서 역할 하는 모습을 살펴보고자 한다.

## 4. 번역 문체로서의 가사체 -『텬로역뎡』

번역은 외래 양식을 자국화하는 과정에서 작품에 사용한 언어를 뒤바꾸는 동안에 이루어진다. 산문의 경우에는 대응 양식만 적절히 찾아내면 말 바꿈이 자연히 뒤따르게 되지만, 노래는 운율과 같은 일정한 양식 제한을 해결하는 문제가 쉽사리 해결되지 않기 마련이다. 천주교 전래 초기에 스스로 이해한 종교의 본질을 자발적으로 노래한 천주가사의 경우는, 아직 외래 양식 도래 이전에 기존의 표출 방식을 사용하였기 때문에 운문 양식 번역의 문제를 마주하지는 아니하였다. 말하자면, 전통가사의 범위 안에서 천주교의 교리를 수용한 사례로 판정할 수 있다. 이 문제를 정면으로 다룬 것은 기독교 관련 문헌의 시가 부분 번역에 이르러서이다. 『텬로역뎡』(1895)은 존 번연(J. Bunyan)의 소설을 우리말로 바꾸어 출간하였는데, 시기적으로 가장 앞서는 서양 전적 번역에 해당한다. 서두가 "화셜이라내가텬하널흔들노구경ᄃᆞᆫ니다가ᄒᆞᆫ곳에니ᄅᆞ매곤ᄒᆞᆫ지라ᄒᆞᆫ굴헝을차져드러가누어자다가ᄭᅮᆷ을ᄭᅮ니ᄒᆞᆫ사ᄅᆞᆷ이해여진옷슬닙고ᄒᆞᆫ곳에셔제집을등지고도라서셔손에ᄒᆞᆫ칙을쥐고등에무거운짐을지고그칙을닑을ᄯᅢ에"로 시작하듯이 전형적 고소설투를 따르고 있다. 『텬로역뎡』이 성경에 버금가는 선교서로서 역할 하였다는 사실을 참조하면, 이 문투는 주로 하층계급의 교화에 전심하였던 선교 방향과 부합한다고 볼 수 있다. 곧, 대중들이 쉽게 접할 수 있는 문투를 사용하여 선교의 효과를 극대화하려는 것이 번역의 목적이었다. 번역자인 게일(J.S. Gale)이 서문에서 밝힌 대로 "일판을다비사로지(一판을 다 比辭로 지)"은 원작을 가장 적절하게 번역하는 양식 전환을 당대의 유행하던 고소설에서 찾아내었다. 게일은 번역의 원칙을 "만약 번역자가 문단을 영어로 읽고, 마음속에 기억해 두었다가, 책을 덮고 조선말로 다시 쓸 수 없다면, 그는 번역자로서 적합하지 않은 것이다"[22]라는 데에 두었으니 무엇보다도 원작을 재생산해 낼

22 Rutt, R., *A Biography of S. Gale and a New Edition of History of the Korean People*, Seoul : Royal Asiatic Society, 1972, p.69.

수 있는 도착 언어의 양식 발견을 번역의 제일 조건으로 삼았다. 이창직과 같은 유능한 조선인의 조력이 작용하였다고 볼 수 있는 고소설 문투의 사용은 比辭(Allegory)로서 흥미와 교훈의 양면성을 지닌 원작의 특징을 알아차린 게일의 의도에 이끌렸을 것이다.

한편, 작품 속의 노래들을 번역한 모습은 시조나 가사로서 드러나 있는데, 이도 고소설 양식 채택과 같은 문맥에서 설명될 수 있다. 곧, 독자 대중이 가장 익숙하게 여기는 시가 양식을 사용한 것이다. 몇 군데 실례를 들어보면,

> 쟝망셩에살던죄인 도망ᄒᆞ여나왓도다 좁은문을두ᄃᆞ리며 사는길을ᄇᆞ라도다
> 구쥬의련휼지심 살길을인도ᄒᆞ네 큰은혜롤찬양ᄒᆞ니 노래소래놉핫도다[23]

처럼 완연한 4음보격 시행으로 바뀌어 있는 데를 볼 수 있다. 이 번역에 참조 대본 역할을 한 것으로 추측되는 중국판에 보면,

> 罪人奔離必亡城 來扣窄門望得生 求主垂憐開活路 鴻恩永頌樂高聲[24]

으로 7언시로 번사되어 있는데 위의 게일 국역과 대조하여 한시의 4구가 국역시의 4행에 대응함을 확인 할 수 있다. 그렇다고 온전히 한시 번역만을 따르지 않은 것은 위의 예에서 서술어 중심의 우리말 특성을 살린 번역을 한 데에서부터 알 수 있다. 또한, 다음과 같은 번역처럼 한시 번역과 상당한 거리를 가진 예들도 상당하다.

---

23 奇一, 『텬로역뎡』, 1895, 21～22장.
24 『天路歷程』, 蘇松上海美華書館藏板, 1894.

슌도긔회이샹ᄒᆞ야 진츙형을맛낫던고 란됴ᄀᆞᆺ흔저모양이 빗ᄂᆞᆫᄂᆞᆯ기ᄯᅥᆯ쳣도다

셰상일에허무ᄒᆞᆷ과 텬국복에온ᄌᆞᄒᆞᆷ은 심셩보면아ᄂᆞᆫ게니 힝실닥가화긔ᄒᆞ라

슌도ᄃᆡ답아니ᄒᆞᆷ은 부싱리치모롬일셰[25]

같은 대목의 한역시가

脣徒始遇盡忠兄 狀似佳禽振彩翎 詡詡能言塵世事 便便善脫樂天情

心性是否時査出 菓實有無且問明 忽見脣徒飜塞口 可知彼必未更生[26]

로 된 것과 대조해보면 인명을 그대로 가져다 쓴 데에서도 볼 수 있는 것처럼 참조의 흔적이 뚜렷하면서도 8구의 율시 형식을 좇지 않고 2음보격 10구로 재구한 것은 한역시와는 다른 양식 모색을 꾀한 것으로 생각된다. 이 대목의 원시를 인용해보면,

How Talkative at first lifts up his plumes!

How bravely doth he speak! How he presumes

To drive down all before him! But so soon

As Faithfull talks of heart-work, like the moon

That's past the full, into the wane he goes;

And so will all but he that heart-work knows.[27]

로서 6행의 원시를 각기 한시와 가사로 번사하면서 양식 변전이 일어났

25 奇一, 앞의 책, 102장.

26 『天路歷程』, 蘇松上海美華書館藏板, 1894, 권3의 50장.

27 John Bunyan, *Pilgrim's Progress*, Philadlphia : Presbyterian Board of Publication, 1844, p.201.

음을 알 수 있다. 한시는 근체시로서 의당히 8구를 택하였고, 가사는 시행 제한을 받지 않을 수 있어서 5행으로 처리하였다. 이때, 원시의 제3~6행이 한 의미를 지닌 복문 구조를 하고 있기에 이를 한시에서는 후반 4구로 맞추었으나, 가사는 제1~4행을 연계하여 脣徒(Talkative)의 교화에 초점을 맞추면서, 마지막 한 행을 따로 놓아 마치 교훈가사의 결구처럼 보이게 하였다. 원시의 6행을 한시는 8구(혹은 4구)로 처리하는데 가사에서는 5행으로 처리한 것을 다른 데에서도 볼 수 있기 때문에 이런 양식 선택이 우연이 아니라, 조선어에 어울리는 번역으로서 의도된 것임을 알 수 있다.

『텬로역뎡』 후반부에 나오는 많은 노래들이 시조 시형으로 번사되어 있는 것이 눈을 끄는데, 전반부의 가사체들은 대개 교화를 위한 담화 유형이어서 가사체에 어울리지만, 후반부의 노래들은 모든 시련을 극복하고 천국에 가까워진 환희에 해당하는 것이기 때문에 순연히 서정 토로가 가능한 시조 형식을 채택한 것으로 보인다.

ᄉᆡᆼ명슈 묽은물에 노다가셰 우리힝인
긔화와 요쵸들은 인심을 열락ᄒᆞ네
아마도텬셩복력이 나쁜닌가[28]

방초욱어진ᄃᆡ 다리져ᄂᆞᆫ 사ᄅᆞᆷ들아
무숨일노실로ᄒᆞ야 저디경이되단말가
우리도졍로ᄅᆞᆯ버리면 져와ᄀᆞᆺ치[29]

28 奇一, 앞의 책, 134장.
29 위의 책, 138장.

과 같이 종장 끝 마디를 생략하여 시조 양식의 요건을 완벽하게 충족하고 있음을 볼 수 있다. 이런 표기법이 당시에 판각되어 훤전되었던 시조집 『남훈태평가』의 전형적 시조형식 수용이었다.

앞서 제시된, 번역자는 재창작이 가능한 교섭 양식에 대한 깊은 이해를 가지고 있어야한다는 게일의 번역 원칙은 그가 영역한 시조 작품들에서 잘 구현된 것을 볼 수 있다. 『남훈태평가』의 시조들을 보고 시조 양식에 대한 인식을 고쳐 책 이름을 *A book of National Odes*(한국의 송가집)으로 한 데에서, 시조 양식의 번역에 적합한 송가라는 양식을 찾아내는 역량을 엿볼 수 있다. 『남훈태평가』에서 초출하여 번사한 것으로 보이는 영시 송가들을 보면, 운율 조건을 엄격히 지키는 가운데, 우수 결합 속성을 지닌 시조 양식의 개성을 살려내는 번역을 하고 있다.

> That pondrous weighed iron bar,
> I'll spin out thin, in threads so far
> To reach the sun, and fasten on,
> And tie him in, before he's gone;
> That parents who are growing gray,
> May not get old another day.[30]

> 만근 쇠를 느려 닉야 길게 길게 노흘 ᄭᅩ와
> 구만장쳔 가는 히를 믜우리라 슈이 슈이
> 북당에 학발쌍친이 더듸 늙게. (『남훈티평가』 #49)

30 J.S. Gale, "Ode on Filial Piety", *The Korean Repository*, Apr.1895, p.121.

시조 6구에 대응하는 시행 여섯을 2행씩 짝지어 압운하고 있는 모습을 본다. 각 시행 내부의 강약율을 조절하는 몫은 '책을 덮은 번역자'의 창의에 달려 있었을 것이다. 게일이 시조 가사 같은 한국시가의 형식의 요체를 우수구 대응으로 보고 있음은 성경의 시가 번역에서도 드러난다. 1925년 발간된 『신역 신구약전서』의 「시편」 번역을 보면,

> 惡人의꾀를좃지아니ᄒᆞ며罪人의길에서지아니ᄒᆞ고傲慢ᄒᆞᆫ자리에안지아니ᄒᆞᆷ이여이사ᄅᆞᆷ이福이잇도다(1장)여호와의律法을깃버ᄒᆞᆷ이여晝夜로默想ᄒᆞᄂᆞᆫ도다(2장)시내가에심은나무ᄀᆞᆺ흠이여時節을좃차果實을맷ᄂᆞᆫ도다그닙사귀가ᄆᆞ르지아님이여凡事에亨通ᄒᆞ리로다(3장)惡人은그럿치아님이여바람에불니ᄂᆞᆫᄶᅵ로다(4장)審判ᄯᅢ에서지못ᄒᆞᆷ이여義人의會中에드지못ᄒᆞ리로다(5장)여호와ㅣ義人의길을깃버ᄒᆞ심이여惡人의길은亡ᄒᆞ리로다(6장) — 제1편

와 같이 매장의 구조를 "~이여 ~ᄒᆞᄂᆞᆫ도다"의 2행 대첩으로 하여 역시 우수적 속성을 중시한 번역시로 바꾸어 놓았다. 이보다 앞서 1898년에 이루어진 『시편촬요』에서 "악ᄒᆞᆫ 자의 ᄭᅬ임으로 힝ᄒᆞ지아니ᄒᆞ며 죄인의 길에 서지 아니ᄒᆞ며 모만ᄒᆞᆫ 쟈의 자리에 안지아니ᄒᆞ며(1장) 오직 여호와의 률법을 깃버ᄒᆞ야 그 률법을 밤낫으로 좀좀이 ᄉᆡᆼ각ᄒᆞᄂᆞᆫ 쟈ᄂᆞᆫ 복이 잇ᄂᆞᆫ 쟈ㅣ로다(2장)"와 같이 직역투를 좇아 보다 원사에 가까이 있던 데에서 도착 언어의 양식으로 이동한 궤적은 게일의 번역관이 진일보하였음을 보여주고 있다.

이와 같은 게일의 조선시가에 대한 이해는 번역 과정을 통하여 정련되어서 마침내 창작 시가로까지 발전하였다. 1923년에 출간한 『연경좌담(演經坐談)』은 신약 4복음서의 요체를 추려 가사 작품으로 지은 것이다. 그 서문에 "그윽히 ᄉᆡᆼ각건대 시 삼ᄇᆡᆨ편(詩三百篇)은 일언이폐지왈(一

言以蔽之曰) ᄉᆞ무사(思無邪)라 ᄒᆞᆷ으로 동양인ᄉᆞ가 송독(誦讀)ᄒᆞ며 음영(吟詠)ᄒᆞᆷ을 마지아니ᄒᆞ거니와 구주예수의 일ᄃᆡ셩젹(一代聖蹟)이야 엇지 송독ᄒᆞ며 음영ᄒᆞᆯ뿐이리오마ᄂᆞᆫ ᄉᆞ복음의 간편(簡編)이 호한(浩汗)ᄒᆞ고 ᄉᆞ실이 즁복ᄒᆞ며 년ᄃᆡ가 도착ᄒᆞ야 두서(頭緖)를 찾기어려운고로 이에 ᄯᅳᆺ이 잇슨지 다년이나 겨를치못ᄒᆞ엿더니 하ᄂᆞ님이 편리를주샤 적은틈을엇고 ᄉᆞ복음을 가져 년ᄃᆡᄎᆞ서로 요긴ᄒᆞᆫ 뎨목을 ᄐᆡᆨᄒᆞ야 좌담(坐談)톄로 찬슐(纂述)ᄒᆞ야 연경좌담(演經坐談)이라 일흠ᄒᆞ니 쵸동목수(樵童牧叟)라도 ᄒᆞᆫ번보면 료연(瞭然)히 ᄭᅢ닷고 력연(歷然)히 긔억ᄒᆞᆯ지라 이에 구쥬의진리가 뇌슈(腦髓)에 깁히드러가 니져ᄇᆞ리고자ᄒᆞ여도 잇지못ᄒᆞ며 ᄇᆞ리고자ᄒᆞ여도 능치못ᄒᆞ고 고난시에 노래ᄒᆞ야 위로를 엇으며 즐거울ᄯᅢ에 불너 락을 엇으리니 엇지 아름답지 아니리오"라 한 것처럼 가사 작품을 통하여 전도의 목적을 달성하려는 의도가 뚜렷하다. 여기까지 이르면, 게일의 번역자로서의 책무는 완결되었다고도 할 수 있는데, 서문에 표명된 시가관이 당대의 가집 서문에 나타나는 "詩歌一道論"에 의거하였으며, 사용한 용어도 가객들이 사용하는 전문어임으로서 조선의 시가에 대한 이해가 더 할 나위 없이 깊어졌음을 알 수 있다.

『연경좌담(演經坐談)』에서 임의로 한 편을 인용해 본다.

예수ᄭᅴ셔사ᄅᆞᆷ들노. 긔도에게으르지. 아니ᄒᆞ게ᄒᆞ랴ᄒᆞ샤. 비유로닐ᄋᆞ샤ᄃᆡ. 엇던셩에법관ᄒᆞ나. 젼능ᄒᆞ신하ᄂᆞ님도. 두려워아니ᄒᆞ고. ᄌᆞ긔의민족의게. 압제가ᄌᆞ심터니. 그셩즁의과부ᄒᆞ나. 자조자조ᄃᆞᆫ니면셔. 신원을ᄒᆞ여지라. 여러ᄎᆞ청원ᄒᆞ되. 맛침릐안듯다가. ᄒᆞ르ᄂᆞᆫᄉᆡᆼ각키를. 내가비록하ᄂᆞ님도. 두려워아니ᄒᆞ고. 내눈압과내ᄆᆞᆷ속에. 무셔운것업지마ᄂᆞᆫ. 이과부가자조자조. 괴롭게보채이니. 그원슈를갑하주어. 다시오지아니ᄒᆞ게. ᄒᆞ리라ᄒᆞ엿슨즉. 불의ᄒᆞᆫ그법관도. 과부의부르지짐. 괴로워셔드럿거든. 의로으신하ᄂᆞ님이. 당신의ᄌᆞ녀들의. 밤낫으로긔도ᄒᆞᆷ을. 드르지

안으시랴. 오래동안춤으시나. 필경은드르시고. 속히갑하주시리라. 그러나너희의게. ᄒᆞᆫ말노닐ᄋᆞ노니. 인ᄌᆞ가니를ᄯᅢ에. 세상에잇ᄂᆞᆫ 것을. 보겟ᄂᆞ냐ᄒᆞ시더라.(〈과부신원가〉)[31]

종지부를 경계로 2음보씩 맞춘 배열은 가사체에 대한 게일의 숙달을 보여주며, 가사체를 모든 성경 찬송의 기본 문체로 사용할 준비가 되었음을 알려주고 있다. 게일의 가사체 숙달과 활용 과정을 소상히 재구할 수는 없지만, 『연경좌담(演經坐談)』이 마치 가사집과 같은 체제를 하고 있음을 보면, 당대의 가사 향유에 대한 오랜 관찰과 그 향유 관습에 대한 깊은 연마가 있었으리라 짐작하게 된다. 또한, 이미 천주교에서 활용한 가사체가 찬미가류로 전송되었던 사정도 일정하게 작용하였으리라고 본다. 아무튼 게일은 교리의 전파를 효과적으로 수행하는 방편으로서의 가사체를 적극 활용하였고, 이는 가사체가 교훈이나 지식을 노래로서 전할 수 있는 양식적 특징을 가지고 있음을 간파하였기 때문에 가능한 일이었다.

31 정길남 편, 『개화기 국어자료집성』(성서문헌편) 영인 제5권, 박이정출판사, 1995, 125~126쪽.

제4장

# 근대시로의 운율 전이 과정

## 1. 애국계몽기 가사의 전통 양식 계승과 개신

### 1) 조선조 현실비판 가사의 계승

20세기 초반 10년 동안의 한국시가는 격심한 사회 변동에 수반하는 양식 변화를 겪어야하였다. 이미, 19세기 후반에 이른 전통시가 내부에서 모든 기존 양식의 해체와 혼융에 의한 재편성이 일어나고 있었으니, 잡가는 그 재편성 과정 자체에 대한 명명이라고 할 수 있다. 잡가의 성격은 다양하게 논의될 수 있지만, 요체는 향유층과 향유 양식의 경계 해소에 둘 수 있다. 가곡 · 시조 · 가사 등등의 정악 계통 양식이 악곡상에 가져왔던 변모는 대중 향유에 편승하는 지향을 지녔던바, 사대부 계층에 전유되던 제한이 무너진 향유 조건에 말미암은 현상이라고 할 수 있다.

20세기에 들어서서 외래 양식의 영향으로 가속화되는 변화는 오로지 그 영향에만 이끌리는 종속보다는, 전통 양식을 중심에 둔 견제 가운데 이루어졌다. 『독립신문』을 매개로 출현한 애국가류는 찬송가와 같은 서양 가곡의 수입에 영향받은 면이 있으면서도, 가사를 성립하는 조건으로서의 운율에 있어서는 전통시가의 방식을 반영하고 있다. 애국가류에는 악곡의 영향력이 더 강하게 작용하고 있기 때문에 가사 작시가 일정한 틀을 벗어나지를 못하였지만, 시조와 같은 전통 양식에 의존하는 작시의 경우는 악곡의 제한을 벗어난 단계에서 가능한 여러 가지 시도가 이루어졌다. 그러나 말 바꾸어 넣기를 기본 방식으로 하는 어희·풍자와 같은 변용은 단일한 이념의 내용을 전제로 한다는 점에서 방식만 차이가 날 뿐, 애국가류의 양식 반복과 같은 맥락에 서 있다고 할 수 있다.

악곡의 형식적 제한을 받거나 이념의 절대적 전제에 이끌리는 방식은 전통시가에서 있었던 사항으로서, 예를 들어, 시조 양식이 무거운 악곡의 제한을 벗어나 사설시조로 전이하는 가운데에서도 사대부 품격이 지속되던 발전사를 통하여 확인된다. 외래 양식의 영향에 이끌리거나, 전통 양식의 제한에 갇혀있는 애국계몽기의 시가 발전이 비약적 변화를 보이는 것은 『대한매일신보』를 통하여 '분출하는' 가사형 시가 투고로부터 비롯되었다. '논설의 율문화'라는 개념 규정에 어울리게 내용은 애국계몽의 일변도였지만, 참여의 빈도와 열기는 단일 양식으로서의 제한을 넘어서는 것이었다. 매일 발표되는 것은 일간지로서의 규율이라고 하더라도 발표자가 바뀌면서 같은 형식이라도 어조가 변모하는 것은 물론, 선후 발표의 수응에 의한 일정한 열기가 가시면 형식을 바꾸어 다른 분위기를 이끌어내는 움직임은 애국가류나 시조 시형의 경우에는 보이지 않던 것이다. 이 돌출한 듯한 열기의 근원에는 몇 가지 요인이 있을 것으로 짐작되는데, 전통시가의 향유상에서 찾는 단서로부터 확증을 얻을 수 있을 것이다.

애국계몽 사상이 집단서정으로서 부활하게 되는 계기는 새로운 언론 매체인 신문 잡지의 발간에서 먼저 찾아지지만, 그 연원은 조선 후기 민란 수단으로까지 확대되었던 민의의 표출 방식에 있다고 할 수 있다. 현실비판 가사로서 가장 널리 유통되었던 〈합강정가〉의 서두 "求景가셰 求景가셰 合江亭에 求景가셰"는 다분히 선동의 기운을 느끼게 하면서 전체 작품에 4음4음보격 시행이 지배적이어서 통일된 주제에 의해 집단화된 분위기를 이끌어 낸다. 이 분위기로 말미암아 〈합강정가〉는 고발의 의도를 충분히 달성하면서 독자층을 동일 집단화하는 전략을 실행할 수 있게 된다. 북변 백성의 참상을 고발한 〈갑민가〉에서 세납을 미룬 죄로 옥에 갇혔다가 나오니 아내가 목 매 죽고 노부모는 병석에 누운 정상을 제시한 "ᄂᆡ 집 문뎐(門前) 도라드니 어미 불너 우ᄂᆞᆫ 소ᄅᆡ 구텬(九天)의 ᄉᆞ못ᄒᆞ고 / 의디 업ᄉᆞᆫ 노부모(老父母)ᄂᆞᆫ 불성인ᄉᆞ(不省人事) 누어시니 긔뎔(氣絶)ᄒᆞ온 ᄐᆞ시로ᄃᆞ"의 대목은 정서의 고양으로 말미암은 6음보격 확장 편구의 여백을 채울 탄성("저런저런 애처롭다"와 같은)의 호응을 야기한다. 〈갑민가〉는 두 사람 백성 간의 대화를 주문맥으로 하여 작중 청자가 이 문맥에 가담하는 이면 구조를 지니면서 현실에서의 여론 형성 과정을 모의하고 있다. 또한 민란에 연계하여 유통된 〈거창가〉를 통하여서는 오랜 기간 동안 축적되어온 노래들의 집산물이 가사 작품으로 귀결하는 모습을 볼 수 있다. 작자의 의도에 따라 기존의 시가 작품을 차용해 오는 수완은 상당한 단계의 가사 향유를 전제로 한다. 서민들의 현실의식이 고양되는 만큼 가사 양식에 대한 수용 수준도 맞추어졌다고도 할 수 있다.

현실비판 가사의 생성과 전파에 지식층이 관여한 흔적을 볼 수 있는데, 한문 구절의 사용 외에 〈갑민가〉 부기의 성대중 관련 사항[1]은 「書坏窩所譯思美人曲」의 작성자로서 송강가사의 주요 전승자에 들어가며,

『청성잡기』의 현실비판 가사를 통하여 깊은 현실인식을 보여준 그의 이력을 연계시켜 성대중을 〈갑민가〉 생성의 주요 가담자로 볼 수 있게 한다. 〈거창가〉와 弊狀의 관련[2]은 작품과 소재원으로서뿐만이 아니라, 사회 담론이 가사 작품화되는 경로로서도 의미를 지닌다. 訴狀은 한문 소양이 있는 지식인에 의해 이루어지는 개인적 차원의 담론이라고 한다면, 이를 시가로 확장한 〈거창가〉는 실제 민란에 영향을 줄 수 있을 정도로 집단 차원의 작품화가 이루어졌다고 할 수 있다.

이상과 같이 현실비판 가사 대표작의 생성 배경을 살펴보면서 이 배경을 애국계몽 시기로 그대로 옮겨 올 수도 있다는 생각을 하게 된다. 특히, 지식인 계층이 현실비판 가사의 형성과 전파에 가담했던 사실을 애국계몽기 언론의 주요 필진이 현실사회 문제를 주 내용으로 하는 가사를 창작함으로써 사회적 영향력을 행사했던 사실에 연계해 보면, 매체를 달리했을 뿐이지 제작 동기나 참여 의도들이 동일 맥락에 있음을 알게 된다. 애국계몽기의 시가관을 대표하는 「天喜堂詩話」에서 "詩歌는 人의 感情을 陶融함으로 目的하나니 宜乎 國字를 多用하고 國語로 成句하여 婦人 幼兒도 一讀에 皆曉하도록 注意하여야 國民 智識普及에 效力이 乃有할지어늘"이라고 시의 효용을 강조하거나, "詩가 盛하면 國도 亦盛하며, 詩가 衰하면 國도 衰하며, 詩가 存하면 國도 亦存하며, 詩가 亡하면 國도 亦亡한다"라고 시의 중요성을 표명하면서 시대의 중심 담론을 형상화하는 단초를 시가에서 찾고자 하는 자세는 직접 창작에 가담하며 현실비판 가사의 생성 유통에 관여한 조선 후기 사대부 지식인들의 국문시가관과 유사한 풍모를 보인다.

조선 후기 사대부 지식인들은 기존의 중국을 답습하는 한시에 대하여

---

1 "右青城公莅北青時甲山民所作謌"라는 〈갑민가〉 말미의 부기.

2 조규익, 『거창가』(월인, 2000)에서 상세히 밝힘.

眞詩로서의 국문시가를 내세우며 그 가치를 널리 교화력을 미쳐 사회를 순화하는 효용성에 두었거니와, 이 자세는 민족적 정체성을 확보하는 시대 명제를 중심에 두고 이분법적 세계 파악에 입각한 배제와 통합의 원리를 시가에 대하여도 적용하였던[3] 애국계몽기 지식인들에게 그대로 이어져 내려왔다고 볼 수 있다. 조선 후기 사대부 지식인들의 진취적 국문시가관이 실현된 것이 민요의 악부시화나 현실비판 가사처럼 계층 구분이 해소된 시가 종류였다면, 「天喜堂詩話」로 대표되는 애국계몽기 시가관의 실현은 『대한매일신보』와 같은 언론 매체를 통하여 발표된 시가들을 통하여서 이루어졌다. 여러 가지 시 형식을 시험하면서 열고자 하였던 "東國 詩界"의 새 경지가 무엇이었던가에 대한 해답이 쉽사리 주어지지 않지만, 애국계몽의 분출하는 담설이 압축된 새로운 시가 양식의 재정립을 통하여 사회에 기여하려는 열망이 담긴 개신의 뚜렷한 방향성을 가지고 시가사 위에서 진전의 행로를 모색했던 것만은 틀림이 없다.

종전까지의 이 시기 시가 연구가 절대적 작품의 질에 대한 평가에 치우치거나, 내용 선도의 편향으로만 조망하여 실제 작품들이 펼쳐나갔던 양식의 본령을 간과한 것으로 읽힌다. 작품의 질 문제만을 전제할 경우는 수많은 작품들의 지리한 반복 생산으로 보일 수 있고, 내용 편향으로만 바라볼 경우는 양식적 독립성을 지니지 못하는 종속적 위치로 떨어지게 된다. "4·4조 음수율"을 기조로 하는 공적 반응 양식이라는 규정[4]은 양식의 집단 공유에 대한 적합한 설명이면서도 변동하는 형식의 기미를 놓친 점에서 실상 파악에서 떨어져 있다고 할 수 있다. 4·4조 선택의 이유를 "공론시적 성격을 갖기 때문에 항시 쉽게 읽혀져야 하고, 일반 대중들의 뇌리에 깊히 박히기를 원했기 때문"이라고 긍정적으로

---

3 정우택, 『한국 근대자유시의 이념과 형성』, 소명출판, 2004, 61쪽.

4 김학동, 『개화기 시가 연구』, 새문사, 2009, 136쪽.

평가했으면서도, 작품성을 "창작 계층이 비전문인이기 때문에 시의 세밀한 기교에는 별반 신경을 쓰지 못한 것"[5]으로 판정한 괴리, 또한 작품성 위주의 시각에서 비롯했다고 할 수 있다.

가사의 분련화를 "급변하는 시대적 추이와 긴장된 시대 상황에 대응하기 위한"[6] 것으로 설명한 것은 고정된 형식으로만 규정하려는 앞의 견해보다는 진전된 것이면서도, 전통가사 내부에 원래부터 있어온 분련 단위의 실체를 몰각하여 전통 양식인 연속체 가사가 갖는 특징을 "산만성과 유장성"으로만 제한한 점에서는 애국계몽기 가사와의 연계 단절로 인한 시가사의 전망 상실이라는 한계를 보인다. 그런 점에서 애국계몽기 지식인들의 선도적 시가 활동상을 "전통시가의 형태를 답습하는 데서 그치지 않고 그것들을 창의적으로 변화시켜 활용하는 데 유의했다"[7]고 평가한 것은 좀 더 나아가는 견해인 듯하지만, 그 실례가 분련화, 후렴구 첨가, 시조 종결 구조 생략과 같은 알려진 사항에만 머문 것을 보면, 역시 문제의 실상 당도에는 거리를 둔 것으로 볼 수 있다.

이 책에서는 전통시가인 현실비판 가사가 애국계몽기 가사에 계승된다는 전제로 출발하거니와, 살펴본 대로 지난 연구가 놓쳤던 구체적 실상 파악을 전통시가와의 연계성을 놓치지 않는 방향에서 포착해 보려고 한다. 애국계몽기 시가의 양적으로 과다한 생산이 지니는 의미와 함께 질적 상승의 방향까지도 포착해 보려는 시도는 작품 내부에 근접하여 같아 보이는 반복 생산 가운데에 숨겨진 차이를 정치하게 읽는 방법으로서만이 성취된다고 본다. 이 작업에 일정한 성과가 있을 수 있다면, 전통시가와 근대시 사이를 잇는 연계 과정으로서의 시가사 재구를 바라

5 조남현의 견해임(김영철, 『한국 개화기 시가 연구』, 새문사, 2004, 176쪽에서 재인용).
6 위의 책, 175쪽.
7 권오만, 『한국 근대시의 출발과 지향』, 국학자료원, 2002, 308쪽.

볼 수도 있을 것이다.

### 2) 『대한매일신보』 소재 가사의 전통 양식 계승과 개신의 여러 방식들

#### (1) 기자들의 시가관-내용에 의한 양식 개신을 주도함

『대한매일신보』에서 어떤 연유로 시가란을 개설하였는가는 소상하지 못하지만, 시조 가사와 같은 전통 양식의 독자 투고를 계기로 하지 않았는가 싶다. 1905년 9월 30일 자의 「歌亦悲壯」란에 "近日에 幾箇有志人들이 時事를 憤歎ᄒᆞ야 歌謠 一篇을 作ᄒᆞ야 本社에 寄來ᄒᆞ얏ᄂᆞᆫᄃᆡ 調雖俚俗이나 其志則可悲키로 記載如左ᄒᆞ노라"라는 서언이 붙어 있다. 신문 발간의 주체인 필진[8]의 창작 사실을 은휘하려는 방안으로도 보이지만, 실제 독자 투고가 있기도 한 사실을 반영한 것으로 볼 수 있다. 비교적 앞 시기의 『대한매일신보』 소재 시가들은 그 앞뒤로 위와 같은 부기를 덧붙이는 모습을 보이는데, 이를 논설에서 시가로 전환하는 조정 역할의 발화로 봄이 옳겠다. 또한, 시가 창작의 계기가 사적 감흥이 아니라, 공변된 현실 인식이어야 한다는 시가관을 내보인 것이기도 하다. 이처럼 산문 질서에 기반을 두는 시가의 도출이기에 한동안 산문을 부대한 채 진행되다가, 시가 자체로 독립하는 과정은 여러 가지 시가 유형을 통한 발화 방식을 시험하면서 이루어졌다.

애국계몽 담론이 산문으로부터 시가로 이행하는 궤적에 놓인 여러

8 독자를 선도하는 계몽적 입장이 전제되고, 선창-화답의 시가 유통 구조 속에 선창자로서의 역할이 필요하다는 정황상, 신채호 · 양기탁 등등 기자로서 『대한매일신보』 발간을 주도하였던 이들에 의해 많은 시가들이 지어진 것으로 본다. 이들의 역할과 그 배경에 관한 상론은 위의 책, 257~278쪽에 갖추어져 있다.

유형의 시가들은 그 자체로 새로운 시가 유형에 대한 탐색 과정이었으며, 그러나 그 탐색의 목표는 문학 양식의 창안과 같은 생산의 차원에 있지 아니하고 현실 모순의 노정과 그에 대한 동조의 규합과 같은 유통 전파의 차원에 두어졌기 때문에 새로운 시가 유형의 등장은 외형적 탈피보다는 내적으로 양식을 개신하는 방식으로 이루어졌다.

> ᄯᅩ ᄒᆞᆫ 새가 ᄂᆞᆯ어드니 복국복국 복국새라 조국 ᄉᆡᆼ각 네 우ᄂᆞ냐 복국코져 네 우ᄂᆞ냐 독립권도 간 곳 업고 ᄌᆞ유권도 업셧ᄂᆞᆫ듸 억죠창ᄉᆡᆼ 진보키를 ᄒᆞᆫ 소리로 응ᄒᆞ ᄃᆞ시 샹뎨젼에 호소□야 복국츅원 복국복국[9]

1909년 6월 10일 자 「시사평론」란에서 위의 〈새타령〉을 차용하였을 때에, 먼저 새의 종류에 따른 특징을 열거하고, 잇달아 작자의 견해를 덧붙이는 방식은 전통 〈새타령〉과 공유하였지만, 전대 〈새타령〉의 작자 견해가 자연에 대한 인간의 인식이라고 한다면, 「시사평론」의 〈새타령〉에서는 애국계몽의 중심을 향하는 사유를 표출하였다. 전대의 〈새타령〉이 대중화된 양식으로서 자연 인식의 집체적 공유로 승화되었다고 한다면, 애국계몽기에는 사회담론화되어서 더 깊어진 사상의 중심을 향할 수 있게 되었다. 이런 변화를 내용에 의한 양식의 개변이라고 부를 수 있을 것이다.

『대한매일신보』의 기자들은 한시, 시조, 가사 등의 양식에 대한 익숙한 조감을 지니고, 독자와 전통 양식을 공유하는 가운데 내용을 개신하여 양식을 개변하는 선도적 위치에 서야 했다. 1909년 3월 3일 자 「시사평론」란에서 "권선징악 ᄒᆞ는거슨 신문긔쟈 의무로다 놈의 시비 불계ᄒᆞ

---

9 강명관 · 고미숙 편, 『근대계몽기 시가 자료집』 제2권, 2000, 성균관대 출판부, 368쪽, 「시사평론」 전 6연 중 제6연.

고 션악간에 문견디로 권고홀 쟈 권고ᄒᆞ고 공격홀 쟈 공격인디 회긔방침 연구 업시 언론쟈를 야쇽다고 실심으로 믜어ᄒᆞ니 익막조지 이 아닌가”이라고 사회의 어두운 면을 고발하는 기자의 책무를 확인하였을 때에, 가사의 집단 발화 방식을 통한 독자의 동조를 모색하고 이에 감응하여 “언론쟈를 야쇽다고 실심으로 믜어ᄒᆞ”는 자들이 회개하기를 기도하였다. 이때, 작자에게는 기자 · 문학가 · 역사가 사이에서 보도의 본령을 지키며 파급 효과가 큰 가사 양식을 활용하는 한편, 역사적 시각으로 시사를 비춰보아 주제화를 실현하는 역할들이 겹쳐 있었다. 애국계몽기 가사 작자가 다른 시기의 작자들과 구별되는 개성이 이런 다중적 시각을 갖춘 데에 있다고 할 수 있다.

### (2) 기존 형식의 해체 · 융합을 통한 새로운 양식의 모색

『대한매일신보』 소재 시가들이 산문의 영역을 탈피하여 독립된 시가 영역으로 진전하는 경로는 다양한 시가 유형들을 뒤섞어 활용하는 방안으로부터 출발하였다. 처음에 민요 · 타령 · 시조 · 가사 등등의 당대 유통 시가 장르를 순회하던 양식 차용은 여러 가지 시가 양식을 혼합하여 사용하는 방향으로 발전하였다. 이 방향은 당대의 시가발전사가 시조 · 가사와 같은 정격 시가로부터 잡가류로 옮아가는 단계에 처한 실상을 반영한 것이기도 하였다.

> 春雉自鳴 회회 둘너 일진회는 보국안민 혼다 ᄒᆞ되 미들 사람 업고 보면 춘치ᄌᆞ명 그 안닌가(2월 3일 자)
>
> 登樓去梯 디한뎨국 독립권을 일본이 챵도ᄒᆞ고 이졔 다시 삭탈ᄒᆞ니 등루거뎨이 안닌가(2월 4일 자)

僧頭月梳 머리 짝고 탕건 슨 직 가션통정 가ᄌᆞᄒᆞ니 금옥관ᄌᆞ 어ᄃᆡ 다나 승두 월소 이것일세(2월 8일 자)

1906년 2월 3일부터 2월 8일까지 계속된 「屛門 친고 육두풍설」[10]은 『춘향전』에 나오는 「문자풀이」(〈기생점고〉〈천자뒤풀이〉 등등)를 활용하였는데, 이들 「문자풀이」는 원래 사설을 늘이어서 정격 가악의 율조를 벗어난 타령류로 진행하였던 것으로서, 판소리나 나아가 소설 문체로까지 접근될 수 있는 소질을 지녀서 시가와 산문 양식의 경계선상에 이른 최종적 시가 양식이라고도 할 수 있다.

1908년 4월 14일 자의「시사평론」란에는 「적벽가」의 〈병사설음〉 대목과 유사한 어조의 분련체 가사가 실려있다.

ᄒᆞᆫ 사졸이 우ᄂᆞᆫ고나 국가보호 비치홈은 우리 황샹 은덕이라 위급ᄒᆞᆫ ᄣᆡ 당코 보니 죽지 안코 무얼 ᄒᆞ며 나라 일이 엇덜는지 황쳔간들 니즐소냐

ᄯᅩ ᄒᆞᆫ ᄉᆞ졸 우ᄂᆞᆫ고나 ᄇᆡᆨ발부모 영결ᄒᆞ고 청년쳐ᄌᆞ 작별ᄒᆞ야 국가은혜 갑헛스니 죽엇셔도 ᄒᆞᆫ 업스나 청산ᄇᆡᆨ슈 과부촌에 우리 가ᄉᆞ 엇지 ᄒᆞᆯ고 ᄋᆡ고지고 설운지고[11]

분련 순서에 따라 차례로 등장하는 병사들의 토로는 판소리의 주요 대목을 양식을 바꾸어 재창조했다고 할 수 있다. 이렇게 여러 가지 시가 양식을 해체하거나 혼합하여 새로운 양식을 수립하는 방향은 전대 양식의 영향을 벗어나지 못하는 점에서 지루한 지속이나 혹은 양식의 전환이 이루어지지 못한 채로의 퇴행으로까지 폄하될 수도 있다. 그러나 새

10 위의 책 제1권, 17~19쪽에서 발췌.
11 위의 책 제1권, 216~217쪽에서 10명의 사졸이 연 단위로 등장하는 첫 연과 마지막 연.

로운 양식의 성패 여부는 다른 양식과의 경쟁적 대비를 위한 조건 동일화가 아니라, 그 양식의 존립과 유지에 관련되는 여러 조건 자체를 기준으로 해야 할 것이다. 언론 매체를 활용하는 새로운 전승 방식의 창안과 어느 시기보다도 광범위한 전승의 확산이라는 점에서 볼 때에 애국계몽기 가사에 대한 실패한 양식이라는 평가는 미루어져야 할 것이다.[12]

애국계몽기의 새로운 시가 양식 모색이라는 행로는 다른 시기의 시가발전사가 그러하듯이 어떤 목표 지점을 선정하고 거기에 당도하면 그치는 것이 아니라 양식 차용과 혼합 등등의 여러 가지 모색 방안이 병존하는 양태로 멈추지 않고 계속되었다.[13] 기존 형식을 해체하면서 모색하는 변화는 우선, 가사의 분련체로서 드러났다. 분련체는 통일된 시상으로 결합되었던 시연들을 분리함으로써 세계가 유리하는 동요 속에 있음을 암시하며, 각 연으로 분산된 사회의 군상들이 이 동요를 반영하는 부정적 존재임을 표명하는 형식이다. 미분련된 작품들이 집중된 인상을 주면서, 이념의 주창에 어울리던 모습과는 대조적이라고 할 수 있다. 그러나 분련으로 작품의 통일성을 거부하는 의도 가운데에는 문학을 위한 문학, 형식을 위한 형식을 부정하고 내용 위주의 새 형식을 모색하는

---

12 이 시기의 시가 발전에 대한 견해는 전통시가에서 근대시로 넘어가는 과도기로 설정하는 부분적 가치 인정이거나, 아예 문학사적 가치를 부정하는 데에서 뚜렷한 시기적 자립을 긍정하고 그 문학사적 가치를 중시하는 쪽으로 옮겨갔다. 고미숙, 「한국 '근대계몽기' 시가의 이념과 형식」(『대동문화연구』 제33집)에서 "계몽과 서정, 예술과 정치의 황홀한 결합"(180쪽)으로서 이 시기 시가의 가치를 인정하고 겉보기에는 정형률의 재편인 듯 보이는 가운데 내재해 있는 상당히 복잡한 시적 구성 원리(181쪽)를 읽고자 한 시도에서 이 시기 시가 연구의 본격적 성과를 볼 수 있다.

13 최현식은 강명관의 지적에 인거하면서 다음과 같이 애국계몽 가사의 '서사충동'을 설명하였다. "과거의 이런 저런 운문 장르를 수사학적 자질로 섭취하는 한편, 당대에 유행하던 역사전기류, 심지어 근대적 법률 조항까지 무차별적으로 끌어들여 자기를 구성하고 펼치는 놀라운 개방성과 융합력을 발휘한다. 이런 혼종성은 여전히 전근대적 운문 양식에 익숙한 대중들을 선취함과 동시에 계몽의 당위성 및 당대 현실의 리얼리티를 호소, 강화하기 위한 일종의 미학적 메카니즘에 해당한다(최현식, 「『대한매일신보』의 이중판본 정책과 근대어 형성」, 문학과사상연구회 편, 『한국문학의 근대와 근대 극복』, 소명출판, 2010, 57쪽).

추동력이 내재해 있다. 이 추동력이야말로 "其國의 文弱을 回하여 强武에 入코자 할진대 不可不 其 文弱한 國詩부터 改良할지라"[14]라고 외친 문학 개량을 이끄는 힘이 될 것이며, 결국은 애국계몽기 시가 발전 전체를 관류하는 주동력이 된다고 할 수 있다.[15]

### (3) 기존 형식을 지키면서 양식의 개신을 꾀하는 방향

기존 형식의 해체·융합을 통한 새로운 형식의 모색과 달리 기존 형식을 지키면서 양식의 개신을 꾀하는 방향도 있었다. 1907년 10월 18일자의 〈育英學校唱歌〉[16]의 "太極肇判 ᄒᆞ온 後에 海東朝鮮 ᄉᆡᆼ겨셔라 / 三千里 江山이요 二千萬 生靈이라 / 六大洲가 羅列中에 大韓일흠 堂堂ᄒᆞ다 / 어화 우리 學徒들아 大韓 二字 ᄉᆡᆼ각ᄒᆞ세 / 英米法德 西에 잇고 露西亞가 北에 잇네 / 大和國이 東에 잇고 우리 大韓 其中일세"라는 서두부는 비슷한 시기에 지어진 〈歷代醉夢歌〉에 "태극조판(太極肇判) 하온후(後)에 천지현황(天地玄黃) 되얏이니 / 일월성신(日月星辰) 벌어있고 산천초목(山川草木) 실었난대 / 형형색색(形形色色) 임총(林叢)하야 군생지물(群生之物) 생장(生長)할제 / 삼재참위(三才參爲) 몸이되야 오행정기(五行精氣) 타고나니 / 천지지간(天地之間) 만물중(萬物衆)에 최귀(最貴)할사 사람이요 / 사람중(中)에 좋은목적(目的) 남자(男子)몸이 되얏여라"라는 서두부에서 유사한 분위기를 볼 수 있는데, 조선조의 교훈가사인 〈樂志歌〉의 서두부 "태극(太極)이 됴판(肇判)ᄒᆞ여 양의(兩儀)가 시ᄉᆡᆼ(始生)ᄒᆞ니 / 건곤(乾坤)이 셜위ᄒᆞ고 일월(日月)이 광명(光明)ᄒᆞ다 / 음양(陰陽)이 비티(胚胎)ᄒᆞ여 만물

---

14 「天喜堂詩話」, 1909년 11월 9일.

15 고미숙, 앞의 글, 190쪽에서는 분련체의 본질을 기술 대상에 대한 등가적 가치 부여로 파악하고 이 가치의 이념화가 자유나 평등과 같은 근대적 산물에 귀결한다고 적극적으로 해석하였다.

16 강명관·고미숙, 앞의 책 제1권, 75쪽.

(萬物)을 화ᄉᆡᆼ(化生)ᄒᆞ니 / 명산(名山) 대천(大川)은 텬디(天地)의 죵긔(鍾氣) ᄒᆞ고 / 곤츙(昆虫) 쵸목(草木)은 우로(雨露)의 여ᄐᆡᆨ(餘澤)이라 / 츈ᄃᆡ(春臺) 슈역(壽域)에 물물(物物)이 고무(鼓舞)ᄒᆞ니 / 그듕의 귀(貴)ᄒᆞᆫ거시 사ᄅᆞᆷ밧긔 ᄯᅩ잇ᄂᆞᆫ가"[17]를 계승한 것으로 볼 수 있다.

전대의 가사와 유사한 분위기를 유지하면서 유교 이념이나 왕조의 역사에 대한 긍지를 대한제국에 대한 긍지로 환치하는 간단한 변환도 있지만, 1907년 12월 18일 자의 〈聞一知十歌〉[18]처럼 〈합강정가〉의 틀을 따오면서도 분련체로 변환하여 기존 양식의 잠재태를 되찾는 모색도 있었다. "일국을 혼동ᄒᆞ니 ᄂᆡ각대신의 권리로다 나라 권리 다 풀아셔 ᄌᆞ긔디위 ᄆᆡ득ᄒᆞ니 독젼기리 됴흘시고// 이쳔만즁 우리 동포 ᄉᆡᆼ명ᄌᆡ산 엇지ᄒᆞ나 불고ᄉᆡᆼ령 뎌 관리들 탐학에만 죵ᄉᆞᄒᆞ니 쥰민고ᄐᆡᆨ 됴흘시고// 삼ᄇᆡᆨᄉᆞ십여 군 즁에 ᄂᆞᆷ은 토디 얼마런고 륙리 쳥산 뎌긔 잇다 륙국산쳔 굽어 보니 쵸잠식지 됴흘시고"처럼 '//'를 경계로 한 연 단위마다 "됴흘시고"라는 역설 감탄으로 종결하는 방식이 〈합강정가〉와 혹사하다. 〈문일지십가〉의 매 분련은 결구나 후렴구 반복 같은 방식으로 연형식이 통일됨으로써 〈합강정가〉에서 같은 내용을 연 단위로 반복 강조하였던 시도를 재연하였다. 〈합강정가〉의 연 단위 반복 강조는 여러 군데에서 한꺼번에 가렴주구를 비판하는 목소리를 합치는 효과를 내었거니와, 〈문일지십가〉식의 분련 단위 반복 강조는 소문 풍설을 규합하여 여론을 형성하는 방식에 있어서 동일한 효과를 거둔다고 할 수 있다. 〈聞一知十〉이라는 제목은 이 효과에 대한 명시이다.

1908년 1월 16일 자의 「시사평론」에서는 극적 정황 가운데에 계몽 담론을 전달하려는 시도를 보였다. 서두에 혈죽이 청청한 배경 가운데 민

---

17 〈樂志歌〉의 작품 인용은 임기중 편, 『역대가사문학집성』(www. krpia.co.kr)에서 함.
18 인용은 강명관 · 고미숙, 앞의 책 제1권, 79쪽에서 함.

충정공이 평양 병정 김봉학에게 조사를 명하는 정황을 제시한 뒤에 조정에 가득한 '창귀'들을 죄목과 더불어 호명하는 과정이 분련되어 배열되고, 마지막 연에서 판정을 내리는 조사재판을 모의하였다.

> 오됴약이 부족ᄒᆞ야 칠협약을 ᄯᅩ ᄒᆡ주니 오ᄇᆡᆨ여 년 막즁종샤 뎌희 손에 ᄶᅳ치낫다 이와 ᄀᆞᆺ흔 금슈심장 만고에도 업셧스니 그 챵귀 ᄃᆡ령ᄒᆞ여라 // 몃 십 년을 기른 병뎡 일죠일셕 ᄒᆡ산ᄒᆞ니 제가 무슴 심ᄉᆞ런고 나라집에 울타리가 이제 전혀 업셔젓다 군대일흠 씌고 잇셔 외인지휘 복죵ᄒᆞ니 그 챵귀 ᄃᆡ령ᄒᆞ여라[19]

1908년 1월 22일 자의 「시사평론」도 비슷한 시도를 보였다. 이번에는 장구 치고 노래하는 정황 가운데에 같은 목소리가 상황에 따라 변조하면서 하나의 소리 길로 통합해 들어가는 모습을 보여주고 있다.

> 명승루ᄃᆡ 붉은 ᄃᆞᆯ에 ᄒᆞᆫ ᄋᆞ희는 노래ᄒᆞ고 ᄒᆞᆫ ᄋᆞ희ᄂᆞᆫ 장구 친다 시ᄉᆞ로 ᄯᅳᆺ을 붓쳐 절절히 청아ᄒᆞ니 내 심회도 비챵ᄒᆞ다 // 죵남산은 슯허ᄒᆞ고 한강슈ᄂᆞᆫ 목이 멘다 이 시ᄃᆡ가 어ᄂᆞ ᄣᆡ뇨 침침칠야 되엿고나 적적무인 이 강산에 리ᄆᆡ망량 츔을 춘다 덩덕궁 // 역려ᄀᆞᆺ흔 이 텬디에 셰상만ᄉᆞ ᄭᅮᆷ결이라 셰력 됴흔 칠대신은 더 ᄒᆞᆯ 일을 다 ᄒᆞ엿네 오고 가ᄂᆞᆫ 이 정부가 젼별장이 되엿고나 덩덕궁[20]

과 같이 서사를 필두로 한 9연이 "덩덕궁"이라는 조흥구를 끝에 두어 역설의 풍자를 기도하는 의도에 집약되어 있다. 다른 경우에 해당하는 각각의 목소리가 하나의 합창으로 귀결하는 집단 동조로서, 여러 가지 다른 종교 체험을 하나의 목소리로 통합하여 표출하는 종교가사의 방식과

---

19 전체 8명의 창귀를 연 단위로 대령시키는 가운데 앞의 2연. 인용은 위의 책 제1권, 108쪽에서 함.
20 전체 10연 중 앞의 3연. 작품 인용은 위의 책 제1권, 113쪽.

도 유사하다. 이 방식은 율문 연행의 모든 가능성을 시도한 끝에 모든 율문 연행은 낭송 한 가지로 귀착되면서 동일한 어조를 유지하게 된다는 각성에 이르러서 채택되었다고도 할 수 있다.

대화체 사용을 통한 극적 정황의 제시는 〈갑민가〉와 같은 현실비판 가사에서 보이던 수법으로서 타결 전망이 불투명한 사회 현안에 대한 의론과 동조를 보여줌으로써, 문제의 공론화를 꾀하는 데 목표를 두었다. 애국계몽기 언론 매체상의 투고 시가는 공유하는 담화 형식을 통하여 의견을 주고받고, 그에 대한 동조의 폭을 넓혀나가는 점에서 현실비판 가사와 같은 경로를 밟는다고 할 수 있지만, 언론 매체는 그 전파의 폭이 가사 전승과 같은 예전 소통 방식보다 훨씬 넓기 때문에 투고자와 독자들의 소통 예상도가 따라서 높을 수밖에 없다. 예를 들어 "우리 대한 동포들아 신문 노래 드러보소"[21]라고 청취를 유도하는 서두를 꺼낼 때에, 작자가 예상하는 작중 청(독)자는 전국민으로까지 확대되어 있음을 본다.

1909년 2월 16일 자 「ᄉᆞ조」란에 실린 〈ᄉᆞᆯ안쥬〉(不時肴)[22]의 어희를 통한 풍자는 큰 호응을 불러일으킨 듯, 〈敬和每日報不時肴曲〉(2월 24일 자) 〈敬和不時肴曲〉(3월 3일 자) 등의 수창이 이어졌다. 송병준의 일진회는 당시 가장 큰 사회문제였으며, 이에 대한 풍자는 날카로울수록 그 파급효과가 컸을 것이다. "회 쳐셔 먹을짜"를 중심 시어로 삼아 화답된 것을 보면, 독자들이 갈구하던 비판의 강도가 어떠한가를 잘 알 수 있다.

어희에 의한 양식 전환은 이미 조선 후기의 개성 있는 작가들에 의하여 보인 바 있다. 권력 중심에서 비켜 선 향반들의 어조는 희학과 풍자

---

21 김상훈, 「ᄆᆡ일신보ᄅᆞᆯ 찬송ᄒᆞᆷ」, 1909.2.3.

22 ᄠᅦ 만흔 송사리, 흐흥, 병어 쥰치 홍 / 일진을 갈희여, 회 쳐셔 먹을짜, 아 / 어라화, 됴타, 흐흥, 지화쟈 됴쿠나, 홍(강명관 · 고미숙, 앞의 책 제2권, 174쪽).

로 기울어져 있었는데, 굴곡된 세태에 대한 대응 방식으로 선택된 것이 어희 풍자였다고 할 수 있다. 눈에 띄는 예를 든다면, "먹거든 머지 마나 멀거든 먹지 마나 / 멀고 먹거든 말이나 ᄒᆞ련마는 / 입조차 벙어리되니 말 못ᄒᆞ여 ᄒᆞ노라"(안서우(1664~1735)의 〈유원십이곡〉 제12장)처럼 비합리의 현실 모순을 어희를 통해 부각하거나, "하하 히히 ᄒᆞᆫ들 내 우음이 졍 우움가 / 하 어쳑업서서 늣기다가 그리 되게 / 벗님네 웃디들 말구려 아귀 띄여디리라"(權燮(1671~1759), 『玉所稿』)처럼 의성어를 자유롭게 구사하여서 기존 시조의 문법을 일탈한 경우가 있다. 전통시가 양식의 최후 경계에 선 조선 후기의 작가들이 예견하였던 시가사의 전개가 결국은 가객이 주도하는 전문화의 길을 밟았던 것이지만, 한편으로는 율조의 해체로까지 치닫는 잡가화가 병행하고 있었으며, 아울러 세태 풍자의 성격을 지니는 사설화로 이어지는 길도 계속되고 있었다.[23] 『대한매일신보』 소재 시가의 작자들은 이러한 시가 발전의 경로를 인지하면서 독자들의 관심에 부합하는 양식을 자재로 채택하는 역량을 가진 점에서 여러 가지 시가 양식을 서사 문맥에 맞추어 배열할 줄 알았던 판소리 대본 작성자만큼 시가에 대한 조감이 있었다고 할 수 있다.

### 3) 애국계몽 담론 표출 방안으로서의 가사의 역할

『대한매일신보』 기자들의 시가 작자로서의 역량은 여러 가지 시가 형식에 대한 깊은 조예에 기반을 두었다. 그들은 또한, 시가 양식이 시대정신을 반영하는 통로와 시대정신을 시가를 통하여 표출하는 맥락을 간

23 이에 대하여는 고미숙, 「애국계몽기 시조의 제특질과 그 역사적 의의」(『어문논집』 제33집)에서 사설시조 언급 부분에 상세히 예거하였다.

파하고 있었기 때문에 줄곧 시가 양식의 개변을 모색해 나간 것으로 보인다. 여기서 다시 한 번 왜 시가 양식을 선택하였는가라는 물음을 던짐으로써 애국계몽 의지의 시가 표출에 대한 본의를 확인하고, 애국계몽 가사의 시가발전사상 위치를 확인해보고자 한다.

운율은 극적 인식의 표지가 된다. 오페라의 아리아나 판소리의 창처럼 극적 정황에서 이루어지는 발화는 현실 발화와 구별되어야 하는데 운율이 바로 그 구별의 기준이다. 말을 떼어 놓음으로써 말마디 사이의 간격이 서정적 울림의 공간이 되게 하고, 그 공간(또는 시간) 사이에서 세계를 내면화하여 재해석하는 여유를 가진다. 감탄이나 의문의 수사는 이 재해석의 결과로서 청자들의 의식을 환기하기 위한 수단이다.

1908년 2월 6일 자 「시사평론」은 양 끝에 지문을 가진 대사의 구조로서, 서사-분련본사-결사가 각기 총괄발언-개별발언-정리 발언에 해당하는 차제를 따르면서 새로운 시대의 변화에 대응하는 정신을 환기하는 발언을 쌓아나갔다. 본사의 분련마다 제시된 사회 군상은 이 “새정신”을 각자의 처지에 따라 다르게 받아들이거니와, 아마도 화자와 동일시될 “유지ᄉᆞ”의 처지로서는 이 분열상에 “ᄆᆞᄋᆞᆷ 졀노 불평일” 수밖에 없었을 것이다. 화자는 자신의 자리를 본사 한가운데에 놓음으로써 부정과 긍정의 조망을 겸하는 역할을 자처한다.

초싱ᄃᆞᆯ이 놉흔 거슨 유지ᄉᆞ의 졍신이라 대한텬디 도라보니 동히풍파 위험ᄒᆞ다
홍슈ᄀᆞᆺ치 창일ᄒᆞᆫᄃᆡ 빅셩도탄 엇지ᄒᆞ나 물길만 잘 인도ᄒᆞ면 구졔방침 ᄌᆞ직ᄒᆞ지

화자가 바라보는 “대한텬디”를 꾸미는 “초싱달”과 “동히풍파”는 각기 긍정과 부정의 인식을 표상하는 매개물이다. 이 매개물의 대비를 통하여 높은 이상을 견지하는 자세와 그를 저해하는 위난의 갈등 가운데 “구

제방침"을 찾는 주인공의 형상이 드러나고 있다. 말하자면 주인공의 대사라고도 할 수 있는 위의 가사체 문장은 미리 설비한 극적 정황 속에서 일상의 발화와는 구별되는 운율을 띠고 발해진다. 이처럼 애국계몽 의도의 실현 방안으로서 가사체가 채택됨은 문학 양식의 전문 영역에 함몰되지 않으면서 일상의 정황을 재현할 수 있는 가사의 양식적 특징-교술성 때문이다. 가사체는 문학적 전환 직후에 놓여 있는 발화태로서 일상 발화에 근접해 있다. 늘 하던 말에 경계(쉼)만 드문드문(또박또박) 놓으면 전혀 다른 분위기의 문학적 전환을 달성하는 아주 손쉬운 수단이다. 이 분위기를 유지하는 동안은 또박또박 늘어놓는 말의 배열은 깨어지지 않는다. 격정이 고조되면서 쉼의 간격이 고르지 않게 되고 늘어놓는 박절이 촘촘해지다가 마침내 그 간격과 박절마저 흩어지면 가사체는 해체되어 산문으로 전이된다.

1908년 3월 28일 자의 「시사평론」란에서 대명산인으로 작명된 작자가 "회포짜라 노래ᄒᆞ니 노래속에 싱각잇다 시국형편 싱각ᄒᆞ니 슯흔 눈물 졀노 난다 곡됴는 졀됴 업고 노래도 운치 업다"이라고 노래하였을 때에 노래의 본질에 대한 생각이 토로되어 있다. 그냥 정감에 의지하기만 하지 않고, 깊은 생각 끝에 도달한 표출이므로 그 속에는 감흥에 매몰되지 않는 생생한 의미가 담겨 있다. 그 의미의 지향이 절망과 암울이므로, 그에 대한 대응이 비탄일 수밖에 없고, 비탄만으로는 절망과 암울이 해소될 수 없기에 노래에 의존하게 된다. 이런 노래는 즐거운 가락이 빠질 수밖에 없고, 흥취의 고양보다는 비탄의 노정에 목표가 있으므로 담박한 분위기를 지닐 수밖에 없다. 이 분위기에 어울리는 형식이 가사체이다. 일단, 노래로써 말문을 열 때에 작자는 운율의 질서에 가담하게 된다. 노래 속에 제시되는 사실들은 대개 기지의 것들이다. 기지의 사실 제시는 그에 대한 확인과 강조를 위함이다. 곧, 제시되는 사실에 귀속되어 있다는 정체성과 그 사실로 이루어진 세계의 존속에 대한 기대를 노래하는 것이다. 따라서 운율에 참여함은 노래하는 세계의 존속과 거기 귀속된 정체성을 확인하는 일이 된다. 매일 반복되는 일상사의 새로운 해석이 아니라 운율이 항속적으로 반복될 수 있다는 사실에 대한 경탄과 자부가 운율 양식의 요체가 된다. 그치지 않는 만세 소리처럼 이 소리는 이상이 현실이 되고 꿈이 생시가 될 때까지 이어진다. 쥐어짜는 感傷의 목적이 일시에 달성되고 나면, 애상의 가락이 그치고 마는 것과는 다르게, 全人이 자각할 때까지 쉴 수 없는 것이 계몽의 의도이기 때문이다. 계몽 의도의 문학적 실현에 있어서, 작가의 위치는 선각자, 선창자이며 그가 의도하는 바는 세계의 개혁이다. 노래가 세상을 바꿀 수 없다면, 그 노래는 그에 의해 불릴 수 없다.

노래 부르며 동시에 심중한 의미를 전달하는 방안으로서의 시가 양식에 대한 모색은 여러 가지 시가 양식을 대비하면서 최선의 방안을 찾아가는 방식으로 이루어졌다. 1908년 2월 13일 자의 「시사평론」란은 "동요"라는 첨제가 달려있듯이 동자들이 종로거리를 돌아들며 부르는 노래이다.[24]

> 죵로거리 도라들며 등촉이 휘황ᄒᆞᆫᄃᆡ 칠팔구셰 동ᄌᆞ들이 억기 메고 노니면셔 ᄉᆞ거리라 노릐소래 반공 즁에 써나간다
>
> 오빅여년 직힌 국권 칠협약에 업셔지고 삼쳔여리 금슈강산 군용ᄃᆡ로 드러가니 털과 갓치 가비야외 송ᄉᆞ리 손에 써나갓다
>
> 한각셰마 일등문벌 권문셰가 츌입시에 초헌람여 흔적 업고 벽제쇼릐 젹막ᄒᆞ니 뎌 량반의 됴흔 디톄 긔화바람에 써나갓다

24 서사를 필두로 총 13연 가운데 앞의 3연(강명관 · 고미숙, 앞의 책 제1권, 139쪽 인용).

상황 설정은 다르게 되어있지만 이 노래의 실상은 「시사평론」란에 실린 다른 가사체의 노래와 다르지 않다. 동요는 호흡이 짧은 노래로서 형태상으로 보면 한 구씩 계기적으로 연관되면서 동일한 단위(대개 2음보격)의 앞뒤 구 교체에 의하여 의미가 전달된다. 가사는 이에 반하여, 4음보격의 한 단위가 기본적으로 한 문장이 되면서 단일한 의미를 전달하게 된다. 그리고 시행 간의 관련에 의한 상위 단위인 시연이나 분단이 생성되기도 한다. 동요는 듣는 순간, 의미가 전달되지만, 가사는 문장들을 조합하여 의미를 형성하는 유예(여유)가 필요하다. 그렇기 때문에 동요의 의미는 직정의 교환으로 전달받을 수 있지만, 가사에서는 사고와 추리를 요청한다(가사에서도 격정적 대목에서는 2음보구가 독립된 역할을 하기도 한다). 이런 양식 간의 차이는 주로 의미가 관여하는 정도에 따른 것인데, 노래 부르지 않는 노랫말이라는 관점에서 이 문제를 재고할 필요가 있다. 음담이나 장사치형, 또는 시집살이 노래로서의 사설시조들은 의미의 비중이 무거워지면서 곡조로의 상승을 포기하고 산문 질서로 내려앉았다. 이들이 뒤에 곡조를 방기한 타령 형식의 휘모리 잡가류로 진전하는 것인데, 이처럼 의미의 간섭이 심해지면서 노래 부르지 못하는 상태에 처한 것이 통렬한 비판 언사인 애국계몽기 시가라고 할 수 있다.

「시사평론」란의 한역 시가들은 전형적 한시 현토체로 귀환하는데, 이 귀환의 방향은 모든 지시와 함의를 버리고 원래 있는 대로의 상태를 복원하는 길이다. 귀속되는 양식이 없이 있는 그대로의 사실을 제시하는 방식은 계몽, 또는 교시, 나아가 교술로 포괄하여 정리할 수 있는 성격을 가진다. 기존 양식의 전복은 문학 양식 이전의 상태로 회귀함으로써만이 가능하다. 한역시가들은 국문시가에 남아있는 흥취마저 제거하고, 온전한 개념 제시의 상태로 내려가, 대상 그 자체로 대체될 수도 있는 가장 가까운 거리를 얻으려고 한다. 시적 정서를 애국계몽 의지 단방향으로 통어하여, 주지의 원관념이 은폐되어 있는 은유 구조를 표상하면서 대상을 가장 가까운 거리에서 개념화할 수 있는 언사가 한시 어구들이었다. 국문 시가가 가담항어처럼 유리하는 활동상을 보인다면, 문자로 고착된 한시어구들은 불변의 기록화 내지 규범화의 의도를 가진다. 당시 독자층이 양분되었다고 볼 수도 있고, 또는 언론이라는 새로운 사회 장치에 대응하는 방식이 두 가지 표기 체계로 드러났다고 할 수도 있다. 결국, 나날을 살아가는 일상인의 생활 범위와 영속을 모색하는 관념인의 의식 공간이 충돌하는 모습이 같은 지면상에 나타났다. 신문이 20세기 내내 한문을 버리지 못하였고, 80년대 대학생들의 대자보가 열어 놓은 한글판 신문의 출간이 그렇게 뒤늦은 것을 보면 표기 체계의 이원화가 내포하고 있는 문제가 얼마나 중층적이고, 해소하기 어려운가를 잘 알 수 있다.

### 4) 애국계몽기 가사의 문학사적 가치

이처럼, 기존의 여러 시가 양식을 혼합, 개변하면서 새로운 전파 방식과 그에 따르는 표기 체계의 문제까지 심도 있게 다루어 나아가는 『대한매일신보』 기자들의 본질적 의도는 어디에 두어져 있었던 것일까? 그들의 반복되는 발화는 분명히 어떤 지향을 지니고 있었을 터인데, 우선, 작중 청자를 설정한 방식에서 그 의도를 파악할 수 있다. 그들의 발화 대상인 독자들은 전문적 문학 향유자가 아니라 일상의 생활인으로 예상되었기 때문에, 발화의 층위를 현실 문맥 위에 놓아야 했다. 곧, 문학적 변용 이전 단계의 발화를 지향하였는데, 이는 언론 매체라는 유통 수단의 조건 때문이기도 하였다. 현실 발화가 새로운 문학적 공간인 언론 매체상에서도 지속될 때에 작자의 역할은 게재의 순간에 종식되며, 이후의 해석과 유통의 작업은 독자에게 온전히 맡기어지게 된다. 독자는 유동적 문학 공간이라고 할 수 있는 언론 매체상으로 이동된 현실 발화의 의도를 간파하고 있기 때문에, 현실 문맥으로만 이해하지 않고, 새로운 문학적 의미를 찾아낸다. 소문풍설에 의하여 이미 사회 담론화된 내용이지만, 표출 양식의 특징에 따라 다르게 수용될 수 있다는 조건을 터득한 독자들은 발화 방식의 차이에 따른 새로운 의미 산출의 경로를 찾아낼 수 있어야만 하였다. 기자들이 차용하는 각종 문학 양식의 관습을 아는 자만이 독자의 자격을 가질 수 있었고, 이 자격으로 언론 매체상에 참여하는 동류 집단의 존재에 대한 인식은 하나의 사회적 세력권으로 발전할 수 있었다. 이러한 과정은 종전의 문학 향유 관습과는 다른 경로에 놓이는 것이므로 이 시기 문학사의 특성을 다르게 규정하게 하며, 문학의 범주 설정 자체도 재편성될 필요를 야기하였다.

애국계몽의 의도가 문학적으로 표출되는 경로는 본질적으로 우회나 은폐가 없는 정대한 방향이어야 했다. 독자에게 전달되는 순간, 완료되는 작자의 임무란 독자에게 해석의 전권을 넘긴다는 의미를 지닌다. 해석의 절대적 주체자로 부상하는 독자는 생산자로서의 작자의 역할까지도 떠맡게 된다. 작자는 정해진 틀에 맞추어 기존의 기호를 조합하기만 했지, 그 재해석을 전혀 시도하지 않고, 오로지 독자들의 집체적 호응에 의해 작품의 새로운 의미가 찾아지는 것이므로 작품의 최종적 생산자는 독자라고 할 수 있다. 형식을 미리 설정하고, 기호만 갈아 넣음으로써, 독자들이 따라 할 수 있는 가능성을 열어 놓은 애국계몽 시가의 작자는 작품을 사유화하지 않고 공유의 터전에 던져 놓음으로써 읽는 자라면 누구나 작자로 참여할 수 있는 문학의 새로운 관습을 시도하였다. 동조의 폭이 넓으려면 사적 발화의 경계를 넘어서 누구나 쉽게 소통할 수 있는 일반적 표현 층위로 내려설 필요가 있다. 애국계몽기 시가에 대한 문학성 저하의 평가는 발화의 성격과 조건에 따른 전달 효과의 경중을 따져보지 못한 데에서 나왔다. 그러나 이 정대한 의도가 보여주었던 결실 자체만을 보는 것만으로도 이 부정적 폄하를 이겨낼 수 있기도 하다.

> 이 내 눈을 번듯 ᄯᅳ고 동셔 형편 ᄉᆞᆲ혀보니
> 구라파의 뎌 파도ᄂᆞᆫ 아세아에 덥혓고나
> 동방 ᄒᆞᆫ편 뎌 반도에 일엽편쥬 적은 ᄇᆡ가
> 풍랑 즁에 둥둥 ᄯᅥ셔 소향쳐가 희미ᄒᆞᆫ데
> 그 ᄇᆡ 졋ᄂᆞᆫ ᄒᆞᆫ 소릐가 쳐량ᄒᆞ고 강개ᄒᆞ다
>
> ᄒᆞᆫ 곡됴ᄅᆞᆯ 드러보니 우리 갈 길 험ᄒᆞ여셔
> 뎌 구렁에 걸닌 ᄇᆡ가 허구ᄒᆞᆫ 날 ᄆᆡ여잇셔
> 뎌 언덕은 묘연ᄒᆞ고 이 ᄇᆡ 점점 썩어가니
> 졸연간에 물이들면 ᄇᆡ ᄐᆞᆫ 사ᄅᆞᆷ 엇지ᄒᆞᆯ고
> 어긔여차 로 져어라 정신 찰여 나아가자[25]

시적 자아의 새로운 발견이라고도 할만치 가락이 참신하여 전대의 목소리를 벗어나 있다. 부정적 대상을 공격하던 자세에서 벗어나 긍정적 대상을 옹호하는 밝은 분위기로 전환도 하였다가, 마침내 당도한 이 경지에 이르러 애국계몽의 의도는 제자리를 찾았다고도 할 수 있다. 이 성취는 부정과 긍정의 대비 가운데 중심 주제와 관련되는 주요 시어들에 가한 새로운 의미 부여에 의해 가능하였다. 새로운 의미의 발견은 보

---

25 「시사평론」 제1 · 2연, 『대한매일신보』, 1909.7.6.

다 큰 울림대를 형성하였고, 이 울림대를 통하여 독자들은 주제 제시에 적극 가담하게 되었다. 외형을 유지하는 가운데에서의 내적 개신을 통한 새로운 양식 창안이 내용과 형식의 조화가 이루어진 위와 같은 단계에 이르러 그 목적이 일단 달성되었다고 할 수 있으며, 남은 문제는 새로운 양식 체험을 통하여 고양된 독자층이 창작에만 그치지 않고 유통의 과정에도 직접 가담할 수 있는 더 새로운 문학 관습을 수립해 나가는 것이었다. 근대문학의 성립 과정 규명에서 드러나는 언론 매체와 문단을 중심으로 하는 발전된 문학 양식과 전문적 작가 시인의 출현은 그러한 축적을 바탕으로 이루어졌으리라고 예견되거니와 이에 대한 검토는 다음 절로 미룬다.

## 2. 근대시 출현 계기로서의 개인서정화—육당 최남선의 경우

### 1) 근대시 개인서정화의 계기

『대한매일신보』의 기자들이 주요 사회 담론의 효과적 공론화를 위하여 무기명으로 발표한 시가에서는 독자의 주체적 해석과 전파의 역할이 중시되었다. 일상 발화의 직접 수용이 가능한 언론 매체상의 작품 속에서 독자들은 문학적 변용을 위한 해석의 부담까지 떠맡아야 했고, 기자들은 창작자로서의 위치까지 독자에게 양여하였다. 이런 상태에서 작자는 끝내 무기명의 존재로 남아야 했다. 공동 발화자로서의 무기명 작자의 존재가 기명의 개인으로 전환하는 것은 잡지라는 매체로 담론장을 옮겨가면서 비롯되었다. 사회의 다양한 시사에 민첩하게 대응해야 하는 신문과 달리 잡지는 일정한 편집 방향 아래 같은 시각의 글들을 모아 놓게 됨으로써 작자성의 문제가 부각될 수밖에 없었다. 초기 잡지의 편집자는 발행서부터 편집, 취재까지 전 과정을 전담해야하는 입장에 놓여있었기 때문에, 편집자, 기자와 발행자가 엄연히 분리되는 뒷단계의 잡지에서와는 다른 역할을 수행하여야 했다. 최초의 잡지라고 할 수 있는 『소년』의 발행자 겸 기자, 편집자인 최남선이 그런 역할을 충실히 수행한 예였다.[26]

『소년』은 "『대한매일신보』가 수난을 거듭하며 정치에 대한 희망이 점점 엷어져 정치신문은 존폐가 위태로워지며, 잡지들도 저절로 계몽의 방향으로 부득이 걸음을 옮길 때, 조선인의 방향을 명시"[27]했다는 당대의 평가에 걸맞게 문화계몽의 선두에 서 있었다. 『대한매일신보』가 '보호'에서 '합방'으로 전개되고 있는 시국을 일대 위기의 국면으로 보고, 이에 저항하면서 민족의 정체성을 확립·보전하는 방법으로서 배타적 통합의 원리에 입각하여 정론적 투쟁을 벌여나간 데 대하여, 최남선은 부르주아적 개혁에 대한 낙관적 전망에 근거하여 민족의 독립과 정체성을 확립하고 확대하고자 하는 의욕을 지니고 있었다. 그는 시가의 창작에 있어서 '光明·純潔·剛健' 및 '廣闊·雄大·淵深' 등의 정서를 강조하였다. 이러한 근대 주체의 덕목을 시가를 통하여 보급하고자 하였으며, 이 보급에 효과적 형식을 모색하였다. 창가나 신체시에 대한 관심이 그 모색

---

**26** 한기형이 근대 초기의 신문이 '근대를 상상'하는 특질을 드러내고, 잡지가 '근대를 설계'하려는 노력을 보여주었다고 구분하거나(「최남선의 잡지 발간과 근대 문학의 재편」, 『대동문화연구』 제45집, 2004, 224쪽) '민족적 지식'의 표현 형식과 방법이 극도로 제한되어 있던 당대의 현실에서 '심미적 지식'으로서의 문학의 시대적 위상과 의미를 강화하고 문학을 통한 현실 비판과 현실 발언을 근대인의 주체적 회로로 삼은 점이 『소년』이 당대 다른 잡지와 구별되는 지점이라고 밝힌(「근대 잡지와 근대문학 형성의 제도적 연관」, 『대동문화연구』 제48집, 2004, 51쪽) 맥락을 참조함.

**27** 임규찬·한진일 편, 『임화 신문학사』, 한길사, 1993, 105쪽.

의 출발이었다. 창가의 음악성이 지닌 선전 선동적 감응력에 주목하고 창가 양식의 변형으로서 분절적 정형성을 지닌 신체시를 통하여 이념 보급에 적합한 노래 지향의 양식을 지속적으로 모색하였다.[28] 이 지점에 이르기까지 시가사에 있어서 최남선의 역할은 기명 작가로 전환하였을 뿐, 『대한매일신보』의 계몽적 기자들과 동일한 맥락에 서 있는 것으로 파악된다. 시가 형식의 정형성은 그 동일 맥락의 표지라고 할 수 있겠다.

이렇게 출발한 육당의 시작 경로는 전통 양식과 근대 양식, 정형률과 자유율, 계몽지도자와 심미적 시인 사이에서 동요해 나오는데, 두 대비항의 긴장 가운데 정신과 형식이 극대화된 포섭과 배제의 파장을 일으키다가 종래에는 전통 양식에 의지하면서 정형률을 추구하며 계몽적 자세를 견지하는 데에로 귀결하였다. 이 책은 그 귀결처로서 육당 시작의 전모를 재단하기보다는 출발 선상의 긴장이 근대 시사에 가져오는 파급 효과에 주목하기로 한다. 『대한매일신보』 소재 시가들의 집단서정에서 『소년』 소재 시가의 개인서정으로 전환하는 시점을 주요한 계기로 여기고, 육당의 실제 시작들을 시기순으로 살펴 나가면서 그 변모 과정을 구체적으로 파악해보기로 한다. 대상이 되는 작품은 1908년 『소년』 창간호부터 1918년 『청춘』 제14호까지에 실린 시가들 가운데 양식상의 특이점을 가지고 있으며, 1926년에 출간한 시조집 『백팔번뇌』에 이르기까지 육당 시작의 발전 진로 파악에 대한 지표가 될 만한 대표적 유형에 해당하는 것들이다.

### 2) 육당 시작의 경로 - 전통 양식 지속과 개신의 긴장

육당의 시작은 몇 단계의 굴곡을 가졌다. 처음에는 애국계몽 시가의

28 정우택, 『한국 근대자유시의 이념과 형성』, 소명출판, 2004, 88~89쪽에서 발췌 요약.

교술적 자세에 동참하면서 전통시가 양식을 개신하는 방향을 택하였다. 창가나 신체시를 통한 새로운 양식 모색은 전통시가의 형식을 새 시대에 적합한 방향으로 개신하는 것이었다. 『소년』 1909년 4월호에는 도산 안창호가 평안도 민요인 〈놀냥사거리〉를 개사한 〈모란봉가〉가 실려 있다.

錦繡山의 뭉킨 靈氣
半空中에 웃둑 소사
牡丹峯이 되엿고나
活潑한 氣象이 소스난 듯
(후렴) 牡丹峯아 牡丹峯아
웃둑 소사 獨立한 내 牡丹峯아
네가 내 사랑이라

이 작품에 대하여 '執筆人'(곧 육당임)은 "牙頰에 香이 生하지는 아니하나, 剛健한 辭句와 雄壯한 意味가 强大하게 또 深大하게 우리의 神經을 興奮하난 者ㅣ 잇난지라"라고 평하였는데, 전문시인으로서의 기교보다는 사회지도자로서의 애국계몽 의지가 손상 없이 발현되어 큰 호소력을 가진 점을 높이 샀다. 육당이 존경하던 선배의 민요 개작을 긍정적으로 평가한 것은 자신도 사회 계몽에 동참한 처지로서, 우선은 효과적 계몽사상 전파가 제 일차적 과업이기 때문이었다. 그러나 육당은 선배들의 개작 작업을 계승하는 데에 그치지 않고, 새로운 양식을 개발하는 쪽으로 한 걸음 더 나아갔다. 창가는 노래 부르는 시가로서, 특히 그 악곡 조건이 전통시가에서 벗어났기 때문에 그에 부응하는 새로운 양식 개발이 필요하였다. 육당은 악절 2분절 현상에 대응하는 새로운 운율을 대두시켰고 한동안 그 시험에 몰두하였다. 육당의 이 작업은 7·5조라는 이형 운율로 귀결되었는데, 실은 4·3(3·4)·5조의 층량보격 전통을 억지로 변형시킨 것이기 때문에 전통과 개신 사이에서 방황하는 모습으로 남을 수밖에 없었다. 이는 육당의 창가형 시가 가운데 전통 층량 보격으로 회귀하는 작품들이 오히려 안정된 운율 조건을 되찾는 모습을 보임에서 확인되는 사항이다.

그런 점에서, 육당의 자유시에 대한 모색은 전통과 개신 사이에서 방황하던 양식 모색의 연속되는 노정으로 볼 수도 있으며, 또는 관념적 계몽 의도가 구체화되는 계기에서 발견한 새로운 양식 창안으로 평가할 수도 있다. 정형률의 대안으로서 제시된 자유시의 불균정한 시행 배합은 외국시 번역을 일차적 계기로 삼았다고 할 수도 있지만, 그 경우 계몽 주체로서의 의지가 견지하던 운율 의식이 외적 영향에 의하여 일거에 산일되었다는 가설을 필요로 한다. 이 가설에 의하면, 애국계몽의 주체들이 지루할 정도로 반복하던 양식 개신의 노력은 아무런 귀착점을 찾지 못하고 끝내, 외래 양식에게 자리를 내준 것이 된다. 여기서, 육당과 같은 계몽 주체들의 시가 양식 개신 귀착점으로서, 내용이 선재하면서 야기되었던 내용과 형식의 충돌을 완화하고, 기존 양식 내에서 내용 개변을 통한 양식 재창안을 달성하였던 작품들을 자유시 직전의 발전 계기로 삼는 시도가 요청된다.

애국계몽기 시가들은 극한에 다다른 정세 가운데 첨예한 현실 의식을 출발점으로 하였기 때문에, 국난을 야기한 부정적 대상을 공격하는 자세에서 출발하였다. 들끓는 여론 현장의 재현, 극단적 비유 등등이 이 자세에서 나온 수사의 방향이었다. 이 방향은 아직 일상에서 문학으로 전환할 여유를 가지지 못하는 것이었는데, 여러 차례의 발화 경험에 의하여 점차 문학적 발화로 전환하면서는 긍정적 대상을 옹호하는 밝은 분위기로 전환도 하였다. 그리고 부정과 긍정의 교차 뒤에 당도한 경지에 이르러 애국계몽의 문학적 전환은 제자리를 찾았다고 할 수 있다. 이 때, 시적 자아의 새로운 발견이라고도 할만치 참신한 가락이 전통시가의 목소리 답습을 탈피할 수 있었다. 이 성취는 부정과 긍정의 대비 가운데 중심 주제와 관련되는 주요 시어들에 가한 새로운 의미 부여에 의해 가능하였다. 새로운 의미의 발견은 보다 큰 울림대를 형성하였고, 이 울림대를 통하여 독자들은 주제 제시에 적극 가담하게 되었다.

집단서정의 효과를 위한 장치가 정형률이었다고 한다면, 자유율은 개인서정을 위한 장치로 전환한 것이 되겠다. '나'라는 화자의 출현은 개인서정의 출발을 알리는 표지였다. 시적 발화에 있어서 집단과 개인의 차이는 어조의 통일과 분산으로 나누어진다고 할 수 있다. 개별적 차이를 보이는 목소리를 인정하면서, 시 형식에도 통일된 시상으로 집약되는 정형보다는 자유로운 시상의 변환을 허용하는 자유율이 요구되었다. 자유율은 시행이나 시련을 구성하는 운율 단위들이 시행이나 시련이 처한 상태에 따라 자유롭게 배합됨을 가리킨다. 시 형식 안에서 일어나는 통일과 분산, 통제와 자유와 같은 운동들이 정형 / 비정형으로 귀결하는 체험을 우리 시가사의 전통 내에서 찾아볼 수 있다고 한다면, 악곡의 견인을 벗어난 노랫말이 규제되지 않는 시상을 따라 확대되었던 사설시조의 출현을 들어볼 수 있다.[29]

사설시조는 시조 양식 내부에서 초·중·종장 3단 구성의 한도를 지키면서 시어를 부연 확대해 나간 결과물이었다. 시조 형식의 기본이 되는 2마디 1구, 2구 1행의 배수 확장 방식을 근간으로 하면서, 3마디 1구, 3구 1행 방식의 개입으로 변화를 준 것이 사설화의 일반적 방향이었다. 이 방향은 시조 양식 내에서의 변화라는 제한된 조건 속에서도, 주로 중장 부

---

29 사설시조의 다양한 운율 유형과 근대시가에의 적용 가능성에 관하여는 고미숙, 「사설시조 율격의 미적 특질 1」(『민족문화연구』 26집, 1993)에서 풍부한 사례를 통한 검증이 있었다.

분에서 사설화되는 방식으로서 사용된 운율 단위 확장과 굴절의 배합이 아무런 제약이 없는 임의적인 점에서 앞으로 전개될 보다 산문화되는 지향을 내함하고 있었다. 실제로 휘모리 잡가(수잡가)라는 시조 경역 월경 직후의 양식에서는 초・중・종장의 구분이 무너진 채로 시작과 끝 사이의 단절 없는 지속적 리듬이 지배하게 된다. 이 리듬이야말로 시가의 영역을 최종적으로 보루하면서 중첩된 시행이 분산될 경우의 양식 충격을 예비하는 것이었다. 이 리듬은 불균정한 음보 형식의 시행이 연첩함으로써 만들어지는 것인데, 이런 이질적 시행들의 결속을 제어하는 타령이라는 규칙 장단만이 그 리듬의 존재를 보장하는 유일한 조건이었다. 그리고 더 이상 장단의 제어가 불필요해지는 단계에 이르렀을 때에 이 시행들은 결속의 제어를 풀어헤치고 개별적으로 활동하기 시작하였다.

육당 시작의 경로가 전통과 개신, 이념 지향과 심미적 향유, 정형률과 자유율 사이에서 일으키는 파장은 개인적 문제라기보다는 사설시조와 잡가를 거치는 시가사의 발전 과정에서 일어난 자연스러운 현상으로 봄이 합당하다. 비록 육당이 계몽적 자세를 견지해 나왔기 때문에 시가 양식을 사유화한 듯한 혐을 얻는다 하더라도 실제 작품을 통한 변모 과정에는 시가사의 발전 국면이 그대로 투영되어 있음을 보게 된다. 이제 실제 작품을 통하여 이 변모의 실상을 확인하고, 그 시가사의 위상을 재검해보는 일은 전통시가에서 근대시가로 이행하는 구체적 경로를 포착하는 데에 일정한 지침을 줄 것으로 기대한다.

### 3) 실제 작품을 통한 육당 시작의 경로 확인

우리가 초기 자유시에서 시조 가사의 정형률을 이탈하며 당대로서는 신종 양식이라고 할 수 있었던 잡가가 지녔던 타령조의 여운을 느끼게 되는 이유는 자유시의 시행들이 전통시가의 운율적 제어에서 풀어져 나온 과정이 실재했음을 알고 있기 때문이다.[30] 이제, 육당의 시가들을 통하여 이 구속과 해방의 굴곡을 짚어 보기로 하자. 『대한매일신보』 소재 시가들의 정서 표출이 집단화되어 있던 데에서, 『소년』의 시가들이 개인 서정화로 변환된 사실은, 전자가 추상화된 이념의 토로에 치중하여 대상과의 관념적 거리를 지닌 것과 다르게 후자는 구체적 사실에 기반을 둔 직정적 표출이 이루어진 곳으로부터 확인된다. '우리'로 집체화되었던 발화자의 면모가 '소년'의 개인성으로 전환된 것도 같은 맥락의 변환으로 볼 수 있다. '소년'은 진보적 추진력을 왕성하게 드러내는 분절된 시간, 진보에 대한 자각과 희구의 담론을 표상하는 육체였다.[31] 이러한 변환의 기미를 담고 있는 작품들을 읽으면서 논의를 진전시켜 나가기로 한다.

> ᄭᅩᆺ을 질겨 맛노라,
> 그러나 그의 아리ᄯᅡ운 태도를 보고 눈이 얼이며
> 그의 향긔로운 냄새를 맛고 코가 반하야
> 精神업시 그를 질겨 마짐 아니라,
> 다만, 칼날갓흔 北風을 더운 긔운으로써
> 人情업난 殺氣를 깁흔 사랑으로써 代身하야 밧구어
> ᄲᅧ가 저린 어름밋헤 눌니고 피도 어릴 눈구덩에 파무처 잇던

---

30 예를 들어, 주요한의 「불노리」류의 산문시에서 전통시가의 사설화 방식을 읽을 수 있다. 자유율을 전통시가와 무관한 신생 운율 방식으로 보는 견해도 있으나, 적어도 육당의 경우에는 전통시가의 사설화 성향이 산문시 운율 성립의 주요한 계기가 되며, 이 계기에 의하여 육당의 시 형식 모색의 도정이 전통 운율 회귀로 귀결된다는 점에서, 뒤따르는 근대시들에서도 산문화 성향이 개재하는 바탕은 서구 산문시라기보다는 사설시조에서 잡가에 이르는 전통시가에 있다는 견해를 견지하고자 한다.

31 정우택, 앞의 책, 89쪽.

億萬목숨을 건지고 집어내여 다시 살니난

봄바람을 表章함으로

나는 그를 질겨 맛노라.[32]

정형률 사이를 방황하던 운율이 비로소 제자리를 찾아 제 가락의 소리를 내기 시작하였다. 각 시행의 분분한 가락이 자유롭게 교합하는 가운데 전체 시편이 하나의 인상으로 통일되는 효과를 이루었다. 여기서 그토록 갈망하던 자유로운 영혼의 구속 없는 표출이 비로소 실현되었던 것인가? — "나는 ~을 질겨 맛노라"의 중심 시행을 시작과 종결에 대응시키면서 가운데에 각기 3행과 5행으로 결합된 복문 구조의 시연을 배합하여 다단한 시행 배합을 시도하였다. 사설시조의 확대된 중장 부분을 가운데에 두고 초장과 종장이 대응한 구조와 유사하다고 볼 수 있다. 특히 전제-설명-정리의 삼단 논법 체제는 사설시조에서 이미 시도된 것이기도 하지만, 새로운 시대의 세계상을 해석하는 차제에 논리적 강화가 이루어진 발전을 보인다고 할 수 있는데, 이 발전 방향이 보다 논리적 사변 구조를 내함한 서양시 번역의 통로를 거쳐서 근대시의 사변적 취향으로 귀결한다고 볼 수 있다.[33]

짜릿다닷타! 두당둥당둥!

大千世界 덥고남난 우리 氣운을

한번限껏 못뿜어서 無窮恨인데

須彌山 바루뚤난 우리 勇猛을

---

32 「쏫두고」 앞 연. 1909년 5월 『少年』 제2년 제5권(고려대 아세아문제연구소 편, 『육당최남선전집』 제5권, 1973, 317쪽에서 인용함).

33 전통시가의 직정적 정서 표출에서 근대시의 사변적 논리 구축으로 전환하는 발전 경로를 구체적으로 모색하는 일은 다음 절의 과제로 넘긴다.

아직도 못써보아 獨自苦로다

이런 氣운 이런 勇猛 한데모아서

이世上에 跳踉하난 不正不義를

討滅코자 義勇隊를 굿게 團成해

大韓少年 堂堂步武 나아가노나.[34]

표기상의 특징으로 드러나는 떼어읽기[句讀]의 새 방법을 의도적으로 시험하였다. 우리 시가 운율의 기본은 떼어읽기에 있다고 할 수 있는데, 이 떼어읽기는 호흡의 자연스러운 止息을 바탕으로 하기 때문에, 인위적으로 운율을 조성하기 위한 붙임은 어색한 운율을 야기한다. 육당이 강하게 의식하는 3마디 시행은 고려속요의 3마디 시행과는 판이한 분위기를 지니는데, 대개 3번째 마디의 5음절을 억지로 붙여놓아서 4마디로 읽힐 수 있는 가능성을 닫아버림으로써, 뒤가 열리면서 개방적 분위기를 지니는 고려속요의 경우와는 다르게, 무겁게 가라앉는 기운을 매달게 하였다. 또, 2행씩 호응하여 어울리는 율조도 이 가라앉은 무거움을 가중하는 역효과를 내었다. 이 역효과는 7・5조식 표기를 하고 있는 작품에서 배가됨을 보게 된다.

우리主의큰뜻부친 거룩한世界

어린아해좀작난터 된지얼마뇨

그經綸을이루어서 天職다하게

발내여논너의모양 崇嚴하도다

34 「大韓少年行」 제1연, 『少年』 제2년 제9권, 1909년 10월(고려대 아세아문제연구소 편, 앞의 책, 319쪽에서 인용).

질거움의조흔동산 어지린틔끌
어진니가둘너박힌 사랑닙으로
남김업시집어먹어 前모양될때
하날門이열니리라 너의발압헤[35]

위에서의 7・5조는 원래 4・3・2・3의 4마디 형식을 무시하고, 억지로 붙인 2마디로 만들면서 전혀 이질적 율조로 옮아간 것이다. 7음과 5음의 장단 효과에 의해, 2행씩 연첩되면서 7・5∨7・5의 확대된 운율틀이 형성되었는데, 이 틀도 원래 동량보격을 위주로 하는 한국 운율 체계에는 없었던 것으로, 뒤에 오는 5음 쪽에 강세나 지연 등의 비중이 두어져, 앞쪽에 비중이 있는 한국 운율의 일반적 방식과는 어긋나게 된다. 이런 부조화는 전통 운율에 복귀하면서 안정적 운율을 회복하게 된다.

億千萬年 / 한모양 / 웃독하게 / 서
뒷들바람 / 압물비 / 믈니 / 치면서
왼歷史의 / 빗과내 / 혼자 / 다알고
말업시 / 나려보는 / 우리님 / 太白
바람불면 / 바람을 / 틔일면 / 틔를
順하게 / 밧는네가 / 더욱 / 크거니
쬐는해에 / 김이나 / 쓰려 / 피면서
풀으게만 / 잇스면 / 오는 / 날까지[36]

---

35 「태백범」 제1, 4연, 『少年』 제2년 제10권, 1909.11(고대아세아문제연구소 편, 위의 책, 320쪽에서 인용).

36 「闔門潭」 제1, 6연, 『少年』 제3년 제9권, 1910.12(고려대 아세아문제연구소 편, 위의 책, 335쪽에서 인용).

위의 작품은 7・5조식 표기를 하고 있지만, 사선 부분에 경계를 두면 전통 4음보격으로 재귀하면서 운율의 안정성을 가지게 됨을 본다. 작자는 1연에서 "우리님 太白"이라는 중심어를 향하는 무거운 수식부를 앞이 길고 뒤가 짧은 7・5조 3 시행으로 정리하고, "말업시 / 나려보는 / 우리님 / 太白"의 종결행에 이르렀는데, 3・4・5(3・2)조로 읽혀야만 중심어로 통합되는 경건한 의미가 살아나는 제한에 부딪혀, 7・5조의 조작을 파기하였다. 이에 따라, 서두의 "億千萬年 / 한모양 / 웃독하게 / 서"도 4・3・5 또는 4・3・4・1로 읽힘으로써 종결행과 호응하게 된다. 이처럼 3음보나 4음보의 전통 운율로 회귀하는 움직임은 인위적 조작을 원래 자리로 돌리는 것이기 때문에, 그 원래의 모형을 앞 시기의 작품에서 찾아볼 수 있었다.

黑軀子도 사람이라
째째가다 노리한다
쨍ㅅ대갓흔 太生員은
큰북티며 압흘서고
개굴갓흔 成先達은
뎍은북을 울니난데
압뒤내민 彭同知는
大喇叭을 힘써불며

속둑박백 秋僉知는
大평수를 쌧텻구나
배불쑥이 車判官은
놉히쌘다 大喇叭을
뎔구갓흔 廉五將은

늬누나누 胡笛이라
玉笛부난 뎌兩班은
그누구냐 陸법새오

인뎨오네 뒤짜라서
옷독섯난 獨立舞童
얼쑤덜쑤 튜난틈이
아모라도 팅탄하고
고은목텽 큰소래로
노래하난 그曲調는
自强不息 題目이라
듯고보면 기막히네[37]

자강독립의 주제를 제시하기 위한 의도로서 제창과 호응을 모형화한 2구 1첩이 기본 단위이다. 매연을 4첩으로 하는 4연이 노리의 세목이 드러나는 순차의 재연인 앞의 3연과 그에 대한 주제 제시적 총괄인 마지막 연으로 배열되었다. 전통가사의 형태이되, 내용만 바꾸어 넣어 편안하게 의미를 실을 수 있게 되었다. 이처럼 의미와 형식이 충돌하지 않는 조합은 애국계몽기 무기명 작가들이 애용하던 방식으로서 자유시에 이르기 전의 육당도 습용하였기 때문에, 육당이 기반을 두고 있는 운율 조건이 전통 운율임을 부인할 수 없게 한다.

봄이 한번 도라오니 눈에 가득 和氣로다

---

**37** 〈黑軀子의 노리〉 제1, 2, 4연, 『少年』 제1년 제1권, 1908.11(고려대 아세아문제연구소 편, 위의 책, 320쪽에서 인용).

大冬風雪 사나울째 꿈도 꾸지 못한바ㅣ라
알괘라 무서운건 「타임」(때)의 힘.

한마음 바라기를 열매맷자 피엿스니
目的達킨 一般이라 썰어지기 辭讓하랴
웃지타 그사이에 웃고울고.[38]

인위적 운율의 부조화를 탈피하는 길이 자연스러운 전통 운율에 복귀하는 것임을 잘 보여주고 있다. 시조 시형이 모든 운문 형식의 혼돈 가운데 이정표가 될 수 있음이 그 사실을 반증한다. 우리말은 떼어 읽음으로써 의미를 확정하고, 아울러 떼어 읽힌 마디와 마디 사이의 경계를 두고 서로 어울리는 율조를 획득한다. 시조는 이러한 자연스러운 율성을 형식의 기반으로 하기 때문에, 시조 형식 내에서는 통사적 마디를 인위적으로 붙여서 만든 율조를 허락하지 아니한다.

육당의 운율 시험이 아직 시조에 정주한 것은 아니기 때문에 자유율로의 지향은 본바탕인 시조를 회귀점으로 삼으면서 순환 왕복을 되풀이하게 된다. 위의 「봄마지」와 같은 호에 실린 다음의 작품은 다시 자유율로의 이탈을 보인다.

太白아 우리 님아
나간다고 슬허마라
나는 간다 가기는 간다마는
나의 가슴에 품긴 理想의 光明은 永劫無窮까지도 네가 그의 表象이로다

38 「봄마지」 제1, 7(결)연, 『少年』 제3년 제4권, 1910.4(고려대 아세아문제연구소 편, 위의 책, 327쪽에서 인용).

뜬구름이 太陽을 가림은 엇난다 그러나 그 光은 가리지 못하나니라

퍼붓난 물이 일어나난 불을 끄기난 한다 그러나 불 그것이야 털긋만치도 건더리기를 읏지해

회리바람이 몬지를 이릐키면 너의 面目을 가리지 못함은 아니라 사나운 바람이 아츰을 읏지 맛치며 바람에 불녀 일어난 틔끌은 鎭靖될 쌔가 잇나니

그럼으로 한쌔로다

大東局面의 監視者로 世界平和의 結晶으로 모든 울흠의 活動力의 源泉으로 너의 面目은 우흐로 無窮에와 갓히 아래로 無窮에도 오즉 빗날것은 잇스나 누가 흠집을 내겟나냐[39]

이 작품에서 육당이 추구한 자유율은 자연스러운 정서의 유로로서의 시행 배합이라기보다는 논리적 설득을 위한 인위적 배열에 의거하기 때문에, 여러 형식의 운율을 시행이 놓인 국면에 따라 바꾸어 적용하는 자유율의 본령을 실현한 상태에 이르지는 못하고, 때로 시적 운율을 넘어서는 설명적 산문으로 떨어지는 구절을 가지게도 되었다. 위 인용에서 논리적 결론에 이르는 마지막 부분을 "大東局面의 監視者로 世界平和의 結晶으로, 모든 울흠의 活動力의 源泉으로, 너의 面目은 우흐로 無窮에와 갓히 아래로 無窮에도 오즉 빗날것은 잇스나, 누가 흠집을 내겟나냐"로 다시 적어 볼 때에 불필요한 열거에 의해 함축적 시어 사용에서 벗어나면서 중문 구조의 연접 부분이 외형으로는 역접이나, 내적 의미는 순접이어야 하는 불균형을 초래하면서 반문의 기세가 전혀 강세의 효과를 갖지 못하게 됨을 볼 수 있다.

자유율로의 전이가 완결되지 못한 채, 전통 운율로의 회귀를 반복하

39 「太白의 님을 離別함」 전반부, 『少年』 제2년 제10권, 1909.11(고려대 아세아문제연구소 편, 위의 책, 320쪽에서 인용).

면서, 동요하는 세계의 실상을 잠시 떠난 시적 자아는 일종의 퇴행이라고도 할 수 있는 관념화된 운율 모형을 시도하기도 한다.

주정으로 지내난 이世上에를
쌘마음으로 가자고 허덕이난 그
靑盲官의 어린피 급한 흘음에
배가되야 그대로 써나가도다.

살갓흔 압거름에 벼락과 갓히
짜리난 검은바위에 다닥다려서
비로소 맛알도다 바다무서움
쏘다지난 쓰거운 눈물ㅅ방울에.

만흔矛盾 못쳐서 터진그창자
쐬매랴도 힘업난 곤한 그의손
녯모양 되게할 약 번히알고서
먹으랴단 못먹난「알콜」이로다.[40]

2+2행의 두 시연이 호응하는 관계 속에서 4행시의 구조가 완결되었다. 육당이 시도하는 여러 가지 시 형식 가운데에서 전통가사체나 시조 시형의 우수 배합 구조를 활용하였을 때에 주제와의 반향이 성공적으로 이루어짐을 볼 수 있다. 억지로 얽은 3음보 시행만의 배합에서는 비록 우수행이 결합하더라도, 안정되지 못하고 들뜬 목소리가 들릴 따름이지

40 「詩 三篇」 첫 단락, 『少年』 제3년 제5권, 1910.5(고려대 아세아문제연구소 편, 위의 책, 329쪽에서 인용).

만, 3음보와 4음보를 짝지어 배합한 시연으로써 차분히 내면화된 균형 잡힌 화자의 모습이 떠오른다. 이런 화자의 모습은 전통시가의 관념적 주체에 근접하는 듯도 하지만, 예전의 화자들이 은밀히 자신을 감춘 것에 반하여, 본색을 드러내면서 발화의 주체임을 당당하게 표명하는 점에서 전혀 다른 모습으로 파악하게 된다. 계몽 주체로서 중심 담론을 시 형식을 통하여 표출하는 통로 모색이 여기에 와서 일단 안정적으로 목표에 당도한 것으로 볼 수 있는데, 외적 형식이 전통시가의 것 그대로임에서 새로운 시대정신이 내면화한 방식을 유의할 필요가 있다. 뒤에 육당이 시조집 『백팔번뇌』(1926)를 통하여 보여주는 새로운 시행 배열에 의한 시 형식의 시각화, 참신한 언어 구사와 같은 조건들이 이 내면화 방식의 귀결이라고 할 수 있기 때문이다.

1910년 6월, 『少年』 제3년 제6권에 실린 「썩긴 솔나무」라는 작품은 "平壤에서 본 것"이라는 부제가 가리키듯 작자가 겪은 체험을 그대로 작품 속에 옮겨오면서 산문투의 기술 형태를 취하였다. 그러나 이 기술이 일반적 산문과 다른 점은 시적 화자의 존재가 두드러지기 때문이다. 개인적이며, 사색적이며 안으로 가라앉아 자의식을 놓치지 않는 이 화자의 본령이 사실 보고나 정황 설명에 있지 않음은 대부분의 종지형이 감탄이나, 반문 등등의 정서가 부여된 상태로 되어 있는 것에서 알 수 있다. 결국, 정형률의 시조 가사의 외형을 한 경우나, 이 「썩긴 솔나무」처럼 산문투의 사설화를 통한 자유율을 시도한 경우나 모두 서정적 주체의 새로운 자세를 통한 양식의 내용적 개변에 이른 점은 동일한 경로를 밟았다고 할 수 있다. 한편, 산문투는 운율의 제한을 벗어난 발화가 될 수 있는 점에서 운율의 문제를 출발서부터 재고할 수 있게도 한다. 운문의 출발점은 일상 발화의 산문이기 때문이다.

1910년 7월, 『少年』 제3년 제7권의 「녀름 구름」은 사적 화자의 의식을 확대하여 기다란 산문시편을 이루었다. 비로소 말로써 시를 쓰기 시작한 작자는 그 사실이 신기한 것이 마치 구름이 자유자재로 떠다니는 것처럼 보인 듯하다. 형식에 매이지 않고 술술 말로 풀어도 글이 되고, 노래가 될 수 있다는 사실은 하나의 경이로 다가왔다. 특히, 호흡이 긴 노래의 발견은 판소리를 되찾아온 듯하여 원고의 제한이 아니라면 그치지 않을 듯하다. 마치 세상을 모두 노래 속에 잠글 듯한 큰 강물 같은 노래가락-여러 가지 운율 형식의 배합으로 만들어지던 긴 가락이 여기서 극대화된 산문화로 새로운 물결을 탄다. 육당은 아무런 형식의 제한을 받지 않는 자유자재한 가락의 새로운 길을 또 찾아낸 것이다. 육당은 7·5조 정형률의 「녀름의 自然」과 이 작품을 한 호에 나란히 놓음으로써 의도적 대조를 모색한 듯하다. 다시 말하자면, 육당의 운율 의식은 정형률로부터 자유율까지 확장되어 있는데, 정형률의 극단은 7·5조에, 자유율의 극단은 산문시에 놓여 있었다. 그 운율 의식은 이 양극단의 충돌 가운데 돌파구를 찾는 형국으로 드러났다. 그 형국 가운데에는 발전적 개신도 들어 있지만, 때때로 퇴행하는 당착도 보이곤 했다.

> 醉했는가 미쳤는가 어렷느냐 홀녓느냐
> 내가진 내마음이나 내생각해 내몰내라
> 眞情에 일흠못것든 얼업다나.
>
> 녀름ㅅ구름 奇峰만흠 밋치더워 됨이어늘
> 더운피 끌는 곳엔 큰일큰功 웃물지니
> 가슴아 탈대로 타라, 큰것나도.
>
> 火爐가 무서워도 지나와야 빗치나고

맛치기 압흐지만 마진뒤에 굿어지니
良金이 되자고하면 이를달게.[41]

소리 사이에 쉼은 소리의 인상을 음미하는 여백 공간이다. 이 공간이 논리의 사변으로 채워지면 소리와 소리 사이의 침묵이 깨어지면서 잡다한 소리의 연속체가 되어버린다. 시조 형식을 지나치게 의식하면서 야기된 이 부조화는 정서의 진폭이 약화된 데에서도 기인한다. 더위를 단련으로 해석하는 자세는 양금 단련이라는 수월한 비유 구조가 있음에도 불구하고, 그 비유로 감추어진 의미를 끄집어내려는 논리적 사고의 강박에 의하여 딱딱한 교조적 발화로 내려앉고 말았다.

샘이되어 소사나매
큰목숨이 게흘으고
이말의쏫 열음되매
새밝음이 비롯도다

누리써나 돌아가심
슯흠이야 긋잇슬가
다만트신 발은길로
속눅이며 힘써옐까[42]

이번 경우에는 4·4조를 견지하려다보니 어절 단위를 붙이면서 호흡

41 「더위치기」 제1·2·5(종)연, 『少年』 제3년 제8권, 1910.8(고려대 아세아문제연구소 편, 위의 책, 335쪽에서 인용).
42 「한힌샘 스승을 울음」 제4, 6연, 『청춘』 제2호, 1914.11(고려대 아세아문제연구소 편, 위의 책, 337쪽에서 인용).

이 촉급해지는 구절이 생기고, 이 때문에 고른 율조를 유지하지 못하였다. 작자는 정연한 운율 형식이 추도의 의도에 부합되기 바랐으나, 호흡이 부자연한 구절 때문에 의도를 완수할 수 없었다.

샘이 / 되어 / 소사나매

큰 / 목숨이 / 게흘으고

이말의 / 꼿 / 열음되매

새 / 밝음이 / 비롯도다

로 율독하여 3음보 시행으로 바꾸어보면서 비로소 자연스러운 운율의 흐름을 확보하게 된다. 4·4조의 고정된 운율 구조에 맞추어 언어를 재배치해야 한다는 선입견 때문에 빚어진 부조화를 원래 언어의 속성에 맞춘 운율 재배합으로 해소할 수 있었다.

그렇다고 4음보격이 고착적 운율만은 아닌 것이 다음과 같은 경우는 음보 형식을 적절히 인식하면서 안정된 시상을 포용하였다.

한깃에 해를 싸니 **불이게잇고**

한깃에 銀河 싸니 물쏘한 無窮

두깃을 한대 펴고 밧고아치매

묵은 무겁 다타고 타면 써지네[43]

첫줄의 강조된 "불이 / 게잇고"에서 원래 2·3음이던 것을 5음으로 무리하게 붙여 놓았지만, 곧 둘째 줄처럼 순탄한 율조로 귀환하였다. 작자의 동

---

**43** 「鵬」 제3연, 『青春』 제6호, 1915.3(고려대 아세아문제연구소 편, 위의 책, 338쪽에서 인용).

요하는 운율론을 야기하는 원인이 무엇일까? "두깃을 한대 펴고 밧고아치매"와 같이 강조된 5음을 7·5조 구조의 부분으로 인식함에 따른 부조화인데, 아직 3·4·5조의 층량보격을 고안해 내지 못한 단계이므로 실제와 이론 사이의 간극에서 비롯되었을 것이다. 이런 부조화의 동요는 특히 동량 4음보와 층량 3음보 사이에서 두드러지는데, 「봄의 仙女」의 제2연에서,

덧옷업시 사람의 찬가운대서
지내는 이곱은 손쏘여 주소서
덥개 업시 누리의 얼음 속으로
구르는 이얼은몸 불어주소서[44]

와 같이 모든 시행이 3음보 층량 보격을 실현하고 있는 가운데 2행만이 동량 4음보로 되어있어 불균형을 초래하는 경우도 있다. 셋째 음보로 넘어가 있는 "손"의 위치가 부동적이면서 의미와 소리가 조화로운 결합을 이루지 못하였는데, "지내는 / 이곱은손 / 쏘여주소서"로 율독하여 다른 시행과 같이 층량 3보격으로 바꾸면서 순탄한 율조를 회복하게 된다. 또, 1917년 6월, 『青春』 제8호의 「나」의 제3연은

집행이를 집흐랴 등을기대랴
내다리로 뻣뻣이 내곳에서고
구태 가마를 타랴 구태말타랴
내발로 내길거러 나갈데가지[45]

44 「봄의 仙女」, 『青春』 제7호, 1917.5(고려대 아세아문제연구소 편, 위의 책, 338~339쪽에서 인용).
45 「나」, 『青春』 제8호, 1917.6(고려대 아세아문제연구소 편, 위의 책, 339쪽에서 인용).

와 같이 표기상으로는 층량3보격을 인식한 듯도 하지만, 운율의 실상은 "집행이를 / 집흐랴 / 등을 / 기대랴"처럼 4음보격으로 율독되었다. "구태 / 가마를 타랴 / 구태 / 말타랴"도 사선 경계를 둔 것처럼 4음보격으로 파악된다. 이처럼, 7·5조의 굴레를 벗어나 원래의 운율을 회복하는 모습이 「보배」와 같은 2행 연첩의 장형시가로 귀결하였다.

눈감고 감안이 가슴에 손대니
손끗헤 찌르를 울리는 것잇네

무언가 무언가 놀라워 하다가
얼픗이 깨치니 그걸세 그걸세

내피를 돌리며 내쉼을 쉬우며
내입을 버리며 내손을 놀리며

깃버서 웃기며 슯허서 울리며
運命을 부리며 機會를 만드러

맘대로 뜻대로 내마음 꼬둑여
가즌짓 식이는 그무슨 힘일세
(…중략…)
이보배 한아만 내속에 잇스면
그밧게 모든건 잇거나 말거나

다업서 진대로 앗갑지 안흐며

다집어 간대도 원통치 아니해

업든것 잇게할 갓든것 오게할
쓸닌것 펴게할 움친것 늘게할

구차를 가멸케 낫븜을 훌늉케
뒤집고 고치는 이보배 아닌가[46]

주제어인 '보배'는 육당이 추구하는 절대 명제였던 '님'에 상당하는 신조어이다. 이 시어를 중심으로 형성되는 의미가 반복되는 기본 단위에 의한 정연한 소리 울림으로 진전되면서 작자의 의도에 부합하였다. 『대한매일신보』의 '시사평론'이 이런 투의 가사체였다는 사실을 참조하면, 내용이 형식에 어울리는 위 작품의 안정세는 본디 제 것인 줄을 잊고 밖으로 떠돌다 얻은 오랜 모색의 결과라고 할 수 있겠다. 이러한 안정세는 다른 작품으로 확산되면서 보편화된 서정적 자아의 모습을 보이게 된다.

훵덩그런 저하늘이
보임가치 빈것일가
아득한 저즈음이
입자업는 터전일가

기나긴 막대잇서
내둘러 본다하면

46 「보배」, 『靑春』 제11호, 1917.11(고려대 아세아문제연구소 편, 위의 책, 340~341쪽에서 인용함).

거침새 막힘새가
아모것 업습는가

쑥닥하는 벼락몽치
어대잇다 달겨드며
번적하는 번개불은
어대로서 조차오나

산이라도 씨쳐가고
돌이라도 날녀가는
바람쌰리 비근원은
어느곳에 잇는것가

나제밝음 저녁어둠
어대로서 드나들며
여름더위 겨을치위
어대잇다 오고가노

개엿다가 흐리는날
울다가 웃는얼골
찡기고 펴고함에
그고동이 업습소냐

눈에띄지 아니하니
안보인다 업다할가

귀애드지 아니하니
안들린다 업다할가

손에닷지 아니하니
안거친다 업다할가
발에채지 아니하니
안밟힌다 업다할가

빗갈업고 냄새업고
소리업고 쏠업서도
업는듯이 있는것이
잇다하면 엇지할가[47]

방황하는 사적 존재가 아니라 집단과의 연대를 전제로 한 정돈된 존재로서의 서정적 자아는 누구에게든 적용될 수 있는 포용력을 지닌다. 이런 성격의 서정적 자아는 고대의 집단 발원과 같은 종교적 서정과는 다른 성격으로서 시대의 격변기에 사회의 중심 담론을 작시화하는 역할을 맡는다. 시조 발전사의 중대한 고비에 존재한 고려 유신-사육신-당쟁의 희생자-삼학사 등등 서정 주체의 계열이 애국계몽기에 이어진 것으로 볼 수도 있지만, 시대의 특별한 정황이 반영된 점에서는 단순한 계열화의 반복적 계승을 벗어나서 앞선 시대의 서정 주체와는 차별화된 모습을 보인다고 할 수 있다.

---

47 〈저 하늘〉 전반(후반은 생략), 『青春』 제14호, 1918.6(고려대 아세아문제연구소편, 위의 책, 342~343쪽에서 인용).

### 4) 한국 근대시 형성과정에서의 육당의 역할

3항에서 시기 순으로 살펴본 결과를 작품별로 정리한다면 다음과 같다.

〈黑軀子의 노리〉, 1908년 11월, 『少年』 제1년 제1권 : **전통가사**의 형태이되, 자강독립을 강조하는 내용만 바꾸어 넣음.

「쏫두고」, 1909년 5월 『少年』 제2년 제5권 : 정형률을 탈피하여 본격적으로 **자유율**을 모색하기 시작함.

「大韓少年行」, 1909년 10월, 『少年』 제2년 제9권 : 띄어쓰기(구두)의 새 배열 방식을 시도하였으나 **7·5조**에 이끌리기 시작함.

「太白의 님을 離別함」, 1909년 10월, 『少年』 제2년 제9권 : **자유율**을 시도하였으나 정주하지 못한 불균형을 보임.

「태백범」, 1909년 11월, 『少年』 제2년 제10권 : 본격적 **7·5조** 표기 방식 사용.

「봄마지」, 1910년 4월, 『少年』 제3년 제4권 : **시조 시형**을 시험하여 전통 운율의 재생을 꾀함.

「詩 三篇」, 1910년 5월, 『少年』 제3년 제5권 : **전통가사체**를 활용한 4행 시련 가운데 3음보와 4음보를 안정적으로 배합함.

「썩긴 솔나무」, 1910년 6월, 『少年』 제3년 제6권 : 산문투의 사설화를 통한 **자유율**의 시도.

「녀름 구름」, 1910년 7월, 『少年』 제3년 제7권 : 산문투 사설화의 성공적 적용이 실현된 **산문시편**.

「더위치기」, 1910년 8월, 『少年』 제3년 제8권 : **시조 형식**을 지나치게 의식하면서 여백을 논리적 사변으로 채운 교조적 발화로 됨.

「闔門潭」, 1910년 12월, 『少年』 제3년 제9권 : **전통 운율**에 회귀하면서 안정된 율조를 나타냄.

「한힌샘 스승을 울음」, 1914년 11월, 『청춘』 제2호 : **4 · 4조**를 견지하려다 호흡이 촉급해지는 구절이 생기고, 이 때문에 고른 율조를 유지하지 못한 경우.

「鵬」, 1915년 3월, 『青春』 제6호 : **4음보격**의 음보 형식을 적절히 인식하면서 안정된 시상을 포용하였다.

「봄의 仙女」, 1917년 5월, 『青春』 제7호 : **3음보의 층량보격** 시행 가운데에 4음보의 동량보격 시행을 삽입하여 불균형을 초래한 경우.

「나」, 1917년 6월, 『青春』 제8호 : 표기상으로는 층량 3보격을 인식한 듯도 하지만, 운율의 실상은 **4음보격**으로 율독되는 경우.

「보배」, 1917년 11월, 『青春』 제11호 : **2행 연첩의 장형시가**로서 반복되는 기본 단위에 의한 정연한 소리 울림을 실현함.

〈저 하늘〉, 1918년 6월, 『青春』 제14호 : **가사체**로 회귀한 안정적 운율을 통하여 보편화된 서정적 자아의 모습을 보임.

위의 내용을 다시 중심 시체를 굵은 글자로 표기한 대로 배열하면,

**전통가사 - 자유율 - 7 · 5조 - 자유율 - 7 · 5조 - 시조 시형 - 전통가사체 - 자유율 산문시 - 산문시편 - 시조 형식 - 전통 운율 - 4 · 4조 - 4음보격 - 층량 3보격 - 4음보격 - 2행 연첩의 장형시가 - 가사체**

와 같이 나타나 제2단의 **자유율 산문시—산문시편**을 경계로 전통과 개신의 긴장이 전통 쪽으로 기울게 됨을 볼 수 있다. 앞서 육당의 산문시 시험을 사설시조나 잡가의 사설화 성향이라는 시가발전사에 부응한 것으로 본 것처럼 육당의 시 형식 시험이 전통으로 회귀한 결말은 자연스러운 시가사의 발전 경로를 밟은 것이며, 다음 단계의 근대시 출현이 중요한 계기로 삼게 되는 산문 자유율의 적용에 대한 예비 단계로서 평가할 수 있다.

1921년 11월 『개벽』 제17호에 실린 「깃븐 보람」은 시가 형식 모색의 귀착점으로서 정돈된 모습으로 드러나 있다.

> 부즈런과, ᄭᅢᄭᅳᆺ으로, 하ᄂᆞᆯ, 밋게, 사ᄒᆞ신 탑.
> 올흠으로, 드림ᄒᆞ고, 사랑을, 아르삭여.
> 다ᄉᆞ코, 빗나신, 몸이, 해와ᄀᆞᆺ도소이다.
>
> 조믄, 소의, 알알, 털을, 달치, 안ᄂᆞᆫ, 붓삼아셔,
> 깃븜, 담긴, 눈추리를, 한, 셥, ᄭᅳᆺ도, 못비기나.
> 님의, 속, ᄇᆞᆰ은, 거울은, 빗최실가, ᄒᆞᆸ니다.
>
> 거륵ᄒᆞᆫ, 온갖, 본새, 한몸에, 가초셧네.
> 예순해, 닥가노신, 거울을, 마조섬ᄋᆡ.
> 어리고, 간여린, 양이, 더욱, 션ᄯᅳᆺᄒᆞ외다.[48]

구두를 명확히 인식하고, 점을 찍어놓음으로써 운율의 실제가 음성화되는 과정을 그려놓았다. 운율에 대한 작자의 모색이 기준단위 설정에 대한 쪽으로 진전되어 있음을 볼 수 있다. 1920년대 이후의 현대시 형성 과정에 거리를 둔 채, 오랜 모색의 결과로 주어진 운율 체계에 안주하는 모습을 볼 수 있다. 여기서, 정형화와 자유율 추구 사이의 긴장 속에서 새로운 시대정신을 담을 수 있는 새 형식에 대한 육당의 줄기찬 모색은 그 자체로서는 일단락되었다. 전통 시형에의 회귀라는 최종 귀착점은 그간의 노력을 도로로 평가할 우려를 주기도 하지만, 새로운 시

48 3수씩 한 작품인 4작품에서 제1~3 작품의 첫 수임(고려대아세아문제연구소 편, 위의 책, 346쪽에서 인용).

대정신의 선두 담보자로서 그 정신에 맞는 형식 모색을 위한 줄기찬 열정은 그 자체로서 의미를 지니는 것이었다. 이 열정이 애국계몽기 계몽 주체의 내용 선점의 형식 개신에 맥락이 닿아있으며, 결국은 생산자가 아니라 수용자에게 문학 향유의 주도권을 양여하고 개인 작자로서의 권한을 유보한 점에서 현대 시사에 있어서 육당의 선구자적 역할은 충분한 의미 부여가 가능하다.

새로운 시 형식 모색의 선두 주자로서 육당이 남긴 기초석은 정형시 운율 체계의 시험이나 전통 운율의 재생이라는 것 외에도, 한시에 관련된 사항이 부대되어 있다. 육당은 기행 어간에 일어나는 감흥을 한시로 지어보고 오랜 관습이 유지됨에 경이로워하기도 했지만, 어디까지나 시가 양식의 하나로서 한시의 가치를 모색하고자 한 의욕을 유지하였다. 『枳橘異香集』으로 제명된 역대 한국 한시의 시조 역이 그 의욕의 반영이었다. 여기 실린 한 편을 통하여 두 양식 간의 관련을 모색한 자취를 더듬고자 한다.

春山花猶在 天晴谷自陰 杜鵑啼白晝 始覺卜居深

봄지난 이제까지 꽃치남아 있단말가
**갠날에 그늘지고** 접동새 나제우니
내집이 골깊은줄을 이제알가 하노라[49]

강조된 구절은 "날 갠데 (골짜기 절로) 그늘져"에서 두 마디를 안으로 접은 것이다. "골짜기"는 종장 둘째 마디에 "골깊은줄을"로 나오고, "절로"는 전체 시상에 두루 관련되기에 드러난 생략이 곧 감춰진 함축이 되었

49 李仁老 작에 대한 번사임. 고려대 아세아문제연구소 편, 위의 책, 599쪽에서 인용.

다. 한시의 제2, 3구는 시상이 연계되기에 한 장으로 합치는 것이 적합하고, 결구(제4구)는 전체 시상을 요약하는 역할을 하기 때문에 갖춘 종장으로 바꾸는 것이 들어맞았다. 한시와 시조의 이와 같은 구조상 대응을 적용한 번역은 이 두 양식이 유사한 생성 조건과 유통 관습을 가지기 때문에 가능한 일이다. 현대시의 사유를 시조로 바꾸어 놓을 때에 생기는 간극과 대조할 때에 이 두 양식 간의 친연 관계는 한시와 시조의 공존이 현대시와 시조의 불화로 뒤바뀐 시사의 발전 경로를 밝히는 단서가 될 것이다. 육당은 한시와 시조 두 양식 간의 조화를 보임으로써 자신의 전통 회귀를 정당화하려고 했는지 모르지만, 그 가운데에 한시에서 현대시로 건너가는 숨은 길을 감추어 두었는지도 모른다. 이 길을 찾는 일을 근대시의 형성 경로를 찾는 다음 과제 중 하나로 삼고자 한다.

## 3. 표기 체계의 이동에 따른 운율 형식의 변화

### 1) 한문적 사고와 국문 문체의 관계

한문이 공용문어로서 통용되는 사이에도 실생활의 구어는 우리말이었다. 송강의 「훈민가」 16편은 『警民篇諺解』를 재발간하면서 부록에 송강 〈訓民歌〉를 첨부한 李厚源(1598; 선조 31~1660; 현종 1)이 "그때 우연히 宣廟朝의 相臣 鄭澈이 지은 訓民歌 속에 첨부해 기록된 것을 얻었으므로 시골 부녀자들로 하여금 이를 늘상 암송하게 함으로써 感發되고 징계되는 바가 있게 하려고 하였습니다"[50]라고 언급한 것처럼 1차적 독자로서의 백성의 수용을 목적으로 하기 때문에 백성들이 사용하는 구어의 체제를 충분히 활용하여야 했다. 실제로 작품을 읽어보면, 한문 투식구 따위는 찾아볼 수 없으면서 친근한 비유로 일관하는 우리말의 일상적 표현을 만나게 된다. 조선 후기에는 동요하는 이념의 재정초를 위한 정책으로서 백성을 교화하는 사업이 국가 주도로 시행되는 가운데, 우리 말 시조 가사의 역할이 두드러지게 된다. 예를 들어, 景寒齋 郭始徵(1644; 인조 22~1713; 숙종 39)은 同春堂 宋浚吉과 尤庵 宋時烈의 문하에서 수학하여 延礽君(영조)의 師傅를 지낸 이로서, 〈권선징악가〉의 작자로 나서서 국가 시책에 부응하였다. 그가 밝힌 작품 제작의 의도를 보면,

> 이예 두어 쟝 노ᄅᆡ를 지어 일음하여 가로되 션을 권ᄒᆞ고 악을 딩계ᄒᆞᄂᆞᆫ 노ᄅᆡ라 ᄒᆞ여 방곡에 돌녀 뵈여 ᄒᆡ여곰 가영홈을 숨나니 아ᄂᆞᆫ 자는 아지 못ᄒᆞᄂᆞᆫ ᄌᆞ를 ᄇᆞᆰ키 가르치고 어진 ᄌᆞᄂᆞᆫ 어지지 못ᄒᆞᆫ ᄌᆞ를 ᄇᆞᆰ키 ᄀᆞ르쳐 노ᄅᆡᄒᆞ며 외오며 부르며 화답ᄒᆞ여 기음 ᄆᆡ는 메나리와 나무 뷔ᄂᆞᆫ 노래를 ᄃᆡᄒᆞᆫ 즉 그날로 쓰고 샤ᄒᆡᆼᄒᆞᄂᆞᆫ ᄉᆞ이에 그 노ᄅᆡ 가운ᄃᆡ ᄂᆡᆯ은 바 뜻으로 더부러 반다시 우합ᄒᆞ여 ᄭᆡ다를 밧자 잇슬 거시니[故茲綴數章蕪詞 名之曰 勸善懲惡歌 輪示坊曲 俾爲歌詠之資 知者明諭於不知 賢者明諭於不肖 歌之誦之唱之和之 代之以鋤謠牧笛 則於其日用行事之間 其與歌詞中云云之意 必有所脗合而覺悟者].[51]

와 같이 백성의 교화를 위한 효과적 방안으로서의 노래의 역할을 강조하고 있다. 이처럼, 한문 체계에서 출발한 유교 담론을 백성들에게 효과적으로 전달하기 위하여 국문을 활용하는 방안 가운데에 이미 계몽의 의도를 실현하기 위하여 국문 사용을 적극화하는 자세가 싹트고 있었

---

50 『국역 조선왕조실록』 효종 9년 무술(1658, 순치 15) 12월 25일(丁亥).
51 규장각 소장 〈권선징악가〉(박연호, 『교훈가사연구』, 다운샘, 2003, 98쪽에서 재인용)

다. 애국계몽기의 작자들이 한문 소양을 기반으로 하여 국문 문예 양식에 다가가는 경로도 18세기에 소급하여 되찾을 수 있으리라 기대한다. 이 경로를 보여주는 좋은 예가 담헌 홍대용의 한글 연행기인 『을병연행록』에서 찾아진다. 같은 연행 체험에 대한 기록이 『湛軒燕記』라는 한문 기행록으로도 남아 있는데, 물론 이 기록 가운데에도 전 시대의 관습을 넘어서는 새로운 사고가 담겨 있지만, 표기 체계를 한글로 이동함으로써 이루어지는 양식의 변화는 단순히 한문 기행록의 외형을 탈피한 데에 그치지 않는다. 한문의 記 체제를 준수하는 『담헌연기』는 체제 적응적 관습을 따르고 있는데, 우선 편차를 준수함으로써 예상 독자인 사대부의 수용 수준에 맞추었기 때문에 전체의 전개가 고른 부분 배열에 의하여 통합되어 있고, 세부적으로 들어가 보면 관용 문자 어구를 습용한 흔적이 산재하고 있다. 반면에 『을병연행록』에서는 여행 일정을 따른 것 외에는 기술의 방향이 미리 정해져 있지 않고, 사건의 경중에 따른 양적 분배에 의한 입체적 배열이 시도되었다. 아직은 대화 전달에 있어, 직접화법보다는 간접화법을 주로 쓰는 단계에 머물러 있으면서도 객체 중심의 서술을 시도함으로써 세계의 다면상에 대한 열린 시각을 확보하고자 하였다. 성급하게 말해 본다면, 이미 『을병연행록』에서는 근대적 서술 시각을 보여 주고 있다고 할 수 있다. 이런 판단에 입각하여 『을병연행록』 산문 기록 가운데 뽑혀 나온 〈연행장도가〉를 본다면, 근대 산문 기록 가운데 '지식의 율문화'를 실현하고 있는 근대시가와 동일한 맥락으로 파악되는 연관을 설정해 볼 수 있게 된다.

벽초 홍명희는 가계로 담헌에게 연계될 뿐 아니라 새로운 시대정신의 선각자로서 그를 담지할 문예 양식 창안에 앞장선 점에서도 담헌과 동일한 맥락으로 파악할 수 있다. 근대 계몽기의 선각자들이 계몽의 의도를 실현하기 위한 방안으로서 문학을 택하는 가운데, 특히 시가를 효과적 방안으로 삼았던 것은 육당 최남선의 왕성한 시가 생산의 예만 보아도 확인되는 사항이다. 육당은 자기가 창간한 『소년』지의 담론 체제를 강화하기 위하여 춘원, 벽초 등의 지기를 주요 기고자로 초빙하는데, 이때 수응한 기고가 주로 시가 양식이었다. 그때의 시가 양식은 『대한매일신보』의 애국계몽 시가를 거쳐서 새로운 양식 수립에 골똘한 단계에 처하였다. 벽초 등의 기고 가운데에서도 아직 미정의 양식을 향한 분출하는 정신을 감지하게 된다.

> 깁히 고요한 언제든지 잇지못할 저른 노래갓치 어린때는 지나갓네, 지금와서 그 곡됴를 잡을랴하야도 잡을길이 바히업네, 다만 근심만흔 이 生涯 한모룽이에서 때때로 그 曲調가 슨쳣다 낫다할쁜일세. 이것을 듯고 졍에 못닉여 소래 질으기를 몃번하얏나뇨? 어린때야말노 나와 행복이 한몸이 되얏섯네, 내가 몸이면 幸福은 그몸 살니난 魂魄이얏세라.
>
> 그 어린때가 지나가서 이내몸을 빗초이든 봄날빗치 사라지고 이내속에 감초앗든 행복은 쌔앗겻네, 다른사람 사이에서 다른사람으로 자라나난 이내몸은 여긔저긔잇난 소년들이 생긔가 팔팔나서 自由天地에 희희락락히 지내난 것을 보드래도 낫헤 나타내난 것은 다만 輕蔑두자, 「나는 저놈들과 달너」아아 이러한 말노 제가저를 위로하얏네.
>
> 얼는하야 青年되야 사람들이 낫살먹어 겨오 알만한일을 거지반 다 아러쓰나, 배주리고 헐벗난일, 한푼업시 가난한일, 창자를 슷난듯한 고생, 몸을 바려 義를 이룰마음, 또 창피한 곤욕을 참난 불상한일들 ― ― 다 알지아느면 조흘일쁜이얏네, 青年의 피는 魔鬼갓다, 이세상의 苦樂이 난호난 자취을 보고 부지럽시 마음을 요동하기도하얏스나 나는 한소래에 이弱한 마음을 물니치고 한줄 곳은길노 나서서 同志여러사람갓치 질겨 세상의 우숨바탕이 되얏네.(假人, 「사랑」)[52]

세 개의 단락으로 나누어진 가운데 각 단락 안에는 종지 부호로 구분되는 작은 단락이 있어 호흡을 조절하고 있다. 쉼표로 구분된 더 작은 단위는 간단한 쉼이 개재함을 나타내는데, 이 간단한 쉼은 앞 문장이 뒤 문장 위에 잇닿아 있음으로써 가쁜 호흡이 지속됨을 가리키고 있다. 호흡 단위들이 위치에 따라 분량을 조절함으로써 자유롭게 배분된 실상을 작자는 보이고 싶어 하였다. 이 실상은 전통 정형률로부터의 일탈일 뿐만 아니라, 새로운 운율을 찾아나서는 강한 추동력의 표징임을 알 수 있다. '산문시'라는 양식명을 작자가 서문에서 밝힌 것처럼 미정의 양식을 향한 시도가 운문을 해체한 산문으로 양식 변모를 보이고 있다. 벽초는 『백팔번뇌』의 발문에서 시조를 "齷齪하여 崇尙할만하지 못하다"고 한 바 있거니와 이 "齷齪"이란 정형률로서의 긴박한 제한을 가리킴이겠다. "心臟이 자진맛치질하듯 뛰노난" 산문시의 분출하는 실상에 동조하는 정신으로서야 절제를 강요하는 齷齪을 허용하기 어려웠을 터이다. 산문시를 이처럼 전통 정형률로부터의 이탈로 파악할 때에, 그 단초는 아무래도 사설시조에서 보여주었던 사설화에 두어야겠는데, 야담에 관심을 가지고 근대 역사소설 양식을 개발한 벽초라고 한다면 사설시조보다도 야담이나 소설에 관련된 운율적 문제로부터 풀어나가는 게 적합할 듯하다.

소설이나 야담과 같은 산문 양식의 운율을 거론하려면 으레 4음보격의 대구 형식이 등장하고, 실제로 소설 가운데에는 이른바 가사체 소설이라고 할 수 있는 4음보격 문장 위주의 기술 형태를 가진 작품이 있고, 야담에서도 한글체의 경우에는 낭독의 요건 충족을 위함으로 보이는 4음보격 문장의 출현이 빈번하다. 그렇다고 하더라도 모든 산문의 운율이 4음보격에 의한 것은 아니고, 다양한 운율 형식이 적용될 수 있는 문

---

52 『소년』 제3년 제8권. 서문에서 폴란드의 안도레에, 네모에쭈스키이의 산문시를 日人 長谷川二葉亭의 번역을 거쳐 중역한 것임을 밝히고 있다.

장의 산문이 또 한 부류 있다. 우선, 판소리 문체에만 들어서도 일관되게 적용되는 음보 형식은 파악되지 않고, 분위기에 따라 달라지는 운율의 실상이 다채롭게 적용됨을 보게 된다. 4음보격의 정연한 음보 형식의 문장과 다양한 운율이 적용되는 문장 간의 관계는 전자가 보다 주정적인 대목에서 사용된다는 일반론을 끌어낼 수는 있었다. 전자의 성격이 노래로서의 가사에 근접한다는 요지와도 상통하는 견해라고 할 수 있다. 후자에 대하여는 보다 복잡한 실상의 반영을 위함이라는 일반론까지는 쉽게 당도할 수 있지만, 문장 각각의 개별적 차이까지 포괄하는 논의는 쉽게 이끌어낼 수 없는 것이 사실이다. 여기서 이 차이를 다시 살펴보기 위해 근대적 서술 시각을 획득한 단계로까지 끌어올릴 수도 있는 담헌 홍대용의 『을병연행록』으로 돌아가 보자.

> 이ᄣᅢ 삼강이 다 어름이 합ᄒᆞ얏ᄂᆞᆫ디라. / 그 우희 젹셜이 ᄲᅡ혀 ᄆᆞᆯ을 ᄐᆞ고 디나ᄆᆡ 강인줄 ᄭᆡ치디 못ᄒᆞᆯ너라. / 삼강을 디나ᄆᆡ 좁은 길히 겨오 술위ᄅᆞᆯ 통ᄒᆞ고, 좌우의 ᄀᆞᆯ수풀이 길흘 ᄭᅵ시니 힝식이 극히 수졀ᄒᆞ고 / ᄒᆞᄆᆞᆯ며 깁흔 겨울의 셕양이 뫼희ᄂᆞ리ᄂᆞᆫ ᄯᅢᄅᆞᆯ 당ᄒᆞ야 / 친뎡을 ᄯᅥ나며 고국을 ᄇᆞ리고 먼니 만니 연ᄉᆡᄅᆞᆯ 향ᄒᆞᄂᆞᆫ ᄆᆞ암이 엇디 굿브디 아니리오마ᄂᆞᆫ, / 수십년 평ᄉᆡᆼ지원이 일됴의 ᄭᅮᆷᄀᆞᆺ치 일워ᄒᆞᆫ낫 셔싱으로 융복의 ᄆᆞᆯ을 ᄃᆞᆯ녀 이 ᄯᅡ희 니ᄅᆞ니 / 상쾌ᄒᆞᆫ 의ᄉᆞ와 강개ᄒᆞᆫ 기운이 ᄆᆞᆯ 우ᄒᆞ셔 ᄑᆞᆯ이 ᄲᆞᆸ내이ᄆᆞᆯᄭᆡᄃᆞᆺ디 못ᄒᆞ니, / 드ᄃᆡ여 마샹의셔 ᄒᆞᆫ 곡죠 미친 노래ᄅᆞᆯ 지어 읇허 ᄀᆞᆯ오ᄃᆡ,

대개 문장 단위로 경계(사선 표시)를 두어 보았는데, 이들 단위들은 서로 분량과 통사적 조합 방식이 같지 아니하여 이들 사이에 운율의 관계가 성립한다면, 균등한 단위 조합의 기준인 등장성에 의거하기보다는 서로 다른 단위들의 섞임에 의한 예정되지 않은 운율에 의존하게 된다.

이들이 일상 발화를 떠나서 운율에 관여하는 조건은 무엇인가? — 낭송 독서 관습을 충족하기 위해서는 문장 단위의 경계를 통하여 의미가 분할될 수 있어야 하는데, 그 분할의 표지는 다음 단위와 차별되는 특별한 억양으로 드러나야 할 것이다. 이 억양이 실재하는 동안 운율이 유지되며, 그러나 이 운율은 정형률처럼 시간의 변화에 상관없는 절대적 조건이 규정되어 있어서 언제나 현재 단위로 미루어 다음 단위를 예측하는 기대 심리를 충족하는 방식이 아니라, 바로 다음 단위서부터 예측을 불허함으로써 기대 심리를 허용하지 않고 오로지 단위 간의 경계에만 현존하는 억양에 의해 다음 단위의 운율 형식에 대한 판정이 계속 미루어지는 방식이다.[53]

위의 『을병연행록』에서 국경 도강 직후의 감개를 기술하는 대목은 감격에 충만한 정서의 파동을 반영하는 문장들이 여느 일상적 산문 발화와는 차별화된 상태를 요구하고 있는데, 이 요구에의 수응이 곧 운율로 실현된 것이라고 할 수 있다. 연행록은 처음 접하는 외국 문물에 대한 경탄을 기조로 하는바, 문장 전체가 이러한 정서적 동요에 영향받는다고 할 수 있겠지만, 특히 도강 직후의 감격은 여타의 국면보다도 더 강도 높은 정서가 표출된다고 볼 수 있다. 위의 대목 직후에 이어지는 〈연행장도가〉는 전형적 가사체로서 그 감격을 압축 수용한 운율 형식을 띠고 있는바, 평탄한 정서 토로 — 감격적 정서 표출 — 압축된 서정 경계 표출의

---

53 시의 리듬 조직에서 억양이 하는 역할은 (시의) 구문상・리듬상의 이중적 억양구도를 중첩시키고 긴장시키는 데 있다. 이런 두 구도는 각각 중간 분할에 의해 분절되는 2분절적인 것이다. 이런 분절들은 서로 일치되기도 하고 불일치되기도 하지만, 항상 실질적으로 존재하는 것들이다. 바로 이 2분절된 도막의 상호 관계에서 구문억양과 리듬억양 사이에 긴장이 일어나고 시가 통일된 형상이란 특성을 보여주게 된다. 끊임없이 지각되는 이 긴장 상태가 시의 리듬과 산문의 리듬을 구별할 수 있는 근본 특성이다. 시행에서 이중적 2분절 억양은 리듬조직의 토대를 이룬다. 언어리듬의 최고형식인 시행을 구성할 수 있는 것은 억양뿐이다(박인기 편역, 『현대시론의 전개』, 지식산업사, 2001, 368~369쪽).

순차적 전개에 합당한 운율 형식을 잘 알고 있는 작자라야만이 이 방대한 서사 전개의 굴곡을 감당할 수 있었을 것이다. 산문시를 흔히 중세기적 정형률로부터의 일탈로 파악하고 있다면, 위의 도강 감격을 기술한 대목은 산문시의 자질을 보여주고 있다고 할 수 있으며, 이 자질은 산문양식의 낭송 독서 관습에 의해 야기되었을 뿐만 아니라 사설시조와 같은 전통 운문 양식 내에서 예비되어 있었던 것이라고 할 수 있다.

벽초가 시조 형식을 "齷齪"이라고 폄평하면서 대두시킨 번역시는 산문시라는 호칭에 어울리게 정형률의 요건을 훨씬 벗어나 있지만, 일단 운율을 의식하여 시라는 양식명을 사용하는 한은 거기에도 일정한 운율 형식이 관여하고 있다고 해야 할 터인데, 이 번역시가 중역을 거치면서 원시의 형식을 반영할 여유가 없었다고 한다면, 적용된 운율 형식의 출처를 일단 전통 양식에 두지 않을 수 없을 것이다. 20세기 초두에 나타났던 서양시 번역들은 출발 형식과 도착 형식 사이의 조정에 부심하고 있음을 보여주고 있다. 이질적 외래 양식을 수용하는 방안은 결국 전통 양식의 적용에서 찾아졌던 것인데, 가사체를 중심으로 한 정형률이 대안으로서 선택되었음을 볼 수 있다. 시조 양식에 대한 부정적 견해를 지닌 벽초의 경우에는 이 대안을 회피하여, 새로운 운율 형식을 만들어 내었는데, 이 창안은 선진적 양식 모험에 의함이 틀림없지만, 전통 양식에 대한 일방적 부정만으로 성취된 것이 아니라, 일상적 발화에서 시적 발화를 거치는 동안의 순차적 운율 형식 적용의 선례라 할 수 있는 『을병연행록』처럼 기존 독서 관습과 양식의 교호 작용에 의한 운율 창출의 방식이 이어진 면이 있다고 할 수 있다.

본디, 산문은 소리와 의미의 충돌이 완화되어 있는 상태였는데, 여기에 운율을 강제함으로써 소리와 의미의 충돌이 야기되었다. 시에서의 소리는 기존 산문의 의미를 재해석하기를 요구하는 가공음이다. 시에서의 소리는 산문의 리듬을 뒤흔들어, 소리와 의미 사이에 갈등관계를 만들어낸다.[54] 중세 정형률로부터 산문시 리듬으로의 일탈은 정형률의 속박에 대한 반응이면서, 동시에 새로워진 정신에 대응할 수 있는 운율 형식의 추구로 볼 수 있다. 중세 정형률의 확정된 운율 형식과 다른, 근대의 유보된 운율 형식이 담보할 수 있는 것은 오로지 앞 시행의 운율 실현 방식에 따른 대응일 따름이다. 첫째 마디가 길고 낭랑하게 발성되고 둘째 마디가 짧고 리듬상 단순하게 발성되든지, 아니면 이 두 마디가 반대로 이루어져 있든지 간에, 첫 마디는 언제나 둘째 마디의 척도가 된다. 낭송할 때에 첫째 마디가 장황하면 짧은 둘째 마디의 낭송속도를 지연시키게 된다. 그러나 거꾸로 첫째 마디가 짧으면 둘째 마디의 낭송속도를 더 빠르게 한다. 특히 둘째 마디가 첫째 마디보다 훨씬 더 길다면 낭송속도는 상당히 빨라지게 된다.[55] 이처럼 음보의 등시성이 억양 도막의 불균등성으로 말미암아 왜곡되고 마는[56] 것이 운율의 원래 실상이므로, 산문시의 새로운 운율 시도는 운율의 본질을 회복하는 것이며, 따라서, 근대 시기 자유시의 형식 추구는 한국시가에 내재한 운율 형식을 계승함에 그 본령이 있었던 것이 된다. 여기에서 비로소, 벽초가 시조 형식을 가리켜 "齷齪"이라고 평한 까닭을 알게 되니, 그 선조인 담헌이 최극단의 정서 표출에만 허용하였던 정형률이 詩作의 항존하는 규율로서 압박하고 있던 사정에 기인한 폄평이었다.

『을병연행록』의 장대한 서사 문맥을 관류하는 다종다양한 율문 구조는 담헌 당대를 압박하고 있던 정형률을 거스르는 대하라고 할 수 있거니와, 이 흐름이 근대시의 안정된 시형에 당도하기까지의 경로는 운율 실현

54 김명복, 「영어의 리듬과 한글의 리듬」, 연세대 근대한국학연구소 편, 『번역시의 운율』, 소명출판, 2012, 188쪽.
55 박인기 편역, 앞의 책, 367쪽.
56 위의 책, 368쪽.

관습의 계승과 개신 사이에서 격동하는 것임을 볼 수 있었다. 20세기 초두에 새로운 외국시 번역에 적용한 산문시형을 통한 벽초의 반응이 "心臟이 자진맛치질하듯 뛰노난" 것이었음은 이 격동의 흐름을 인지함에서도 연유하였을 터이다. 다음 항부터는 계승과 개신에 관여하였던 실제 장르인 한시, 시조 그리고 이 장르들의 항수 요인인 서정시의 영역 확정에 관한 사항들을 다루면서 그 흐름을 구체적으로 갈래 잡아 보기로 한다.

### 2) 한시와 시조 시형 사이의 관련

육당의 경우에서도 확인되는 사항이지만, 전통과 개신이 긴장하는 근대시 양식 수립 과정에서 전통으로 귀의하는 한 방향이 서구 지향의 개신에 대한 상대항으로서 작동하고 있었다. 전통 귀의의 견인력에는 두 항목이 중심 인자인바, 한시와 시조가 그들이다. 한시와 시조의 관련은 조선조에서부터 표기 체계의 이중성이라는 시대적 제한을 조건 삼아 긴밀히 유지되었다. 시조 한역이나 한시 시조화와 같은 양식 교섭뿐만 아니라 시상을 공유하는 데에까지 진전되어 있었던 것이 조선조까지의 실상이었다. 근대에 접어들면서 이 관련은 전통과 개신의 양항을 계기 삼아 분파되는데, 시조부흥론과 같은 형식 치중 쪽이 전통항에 귀속된다면, 만해와 같은 근대시 어법의 창안은 개신항에 귀속되면서 내용 위주의 지향을 가진 점에서 한시와 기맥이 닿는다고 할 수 있다.

시조의 경우에는 육당의 시 형식 모색 과정의 귀착점으로서 파악되는 경로가 뚜렷하다. 육당 시작의 경로는 애국계몽 주지의 집단서정으로부터 심미적 문예 양식으로의 전환을 계기 짓는 개인서정화를 거치는 과정이 선명하게 부각된다. 『백팔번뇌』는 시조 작품집으로서 개인서정이 양식화된 모습을 확고히 보여준다. 서문에서 저자가 규정하고 있듯이 "엄숙한 思想의 一 容器"로서의 양식이 지향하는 바는 전통 시조의 관습 추수를 벗어나서 새 시대의 정신을 담는 도구로서의 역할이다. 정신의 내용은 "엷은 슬픔에 싸인 내 회포"이거니와 "감격과 嘆美의 祭物로 드리던 祝文"의 방식이나 "卽事卽興"의 표출로 형식을 삼았다. 육당은 나름대로 확고한 정신의 포착이 정련된 양식화를 이루었다고 자부한바, 벽초의 발문에서 지적한 "구경의 임"으로서의 조선이 정신에 해당한다면, 춘원이 "주역"이라고 빗댄 실질은 정련된 형식에 대한 것이다. 이 정신과 형식 관련의 긴장도를 위당은 같은 자리에서 "말을 늘이다 보면 뜻을 잃고, 말에 재주 피우다 보면 정신에 누가 된다[詞曼則失意 詞巧則累神]"라고 요약하였다. 발문 작성자 3인이 모두 근대시 양식으로서의 시조시를 짓거나, 시조에 대한 정견을 가진 점에서 이들의 논의는 시조 양식의 운명에 대한 중요한 단서를 제공했다고 할 수 있다. 특히, 위당 정인보의 경우는 육당의 시조 양식 운용을 가장 가까이서 지켜보면서 자신도 시조 양식의 운용에 대한 작가의 책무를 심각하게 인식한 점에서 이 논의의 중심에 둘 만하다.

위당이 『백팔번뇌』 가운데 가장 앞세워 논한 작품은 "江行諸調"라고 묶은 〈鴨綠江에서〉, 〈大同江에서〉, 〈漢江을 흘리저어〉, 〈熊津에서(公州錦江)〉, 〈錦江에 하마쩌서〉, 〈白馬江에서〉, 〈洛東江에서〉 등등의 제편이다. 위당의 평은 "뜻을 쓸쓸히 흩어짐에 맡겨서 말이 족히 세상을 벗어났다[意寄蕭散 詞足以騰虛]"이거니와 정신과 형식이 합치되어 양식의 본질을 최대한 실현함에 대한 지적이다. 그 일면을 실제로 본다면,

사앗대 슬그머니
바로질러 널제마다

三角山 잠긴 그림
하마께어 나올 것을

마초아 뱃머리돌아
헛일맨드시노나
(〈漢江을 흘리저어〉 전 3수중 제1수)

3장 6구 형식을 균등한 3연의 현대 시련화함으로써 시각에 의존하는 감상을 유도하는 가운데, 선유의 보편적 소재를 통하여 일상을 환기하는 전통시조의 정신세계를 새로운 차원으로 재창조하였다. 한편, 위 작품에서도 드러나지만, 춘원이 "그 표현이 하도 簡勁한 점에서 그렇기 때문에 좀 알아보기 어려운 점에서" 주역이라고 평하고, 위당도 세평을 인용하여 지적하기를 "玄學말을 하는 것 같기도 하고, 篆字나 隸書 보는듯하여 알기 어렵다[或謂公六時調 如談玄學 或謂篆籒 言其難解也]"라고 한 언어사용의 새로움을 전통시조와 다른 특징으로 들 수 있다. 이 점에서 좀 더 두드러지는 작품을 인용하면,

흐르는 저녁볏치
얼굴빗츨 어울러서

쪽가튼 한가람을
하마 붉혀 버린러니

갈매기 쎄지어나니
흰창 크게 나더라

(〈大同江에서〉 전 3수 중 제1수)

석양에 강물이 물들고 갈매기떼 흰 날개를 뒤채는 풍경을 그리면서, 매장의 전후구의 통사적 관련에 깊숙이 개입하면서 신조 어구를 만들어 내었다. 예를 들어 초장의 후구 "얼굴빗츨 어울러서"는 노을에 사람의 얼굴까지 온통 물든 광경을 위한 말인데, 연결어미의 관련이 중장 후구의 서술부까지 미치면서 종장의 시상 전환을 예비하는 역할을 수행하고 있다. 이런 통사적 관련이나 장별로 예비-실현과 같은 역할 분담을 배정하는 데에 작가의 의식이 치밀하게 작용하고 있는 점이 전대의 시조가 관용어에 의지하면서 작자의 개입이 느슨한 점과 대비된다.

육당이나 위당은 시조 양식에 대한 작자로서의 책무를 철저히 수행하는 가운데 작자성을 부각한 점에서 전대의 무기명 작자들의 작품 공유와는 다른 사유화의 단계에서 시조 양식을 운용하였다. 형식의 정련성이나 언어 선택의 치밀함은 이 단계의 결실로서 시조 양식의 근대적 변모를 이끄는 중심 인자가 되었다. 육당의 시조 작시는 회고적 주제 편향에 이끌리면서 전대 시조의 관습을 되풀이하게 되는 중에 정련과 치밀의 긴장을 잃게도 되는 것이지만, 『백팔번뇌』의 개인 작가로서 열어 놓은 시조 양식 운용의 길은 시조사 내지 시가사에서 큰 의의를 지닌 것이며, 이 의의는 학문적 연마를 시조 작시에 밀착시킨 위당 시조에 의해 유지되었다.

위당의 학문적 성향은 소위 강화학이라는 난곡 계열의 실증적 학통에 연원하지만, 피식민기라는 시대적 조건에 대응하는 자세는 민족문화의 정통성을 추구하는 쪽으로 정립되었다. 시가 연구도 그 일환으로서 조선시가의 원류를 더듬어 내려오는 가운데 시조 가사를 만나면서 실증적 자세로 대상에 접근하였다. 시가에 관한 대표 논저라고 할 수 있는 「정송강과 국문학」에서는 송강의 유려한 언어 구사의 원천을 면밀히 참구하였다. 역사에 전심했던 위당으로서야 조선 전기에서 중기에 이르기까지의 음악의 발전이라는 요인을 놓칠 리가 없었다. “松江이 일찍이 그 姊氏를 따라 闕內에서 길리어 明宗의 愛待를 받았다하였으니 이때는 成廟盛際가 멀지 아니하므로 宮中歌樂이 後世의 比가 아닐 것이라, 松江의 歌詞의 學이 여기서 비롯하였는지도 모른다”[57]라는 추단이 있었으며, 이보다도 “淳朴하게 나오는 詞氣야말로 곧 薄俗을 돌려놀 듯한 데가 있다”[58]는 송강의 언어구사야말로 시조 양식의 본질을 최대한 실현한 예가 된다 하였으며, 여러 작품의 예를 들어가면서 “티 되는 것에서도 의연히 그 솜씨가 보이는”[59] 好詞들을 나열하였다. 위당의 송강에 대한 찬숭은 결국 시조 작가로서의 선행 전범을 구한 결과이며, 실제로 위당의 시조에서는 송강과 같은 분위기의 말솜씨가 엿보인다.

> 가을은 그 가을이 바람 불고 입 드는데
> 가신 님 어이하여 돌오실 줄 모르는가
> 살뜰이 기르신 아희 옷품 준 줄 아소서(其 1)
>
> 비 잠간 산 씻더니 서릿김에 내 맑아라
> 열구름 뜨자마자 그조차도 불어 업다
> 맘 선뜻 반가워지니 님 뵈온 듯 하여라(其 3)
> (〈慈母思〉 40수중 2수)

송강이 애민의 사려를 백성들 간의 대화체인 구체적 일상어로 드러

---

57 정인보, 「정송강과 국문학」, 『담원 정인보전집』 2, 연세대 출판부, 1983, 59쪽.
58 위의 글, 55쪽.
59 위의 글, 62쪽.

내었듯이, 위당은 사친의 정을 가정에서 사용하는 여성 언어를 중심으로 엮어내었다. 정태적 여성 정조의 한계가 지적되기도 했지만, 우리 언어에 싣는 내용의 특질이 그러한 것이지 위당 개인의 취향이 아님은 앞선 송강의 예에서도 확인된다. 보다 심각한 문제는 석 줄의 관계 속에서 펼쳐지는 논리의 간명성이 자칫 섬세한 정서의 굴곡에 의하여 왜곡될 수 있는 점이다. 석 줄로써 시대의 중심 문제를 장중한 목소리로 풀어나갈 수 있었던 전대 시조의 전범을 이탈할 수도 있는 점이다. 시조 양식의 사적 소유화에도 불구하고 위당의 뒤 시기 시조 작시가 기념 시에서 본령을 발휘함은 그 장중미를 유지할 수 있는 재료가 공식적 행사였기 때문일 것이다. 여기서 사적 진술 방식으로서의 시조 양식이 가벼운 일상 소재 수용의 반복에 그칠 위험을 대체할 수 있는 다른 문예 양식이 필요했던 것인데, 한시가 그 역할을 일정하게 수행해 나왔다.

육당 시작에 관한 전절의 언급에서 한시가 전통시가의 근대시 이행 과정에서 일정한 역할을 했으리라는 추정을 하고 예도 하나 들어 보았다. 거기서도 본 바와 같이 한시를 수용하는 일차적 통로는 번역에 의함을 알 수 있다. 한시는 오랫동안 우리 문예 양식의 중심에 있어 왔으며 한자문화권의 보편 양식으로서 시적 사유를 일반화하는 데에 크게 기여해 온 것이 사실이지만, 한글이 일차 언어인 한에 있어서는 어디까지나 한글식의 사유를 타자화하는 기제에 머물 수밖에 없었다. 번역이 원시가 지닌 변별적 장점을 알아내고, 이러한 타자성에 의해 영향받아 자신의 언어가 재질서화 혹은 무질서화되기를 허락하는 가운데, 독자들이 번역시에서 이러한 타자성을 알아차릴 수 있게 하는 작업이라면,[60] 한시의 본질을 드러나게 하는 길이 번역에 있을 수밖에 없을 것이다. 한시의 본질을 그 성운

60 최홍선, 「에즈라 파운드의 「중국」에 나타난 번역의 시학」, 이화여대 석사논문, 2006, 120쪽.

체계에 의한 음악성이나 이미지를 강화하는 회화성에도 둘 수 있지만, 의미의 통로로서의 번역과 관련된 특질은 지성미, 곧 고립된 문자들의 병치에 의하여 언외의 의상을 전달하는 표현미를 앞세울 수 있다.

우리 근대시에서 종교적 사유에 의한 심층 논리적 언어 사용을 통하여 근대 시어를 재창조한 것으로 평가되는 만해 한용운의 경우에도 한시 시작이 근대시 작시에 일정한 선도의 역할을 한 것을 볼 수 있다. 특히, 옥중이나 산중과 같이 고절된 환경에서 지어진 한시에서 보편 양식인 한시와 우리말 시 사이의 언어적 간격을 의미의 천착에 의하여 메워나가는 절묘한 전달 통로를 보게 된다.

竟歲未歸家
逢春爲遠客
看花不可空
山下寄幽跡 (〈旅懷〉)

온 한 해를 내 집에도 가지 못하고
봄 되어 나그네길 떠나가나니
꽃아 너 한번 잘 그뜩이는 피어있구나
산 밑으로 깊숙이 들어가본다

「산 밑으로 깊숙이 들어가 본다」는 마지막 구절은 이 구절만 따로 떼서 단독으로 읽어서는 안 된다. 온 한 해 동안을 가족이 사는 집에 단 한 번도 가보지 못하고 그리워하고만 지내다가 다시 딴 데로 나그네 길을 떠나야 하는 사람이 간절한 느낌으로 본 그 봄꽃 — 「꽃아 너 한번 잘 그뜩이는 피어 있구나」하고 감탄하며 본 그 꽃에 대한 느낌의 표현과 반드시 아울러 음미하면서 읽어야만 비

로소 시의 감칠 맛을 느끼게 되는 것이다.[61]

원시를 재료로 하는 번역과 주석은 역으로 원시의 재료가 된 시상과 시어에 해당하기도 한다. "「산 밑으로 깊숙이 들어가본다」는 마지막 구절을, 이 구절만 따로 떼서 단독으로 읽어서는 안 된다"는 경고는 원시와 번역시 간의 교섭 관계를 떠나서 제대로 번역과 이해가 되지 않음에 대한 확인이다. 그리고 이 간절한 경고의 필요는 자칫 언어 간의 격절에 떨어져 영영 의미의 늪을 헤어 나오지 못할 수도 있음에 대한 것이기도 하다. 요컨대, 만해 자유시의 논리적 사유는 이런 번역이나 주석을 통한 언어에 대한 훈련을 거쳐서 이루어졌다고 할 수 있다. 사유의 깊이는 형이상학적 의미에 관련되기도 하면서, 보편 문어와 자국어의 거리를 통과하는 통찰력 있는 언어 모색에 크게 기댄 것이다. 이 언어 모색을 일반적으로 번역이라고 부를 수 있는데, 한국 근대시의 형성 과정에 있어서는 서양시 번역에 대한 관찰은 반복하여 이루어졌으면서도 한시와의 관련을 따지는 문제는 소홀히 한 편이다.

서양시나 한시나 외래 양식으로서 우리 시가를 타자화하는 기제이다. 한시는 오랫동안 중요 문예 장르로 다루어오면서 어법이나 수사 관례를 자기화하는 과정이 있었지만, 서양시의 급작스러운 충격은 여유 있는 언어적 방위를 허락하지 않은 채 침투해 들어와서 전혀 이질적인 문예 양식화한 것이 사실이다. 이 책은 이 영향 관계의 실상을 밝혀서 근대시 운율 형성 과정을 규명하기 위해 시작되었다. 한시를 통한 근대시 성립 경로가 어느 정도 포착 가능한 것으로 보이는 가운데 이질적 서양시의 번역 과정이 어떤 과정을 거쳐서 자기화의 길을 밟아갔는가도 살펴볼 필요가

61 서정주 역주, 『만해 한용운 한시 선역』, 예지각, 1982, 16~18쪽, 원시와 번역, 주석.

있다. 특히, 육당 시작에 관한 앞 항에서 언급했듯이 언어의 논리 강화라는 측면에서의 새로운 시어사용에 대한 고찰이 먼저 필요하다.

한시를 통한 논리 강화를 잠깐 다루었던 만해의 경우에 돌아가서 이 문제를 살펴보기로 하자. 만해 시작의 결정인 『님의 침묵』 전편은 한결같이 절대적 명제에 대한 탐구로 일관되어 있다. 작품에 따라 여러 가지 논리적 장치를 사용하는 가운데, 불립문자식의 언어 격절 행위가 작용하기도 하였다. 말이 결코 의미를 떠날 수는 없는 조건 가운데 언어의 발생 이전 침묵에 근접하는 방법은 일상적 언어사용을 일단 탈피하여야 한다. 이런 식의 만해 시어사용을 불교적 사유와 관련하여 해석할 수도 있겠지만, 의미의 견인을 벗어나 유리하는 음성적 실체에 감응하는 예술적 반응이 실재하는 한, 종교적 의미만으로 충분한 설명이 될 수는 없다. 오히려 기다란 독백체의 새로운 시형이 지닌 리듬이 산출된 경로를 살펴보는 일이 긴요하다고 할 수 있는데, 시의 논리는 추상적 사변의 산물이 아니라 언어 사이의 관련에 의하여 규정되는 구체적 행위이기 때문이다. 이 행위가 언어로 실현되는 과정을 살피기 위해 만해 한시 한 편을 또 읽어보자.

> 四山圍獄雪如海
>
> 衾寒如鐵夢如灰
>
> 鐵窓猶有鎖不得
>
> 夜聞鐘聲何處來 (〈雪夜〉)

> 감옥 둘렌 산뿐인데 바다같이 눈이 온다
>
> 무쇠 같은 이불 속에 재 되어서 꿈꾼다
>
> 鐵窓살도 아직은 다 못 채 놓아서

그 어디서 밤 종소린 들려오나니[62]

결구를 제외한 앞의 3구는 모두 영어의 처지에 어울리는 무거운 의미를 가지는 시어로 점철되어 있다. 음성적 인상도 입성이나 파찰음 계열이 주도하는 억세고 무거운 편이다. 이런 시어 배열은 한시 작자로서 의도한 것으로서 4구의 鐘聲으로 비롯되는 밝은 분위기에 대조적 인상을 부여하기 위한 장치라고도 할 수 있다. 종소리는 시인이 희구하는 세계를 예감케 하는 밝고 트인 인상을 가져다줌으로써 시인의 뜻이 결코 어둠에 포기하려는 것이 아님을 명시하고 있다. 이와 같이 4구라는 주어진 조건 속에서의 언어 운용은 그 조건을 충족하는 가운데 시인의 의상이 가장 잘 투영될 수 있는 조합을 찾아낸다. 이 모색이 한국어로 옮겨갈 때에는 어떻게 변모할까를 만해 시 한 편을 들어 살펴보기로 한다.

리별은 미의創造입니다
리별의美는 아츰의 바탕(質)업는 黃金과 밤의 올(糸)업는 검은비단과 죽엄업는 永遠의生命과 시들지안는 하늘의푸른꼿에도 업습니다
님이여, 리별이아니면 나는 눈물에서죽엇다가 우슴에서 다시사러날수가 업습니다 오오 리별이어
美는 리별의 創造입니다
(「리별은美의創造」)

제재인 "리별은 美의創造"를 처음과 마지막 시행에 뒤집어 배열해 놓은 데에는 역설과 반어로 일관하는 『님의 침묵』의 중심 사유가 반영되

62 위의 책, 43~44쪽.

어 있다. 이 사유에는 시대의 한계로 말미암은 극단적 상실감과 좌절이 반영되어 있다. 동시에 이 절망과 좌절을 딛고 새로운 활로를 찾아 나서던 일종의 탐색이었으며, 시련을 자기화하려는 결단의 표현이었다.[63] 중단 2연의 사설화한 표현이 시종 두 시행의 명제적 단언이 지니는 긴장감에 대한 완화 역할을 하고 있다. 이 완화는 선택과 조건에 의해 판단이 유보되는 구문의 시행을 늘려 놓음으로써 이루어지는데, 시종 두 시행의 단언이 가질 수 없는 역동적 사유의 힘을 전하면서 새로운 경지의 리듬을 산출할 수 있게 된다. 이러한 리듬 의식은 퇴폐적 낭만성에 경사되어 있던 1920년대의 시에서 일반화되어 있다고도 할 수 있지만, 만해가 이를 뒤집어 역동적 사유의 반영물화한 데에 창조적 역량이 담겨 있다고 할 수 있다. 말하자면, 만해도 어느 시대의 시인이고 그러했던 것처럼 당대의 문학 관습을 기반으로 하여 양식을 재창조한 것이다. 다음 절에서는 1920년대의 문학 관습으로서 영향력을 지닌 퇴폐적 낭만성이 근대시의 새로운 양식화를 가져오면서 운율 형성에도 일정하게 작용한 측면을 읽어보고자 한다.

## 4. 서정시 공동 기반으로서의 운율과 그 근대시에의 적용

—주요한 · 황석우 · 한용운의 경우를 계기 삼아

근대시 출현의 결정적 계기를 '서정적 자아의 발견'에서 찾은 논의가

---

63 정우택, 앞의 책, 275쪽.

일반적 동의를 얻고 있다. '서정적 자아'란 서정시가 문학사 위에 보이는 때로부터 존재했으므로 위 계기에 근대라는 제한이 가해져야 함은 물론이다. 근대의 서정적 자아가 이전 단계와 다른 점은 현실 사회의 주체적 인식에 기반을 둔 점이라는 것이 일반적 논의의 내용이다. 〈공무도하가〉의 제작에 청동기시대가 철기시대로 이행하는 문화사의 변환이 계기가 되었다고 보거나, 향가의 출현에 중세 국가 정립의 요건인 보편 종교가 영향을 미쳤다고 보는 것과 같은 사회문화사의 시각을 근대시가에 적용한다면, 중세 사회에서 근대 사회로의 이행 과정에서 요청된 새로운 시 양식의 주체로서 새로운 서정적 자아가 성립하였다고 할 수 있다. '새로운'이라는 수사에는 여러 가지 의미가 붙겠지마는 전 시대와 확연히 구별되는 대표적 특징을 들어본다면, 전문적 문사에 의해 작자성이 강화되는 변화를 지적할 수 있다. 황석우·이상화로 비롯되는 '시인다운 시인'의 출현과 그들의 집단화 활동과 그 활동의 사조 형성 등등의 현상은 이전 시기에서는 두드러지지 않았던 문학자 집단 특수 계층화의 일환이었다. 이제 이런 변화의 여러 모습을 기존에 정리해 놓은 논의 중심으로 살펴보면서, 근대시가 형성에 관여한 전통시가의 맥락을 잡아보고자 한다.

앞서, 애국계몽기 시가의 집단서정으로부터 개인서정화되는 경우를 육당 시작을 통하여 살펴보았는데, 육당은 열정적 양식 모색의 결과를 전통 양식에의 귀환으로 마무리하였기에, 그와는 다른 경로—개인서정화가 극대화된 경우를 살펴볼 필요가 있었다. 이 경우가 한국 근대시의 주류를 이루면서 전통 양식의 계승 선상에 있는 상대 부류를 견제해 나온 것으로 볼 수 있기 때문이다. 황석우·이상화로 비롯되는 '시인다운 시인'의 계열이 그 경우에 해당한다. 육당 쪽은 애국계몽 시가의 집단성에서 출발했는데, 황석우 등은 그다음 단계에 해당하는 개인성, 작자성 등을 그 출발선으로 한다. 이 출발선 직전에 서 있는 주요한을 먼저 살펴서 황석우 부류의 성격을 명확히 밝히도록 해본다.

주요한의 초기 시에서는 근대적 개인의 내면화된 발화 가운데에서도 우리 동요나 잡가와 같은 민중 양식의 여파를 감지할 수 있다. 소년적 감수성이 거름이 없이 표백되어 있는 「불노리」에서 외래 영향 이전의 굴절되지 않은 자세를 잘 보여주고 있다.

> 아아 날이저문다
> 西便하늘에 외로운강물우에
> 슬어져가는 분홍빛놀
> 아아 해가저물면
> 날마다 살구나무그늘에
> 혼자우는밤이 또오건마는
> 오늘은사월이라 파일날
> 큰길을 물밀어가는사람소리
> 듣기만하여도 흥성스러운 것을
> 웨나만혼자가슴에 눈물을참을수없는고

의도적으로 2구 대위의 시행으로 배열하고 보니 같은 시행 단위 내에서 배정되는 음량의 차이로 변화하는 리듬을 감지하게 된다. 앞뒤 구가 대응하고 있지만 동량 단위의 규칙성이 아니라 호흡의 장단에 따른 비대칭의 균형을 유지함을 볼 수 있다. 앞서 전통시가를 살피면서 적용하였던 호문 구조가 적용되는 것을 알 수 있다. 이 비대칭의 리듬은 다음과 같은 배열 속에서는 또 다른 모습을 보이게 된다.

아아 춤을 춘다(3)
싯벌건 불덩이가 춤을 춘다(4)

잠잠한 城門 우에서 나려다보니(4)
물냄새 모래냄새(2)

밤을 깨물고 하늘을 깨무는(4)
횃불이 그래도 무엇이 不足하야 제몸까지 물고뜯을때(6)

혼자서 어두운 가슴품은 젊은사람은(4)
過去의 퍼런꿈을 찬江물우에 내어던지나(4)

無情한 물결이 그그림자를 멈출리가 있으랴(5)

괄호 속에 표기한 것처럼 시행의 마디 수가 불균정한 채로 2행 결합의 시연 단위 구조가 각기 다르게 됨으로써 긴장의 야기와 고조 및 이완이 계기적으로 진행되다가 마지막 연의 5마디 이질적 시행에 의해 종결되는 경로를 보게 된다. 이런 모습을 사설시조로부터 가사나 잡가와 같은 시행 연첩 현상에서 확인할 수 있었던 것임에서 무슨 별다른 외래적 요인이 개재할 틈은 없다.

주요한은 상해 임정에 가담함으로써 국내의 소위 낭만주의 시 운동과는 변별되는 시작 도정을 밟게 된다. 상해 임정에서의 주요한 시작은 임시 정부의 담론을 재생산한 것이었다. 작품의 화자는 당당한 어조의 자신감에 넘치는 완결된 시적 주체였다. 임시정부의 담론을 그대로 독자에게 말을 건네는 형식의 청자 지향 표현이라는 점에서 애국계몽 시가와 동일한 속성을 지녔다고도 할 수 있지만, 교술적 태도의 계몽 일변도라기보다는 내적 감정의 현시에 의한 정서적 감동을 추구하였다는 점에서 차이가 있다.[64] 주요한 시작 가운데 이 정서적 감동이 발전된 맥락을 더듬어 본다.

> 비소리 ᄭᅳᆫ첫다 닛는
> 가을은 아름답다
> 빗맑은 국화송이에
> 맷친 이슬 빗나고
> 씽 우는소리에 해 저므는
> 가을은 아름답다[65]

여기에는 무슨 교술적 언사의 흔적은 없다. 순수 서정의 울림만이 남아 있다. 6행 1연에서 "가을은 아름답다"의 영탄적 언사가 반복되면서 정서를 집중하는 가운데, 2행 1첩의 계기적 진행만이 담담히 전개된다. 이런 순조로운 리듬은 다음과 같이 뚜렷한 소리 결을 가지고 드러나기도 한다.

> 나는 사랑의 사도외다
> 사랑은 비뒤의 무지개처럼
> 사람의 리상을 무한이 ᄭᅳ러올리는
> 가장 아름다운 목표외다
> 사랑은 마치 물고기를 번식케하며

---

**64** 조두섭, 『한국 근대시의 이념과 형식』, 다운샘, 1999, 42～45쪽에서 발췌.

**65** 주요한, 「가을은 아름답다」 총 3연 중 제1연, 『삼인작시가집』, 1929(『한국현대시사자료집성』 영인 4, 태학사, 1982, 278쪽).

긔이한 풀과 바위를 감최두며

크고 적은 배를 씌우는

기픠 모르는 바다와도 갓사외다

그처럼 넓고

그처럼 깁사외다[66]

논리 전개가 아니라 정서의 흐름, 그 표상으로서의 리듬을 감지하게 한다. 계몽적 언사의 틀을 벗어나 여기에 이르기까지의 경로에는 성경 번역으로부터 비롯된 서양시 번역의 과정이 관여하고 있었을 것이다. 이 과정에는 서양 양식의 답습으로 인한 양식 파정도 없지 않았다.

나는 노래를부르네

씃업는 슬픈노래를 부르네

천지가 모다 고요한

한밤중에 내홀로 깨어잇서

목을노아 씃업는 노래를 부르네[67]

"~네"를 통한 서양식 압운 모의로 인하여 낯선 서정 주체가 등장하면서 정황으로부터 유리된 방기된 정서가 유로되었다. 어떤 내용의 노래를 어떤 조건에서 부르는가 하는 정보가 친밀하게 전달될 수 없다. 대상이 같은 서양시라고 하더라도 다음과 같은 번역은 언어에 대한 몰아적 주체에서 진화한 자각의 목소리를 들려준다는 점에서 발전적 면모를 엿보게 한다.

---

66 주요한, 「사랑」 6연 중 제1연(위의 책, 282~283쪽).

67 이광수, 「노래」 3연 중 제1연(위의 책, 220쪽).

긔운차게 彈丸을 노래하라

脈搏은 機關銃에 마초라

苦痛은 슬어지고

歡喜는 讚頌歌와갓치 울리네

눈밋헤 눌렷던 慟哭은

쏫이되여 픠여나네

우리는 별의 종자를

處女地에 부리라네

農民의 발ㅅ자최가

薔薇로 되어나드시

우리는 불의 낫으로

눈보래를 뷔여드리세[68]

아마도 일역에서 가져왔을 이중 번역의 복잡한 경로 가운데에서도 자기 언어가 위치해야 할 지점을 뚜렷하게 자각하는 언어의 중심을 통해 새로운 리듬을 개발한 경우이다. 이렇게 번역을 통한 언어 영역의 확대는 새로운 시 양식을 요청하고, 이에 호응하여 집단서정의 계몽적 발화에서 빠져나온 목소리는 더욱 개인화된 경지를 향해 가는데, 이 경로의 한가운데에 황석우가 서 있다고 할 수 있다. '自然詩小曲'이라는 부제가 붙은 황석우의 『自然頌』(1929)에 실린 작품들을 순차로 읽으면서 확인해 보기로 한다. 『自然頌』은 서문에서 저자가 밝힌 대로 "人生에對한

68 쎄라시모프, 이광수 역, 「十月」(위의 책, 249~250쪽).

詩篇"에 상대되어 "社會運動以前곳大正九年以前과또는滿州放浪時代"에 지어진 작품들이다. 저자가 굳이 인생시와 사상시에 선을 긋고자 한 것처럼 여기 실린 시편들은 우주 자연과 교감하는 인간 본연의 모습을 찾으려는 근본적 사유에 이끌리고 있다. 이 사유가 아나키즘의 세계관에 기반을 두고 있다는 근래의 논의[69]는 황석우 시작의 전체 도정을 연계하여 읽을 수 있는 지침을 마련하였다. 아나키즘이 계층의식을 바탕으로 하는 기존의 제도 관습에 대한 근본적 개혁을 모색했듯이 황석우의 자연시는 자연이라는 소재적 차원의 새 출발을 계기로 시 양식에 대한 근본적 개신을 꾀한 것으로 보인다. 그리고 이 모색은 운율에 대한 것으로부터 출발하여야 했을 것이다. 황석우의 시론인 「詩話」(1919)의 핵심어라고 할 수 있는 "靈律"은 생리적 개념에서 시인의 개성적 호흡에 의하여 통어된 리듬이다. 이 리듬이 자유시의 리듬이라는 데로 이어지는 것이 황석우 시론의 맥락이다.[70] 황석우는 "'音響'의 節制 洗錬이 詩의 가쟝 緊要혼 工夫일다"라고 리듬의 중요성을 강조하였다.

> 밤한울가운데
> 낙시배燈불갓치반작이는
> 별들의우에는
> 밤의精靈이고요히안저
> 地上의萬籟의魂을그물질하고잇답니다 (「별들의우」)[71]

『自然頌』 앞부분을 차지하는 우주 천문에 관한 시편 가운데 하나이

---

**69** 조두섭, 앞의 책과 정우택, 『황석우연구』(박이정, 2008) 등에서 황석우 자연시의 사상적 기반을 아나키스트로서의 경력에 연계하여 해석함.

**70** 조두섭, 위의 책, 79쪽.

**71** 황석우, 『自然頌』, 1929, 49쪽(『한국현대시사자료집성』 영인 4, 태학사, 1982, 65쪽).

다. 이 시편들은 우주 차원으로 작품 세계를 확대함으로써 자아에 대한 각성과 그를 통한 세계의 재편성을 꾀하고 있다. 위 작품의 침잠된 어조는 그 정신의 변화에 말미암겠는데, 이 변화의 기미는 기존의 정형률에서 훨씬 벗어난 시행 단위의 불균정한 배열로 드러나고 있다. 다음과 같은 작품처럼 분량이 늘어나면서는 새로운 시행 배열 방식으로 야기되는 리듬이 보다 뚜렷하게 감지된다.

가을夕暮는

南風의물결우에쪽배를씌어

젓고저어와서

넓은한울우에

흰구름쪼각의포대기걸치고

키자랄險상구진꿈을꾸고자는

어린별들의겨드랑이를간지리면서

일어들나거라 오오올챙이갓치낫에자는어린귀여운별들아밤은왓다

내배(舟)우에밥을실코왓다

西쪽한울의나루(渡船場)에서해를내려놋코 밥을실고왓다

너희들의그리우는아릿다운달도함씌불너왓다

일어들나거라 어린별들아

달을한울복판에안치고

너희들은일어나그달의압뒤를쌩둘너안저

달의속삭이는그滋味잇는기ㅡㄴ가을밤니야기를들어라

(「별들아일어나거라」)[72]

---

72 위의 책, 50쪽(영인본 66쪽).

제7행인 "어린별들의겨드랑이를간지리면서"까지를 종속부로 하면서 이하 주절부는 자연(가을夕暮)을 주체화한 발화이다. 자연과 화자가 말을 주고받으면서 일체화하는 경지를 펼쳐 보였다. 그 둘 사이의 교호상은 들쭉날쭉한 시행의 교차로 형상화되었다. 한 번도 있어보지 아니한 리듬의 울림이 이 작품 안에서만 존재하고, 그 고유성은 어떤 정형에도 구속되지 않음으로써 진정한 자유시의 리듬을 확보하게 되었다. 아나키즘이 기존의 제도 관습을 부정하는 것처럼 황석우의 시적 의지도 전통 운율을 말살한 위에 새로운 운율을 수립하려고 한 것인지도 모르겠다. 그러나 가을夕暮와 별들과 인간이 함께 어우르는 목소리에서 이미 감지된 것처럼 전통시가에서 자연과 교호하는 방식이 되살아나고 있음을 주목하지 않을 수 없다.

나비의飛行家님! 하얀푸로펠너, 노란푸로펠너곱게옴으리고空中으로붓허내려오십시요

나비님! 나는당신을사랑하는可憐한女子

당신과나는상양한東風의紹介로서

닙(葉)뒤에고개숨겨붓그러운빨간눈으로

몰내당신의얼골을暫間쳐다보고는

첫사랑이싹돗치여숩풀가운데서여러번의즐겁은密會를거듭하고

지금에는자나깨나당신생각뿐 아ㅅ츰으로붓허저녁까지

臙脂찍고 紛발너당신때문에고흔化粧하느라고몸을졸아말닙니다

오늘도나는食前꼭댁이붓허어린香氣를

松林밧갓까지내보내여밧두덕으로맵시잇게날너오시는당신의모습을살피게하엿읍니다[73]

나비와 꽃의 대화는 전통 애정시가에서 산견되는 바이다. 프로펠러와 같은 근대적 심상이 개입하여 있지만, 심경을 표출하는 말솜씨는 옛 그대로이다.

> 小園 百草叢에 ᄂᆞ니ᄂᆞᆫ 나븨들아
> 香ᄂᆡ를 됴히 너겨 柯枝마다 안지마라
> 夕陽에 숨구든 거믜ᄂᆞᆫ 그믈 걸고 기ᄃᆞ린다(麟平大君 :『甁窩歌曲集』)

> 나뷔야 靑山 가쟈 범나뷔 너도 가쟈
> 가다가 져무러든 곳듸 드러 자고 가쟈
> 곳에서 푸ᄃᆡ졉ᄒᆞ거든 닙헤셔나 ᄌᆞ고 가쟈(六堂本『靑丘永言』419)

> 쏫자 고온 체 ᄒᆞ고 오ᄂᆞᆫ 나뷔 피치 말라
> 嚴冬 雪寒이면 뷘 柯枝 이로다
> 우리도 貪花 蜂蝶이니 놀고 간들 엇더리.(『永言類抄』191)

각기 나비에 감정이입하여 자신의 처지를 투사한 사유로 이루어졌다. 세속 인심 정태에 대한 개탄이나 애정풍류에 대한 무상함의 의미도 담겨있지만, 그보다 자연물과 인간이 공존하는 세계에 대한 확인이 앞에 나와 보인다. 자연의 질서를 좇는 인간세계의 변화, 미물의 행위와 동일시될 수 있는 영장 인간의 영위 등등에 대한 수사적 대응이 돈호로 이끌어지는 말 건넴으로써 귀결하였다. 옛 말솜씨와 새 가락의 결합은 요컨대, 근대 양식으로의 변이란 전혀 이질적인 개별자의 출현이 아니

---

**73** 황석우, 「나비사랑하는어느쏫」의 전반부, 위의 책, 77쪽(영인 93쪽).

라, 전통에 기반을 둔 계승 관계로 이루어진 공통 인자—2·3·4 음보격 등등과 같은 한국시가 운율의 기본 형식—에 의함을 보여 주고 있다. 다음 시편은 근대적 소재를 택하고 있는 가운데, 전통 계승의 공통 인자가 감지되는 좋은 예로 들 수 있다.

> 나그네길가는어느
> 美貌의제비가머리에는
> 潤彩흘으는天鵝絨의
> 전두리업는中山帽갓기도하고
> 족으만防寒帽갓기도한
> 紺色털의동글帽子를으긋히쓰고
> 가슴에는루바시카갓흔흰좃기(短衣)에
> 몸에는쏘한接부ㅅ채形狀의
> 야릇한소매달닌半모-닝갓흔紺色털洋服을입고
> 코우에는세루로이드의眼鏡을걸침과갓치보히는聰明한맑은눈앞을반작이는
> 맑숙하고도날신하게호리호리한모-단靑年의스타일노서
> 그것에는 사희좃케
> 달큼한憧憬에타는눈동자의
> 숨결허덕이는허리가는
> 纖弱한안해를날녀세우고
> 山嶺을넘고
> 개울을것치여
> 들노붓허들노
> 空中을내리는화살갓치다르면서
> 象牙송긋갓흔부부리속으로[74]

황석우가 시집 전체에서 내내 견지한 시행 단위의 배열을 행별로 대조하면 우선 길이에 있어 들쭉날쭉한 모습을 찾아볼 수 있다. 이 모습은 정연한 배열의 가사 시행과는 구별되는데 가사 시행은 반복되는 규칙성에 의거한다면, 이것들은 예측 불허의 불규칙성을 보인다. 그렇다고 이것들이 단발마적 독립 시행은 아닌 것이 각기 내부 운율을 달리하면서 주변 시행들과 대비되는 리듬을 조성하는 데 가담하고 있다. 이 모습은 앞서 주요한의 경우에서 확인한 것처럼 전통 가운데에 내재해 있던 것이다. 종지형이 유보된 채 만연하는 시행의 번음은 마치 나무의 생장과도 같은 일정한 방향을 가지는데 생리적 개념에서 시인의 개성적 호흡에 의하여 통어된 리듬인 '靈律'을 그 내용으로 한다고 볼 수 있다.

외래어가 산견되는 것처럼 근대적 대상에 몰두해 있으면서도 말 쓰임새가 우리말의 본태로서의 늘어진 가락 — 수식받는 주체나 종지형과 같은 단절 부분을 유보해 나가는 만연체 — 에 의지하는 모습을 보며, 바뀐 것은 생각일 뿐, 언어적 육화로서의 시어는 옛것 그대로인 현상을 대면하게 되는데, 의도적 계승으로서의 전통 인지가 아나키스트인 황석우에게 해당되는 사항이 아닐진대, 이 구태의 언어 현상은 당대 언중의 한 사람으로서 자연스럽게 수용된 것이거나 혹은, 시대에 따른 언어 현상의 변화가 아직 완만하였던 시작 당대를 반영한 것으로 부연할 수도 있겠다.

새로운 시 양식 산출의 계기를 근대적 정신으로 볼 것이냐, 아니면 언어 형식의 발전으로 볼 것이냐 하는 문제가 근대시 출현의 동인을 규명하는 관건이 되리라는 전망 아래, 이 문제를 한용운의 경우에 비추어 보기로 한다. 황석우의 경우가 아무래도 정신이 앞서는 것으로 보아야 함은 앞선 작품 검토에서 드러난 바이다. 시 형식의 근간이 되는 운율이나

---

74 황석우, 「우리들은新婚者」의 전반부, 위의 책, 81~82쪽(영인 97~98쪽).

형식을 구체화하는 직접적 수단인 시어 선택에 있어서 전통 요인에 매어 있는 황석우 시작의 모습은 정신의 선진을 주창한 시인으로서는 낯설기도 하다. 이 낯설음은 정신에 합일하는 형식의 본령을 전제하는 이론적 재단 때문에 야기된 것으로서, 작시는 반드시 내용과 형식의 합일적 경지에서만 이루어지는 것만은 아닌 실상을 반영한다면 해소될 수 있는 현상이다. 어쩌면, 정신과 형식 사이의 불균형 자체가 근대의 표징일 수도 있으므로, 이제 이 문제를 보다 적극적으로 해소하려는 노력을 보인 만해 한용운의 경우를 통하여 한 걸음 더 나가보기로 한다.

한용운의 진취적 삶의 자세가 유학, 동학, 신학문을 거쳐 마침내 불교에 귀의한 경로와 민족 독립을 위한 적극적 사회 참여는 그 자체가 근대사상사의 축도라고 할만치 격렬한 변동 가운데에 있었으며, 개신 불교를 적극 추구하는 불교 내에서의 모색에서도 단절 없는 정신의 동력을 읽을 수 있다. 흔히, 만해 시의 개성이 그런 정신의 편력과 연계되어서 설명되는 만치 근대정신의 합일적 형식으로서의 자유시로서 해명되기 마련이었다.

> 한시나 시조와 같은 전통적 형식은 자아의 이념적 깊이나 개방적 공간을 담아내기에는 너무 작거나 부적절한 그릇일 수 있기 때문이다. 열려있는 시적 자아의 무한의지가 형식의 구속을 거부하고 자유로운 운율적 표현을 선택하게 되는 현상은 만해만이 아닌 당대 시인들의 전반적인 경향으로서 하나의 자연스러운 귀결인 것이다. 그러나 만해에게 있어서 자유율적 표현의 선택은 이것만이 아닌 더 절실한 동인이 있었던 것으로 보인다. 만해는 당대의 시인들이 흔히 그러했던 현상적 세계로부터 초월하거나 도피함으로써 지향적 세계를 인식하려는 태도를 지니고 있지 않았다. 만해에게 있어서 지향적 세계에의 인식은 오직 현상적 세계를 통해서만이 가능한, 불교적 菩薩願行의 이념 위에 기초하고 있

었다. 이로 말미암아 시에서 지향하는 세계는 항상 현상적 세계와 이념적 자아의 대립이 자아내는 대결적 삶의 치열성을 통해서만이 인식될 수 있는 성질의 세계였다. (…중략…) 절제된 운율적 질서, 정연한 행 배열 구조나 완결적인 형식은 이러한 대결적 삶의 치열성을 표출하기에는 너무나 잘 짜여져 있고 폐쇄적이다. 현상적 세계에 대한 대결적 삶의 치열성이 격렬하면 할수록 형식에의 개방충동 역시 더 강해지기 마련이다. 자유율적 표현의 필연성은 바로 이러한 동인에 근거하고 있다.[75]

위에서 요약한 "자유율적 표현의 필연성"이 바로 근대정신에 합일하는 근대 자유시의 출현 동인을 가리킨다. 그러나 위의 논지는 좁은 도식화에만 매여 있지는 않고, "당대의 시인들이 흔히 그러했던 현상적 세계로부터 초월하거나 도피함으로써 지향적 세계를 인식하려는 태도"와 구별되는 만해 시 정신의 치열함이라는 항목을 보태고 있다. 이 항목을 불교의 菩薩願行에만 한정시킨 아쉬움이 없지 않지만, 다음과 같이 시인의 눈으로 본 만해 시 정신의 치열함은 현실 존재와 이상 목표의 거리를 해소하려는 菩薩願行의 실질과 크게 다른 성격의 것은 아니다.

'타고 남은 재가 다시 기름이 됩니다'의 시적 비약의 능력이 얼마나 비범한가를 보여주고 있다. 이 구절에서 이루어 놓은 급격한 전환은, 이 시가 단순한 자연의 관조를 주제로 한 것이 아니고, 바로 失國의 비애, 잃어버린 나라, 그 일에 대한 절절한 애모와 신앙, 영원한 기다림의 신념을 보여줌으로써 조국과 민족에 대한 불타는 志操, 부활과 소생에 대한 불멸의 원리를 제시해 보여주고 있다.[76]

---

75 성기옥, 「만해시의 운율적 의미」, 신동욱 외편, 『한용운 연구』 1, 새문사, 1982, 41~43.
76 박두진, 『한국현대시론』, 일조각, 1970, 50쪽.

위에서 요약한 "불멸의 원리"는 아무래도 작시법에 관한 것으로 보아야겠기에, 菩薩願行의 육체적 존재와 정신적 이상의 대립항을 각기 형식과 내용으로 환치하여 읽어볼 필요가 생긴다. 만해 시의 질료인 당대 현실이 형상화되는 계기는 어디에서 찾을 수 있는가라는 물음으로 요약될 이 독법의 기구로서 어떤 모형을 설정해야 할 것인가를 모색할 때에 전통 양식과 외래 양식의 양립 문제가 다시 대두 된다. 앞서 황석우의 경우에서도 본 바와 같이, 당대 언중의 한 사람으로서 당대의 언어 현실을 담지하지 않을 수 없다는 실정을 감안한다면, 육체적 존재로서의 언어 형식 문제는 결국 전통 양식으로 귀결될 수밖에 없다. 전통에서 만해 작시법 해명의 실마리를 찾고자 하는 다음과 같은 노고도 그러한 귀결처를 전제로 한 것으로 보인다.

> 송강은 문학행위의 이원성에 의해 시의식의 상이한 두 패턴으로 시장르를 선택하였으며, 정서의 원형질도 여성주의라는 전통적 정신방법에 근원을 두고 있었다. 또한 만해 역시 생활시로서의 한시와 상징시로서의 신시라는 이원적 장르체계를 지니고 있으며, 송강처럼 여성주의적 상상력으로 현실상황을 극복하려는 역설적 정신을 보여주고 있다. (…중략…) 한말 이후 초기 시단 형성과정의 무분별한 서구지향의 홍수 속에서 만해시는 소월 시와 함께 전통적 정신과 시방법을 회복함으로써 한국문학사를 일원화시켜 주는 문학사적 고리가 된다. 한시로 나타나던 만해의 전통적 장르 선택은 시대와 문화패턴의 변이로 인해 저항적 의지혼으로 변모함으로써 황 매천 · 최 익현으로 상징되는 선비 정신을 계승하게 된다. 아울러 만해의 저항정신은 이 육사와 조 지훈의 지사적 시정신으로 계승됨으로써 애환의 문학으로만 인식되어온 종래의 詩史觀을 보다 능동적이며 주체적인 것으로 상승시켜 준다.[77]

여성주의의 시가사적 전통을 계승 발전시킨 면모를 부각한 위의 논지는 생활시로서의 한시와 그 안에 담긴 선비정신이라고 할 수 있는 내용을 중요한 발전 계기로 삼고 있다. 이러한 관점은 지사적 시정신의 시사적 맥락을 잡아내는 데 기여하고 있거니와, 이처럼 정신에 편중된 시각들은 거시적 시사관을 수립하는 데에는 유효하지만, 작시의 직접적 계기를 포착하기 위하여서는, 아무래도 작품 내부의 세부적 요인에 대한 검토가 필요하다. 이러한 검토가 없는 작품 논의는 지금까지 보아온 것처럼 내용·형식의 합일이라는 원론에 귀일할 수밖에 없기 때문이다. 내용·형식의 비합일이라는 실상에 기초하면서 근대정신과 근대시의 문제를 논의할 때에 역시 운율 형식의 문제가 일차적으로 거론된다. 이 문제가 만해 시 연구의 본령에 해당함은 연구 첫 단계에서부터 지적된 바이다.

> 『님의 침묵』 한권의 全詩集을 通觀하면 쉽사리 알 수 있는 것이지만 그는 그의 大部分의 詩語를 우리들 日常生活에서 많이 쓰이고 있는 가장 平凡한 言語를 찾아 이를 적절히 구사하고 있음을 본다. 이것은 바꾸어 말하면 그가 정신적인 最高의 성취를 達成하고 거기에 영원토록 安住하기 위해서는 오직 思想的인 혹은 哲學的인 과업만을 성취하는 것이 문제였지 결코 言語 탁마에 힘쓰지 않다는 방증이 되기도 한다[78]

일상어의 사용은 조선조 시가에서 관념 세계를 탈피하기 위한 방도로 채택되었거니와, 그때에도 유교의 최상 진리를 생활 속의 범인들에

---

77 김재홍, 「송강과 만해」, 신동욱 편, 『님이 침묵하는 시대의 노래』, 문학세계사, 1983, 253~254쪽.

78 박노준·인권환, 『萬海 韓龍雲硏究』, 통문관, 1975(1960년 초판), 190쪽.

게 교화하기 위함이었듯, 만해에게 있어서도 "정신적인 最高의 성취"를 사회적으로 전파하기 위한 목적이 간취된다. "일반적으로 의미의 '영원성'을 목표로 하는 '상징'과 달리 의미의 '시간적 일회성'을 현실로 받아들이는 수사적 장치를 우리는 '우의(allegory)'라고 하는데, 시조의 세계는 다름 아닌 우의의 세계였다고 할 수 있다. 말하자면, 옛 시조의 노랫말을 형성하였던 것은 바로 '어떤 특정한 의미를 지시하기 때문에 일단 그 의미가 해독되면 자체의 잠재적 암시성이 소진되고 마는 기호'—즉, 시간적 일회성을 전제로 하는 기호—의 세계"[79]였다면, 만해 시의 생활시적 면모는 바로 시조의 전통을 이어받은 것으로 볼 수 있다. 이 계승 사실은 만해의 시조 창작을 통하여 확인되는데, "그의 大部分의 시조는 거의 다 平時調의 依古風을 벗어나지 않고 있"[80]다는 증언대로, 시어사용에 있어서 옛 시조와 구별되는 참신함은 찾기 어렵다. 말하자면 우의적 기호로서의 효능을 더 이상 실현할 수 없는 시대적 조건이 시조 양식에 제한을 가한 것으로 볼 수 있는데, 이 한계는 만해 자신도 의식하고 있었던 것으로, 현대시 창작은 그 대안으로서 모색된 양식 실험의 성격도 가진다.

앞 절에서 시조와 한시 사이에서 근대시가 가지는 양식상 관련을 더듬어 본 적이 있거니와, 일상어와 관념어 사이의 격절을 해소하는 방안으로서 채택된 것이 근대시라고 한다면, 근대시의 개념어화 방향은 한시에서, 일상어 사용 방안은 시조에서 그 소원을 찾아내려온 것으로 볼 수 있다. 한편, 시조시의 3장 구조가 가지는 논리적 체계는 일상화한 진리를 여러 가지 화법으로 실현할 수 있는 훌륭한 방안이 된다는 점은 만해 당대의 시조 작가들이 공감하고 있던 사항이다. 장마다 앞뒤 구가 대

---

**79** 장경렬, 『미로에서 길찾기』, 문학과 지성사, 1997, 33쪽.
**80** 박노준 · 인권환, 앞의 책, 200쪽.

응하는 2원 구조를 실현하여 모순이 공존하는 세계상을 반영하면서, 정-반-합의 계기를 3줄로 구현하는 체계는 만해 근대시의 도처에서 그 유흔을 찾을 수 있다. 만해 시에서 확인되는 역설과 통합의 언어유희란 다름 아닌 시조시의 전통에 의거한 것이며, 이 체제를 보다 역동적인 구조가 되도록 활동하는 리듬으로 발전시킨 방안도 사설시조나 잡가의 전통에서 충분히 찾아진다.

한용운이 한국어의 음악성을 실험하기 위해 창조적 노력을 했다고 평가하면서 "詩人 萬海는 낱말의 소리를 최대한으로 連音化하여 질료화시키고 있음을 시집 『님의 沈默』에서 확인할 수가 있다"는 윤재근의 증언은 이 방면 논의의 단서를 열어주는 발언이다.[81] 의미가 감각화되는 통로로서의 리듬의 문제를 유의하는 자세는 최동호의 "산문적 율문"[82]이라는 정의에서 더욱 뚜렷하게 보인다. 이 정의의 본의는 "님의 사랑이 지니는 절대성에 대한 시인의 강력한 믿음에는 변화가 없다는 사실이 리듬의 정형성에 의해 더욱 강하게 담보된다"[83]는 것으로 볼 수 있다. 이러한 접근은 만해 시를 의미 중심으로 읽는 독법을 소리에 결부시켜 고양시킨 것으로서, 다음과 같은 논의에 의하여 만해 시 해석의 발전적 전망을 얻는 데에 디딤돌 역할을 하였다.

> 설명이나 시적 논설 같은 발화에 리듬이 음악을 부여한다. 이것이 한용운의 발화를 시로 만드는 최소 규정이다. 리듬은 한용운 시의 핵심 자질이다. 고정되지 않고 끝없이 확장되는 한용운의 인식은 리듬에 의해 시적인 발화가 된다. 리듬에 의해 확보된 역동성이 한용운 시의 시적 공감을 일으킨다. 한용운의 시가

---

81 윤재근, 『萬海詩 「님의 沈默」 硏究』, 민족문화사, 1985.

82 최동호, 『한용운』, 건국대 출판부, 2001, 53・60쪽.

83 위의 책, 128~129쪽.

지니는 형이상학적 해석의 새로운 가능성 역시 한용운의 시에 역동성을 부여하는 이러한 리듬에 의해 그 폭이 확장될 것이다[84]

위의 논자는 이 결론을 도출하기까지 만해 시의 여러 작품을 운율 분석하면서 새로운 정신의 용기로서 출현한 새 시 형식에 대한 유래를 밝혀 나왔다. 그는 선행 연구에서 만해 시의 운율적 특성을 "깊은 생각을 나타내는 데 필요한 긴 호흡"이라든지 "복합적인 구조의 깊은 생각이 긴 호흡의 율동에 얹혀 표현됨으로써 문장 단위로 행을 종결시키면서 전개"되는 운율 장치의 효과가 획득된다든지, 또는 "문장 단위의 커다란 리듬"으로 파악한[85] 공통 관심을 실제 작품의 세부에 적용하여 이러한 운율 특성이 야기된 형식적 소원이 무엇인가를 규명해 보려고 하였다. 그 과정에서 "전체적으로는 구문 요소의 반복이라는 큰 단위의 리듬이, 부분적으로는 어미의 반복이라는 작은 단위의 리듬이 조화를 이룬다"든지[86] "모티프의 반복, 구문의 반복, 어미의 반복이 한 연에 사용되어 복합적인 리듬을 펼쳐보인다"[87]고 본 것처럼 작품 세부와 전체의 유기적 관련에 주의를 돌린 시각이 두드러져 보이거니와, 「알 수 없어요」의 시연 구조를 아래와 같이 규명한 데에 이르러 종래의 통합적 시각에 의한 독법을 비약적으로 신장해 낸 것을 보게 된다.

리듬을 형성하는 시 내부의 정확한 호흡 배분에 의해 이 작품의 율동성은 확보된다. 세부 음보는 2음보를 주조로 각 행마다 한 호흡이 덧붙거나 제거되면서 다양하게 변주된다. 전체 행의 정형적 리듬이라는 큰 단위의 내부를 구성하

**84** 장석원, 「한용운 시의 리듬」, 『민족문화연구』 제48호, 2008, 175쪽.
**85** 위의 글, 1~2쪽에서 조동일·성기옥·서우석 제가의 견해를 요약하여 놓았다.
**86** 위의 글, 159쪽.
**87** 위의 글, 162쪽.

는 작은 단위 리듬의 속도 변화에 의해 작품의 역동성이 확보된다[88]

이 역동성이야말로 만해의 논설적 발화를 시로 만드는 절대 규정이라는 논자의 견해에 동의하면서, 필자는 그간 전통시가의 운율이 정형으로부터 사설화, 복합화되는 경로를 따라 나온 본 저서의 집필 방향에 의하여 동일 작품을 나름대로 재독해 보면서, 시가 형식이 개신되는 방향으로 일방화되는 것만은 아닌 전통 운율의 내재적 발전 요인이 만해시에 구현된 자취를 더듬어 보고자 한다.

바람도 없는 공중에 / 垂直의 波紋을 내이며, / 고요히 떨어지는 오동잎은 / 누구의 발자최입니까.

지리한 장마 끝에 / 서풍에 몰려가는 / 무서운 검은 구름의 터진 틈으로, / 언뜻언뜻 보이는 푸른 하늘은 / 누구의 얼골입니까.

꽃도 없는 깊은 나무에 / 푸른 이끼를 거쳐서, / **옛 塔위의 고요한 하늘을 슬치는 / 알 수 없는 향기는** / 누구의 입김입니까.

근원은 알지도 못할 곳에서 나서, / **돍부리를 울리고 가늘게 흐르는 적은 시내는** / **굽이굽이** 누구의 노래입니까.

연꽃 같은∨발꿈치로 / 갓이 없는∨바다를 밟고, / 옥 같은 손으로∨끝 없는 하늘을 만지면서, / 떨어지는 날을∨단장하는 저녁놀은 / 누구의∨詩입니까.

타고 남은 재가 **다시** 기름이 됩니다. / 그칠 줄을 모르고 타는 **나의** 가슴은 / 누구의 밤을 지키는 **약한** 등불입니까.

사선 단위로 시행을 구분하여 보았을 때, 행마다 거의 같은 운율 구조

88 위의 글, 172쪽.

를 확인할 수 없다. 첫째 연은 2행씩 짝을 지어서 앞 행에 호응하여서 뒷행의 운율 구조가 결정되는 모습을 보인다. 4행의 분량이 비슷하고 대개 3마디 시행 구조를 함께 나누고 있음으로써 잔잔한 물결과도 같은 계기적 전개의 리듬을 형상하고 있다. 두 번째 연은 주어부의 4시행이, 짧은 관형절 2행과 긴 명사절 2행이 대비를 이룬 점층적 진행의 리듬을 드러내면서 첫째 연의 정태적 리듬과 대조되게 하였다. 셋째 연과 넷째 연에서는 보다 큰 호흡의 운율 단위를 모의하면서 강조된 부분에서 행 끝 이음(enjambement)을 야기하였다. 행 끝 이음으로 무너지는 운율 경계는 연쇄적으로 앞 시행들의 경계에까지 영향을 미쳐, 2행 단위 결합태인 상위 운율 단위(긴 시행 또는 짧은 시련)의 대응 구조로 상승하였다.

"~은 누구의 ~입니까"의 문장 유형으로 통일된 앞의 4연이 주어부 4행간의 관계적 대비를 통한 리듬의 창출에 주력하였다면, 다섯 번째 연에서는 시행을 반분하는 앞뒤 구의 대비를 통한 리듬에 보다 주의를 둠으로써 안으로 모아드는 응축하는 어세를 만들어 내었다. 이는 앞의 4연이 상위 단위로 상승하는 운율 구조를 통해 밖으로 퍼져 나가는 확장하는 어세를 지녔던 것과 대조적이다. 마지막 연은 결구로서의 안정세를 추구하여 동일한 구조의 3시행을 병렬하였고, 각 시행 안에서도 진한 글씨 부분에 강세를 둠으로써 불균정한 구조의 앞뒤 구가 균형을 가지는 장치를 마련하였다.

위와 같이 마디-구-시행-연으로 상승하는 운율 구조틀 가운데에서 매단위에 상응하는 특징을 부여함으로써 동일 단위 간에 관계적 대비를 꾀하는 운율 의식은 이미 전통시가나 소설, 또는 판소리 문체에서 확인된 바이다. 따라서 만해 시의 시행이나 연 구분 방식과 같은 외적 형식은 비록 서구시의 영향을 입었다고 하더라도, 시정신의 본질인 리듬의 원천은 전통 운율의 역동적 구조에 두고 있다는 사실을 명확히 인식할 수 있다. 만해의 근대인으로서의 면모가 투여된 사상의 선진성이나 한시 전통에서 익혀온 온축적 표현을 가능하게 하는 은유 수사 같은 조건이 전대의 시와 구별되는 근대시로서의 특징으로 부각되기도 했지만, 이런 특징은 내용에만 한정된 것이기 때문에 근대시 출현의 일시적 계기를 밝히는 데에는 유용하지만, 한국 시사 전체의 흐름 속에서 새로운 시형이 돌출하는 변화를 설명하기에는 한계를 지니고 있다. 정신과 양식이 통합되는 보다 확실한 지점을 찾기 위해서는, 민요형의 운율을 전통 요인에, 산문시형의 운율을 신생 요인에 두는 이분법을 지양할 필요가 있다. 이 이분법은 전통 단절로서의 근대시 성립이라는 전제를 가지고 근대시의 계선을 긋는 문화이식론에 이르게 되지 않을 수가 없기 때문이다. 한용운의 역동적 리듬 산출은 전통에 의거하면서도 신생 양식을 수용할 수 있는 포용력에 의한 것이며, 이 포용력은 바로 사설시조나 잡가와 같은 변혁기 전통시가 내부에서 진즉에 지니고 있었던 것임을 인정할 때에 시사적 전망 아래에 근대시 출현을 설명하는 방안이 세워질 수 있을 것이다.

전통시가로부터 근대시가에 이르는 경로를 운율을 중심으로 살펴보고자 하는 지금까지의 모색은 애당초, 그 경로의 실체를 전제한 것이겠는데, 단절 부재와 계승 선재의 사실을 밝힌 지점에 이르러 그 전제는 확인되었다. 이제 남은 문제는 고대시가 이래 본디 있어 왔으며 현대에도 엄존하는 한국 고유 운율의 실체를 내려가면서 확인하고, 그 변모의 실상과 계승의 맥락을 함께 아우르는 체계화를 탐색하는 일인데, 이에 대하여는 기존 운율론을 검토하는 일과 근대 시사를 재구하는 일이 병행하여야 될 것이다.

# 요약 및 결론

이 책의 출발점은 서론에서 밝혔듯이 현대시의 리듬 실종이 인위적 사유에 의한 형식 재단에서 비롯했다는 자각을 계기로 삼았다. 전통시가의 운율은 자생적 터전을 가지고 엄연히 현재까지도 지속되고 있을 터인데도 이론상으로는 근대시 출현을 기점으로 전통 운율 체계와는 차별화된 새로운 운율 체계로 대체되었다는 가설에 끌려 왔다. 이 가설이 논리적 괴리를 지님은 현대시조의 실존이나 현대시 양식 실험을 통하여 확인되었다. 근대 이행기서부터 애국계몽기까지를 관류하는 전통시가 운율의 실체를 확인하여, 그 실체가 근대시 이후에도 이어짐을 검증하려는 노력은 다음과 같이 전개 되었다.

먼저, 전통시가 운율의 근간을 이루는 요인이 2단위 대응의 대위구조임을 밝힌 그간의 연구를 참조하면서, 4음보격으로 귀결하는 경로를 예상하여 보았다. 이 경로 위에서 3단위 조합 구조가 개재하면서 격렬한 혼돈의 동력이 분출했던 사설시조의 운율 형식을 근대시로 정착하기까지의 가장 중요한 계기로 보고, 사설시조 운율 형식의 여러 가지 사례를 검토하여 보았다. 그 결과, 변동하는 운율형식 가운데에서도 시조시형의 기반인 4음보격이 중심에 자리 잡고 있음을 알게 되어, 4음보격 시행의 중첩으로 규정할 수 있는 가사체를 한국 운율 체계의 기본 모형으로 삼고, 운율 실체 확인의 초점을 가사체에 맞추어 여러 가지 양식의 국면에 따른 변동을 가사체를 중심으로 살펴보게 되었다.

가사체의 본질을 규명하기 위하여 가사체가 성립되는 조건들을 따져 보았는데, 실제와 연관하여 교훈을 전달하는 교술성 반영 형식으로서의 4음보격을 속담이나 민요와 같은 민중적 양식이나 종교적 발화체인 무가 등등을 통하여 확인해 보았다. 일상 발화와 근접해 있으면서 손쉽게 문학적 발화로 전환하는 방안이 4음보격임을 알 수 있었다. 떼어읽기[句讀]가 우리 시가 운율 형성의 기본 방식임을 확인하면서 2음보를 기간으로 하는 4음보가 운율 형식의 대강이 되는 필연성을 다시 볼 수 있었다. 그러나 그러한 논리는 가사 양식의 추상적 본질에 대한 것일 따름이며, 구체적 양식의 실태는 연행이나 향유와 관련된 관습을 통하여 확인되어야 했다. 이에 가사체를 형성하는 세 가지 조건을 실례를 통해 검토해 보았다.

가사의 본의는 '노랫말'이기 때문에 노래 불리는 악곡의 조건을 따질 필요가 있다. 전통시가에 있어서, 악곡과 노랫말의 관계는 정풍 가악의 규제가 강한 앞 시기에는 복잡하며 불균정한 악조에 상응하는 불규칙적 운율에 의존하다가, 대중적 취향에 부합하여 품격이 세속화되는 뒤 시기에 이르러서는 단순하게 균정화된 악조에 의한 4음4보격을 최종 잔존태로 하는 규칙적 운율이 실현되었다. 음보 구성 방식이 불규칙-규칙 두 가지 방향으로 진행되는 동안 가사 양식은 그때그때의 주요 사회 담론을 수용하면서 여러 가지 유형을 산출하였다. 낭송 독서 관습이 유지되는 동안, 소설, 판소리 등등의 인접 장르와의 운율 형식 교환을 통하여 외연을 넓히는 가사체의 양식 운동은 정형적 운율로부터 산문시형으로까지 활발하게 개입하였고 이 운동의 동력은 사설시조와 잡가를 거쳐 애국계몽기 가사에 이르기까지 순항과 이탈의 중층적 궤적을 그리며 진행되어 나갔다.

천주교, 동학 같은 종교의 포교가사로서 역할 하는 양식 변이나 소설화나 잡가로의 전이와 같은 교섭 양상을 근대 이행기 시가사의 발전 단계 속에서 확인하는 의도는 가사체의 본질이 보전되거나 감염되는 긴장 속에서 모든 운문 장르의 중심으로서의 운율 체제를 고수해 나가는 모습을 보려함에 있었다. 이 가운데에, 신소설이나 근대 소설로까지 영향이 파장된 것으로 보는 시각을 노출한 것은 전통 운율의 지속태를 확인하려는 것뿐만 아니라, 현재 실존하는 운율 현장에서 유용하게 쓰이는 운율 실현 방안으로서의 가사체를 드러나게 하려는 것이었다.

제3장이 여러 가지 환경 가운데에 가사체가 지속되는 모습을 확인한 것이라면, 제4장은 근대시의 운율 실제를 다룸으로써 가사체의 현존 실태를 드러나게 하려는 것이었다. 가사체가 근대에 대응하는 모습을 몇 가지 경우로 나누어서 보았다. 먼저, 근대의 새로운 체험이라고 할 수 있는 외국 견문을 반영한 사행가사의 경우는 지리적 공간의 확대에 의한 정서의 변이와 그에 따르는 문화 충격을 4음보격의 압축된 형식에 담음으로써 사실 보고나 객관적 제시의 기록류가 지닌 산문성을 벗어난 서정적 운율미를 달성할 수 있었다. 특히, 근대적 우리말 글쓰기의 선행 전범이 될 만한 홍대용의 『을병연행록』에 실린 〈연행장도가〉를 통하여 여러 가지 율문 형태의 혼종으로서의 산문 흐름 가운데 4음보격 단형 가사가 비약하는 모습을 통하여 장차 자유율의 근대시가 출현할 단초를 읽어 보기도 하였다.

가창가사는 가사 장르의 세속화·대중화를 여는 직접적 계기가 되었는데, 운율상으로는 대중적 호응에 맞춘 규칙 장단의 영향을 받은 정연한 4음보격이 가사의 대표적 운율 형식으로 자리 잡는 데로 귀착되었다. 그러나 이 경쾌한 운율 형식이 가사체의 최종 귀착지는 아니고, 바로 다음 국면이 혼종 운율 형식의 조합인 잡가나 판소리로 발전하고, 이어서 근대시의 자유율에 연계된다는 사실이 근대시 운율 형성 과정에 착종하는 자취를 남긴다. 뒤에 최남선의 경우를 통하여 확인되는 것처럼, 일방적 직선 경로가 아니라 전통 운율과 자유율 사이의 긴장에 의한 나선형 경로를 통하여 새로운 운율 형성의 길이 마련됨을 볼 수 있다.

외국어의 번역에서 운율이 처리되는 사례를 게일을 중심으로 더듬어 본 것은 근대시 형성에 영향을 준 서구시의 우회적 수용 양상을 보려는 것뿐만 아니라, 전통시가를 수용하는 외국인의 자세를 통해 우리 시가 운율의 본질을 비추어 보려는 생각 때문이었다. 게일이 최종적으로 번역시의 운율로 사용한 운율 형식이 4음보격이라는 데에서 전통 운율의 지속태를 다시 확인할 수 있거니와, 새로운 운율 형성의 변화 방향은 예측되기보다는 실제를 통하여 그때그때마다 결정되는 것이므로 애국계몽기와 그 직후 국면의 작품 현장까지 직접 따라가서 변화의 추이를 가늠해 보았다.

『대한매일신보』 소재의 가사들을 중심으로 작품 분석을 시도해본 결과, 이들 가사들은 어떤 정형적 틀에 갇히지 않고, 전통 양식을 풍부하게 활용하는 가운데 새로운 양식을 모색해 나간 뚜렷한 양식적 지향성을 지니고 있음을 보았다. 형식은 주로 전통에 기대되, 내용을 개신함으로써 이루어지는 개변은 겉에서 보기에는 지루한 양식 반복이지만 내적 개신의 활력이 넘쳐나고 있음을 알 수 있었다. 또한, 새로운 언론 매체를 통한 유통 방식은 작자 주도의 기존 틀을 벗어나 독자가 최종적 해석자이며, 곧 최후의 작가가 되는 전혀 다른 관습을 만들어 냄도 볼 수 있었다. 이 양식 혁명을 출발시킨 애국계몽기 지식인들은 전대의 현실비판 가사 유통에 가담하는 선비 지식인들을 이어받아 계몽 선도의 입장을 유지하면서도 작품을 사유화하지 않고 독자에게 작자의 지위까지 양여하면서 새로운 시대정신을 담아내는 양식 개발에 헌신하였다.

근대시의 형성 과정에 대하여 전통시가와의 관련을 따질 때에 육당 최남선의 시작들이 문제의 시발로 다루어져 왔다. 육당 이전의 애국계몽 시가들이 한 단계 앞선 시가사의 위치를 점하지만, 애국계몽 시가들은 신문 매체의 편집자들이 무기명으로 전재한 작품들로부터 출발하여 양식 공유의 방식으로 집단서정의 모습을 유지하였다. 반면, 잡지로 전재의 장소를 옮긴 육당의 시가들은 애국계몽의 주지는 남아있지만 매체의 성격상, 작자성이 부각될 수밖에 없었고 자연히 개인서정으로의 변환이 이루어졌다. 그러나 집단서정에서 개인서정으로 건너가는 과정은 일회적 단순 계기에 의하지는 않고, 정형률과 자유율, 계몽의지와 심미완상 사이의 긴장에 의한 동요 가운데 이루어졌다. 육당의 시작 경로를 보면 시가사의 전통과 개신 사이에서 방황을 노정하다가 결국은 전통에 귀의하는 전체 진로로 파악되지만, 실제 작품을 통하여 추정해 보면 이 경로는 직선형의 진전만이 아니라, 진전과 퇴행을 반복하는 나선형 발전으로 드러난다. 그리고, 이 경로는 육당 개인적 산물이 아니라 시가사 발전과 교호하는 관련 가운데 이루어진 것임도 알 수 있다.

근대시의 운율 형성 과정에는 표기 체계의 이동이라는 사항이 중요한 변수로 작용했기 때문에 한문적 사고와 국문 문체의 관계를 조선조에서의 경우까지 소급하여 따져 보았다. 이 문제가 홍대용의 『을병연행록』에 의하여 일단 해소되었던 것으로 볼 수 있기에 바로 가계로도 연계되는 벽초 홍명희에게로 내려와 그가 산문시 양식으로 제시한 번역시를 살펴보았다. 일본어를 통한 중역을 거쳤으면서도 도착언어인 조선어로서의 운율은 다름 아닌 전통 운율에 기반을 둔다는 사실을 보고, 자유시 운율 형성의 기반으로서 전통 운율의 위치를 재확인 하였다. 이 확인은 벽초와 같은 시기에 시조 양식에 대한 재인식을 통한 개신을 모색한 위당이나 육당의 경우에서 다른 방식으로 이루어지고, 한시를 병용하였던 만해의 관념어 시어 창안의 경우에서 거듭 되었다. 만해의 시정신이 형식 창안으로 이어지는 경로는 따로 논의하였듯이, 근대를 시로써 체화하려는 정신의 긴장이 고정되지 않는 리듬의 분출하는 역동성으로 발현되었다. 이 역동성의 근저에 전통시가의 발전 맥락이 개재하고 있다는 사실은 이 책의 저술 목적을 다시 한 번 확인시켜 주었다.

또한 주요한과 황석우의 사례를 통하여 그동안 한국시가 운율의 기반으로서 검증되어 나온 전통 운율의 지속을 확인하면서 근대시에서의 운율 실종을 회복하고 전통 운율이 곧 항속적 자연 운율이라는 전제를 논증하는 이 책의 목표는 일정한 수준에서 달성된 것으로 보인다. 근대시사 전체를 이 시각으로 관철하는 작업은 한 개인의 문제를 넘어설 뿐 아니라, 직접 작시를 통해 작시법의 실체를 경험하거나 혹은 시인의 작시 체험과 동일시되는 자발적 해석을 통한 운율 창조의 길에 당면해 있는 입장으로서 자신이 근대 시사에 소속되어 있다는 연구자의 자각이 따를 때만이 착수 가능한 일이라고 생각한다.

## 참고문헌

### 1. 자료

강명관 · 고미숙 편, 『근대계몽기 시가 자료집』 제2권, 성균관대 출판부, 2000.
『歌曲源流』(국립국악원본).
『가사육종』(일본 동양문고 소장).
「강상련(江上蓮)」, 이해조 편, 『신소설전집』(광동서국) 영인 5, 계명문화사, 1987.
강한영 교주, 『신재효 판소리 사설집』, 민중서관, 1972.
고려대 아세아문제연구소 편, 『육당최남선전집』 제5권, 1973.
權韠, 『玉所稿』(한국고전번역원 DB).
奇一, 『텬로역뎡』, 1895.
김동욱 편, 『고소설판각본전집』 영인 3, 연세대 인문과학연구소, 1973.
_____ · 김태준 · 설성경, 『춘향전비교연구』, 삼영사, 1979.
김종철 주석, 「게우사」, 『판소리연구』 제5집.
김진영 · 김현주 · 김희찬, 『춘향전전집』 2, 박이정, 1997.
金昌協, 「贈洪生世泰赴燕」, 『農巖集』 권4(한국고전번역원 DB).
『동학사상자료집』 영인 1, 아세아문화사, 1979.
『삼인작시가집』, 1929(『한국현대시사자료집성』 영인 4, 태학사, 1982).
申欽, 『象村稿』 卷36 題跋(한국고전번역원 DB).
『쌍주기연』 경판 32장본(www.krpia.co.kr).
『유충열전』

李奎報, 『東國李相國全集』 卷第三, 古律詩 「東明王篇」(한국고전번역원 DB).
李睟光, 『芝峯類說』 권14 문장부 7, 歌詞 條.
이종욱 편, 『懶翁集』, 월정사, 1940.
이벽, 하성래 역, 『聖教要旨』, 성 · 황석두루가서원, 1986.
李宜顯, 『陶谷集』 卷4 詩 「感舊遊篇」 序(한국고전번역원 DB).
李安訥, 『東岳先生續集』詩(한국고전번역원 DB).
이창배, 『가요집성』(재판), 홍인문화사, 1981.
李夏坤, 『頭陀草』冊十八, 雜著「南遊錄」 二(한국고전번역원 DB).
李學逵, 『洛下生集』 冊十八, 『洛下生藁』 上 「觚不觚詩集」(한국고전번역원 DB).
李賢輔, 『聾巖集』.
임기중, 『불교가사 원전 연구』, 동국대 출판부, 2000.
______, 『조선불교가요집성』(www.krpia.co.kr).
______ 편, 『역대가사문학집성』(www. krpia.co.kr).
전신재 편, 『원본 김유정전집』(개정판), 강, 2008.
정길남 편, 『개화기 국어자료집성』(성서문헌편) 영인 제5권, 박이정출판사, 1995.
『天路歷程』, 蘇松上海美華書館藏板, 1894.
최철 · 안대회, 『역주 균여전』, 새문사, 1986.
『한국불교전서』 제8책, 동국대 출판부, 1986.
『한국신소설대계』 1편(www.krpia.co.kr).
洪大容, 「大東風謠序」, 『湛軒書』 內集卷三, 序(한국고전번역원 DB).
______, 「題裵僉正訓家辭」, 『湛軒集』 內集 卷4(한국고전번역원 DB).
洪世泰, 『柳下集』 卷之六 詩(한국고전번역원 DB).
황석우, 『自然頌』(『한국현대시사자료집성』 영인 4, 태학사), 1929.

赤松智城 · 秋葉 隆 편, 『朝鮮巫俗의 硏究』 上卷, 동문선, 1991.
John Bunyan, *Pilgrim's Progress*, Philadlphia : Presbyterian Board of Publication, 1844.
James S. Gale, "Ode on Filial Piety", *The Korean Repository*, Apr. 1895.

## 2. 논저

권두환 · 김학성, 『고전시가론』(3판), 방송통신대 출판부, 1989.
권오만, 『한국 근대시의 출발과 지향』, 국학자료원, 2002.

김대행, 『한국시가구조연구』, 삼영사, 1976.
김영철, 『한국 개화기 시가 연구』, 새문사, 2004.
김학동, 『개화기 시가 연구』, 새문사, 2009.
박노준 · 인권환, 『萬海 韓龍雲硏究』, 통문관, 1975(1960년 초판).
박두진, 『한국현대시론』, 일조각, 1970.
박연호, 『교훈가사연구』, 다운샘, 2003.
박인기 편역, 『현대시론의 전개』, 지식산업사, 2001.
백대웅, 『다시 보는 판소리』, 어울림, 1996.
샤를르 달레, 안응렬 · 최석우 역주, 『한국천주교회사』 상, 한국교회사연구소, 1979.
서정주 역주, 『만해 한용운 한시 선역』, 예지각, 1982.
성기옥, 『한국시가율격의이론』, 새문사, 1986.
손종흠, 『속요형식론』, 박문사, 2010.
윤석산, 『수운 최제우』, 모시는사람들, 2004.
윤재근, 『萬海詩 「님의 沈黙」 硏究』, 민족문화사, 1985.
이강엽, 『토의문학의 전통과 우리 소설』, 태학사, 1997.
임규찬 · 한진일 편, 『임화 신문학사』, 한길사, 1993.
장경렬, 『미로에서 길찾기』, 문학과 지성사, 1997.
정우택, 『한국 근대자유시의 이념과 형성』, 소명출판, 2004.
______, 『황석우연구』, 박이정, 2008.
조규익, 『거창가』, 월인, 2000.
조동일, 『한국시가의 전통과 율격』, 한길사, 1982.
______, 『한국문학통사』(제4판) 제2권, 지식산업사, 2005.
조두섭, 『한국 근대시의 이념과 형식』, 다운샘, 1999.
최동호, 『한용운』, 건국대 출판부, 2001.
하성래, 『천주가사연구』, 성 · 황석두루가서원, 1985.

Richard D. Cureton, *Rhythmic Phrasing in English Verse*, London and New York : Longman, 1992.
Rutt. R., *A Biography of S. Gale and a New Edition of History of the Korean People*, Seoul : Royal Asiatic Society, 1972.

## 3. 논문


고미숙, 「사설시조 율격의 미적 특질 1」, 『민족문화연구』 26집, 1993.

______, 「애국계몽기 시조의 제특질과 그 역사적 의의」, 『어문논집』 제33집, 1994.

김대행, 「용비어천가의 권점에 대하여」, 『국어교육』 제49집, 국어교육연구회, 1984.

김동욱, 「신라 행자염불 및 설화」, 『진단학보』 제23호, 1962.

김명복, 「영시의 리듬과 한글의 리듬」, 연세대 근대한국학연구소 편, 『번역시의 운율』, 소명출판, 2012.

김수업, 「〈용비어천가〉의 가락이 지닌 뜻」, 김학성 · 권두환 편, 『고전시가론』, 새문사, 1984.

김윤희, 「조선 후기 사행가사의 세계 인식과 문학적 특질」, 고려대 박사논문, 2010.

김재홍, 「송강과 만해」, 신동욱 편, 『님이 침묵하는 시대의 노래』, 문학세계사, 1983.

김종진, 「침굉(枕肱)의 〈태평곡〉에 대한 현실주의적 독법」, 『한국시가연구』 제19집, 2005.

김용섭, 「선조조 '고공가'의 농정사적 의의」, 『학술원논문집』(인문 · 사회과학편) 제42집, 2003.

김형태, 「〈농가월령가〉 창작 배경 연구」, 『동양고전연구』 제25집, 동양고전학회, 2006.

김흥규, 「한국 시가 율격의 이론 1」, 『민족문화연구』 13, 고려대 민족문화연구소, 1978.

______, 「A Perpective on Metric Typology and the Metric Type of Korean Verse」, 『욕망과 형식의 시학』, 태학사, 1999.

박일용, 「『심청전』의 가사적 향유 양상과 그 판소리사적 의미」, 『판소리연구』 제5집, 판소리학회, 1994.

성기옥, 「만해시의 운율적 의미」, 신동욱 외편, 『한용운 연구』, 새문사, 1982.

성무경, 「18~19세기 음악환경의 변화와 가사의 가창 전승」, 『시가사와 예술사의 관련 양상』 II, 보고사, 2002.

______, 「노처녀 담론의 형성과 문학 양식들의 반향」, 『한국시가연구』 제15집, 2004.

심경호, 「아전 출신 문인 兪漢緝의 『翠茖遺稿』에 대하여」, 『어문논집』 37, 1998.

윤덕진, 「가사집 '기사총록'의 성격 규명」, 『열상고전연구』 제12집, 1999.

______, 「가사집 '잡가'의 시가사상 위치」, 『열상고전연구』 제21집, 2005.

이상보, 「양사준의 '남정가' 신고」, 『국어국문학』 62~63호, 1973.

이상섭, 「시조의 리듬과 현대시의 리듬」, 『동방학지』, 연세대국학연구원, 1978.

이혜구, 「시조감상법」, 『한국음악연구』, 국민음악연구회, 1957.

______, 「용비어천가의 형식」, 『아세아연구』 1권 8집, 고려대 아세아문제연구소, 1965.

장석원, 「한용운 시의 리듬」, 『민족문화연구』 제48호, 2008.

정인보, 「정송강과 국문학」, 『담원 정인보전집』 2, 연세대 출판부, 1983.

조태영, 「〈서왕가〉의 문학적 가치」, 『한국고전시가작품론』 2, 백영 정병욱선생 10주기 추모 논문집 간행 위원회, 1992.
조흥욱, 「용비어천가와 시조 형식의 상관성에 대하여」, 『한신논문집』 제2집.
최현식, 「『대한매일신보』의 이중판본 정책과 근대어 형성」, 문학과사상연구회 편, 『한국문학의 근대와 근대 극복』, 소명출판, 2010.
최홍선, 「에즈라 파운드의 「중국」에 나타난 번역의 시학」, 이화여대 석사논문, 2006.
한기형, 「근대 잡지와 근대문학 형성의 제도적 연관」, 『대동문화연구』 제48집, 2004.

## **간행사** _ 근대 한국학총서를 내면서

새 천 년이 시작된 지도 벌써 몇 해가 지났다. 식민지와 분단국가로 지낸 20세기 한국 역사의 와중에서 근대 민족국가 수립과 민족 문화 정립에 애써온 우리 한국학계는 세계사 속의 근대 한국을 학술적으로 미처 정리하지 못한 채 세계화와 지방화라는 또 다른 과제를 안게 되었다. 국가보다 개인, 지방, 동아시아가 새로운 한국학의 주요 대상이 된 작금의 현실에서 우리가 겪어온 근대성을 다시 한 번 정리하고 21세기에 맞는 새로운 모습으로 탈바꿈시키는 것은 어느 과제보다 앞서 우리 학계가 정리해야 할 숙제이다. 20세기 초 전근대 한국학을 재구성하지 못한 채 맞은 지난 세기 조선학·한국학이 겪은 어려움을 상기해 보면, 새로운 세기를 맞아 한국 역사의 근대성을 정리하는 일의 시급성은 아무리 강조해도 지나치지 않다.

우리 근대한국학연구소는 오랜 전통이 있는 연세대학교 조선학·한국학 연구 전통을 원주에서 창조적으로 계승하고자 하는 목표에서 설립되었다. 1928년 위당·동암·용재가 조선 유학과 마르크스주의, 그리고 서학이라는 상이한 학문적 기반에도 불구하고 조선학·한국학 정립을 목표로 힘을 합친 전통은 매우 중요한 경험이었다. 이에 외솔과 한결이 힘을 더함으로써 그 내포가 풍부해졌음은 두말할 나위가 없다. 연세대학교 원주캠퍼스에서 20년의 역사를 지닌 매지학술연구소를 모체로 삼아, 여러 학자들이 힘을 합쳐 근대한국학연구소를 탄생시킨 것은 이러한 선배학자들의 노력을 교훈으로 삼은 것이다.

이에 우리 연구소는 한국의 근대성을 밝히는 것을 주 과제로 삼고자 한다. 문학 부문에서는 개항을 전후로 한 근대 계몽기 문학의 특성을 밝히는 데 주력할 것이다. 역사 부문에서는 새로운 사회경제사를 재확립하고 지역학 활성화를 위한 원주학 연구에 경진할 것이다. 철학 부문에서는 근대 학문의 체계화를 이끌고 사회과학 분야에서는 학제 간 연구를 활성화시키며 근대성 연구에 역량을 축적해 온 국내외 학자들과 학술 교류를 추진할 것이다. 이러한 연구들은 일방성보다는 상호 이해와 소통을 중시하는 통합적인 결과물의 산출로 이어질 것이다.

근대한국학총서는 이런 연구 결과물을 집약적으로 정리하기 위해 마련한 총서이다. 여러 한국학 연구 분야 가운데 우리 연구소가 맡아야 할 특성화된 분야의 기초자료를 수집 · 출판하고 연구성과를 기획 · 발간할 수 있다면, 우리 시대 연구자들뿐만 아니라 학문 후속세대들에게도 편리함과 유용함을 줄 수 있을 것이다. 새롭게 시작한 근대한국학총서가 맡은 바 역할을 충분히 할 수 있도록 주변의 관심과 협조를 기대하는 바이다.

2003년 12월 3일

연세대학교 원주캠퍼스 근대한국학연구소